KB087585

홍등의 골목

온우주
단편선
0 0 8

홍등의 골목

전혜진 작품집

오온우주

이 도서의 국립중앙도서관 출판시도서목록(CIP)은
서지정보유통지원시스템 홈페이지(http://seoji.nl.go.kr)와
국가자료공동목록시스템(http://www.nl.go.kr/kolisnet)에서 이용하실 수 있습니다.
(CIP제어번호: CIP2013021282)

차 례

작전동 김여사의 우울   7

나는 매문가가 되고 싶었다   47

세콤, 지구를 지켜라   87

처형   119

다시 한 번 크리스마스   159

진흙피리새   205

홍등의 골목   251

I Love You   315

레퍼런스   353

해설 우리는 알게 될 것이다   398

엮은이의 말   407

작가의 말   411

온우주
단편선

작 전 동   김 여 사 의   우 울

작 전 동 김 여 사 의 우 울

"아이고, 저 나쁜놈의 자식을 그냥……."

아침 8시 반.

벽을 가득 채울 듯 커다란 텔레비전에서 아침드라마계의 장동건이라 불리는 왕년의 미남배우가 사랑하는 여자를 배신하고 돌아서는 모습을 보며, 김여사는 혀를 끌끌 찼다. 쉰여섯 평짜리 널찍한 아파트에 남자의 목소리가 쩌렁쩌렁 울렸다. 반쯤 하다 만 설거지를 내버려둔 채, 김여사는 넋을 잃고 텔레비전 앞에 앉아 있었다.

도우미 아줌마는 10시에 온다고 했다. 원체 부지런한 아낙이니 9시 40분 무렵에 도착할 거다. 그 전에 씻고 준비하고 할 것은 해둬야 했지만, 이 시각에는 웬만해선 텔레비전 앞을 뜰 수가 없었다. 좀 먹물 좀 들었다 하는 젊은 아이들은 저네들 취향에 맞지 않는 신파 같은 것을 두고 싸잡아 아침드라마 같다고 비웃는 모양이었지만, 그야말로 뭘 모르는 이야기지. 드라마가 끝나자 바로 다음 드라마를 찾아 채널을 돌리며 김여사는 생각했다. 젊어서는 촌스럽네 어쩌네 하던 트로트만 봐도, 나이 들어 생각해보면 인생의 쓴맛 단맛을 다 우려낸 진국이지 않았느냐 말이다. 아침드라마라고 다를 것 없지. 사람 사는 게 다 거기서 거긴데. 밤에 하는, 젊은 애들 나와서 하하호호거리는 드라마는 우아하고 고상하냐. 아침에 애들 학교 보내고 남편 직장 보내고 겨우 한가해진 아줌마가 잠깐 텔레비전 앞에 퍼져 있는 것이 오죽이나 아니꼬우면 그런 소리들을 해대겠어. 김여사는 늘 이 시각에 나오는 빨간 펜 문제집과 룰루 비데의 광고를 흘려들으며 생각했다. 잠시 시간 비는 동안 얼른 전기포트 스위치를 눌러놓고 커피를 탔다. 프림이랑 설탕도 듬뿍 넣어서. 남들이 보면 팔자 좋은 유한부인입네 손가락질할지도 모르지만, 지금밖에는 없었다. 병원에 입원한 준상이 걱정 잠시나마 잊을 수 있는 시간은.

그렇지. 준상이가 문제였다.

준상이. 그 드라마 〈겨울연가〉의 준상이 말고 김여사의 무녀독남 외아들 말이다.

준수하고 반반하게 자라라고 준상이라 이름 붙인, 하나밖에 둘도 없는 금쪽같이 귀한 아들내미는, 일본까지 가서 한류스타가 되어 돌아온 그 배용준의 출세작 주인공과 같은 제 이름을 퍽이나 싫어하긴 했다. 그렇긴 해도, 그렇다고 삼십 년 넘게 달고 다닌 제 이름을 바꿀 것이야. 드라마 같은 것은 무시하면서 고상한 척

하는 것은 아들내미라고 다를 것 없었다.

그래도 고상한 것은 사실이지. 사실 말이 나왔으니 말인데, 준상이는 치과의사였다. 덴티스트. 그러니까 의사 선생님. 젊어서 청상이 된 김여사는 아들 하나 잘될 것만 믿고 눈물 나게 열심히 일해서 준상이를 키웠다. 뭐, 시댁에서 원래 좀 물려준 게 있어서 가게도 하나 하고 일수놀이도 했으니 남들 생각하는 험한 일까지는 아니었는지 몰라도, 여자 혼자 몸으로 아들을 키워서 의사 선생까지 만드는 것은 여간한 공이 아니지, 암. 그러니 에미는 이렇게 드라마나 보며 좋아하는 촌노인네가 다 되었어도, 아들이 오페라니 무슨 피아노 바이올린이니 어려운 것 보고 듣고 우아를 떨면서, 그야말로 번듯하고 집안 좋은 여자랑 결혼해서 본때 나게 사는 것을 보면 좋겠다 싶었다. 아무렴, 명색이 의사 선생님인데. 그저 아무렇게나 자란 여자하고나 덥석 결혼해서 쓰나. 그러니까 6년인가 전에, 그 농협 아가씨인지 하는 여자애에게 우리 아들 곁에 얼씬거리지 말라고 호통을 쳐서 내쫓았던 것도, 다 준상이의 장래를 걱정해서 한 일이었다.

그런데 그렇게 손발이 닳도록 곱게곱게 키워놓은 아들놈이, 여자 하나 때문에 앵돌아서는 에미와 말도 안 섞으려들 줄 누가 알았겠느냔 말이다. 지 애비를 안 닮아 그나마 속 깊고 착한 것이, 입 꾹 다물고 버팅기는 것도 한 달쯤 지나자 누그러들긴 했지만. 준상이는 그 후로 지금까지도 여자도 안 사귀고, 소개팅이니 선자리니 들어와도 그냥 나가서 상대 얼굴만 보고 들어오고 말았다. 그 녀석 말마따나, 혼사 가기 뻘쭘한 좋은 식당에서 밥이나 한

끼 먹고 오자, 뭐 그런 심사였던 게다. 요사스러운 것. 그 생각을 하면 복장이 뒤틀리고 억장이 무너질 노릇이다. 대체 어떻게 하면, 그런 멀쩡한 얼굴을 하고 똑똑한 내 아들을 그리 홀려놓았는지. 그런 데다가, 아무리 해도 안 떨어지길래 벌벌 떨리는 손으로 백만원권 수표 열 장을 세어 넣어 봉투를 척하니 내밀었더니 요년 좀 보게? 봉투를 열어 금액을 세어보더니 볼 것도 없다는 듯이 돌려주는 거다. 겨우 돈 천만 원에 사람 오라가라 했느냐고. 그러니까, 그렇게 남의 돈 무서운 줄 모르는 그런 계집아이가 며느리라고 들어와 앉았으면 어쩔 뻔했느냔 말이다.

그건 그렇고.

그 독한 년이, 이 집안 핏줄을 아주 끊어놓은 것을 생각하면 정말이지. 김여사는 좋아하는 아침드라마를 보며, 슬프지도 않은 장면에서 괜히 훌쩍거렸다. 이십 년 조강지처가 어디서 굴러먹다 왔는지 모를 년에게 밀려 이혼당하는 장면을 보며 숫제 대성통곡을 했다.

아, 그래. 대체 나와 무슨 웬수를 졌길래 남의 집 귀한 손을 끊어, 손을 끊기는.

그러니까 그게 지난달의 일이었다.

그 요망한 것과 헤어지고 6년 동안을, 여자 한 번 안 사귀고 일만 하며 밤에는 술이나 마시고 게임인지나 하며 지내던 준상이가 갑자기 몸이 안 좋다고 병원에 입원한 것이. 한의원에 데리고 가볼까, 몸에 좋다는 것을 고아 먹여볼까 하다가도, 그래도 지가 의사인데 자기 몸이야 자기가 잘하겠지 하는 생각에, 필요한 물건들 챙기는 김에 그저 저 좋아하는 음식이나 바리바리 싸들고 병원에 들어서는데 어째 준상 아부지 세상 떠나던 날처럼 싸아하니 오싹한 것이었다. 김여사는 혹여 금쪽 같은 준상이에게 무슨 일이라도 있을까 싶어 신발이 벗겨지는 줄도 모르고 병실로 달려 올라갔다.

"암입니다."

머리가 반쯤 벗겨진, 어쩐지 돌팔이 같은 느낌이 드는 의사가 그렇게 말했을 때, 김여사는 거짓부렁하지 말라고 덤벼들기라도 하고 싶었다. 하지만 준상은 이미 다 알고 있었다는 듯이 고개만 끄덕였다.

"암이라니요. 아이고, 선생님."

평생 아들 하나만 보고 살아온 김여사는 억장이 무너지는 듯했다. 요새야 뭐 그렇게 큰 병도 아니라고 그러고, 아는 사람들 중에도 자궁암이니 뭐니 해서 들어낸 사람도 적지 않았지만, 그래도 금쪽 같은 내 새끼가 암이라니. 혹시 잘못되는 것은 아닌가 싶어 김여사는 애원하듯 의사 선생만 올려다보았다.

"아니, 저…… 죽을병은 아닙니다. 수술도 깨끗할 것이고요."

의사 선생은 그저 쩔쩔매며 속시원히 말을 않았다. 먼저 입을 연 것은 준상이, 제 에미 가슴에 못 박는 줄도 모르고 그런 말을 하는 준상이 그 놈이었다.

"이제 속 시원하시겠어요."

"무슨 소리냐."

"육 년 전에 그때, 제가 수영이 아니면 안 된다고 그렇게 말씀
드렸는데 어머니 뭐라고 하셨어요. 수영이랑 결혼하느니 마누라
자식 없이 혼자 살라고 하셨죠? 말씀대로 되었어요."

김여사는 무슨 소리인가 싶어 눈만 끔뻑였다. 의사가 한숨을
쉬었다.

"강준상 선생이…… 암 자체는 어디 전이되지도 않고 깨끗하
긴 한데……."

"한데요?"

"좋지 못한 곳에 암이……."

"뭘 그렇게 빙빙 돌려 말하십니까."

준상은 돌아누운 채, 남 일 말하듯이 대꾸했다.

"자식 보기는 글렀어요."

"뭐라고?"

"고환암이라고요."

"고, 고환암?"

"그래요, 결혼 같은 건 내 분에도 안 맞는 일이니 꿈도 안 꿀 거
고, 자식도 못 볼 겁니다. 잘되었네요. 어머니 뜻대로 다 된 거잖
아요. 그때 어머니가 말리지만 않았어도. 수영이한테 그러지만
않았어도."

준상은 시트를 턱까지 끌어올린 채, 뒤도 돌아보지 않았다. 고
환암이라니, 김여사는 그 자리에 털썩 주저앉았다. 그러니까 그
사내들 씨주머니를 싹둑 잘라내야 한다는 말이 아닌가. 배운 것
없어도 그게 무슨 뜻인지는 바로 알아들었다. 그러니까 다시 말

해서 금쪽 같은 내 아들이, 무슨 내시들처럼 씨주머니를 잘라내고 자식도 못 보고 살 것이라는 말이었다.

암에 걸린 것은 두 쪽 중 한쪽뿐이었지만, 전이가 되었을 수도 있고 방사선 치료를 계속 받아야 하기 때문에 결혼을 하더라도 자식을 낳기는 어렵다고 했다. 남의 일이니 저리 쉽게 말하는가 싶어 의사를 보면서도 천불이 났다. 아이구, 내 새끼. 그런 데다 자식은 둘째치고, 사내 구실도 못 하는 남자를 어느 여자가 좋다고 시집이나 오겠느냔 말이다. 이래서야, 그 농협 다니던 계집아이라도 어떻게 붙잡아 결혼시킬 것을. 그게 어디 한두 달 전의 일만 되었어도 어떻게든 다시 불러다 결혼만이라도 시키자고, 자식 새끼 이대로 늙어 죽어 몽달귀신 되는 것이라도 막아보자고 그랬겠건만. 벌써 6년이나 지났으니 어디 가서 시집가서 애 낳고 살고 있을 게 아니냔 말이다. 남의 자식 이렇게 되도록 한번 들여다보지도 않은 것이, 저만 혼자 행복하게 잘살겠다 그럴 것을 생각하니 가만히 있는데도 속이 뒤틀어졌다.

"여봐요, 기주. 준상이네. 그럼 못써. 마음자리를 곱게 써야지."

"내가 지금 마음자리 곱게 쓰고 자시구가 어디 있우. 내가, 우리 준상이를 어떻게 키웠는데."

눈물 뚝뚝 찍어내며 당골 박보살네를 붙잡고 하소연을 해도 이런 문제에 답을 낼 사람은 박보살이 아니라 의사 선생이다.

"따지고 보면 그 처자, 내가 그랬잖어. 기주네 상남이랑 연분인데 기주가 막는 거라고. 내가 그랬어, 안 그랬어?"

"암만 그래도 그때는……."

말끝을 흐리다 말고 김여사는 고개를 든다.

"그럼, 저기 개랑 우리 준상이랑 천생연분이면, 지금이라도 어떻게 다시……."

"남의 집 딸내미 인생 망칠 일 있어."

"……."

"내 기주랑 잘 아니 하는 말이지만, 말이 나왔으니 말인데 그시기도 없는 사내가 장가는 무슨 장가. 요즘은 혼자서도 잘들 사는 세상이니까 그냥 살아야지, 뭘 어쩌겠어. 응?"

"아이고……."

"그리고 그게 몇 년 전이야? 그만한 처자면, 어? 그만큼 곱고 알뜰한 처자 같으면, 벌써 멀쩡한 딴 놈이랑 눈 맞아 결혼하고도 남겠네. 버스 떠났어, 무슨 그런 되도 않을 꿈을."

"그, 그래도 혹시……."

"그래, 아직 그 처자가 결혼 안 하고 기주네 상남만 바라보고 있었다고 해도, 멀쩡한 남의 집 딸 생과부를 만들 셈이야? 저들이 결혼을 하겠다고 나서도 말려야 할 사람이, 이렇게 철없는 소리를 하고 있으니."

"아이고, 내 새끼……."

"사람 연분이라는 것도 다 그려, 때를 놓치면 못 하는 거지. 뭘 이제 와서 어떻게 찾아서 어쩌겠다고."

"그때는…… 나도 욕심도 있었고……. 우리 준상이가 의산데, 명색이 의사 선생님인데, 어디 농협 다니는 애를 며느리로 삼나 싶어서."

"그건 기주가 모르는 소리지, 요즘 농협 다니는 여자면……. 아니고, 됐고. 지나간 일 이야기해봤자 소용도 없고. 그래, 그래서 그 처자 원망해서 뭘 어쩔 건데. 기주가 헤어지라고 했으면, 그건 그 처자 잘못이 아니지. 안 그래?"

"……."

"기주가 마음자리 곱게 안 쓰면, 상남 몸에 칼 댈 일 또 생겨. 왜 그걸 모를까."

"또 칼을 댄다고요?"

"그렇대두."

"아니, 그럼 올해 신수 잽힐 때는 왜 그 말을 안 했소?"

"아, 내가 그때 그랬잖아. 그 처자 놓치면 연분이 따로 안 들어올 거라고. 내가 그때 자식 이기는 부모 없으니까 한 번만 물러주라고 그랬어, 안 그랬어?"

저희들 좋다는 것 억지로 떼어놓았으니, 그 수영인지 하는 그 아이 원망할 필요 없다는 말은 알아듣겠지만, 그래도 하나밖에 없는 아들자식이 장가도 못 가보고 씨주머니를 잘라버리게 생겼으니, 어미 된 마음이 아주 찢어질라 한다. 김여사는 숫제 아이고 아이고 통곡을 하며 박보살의 옷자락을 붙들고 늘어졌다. 박보살이 목에 걸고 있던, 싸구려 장난감 같은 시뻘건 플라스틱 염주가 흔들렸다. 굵직굵직한 알이 걸리적거리는 서슬에 숨이 막혔는지 박보살은 김여사를 억지로 떼어놓고 염주를 벗어놓았다.

"아, 좀 놓아봐……. 어디, 이렇게 된 거 신령 할아버지께 한번 물어나 보자고."

"뭘 물어봐요."

"아니, 그래도 말이야. 그냥 그러고 만다, 그건 아닐 거 아냐. 수술은 깨끗하게 잘될지 그거라도 물어봐야지."

칠성방울을 챙 하고 털어 손에 쥐었다. 방울을 쥔 박보살의 손도 덜덜 떨렸다. 짤랑짤랑 흔들릴 때마다 박보살은 신령 할아버지에 관세음보살을 번갈아 불러대었다. 족히 광고 두세 편은 지나갈 만큼 시간이 흘러갔다. 박보살이 고개를 갸웃거렸다.

"거 참 이상하네."

"뭐가 이상하다는 거요."

"아니, 기주네 말이야."

"우리 집이 또 뭐."

"식구가 하나 늘 것 같아."

"식구?"

"그게 뭔지를 모르겠단 말이야, 식구……. 여봐요, 기주. 혹시 기주네 상남, 준상이 말이야. 어디 숨겨놓은 이거 없을라나?"

박보살은 새끼손가락을 들어 보였다. 김여사는 손사래를 쳤다.

"숨겨놓긴 뭘."

"아니, 요즘은 결혼 안 하고도."

"하이고, 그럴 주변이나 되었으면 내가 걱정을 않지."

속 시원한 답은 하나도 듣지 못한 채, 김여사는 집으로 돌아갔다. 점사가 영 맹탕인 것이, 박보살도 늙기는 늙은 모양이다. 젊었을 때는 공수 주는 것 하나하나가 그렇게 신통방통하였는데. 어디서 좋다고 덤벼드는 꼬질꼬질한 동네 똥강아지새끼 배때기를 툭 걸어차며 김여사는 자꾸 구시렁거렸다.

　그렇게 수발을 든 것이 벌써 한 달째.
　제 병원은 월급 의사를 앉혀놓고, 준상은 여전히 병원 신세를
지고 있었다. 그래도 결혼 안 하고 자식도 없으니 돈이 최고라고
보험에 저축에 이것저것 잘 챙겨둔 것이 쓸모가 많았다. 자식 일
이니 아까운 줄 모른다고 해도, 병원비는 징하게도 비싸긴 비쌌
다. 준상은 여전히 꼭 필요한 말 외에는 입을 다물고 있었지만, 그
래도 처음보다는 마음 정리가 된 모양이었다. 계절이 바뀐 탓에
속옷부터 시작해서 필요한 것이 많았다. 도우미 아줌마에게 집안
일을 맡겨놓고 병원에 들렀던 김여사는 6시가 좀 넘어 집에 돌아
오는 길에 집 근처 이마트에 들렀다. 아무리 그래도 보통 환자도
아니고 의사 선생님인데, 남보기 번듯하게 속옷부터 새것으로 깨
끗하게 입고 있어야지 싶었다. 이마트를 빙빙 돌며 속옷이며 잠
옷 같은 것을 샀다. 속옷 포장지에 인쇄된 건장한 남자의 모습에
공연히 눈물이 찔끔 솟았다. 어쩌자고 그런 흉한 병에 걸려서 이
렇게 에미 속을 다 썩이는지. 암이라고 해도 죽지는 않는다 했고
수술도 성공적이었으니 곧 예전처럼 활동할 수 있으리라는 말도
들었지만, 이건 어째 사는 게 죽느니만 못한 것 같다. 자식새끼 하
나 없이 혼자 늙어갈 아들놈을 생각하면, 정말로 6년 전 그때에
그 아이와 결혼을 시켰어야 하는 건가 싶은 후회마저 들었다. 그
때였다.
　김여사는 처음에는 눈을 그저 끔뻑거리기만 했다. 하필이면 지

금 이 순간에, 6년 전 그때 일을 처음으로 후회한 이 순간에, 그렇게 모질게 내쳐 쫓아 보낸 그 아이가 눈앞에 있다는 것이 믿어지지 않았다. 하지만 서른 살 남짓한 젊은 여자가 장바구니를 들고 토마토를 고르다 이쪽을 바라보았을 때, 이쪽을 알아본 듯 당황한 그 표정에 김여사는 잘못 본 게 아님을 확신했다.

"아니, 너……."

"안녕하셨어요."

그렇게 내쳐 보냈는데도 공손히 인사부터 하는 것을 보니, 그때 보았던 것만큼 막돼먹은 아이는 아니었던 모양이지. 하긴, 농협 다니는 여자아이면 결혼하고서도 일할 수도 있고, 며느릿감으로 눈에 차는 것까지는 아니라도 딱히 빠질 것도 아니었다. 굳이 흠을 잡자면 편모슬하에서 어렵게 자랐다는 것밖에 없었지. 무릎까지 내려오는 치마에 부드러운 크림색 니트 콤비를 입은 것이, 그때도 입성이야 나쁘진 않았지만 지금 보아도 곱긴 고왔다.

시집은 갔을까. 아직 서른 좀 넘었을 것이니, 결혼이야 아직 안 했을 수도 있다. 그런 데다 우리 준상이가 이 아이를 아직 못 잊어서 결혼은커녕 여자 하나 못 만나고 여섯 해를 허송세월했는데, 이 애라고 어디서 우리 준상이보다 나은 놈을 물어서 결혼인들 했으랴 싶기도 했다. 누가 들으면 주책이라 할까. 그래도 세상에 이 아이가 아무리 남자 홀리는 솜씨가 좋아도, 어디 가서 준상이보다 더 나은 놈을 만났을 성싶지는 않았다.

"그래……. 아니, 여긴 웬일로."

"저, 이 근처 살아요."

"그랬어?"

"올 초에 이사했어요. 이 동네로."

예전에 사귈 때부터 준상이야 이 동네 살았으니, 필시 아직 못 잊어서 그랬으렷다. 딱한 것. 김여사는 괜시리 콧날이 시큰거렸다. 그래, 내 아들 잘 낳아놓은 죄로 멀쩡한 계집아이 눈에 눈물을 다 뺐구나. 돈 천만 원 앞에 두고 했던 짓거리야 지금 생각해도 요사하기 이를데 없었지만, 그래도 6년 넘도록 아직 우리 준상이를 잊지 않았다니, 등이라도 한번 쓸어주고 싶었다.

"그래, 언제 한번 놀러 와라. 일은? 아직 농협 다니고?"

"예."

"수영아."

한참을 뜸들이다, 이름을 불러보았다. 눈이 휘둥그레지는 것이, 모르긴 몰라도 그동안에 마음에 서러운 것도 퍽이나 많았으렷다. 그래, 그래도 에미 마음이라는 게 다 그렇지. 다 내 자식 잘되라고 한 일이었는데, 이렇게 되어서야 잘못한 줄 알았으니 이게 얼마나 무섭고도 어리석은 마음이냐. 그래도 김여사는, 희망이 있겠다 싶었다. 중요한 부위를 아예 도려내어버린 아들을 생각하면 억장이 다 무너질 노릇이었지만, 그렇다고 멀쩡한 아들을 총각으로 혼자 늙어 죽게 할 수도 없는 노릇이 아니냔 말이다. 자식이야 못 둔다고 해도, 어찌 혼사라도 치러야 사람 구실을 할 것을. 그럴 요량도 조금은 얹어서, 6년 만에 다시 만난 아들의 옛 여자친구를 가만히 뜯어보는데.

"엄마!"

웬, 노랑 병아리 같은 유치원 가방을 멘 사내아이가 달려와서 덥석 매달린다.

"이 할머니 누구야?"

"아……."

수영은 당황하는 빛을 채 감추지도 못하였다. 그러다가 아이의 머리를 쓰다듬었다.

"엄마가 예전에 신세를 많이 졌던 분이야. 인사드려."

"안녕하세요, 할머니."

배꼽에 손을 대고 꾸벅 하고 인사를 하는 모양이, 어린것이 똘망똘망하기도 하다. 아이가 고개를 드는데, 김여사는 그만 길바닥에서 심장이 멎는 줄 알았다. 아니, 심봤다 하고 소리라도 지르고 싶었다.

아니, 어쩌면 이럴 수가 있누.

여섯 해 만에 만난 수영의, 대여섯 살이나 되었을까 싶은 아들아이가, 아무리 봐도 우리 준상이 어렸을 때다. 애가 똘똘해 보이는 게, 우리 준상이와 손잡고 나가면 누가 봐도 부자지간인 줄 알 것만 같다.

"저기, 애야……."

부르려고 했지만, 말이 입 밖으로 나오지 않았다. 수영은 시계를 보고는, 아이 학원 데려갈 시간이라고 말하고 공손히 머리를 숙여 인사했다. 돌아서서 멀어져가는 수영 모자의 뒷모습을 쳐다보며, 김여사는 가슴을 쳤다. 이름이라도 물어볼 것을. 생일이 언제냐고라도 물어볼 것을.

저가 아무리 잘난 척을 해도, 아아란 여자 혼자 만드는 게 아닐 것은 분명하고. 언제 시집을 가서 애를 낳았을까 생각을 해도, 저만한 애가 있으려면. 그렇지, 다섯 살. 다섯 살만 되어도, 그리 돈을 주어 쫓아버리려 했을 때 이미 태중에 있었다는 말이다. 김여사는 가슴이 먹먹했다. 아니, 그러면 그렇다고 말을 해야지 저 답답한 아이는 어쩌자고 말을 안 했을꼬. 모르긴 몰라도, 그렇게 이집안 핏줄을 훔쳐들고 나가는 게 저 나름대로는 복수라면 복수라고 생각했을지도 모를 일이다. 그렇지 않으면 무슨, 우리 준상이에 대한 추억으로라도 여겼거나. 그렇지 않고서야, 그리 내침을 당하고도 어찌 여자 혼자 몸으로 아이를 낳아서 키웠을까. 억지로 아들과 떼어놓았는데, 바로 전화번호를 달라고 하기도 머쓱하고. 그래도 아이는 참 예쁘기도 하다. 제 어미 손 붙잡고 아장아장 걸어가는 것이 어쩌면 머리부터 발끝까지 우리 준상이 같을꼬. 안타깝고 애틋한 것이, 품에 안고 둥기둥기 그동안 서러운 일 다 잊고 이제 우리 같이 행복하게 살자꾸나 하고 싶었다.

이 근처에 산다고 했으니, 필시 또 올 터. 다음번에는 전화번호라도 꼭 받아두어야 할 일이다.

김여사는 장바구니를 들고, 공연히 신이 나서 궁둥이를 썰룩이며 마트를 누비고 다녔다. 당치 않은 콧노래까지 자기도 모르게 흥얼거렸다. 준상이가 암에 걸렸다는 소식을 듣고 하늘이 무너지는 줄 알았는데, 손주 볼 희망일랑 영영 접어야 할 줄 알았는데. 세상에, 천지신명도 무심치 않으시지. 이런 좋은 일이 있을 줄이야. 이게 다, 그 영감 앞세우고 평생 고생하며 살면서도 그저 아들

잘되라고 여기저기 적덕하는 것만은 잊지 않았는데, 하늘이 굽어 보신 덕이다.

"그러고 보니 박보살이 늙었어도 여전하고! 영검도 하지!"

김여사는 요 며칠 사이 얼굴이 피었다. 집안 대 끊긴 것은 둘째 치고 손주아이 한 번 못 안아볼 줄 알았는데, 아니, 잘나디 잘난 우리 아들 그냥 혼자 쓸쓸히 늙어야 하는 줄 알고 그게 그리 서러웠는데, 아니, 세상에 이런 천복이 다 있을꼬. 김여사는 그 좋아하는 테레비도 끊었다. 아들 보러 병원 가는 것 외에는 남는 게 시간이라고, 곱게 꽃단장을 하고 이마트에 나가보았다. 며칠을 그러자 준상이가 직접 고용한 간병인 아줌마가 저 노인네는 아들이 아픈데 저러고 다닌다고 뒤에서 구시렁거렸지만, 김여사의 귀에는 그런 소리 따위는 들어오지도 않았다.

손주가 생긴다는데.

없는 줄 알았던 보물 같은 손주를 찾아야 하는데. 준상이에게는 미안하지만, 어차피 죽을병은 아니라 했으니 준상이도 제 새끼가 어디서 잘 살고 있더라는 이야기를 들으면 필시 좋아할 것이라는 생각도 들었다. 이왕 이리 된 거, 수영이 그 아이도 혼자서 어린아이 키우느라 고생하지 말고, 그냥 준상이랑 살림을 합쳐도 될 노릇이겠지만. 그런 일이야 그다음에 생각할 문제고.

일단은 우리 손주를 데려오는 게 먼저다. 제 어미 호적에 올라 있으면 차라리 간단한데, 그래도 처녀가 애를 낳았다고 자기 오빠나 친정 식구 호적에라도 넣었으면 또 복잡하지 않나. 아침드라마에서 보았던 그러저러한 법률관계를 얼치기로 따져보며 김여사는 그렇게 떡 줄 사람은 생각도 않는데 김칫국부터 마시듯 산망스레 굴었다.

그건 그렇고, 수영이 이 아이는 대체 장을 며칠에 한 번을 보는지. 애한테 과일이며 채소며 싱싱하고 옳은 것 먹이려면, 그래도 이삼 일에 한 번은 장을 봐야 할 게 아니냔 말이다. 사흘이 지나고 나흘이 지나자, 김여사는 슬슬 짜증이 나기 시작했다. 주말이라고 하루 종일 마트에 붙어 있으려니 짜증도 났다. 그러고 보니 이눔의 이마트는 밤 12시 넘어서도 장사를 한다고 그랬다. 대체 누가 신새벽에 장을 보러 오나. 김여사는 툴툴거렸다. 그때였다.

"엄마, 나 저거."

"또 파워레인저? 얼마 전에 샀잖아."

수영이였다.

"그치만 이번에 또 변신한단 말이야. 엄마 제발, 이렇게 소원이야."

매정한 것, 어린것이 저렇게 조르는데 어떻게 안 사줄 수 있다는 것인지. 김여사는 괜히 눈물이 다 찔끔 났다. 여자 혼자서 어린애 키우느라 모질고 독해졌다고는 해도, 어떻게 저렇게 눈에 넣어도 안 아프게 사랑스러운 게 졸라대는데 돌아설 수 있을꼬. 하긴, 그러니 애를 갖고도 그렇게, 헤어지라고 절대 안 된다고 했더니 그렇게 머리 한 번 숙이지 않고 행 돌아설 수 있었지. 그때 며느리로 들였다고 해도 저 독한 것에게 시어미 대접 제대로 받았을 성싶진 않았다.

"엄마하고 약속했잖아."

"그럼, 그럼 아빠한테 사달라고 해도 돼?"

잠깐, 지금 저 애가 뭐라고 하는 거야. 아빠?

그 뻔한 단어의 의미를 다시 새겨보기도 전에, 아이는 샛노란 유치원 가방을 옆에 끼고, 전동 공구 같은 것을 파는 쪽으로 쪼르르 달려갔다.

"아빠! 나 파워레인저!"

아이고, 세상에.

아이의 부름에 반응한 것은 큼직한 전동공구 상자를 손에 든 듬직해 보이는 남자였다. 아이는 파워레인저를, 남자는 전동공구를 손에 들고 있는 것을 보고 수영은 쓴웃음을 지었다.

"아니, 지금 뭐하는 거예요."

"어, 이거 필요할 것 같아서요."

"얼마 전에도 전동드릴 샀잖아요. 또 필요해요?"

"신제품이래. 봐요, 더 가볍고, 당신도 쓸 수 있고."

"듬직한 남편 있지, 아들 있지. 내가 드릴 쓸 일이 뭐가 있다고."

"그런가?"

"그러니까 나두 파워레인저!"

"어허."

"그치만 엄마, 이거 신제품이란 말이야. 아빠는 사주고 나는 안 사줘?"

"거봐요, 애가 아빠 하는 건 다 따라하잖아. 당신이 사줘요."

"어? 너무하잖아, 당신."

"너무는 무슨."

"엄마 짠순이!"

"엄마가 짠순이니까 우리 영웅이 유치원도 가고 파워레인저도 살 수 있는 거지. 하여간 아빠랑 아들이랑 똑같아, 똑."

남자는 아이를 덥석 들어 올리고, 아이는 좋아서 깔깔거렸다. 그 모습을 보는 수영도 웃고 있었다. 젊은 부부와 건강한 아이, 누가 보아도 평화롭고 행복해 보이는 풍경이었지만, 김여사의 속은 바짝 탔다.

"차영웅 씨, 이번 달에는 이제 장난감 더 안 사는 거야. 엄마랑 약속!"

"약속!"

"며칠이나 가려고 약속씩이나."

"당신이나 잘해요."

차영웅, 차영웅이라니.

앞으로 보나 뒤로 보나, 어딜 보아도 우리 준상이 핏줄이 틀림없는데, 강 씨 집안 자손이 강영웅이 아니라 차영웅이라니. 아니지. 이건 아니다. 이건 아무래도 잘못된 거다. 김여사는 가슴이 무너지는 것 같았다. 수영이라는 아이도 그렇지, 또 혼자 살기 뭐해서 결혼이라도 하려고 했으면, 아이는 제 원래 핏줄 찾아주고 시집을 갔어야 사람의 도리가 아니냔 말이다. 어쩌자고 그 아이를 제 어미 성도 아니고 새아빠 성을 따라가게 만들어, 만들기는. 세상에 그런 법이 어디 있다고.

"몇 년 전에 법이 바뀌었어."

"무슨 놈의 법이 바뀌었다고."

"엄마가 어린애 데리고 재혼하면, 애가 새아빠 성 따라갈 수 있다고."

"아니, 누가 그런 짐승 같은 놈의 법을 만든 것이오."

"어린애한테 늬 아빠 친아빠 아니라고 놀리고 그러는 거 생각하면 아들 안 불쌍하게 만들자고 만든 법이긴 한데……. 근데 준상이네, 욕심내지 말어. 왜 자꾸 떠난 버스에 손을 흔들어."

"떠난 버스에…… 우리 아들 게 실려 있으니 그렇잖소."

김여사는 이를 갈았다. 나무아미타불. 박보살이 염주를 굴렸다.

"그게 어디, 차 씨네 자손이오. 그게 어떻게 그 요망한 년도 아니고 웬 생면부지 낯모르는 놈의 자손 노릇을 하고 있는데. 그 애는 우리 준상이 애요. 박보살도 말을 어찌 그리 냉랭하게 해, 우리 준상이가 불쌍도 않우?"

"애 어미는 불쌍도 않고?"

박보살이 혀를 찼다.

"젊어 결혼할 만치 좋아한 남자는 시어미가 모질어서 결혼도 못 했지, 겨우 좋은 남자 만나서 살고 있는데, 그때 그 시어미 될 뻔한 할마씨가 득달같이 나타나 애 내놓으라고 생떼를 쓰면, 애 어미가 안 불쌍해? 기주, 내가 뭐랬어? 욕심 부리지 말라고 했지? 기주가 욕심을 자꾸 부리면, 상남네 몸에 칼 댈 일만 생기고, 기주에게도 망신살이 뻗쳐. 왜 자꾸 그럴꼬."

"내 다른 건 몰라도, 내 새끼 핏줄 데려오는 일만은 박보살 말 안 들을 것이오."

"그게 진짜로 준상이 핏줄이기는 하고?"

박보살은 눈을 치떴다.

"확실한 거야?"

"아, 확실하잖고서야."

"기주, 기주가 지금 생각을 잘해야 해. 그래, 그 아이가 준상이 자손이래도 이건 사람 할 짓이 아냐. 지금 어미한테서 자식 빼앗아 오겠다는 말밖에 더 돼?"

"애비가 시퍼렇게 살아 있는데, 지 핏줄 찾아 오는 게 뭐가 말이 안 된다고 그러시우."

"그건 그렇다 쳐도, 만에 하나 그 아기가 준상이 핏줄이 아니면."

박보살은 염주를 돌리던 손을 멈추고, 손으로 탁자를 쳤다.

"기주 때문에 좋아하는 남자랑 헤어지고도 겨우 제 가정 꾸리고 사는데, 그렇게 해서 집안 파탄내면 그 업보를 어찌 받으려고 그럴까! 전생에 업장 긴 것도 없는데 어찌 그래 남의 발목을 잡어, 잡기는. 그러다가 정말로 상남한테 큰일이라도 생겨야 정신을 차릴 것이여!"

발목을 잡기는 무슨 발목을 잡는다고. 김여사는 계속 트집만 잡아대는 박보살이 마뜩치 않았다. 예전에도 그러더니, 이런 일까지도 욕심을 부린다고 무어라 하기만 한다.

"욕심은 보살이나 놓으시오. 나는 이리 살 것이니."

"사람 말 아니 들어 그 화를 보고도 아직도 그러시나. 아니, 그래. 그 아이가 준상이 핏줄이라고 쳐, 그런다고 해도 기주가 나타나봤자 그 처자 팔자 꼬이기밖에 더해? 그 남편 생각을 해봐. 애

딸린 여자인 것 알고 결혼할 만큼 좋아 죽었어도, 그런 이야기 집 밖에서 나와 봐, 환장해. 그런 데다 전에 좋아했던 남자가 암에 걸렸다는 소리까지 하면서 애 빼앗아 가 봐. 집안 꼴이 남아나겠어?"

"젊으니까 애야 또 보면."

"그리고, 이건 정말 만에 하나. 그 남자가, 애가 자기 자식인 줄 알고 결혼한 거면 어쩔 것이야?"

"아니, 세상 어느 사내가 지가 뻐꾸기 서방 된 거 좋다고 하겠소? 알면 나한테 고맙다고나 하지."

"준상이네는 어째 그 나이를 먹고도 사람 사는 이치를 몰라!"

박보살이 무슨 말을 하는지는 안다. 청맹과니도 아닌데 그게 무슨 소리인지 모를까. 잘못 건드리면 그 수영이라는 아이 인생 작살낼 일인 것도 알기는 안다. 근데 아무리 생각해도 그 아이가 탐이 나는 것을 어쩌란 말인지.

이불을 깔고 누워, 김여사는 어두운 천장 그늘께에 흐릿하게 비치는 꽃무늬를 세었다.

애가 참 똘망똘망해 보이던데. 우리 준상이 어렸을 때랑 똑같았지. 준상이도, 그 없는 살림에 장난감 갖고 싶다고 한참 문방구점 유리창을 들여다보던 것을 생각하면. 지금 생각하면 정말 가슴이 찢어지는 일이었다. 해주고 싶은 것도 정말 많았는데. 그 애를 데려오면 정말 잘해줄 수 있는데. 준상이가 의사 노릇하며 번 것에 김여사가 젊어 고생하며 번 것까지, 남부럽지 않게 왕자님처럼 키울 수도 있을 텐데. 그런 금쪽 같은 아이를 웬 낯선 놈에게 맡겨놓고, 할미가 되어 잠이 올 리가 없는 일인데.

김여사는 그런 생각을 하며 계속 이리저리 뒤척거렸다. 날이 밝아 올 무렵에야, 김여사는 맷돌을 가는 듯한 소리로 코를 골아 대며 깊은 잠에 빠졌다.

아이의 가방에서 본 해바라기 유치원 앞에 찾아간 것은, 그다음 날의 일이었다.

손주가 걱정되어 온 할머니답게, 김여사는 꽃이 핀 담장 너머로 목을 빼고 안을 들여다보았다. 유치원 안마당의 작은 놀이터에서는 대여섯 살 난 어린아이들이 하늘색 놀이옷을 위에 덧입고 흙장난을 치거나 그네를 타고 있었다.

"애야."

똑같이 하늘색 옷을 덧입은 아이들 사이에서, 한참 만에야 영웅이를 찾아내고 김여사는 스스로 생각해도 퍽 기특하다는 생각이 들었다. 나이가 들어 눈도 침침해졌는데도 바로 찾아내는 것을 보면 핏줄이 당기기는 하는 모양이지. 김여사는 목청을 다시 가다듬어 영웅이를 불렀다.

"애야, 영웅아."

저 부르는 소리에, 영웅이가 이쪽으로 달려왔다.

"할머니는 누구세요?"

"왜, 지난번에 마트에서 엄마랑 인사했잖니."

김여사는 팔을 뻗어 영웅이의 머리통을 쓰다듬었다. 머리카락은 보드라웠다. 바람이 불자 머리카락이 흔들리며 김여사의 늙은 손을 간지럽혔다. 김여사는 얼른 가방에서 군것질거리를 꺼내고 파워레인저 장난감도 꺼내 영웅이에게 내밀었다.

"파워레인저!"

아이의 얼굴이 천진한 기쁨으로 물들었다. 그때였다.

"차영웅!"

유치원 선생이, 적대적이라고밖에 말할 수 없는 매서운 눈을 하고 이쪽을 바라보고 있었다. 이건 마치 무슨……

"영웅이 이리 와."

애 훔쳐 달아나는 유괴범이라도 보는 듯한 눈빛이었다.

"실례합니다만 영웅이랑 무슨 관계 되시죠?"

나 이 아이 친할미요, 그렇게 말을 해야 하는데, 말이 입 밖으로 나오지 않았다.

"이분, 영웅이 할머니 아니잖아?"

"우리 할머니 아니에요. 엄마랑 아는 할머니."

"어른이 주시는 과자나 장난감 받아도 되나요, 안 되나요."

"선생님이랑 엄마 아빠랑 우리 할머니가 주시는 것만 받아야 해요."

"다른 어른이 주시는 것은?"

"엄마가 받아도 된다고 할 때만……."

아이의 눈길은 여전히, 김여사의 손에 들려 있는 파워레인저 장난감에 머물러 있었다. 김여사는 그것이 못내 애처로웠다. 저렇게 좋아하는데.

"잘했어요, 영웅이 가서 친구들하고 놀아."

"예……."

"파워레인저는 안에도 있으니까 친구들이랑 파워레인저 놀이해. 할머니한테 안녕히 가시라고 인사하고."

"안녕히 가세요."

손을 배꼽에 모으고 꾸벅 머리를 숙였다 든다. 귀엽기도 하지. 한번 꼭 안아보고 싶었다. 저쪽에서 마구 달리고 뛰던 어린애 하나가 달려와 영웅이의 손을 잡고 끌었다. 저러다 다치면 어쩌누. 김여사는 속이 탔다.

"요즘 아이들 대상으로 한 사고가 많아서, 가족 외에는 장난감이나 간식 같은 것 받지 못하게 하고 있습니다."

"······."

"이웃 분이신가요?"

"나는, 저기 그러니까······."

김여사는 죄인이 된 기분이었다. 대체, 요즘 젊은 여자들은 어쩌자고 이렇게 인정머리가 없는지. 노인네가 이렇게 죄송스러운 얼굴을 하고 있는데도 눈 하나 깜짝하는 법이 없다.

"마음 상하셨다면 죄송합니다만 이해해주세요."

"아이구······ 원, 참."

"이웃 아이가 귀여워서 간식이나 장난감을 주실 수는 있겠습니다만, 영웅이 어머님이나 할머님을 통해서 전해주세요. 요즘은 세상이 너무 험해져서요."

정말 별꼴을 다 볼 일이다.

손주 찾을 일만 아니었으면 이런 꼴을 보고도 가만히 있을 리 없었지만, 여기서 큰소리 내봤자 좋을 일이라고는 없다.

이럴 게 아니라 그 영웅이 할머니라는 사람을 한번 만나봐?

수영이 남편이라는 사람이야 그렇다고 쳐도, 망령이 나지 않은 이상 제 친손주도 아닌 것을 끼고 키울 이유가 없다. 하지만 김여사는, 그랬다가는 정말로 수영이 팔자를 깨진 뒤웅박만도 못 하게 만들겠거니 하는 데 생각이 미쳤다. 아무래도 박보살 말에 마음이 약해진 모양이다.

"준상이 몸에 칼 델 일이 더 생긴다고⋯⋯."

역시, 수영이와 그 수영이 남편에게 직접 말하는 수밖에는 없겠다. 그래도 젊은 사람들이니 오히려 이야기는 통할 것이고. 나름 의사 아들 두고 본때 나게 살고 있는 김여사가, 어디의 우악스러운 할마씨에게 자칫 머리끄댕이 잡아뜯고 싸우는 꼴이라도 나면 그것도 한심한 일이다. 김여사는 유치원이 바라보이는 동네 근린공원 나무그늘에 앉아, 시간이 가기만을 계속 기다렸다.

꾸벅꾸벅 졸았는가 싶었는데 벌써 초저녁이다.

부모들이 와서 아이들을 데려가느라, 골목으로 소형차들이 밀고 들어왔다가 한 대씩 빠져나가고 있었다. 김여사는 눈을 부비고 어슬렁거리며 유치원 앞으로 가보았다. 건물 안에서, 영웅이가 까치발을 서며 밖을 내다보고 있었다. 유치원 문 앞에서 어른거리며 김여사는, 자기가 영웅이 아빠라고 생각하고 있을 그 한심한 젊은 놈을 목 빼고 기다렸다.

남자가 도착한 것은 삼십 분은 더 지나서였다.

"아빠아!"

영웅이는 발을 구르며 달려와 아빠에게 안겼다. 신발을 신고 아빠 목에 매달리듯 하여 유치원 문을 나섰다. 저렇게 아빠를 좋아하는데, 왜 엉뚱한 데 가서 아빠를 찾고 있누. 김여사는 마음을 굳게 먹었다. 아무리 그래도, 머리 검은 짐승에게는 천륜이라는 게 있는 것이다. 짐승 새끼도 아니고 사람 자손이, 이렇게 사는 것은 아무래도 아니다 싶었다. 김여사는 몸을 일으켰다.

"저기."

"어, 파워레인저 할머니!"

영웅이가 먼저 알아보고 손을 흔들었다. 파워레인저라니 무슨 말인가 싶었는지, 수영의 남편도 뒤를 돌아보았다.

"나 좀 봅시다."

"무슨 일이신지……."

마침 잘되었다. 차를 주차시키고 오는 것인지, 수영이가 손에 열쇠를 들고 이리 오고 있었다. 그래, 이리 다 모였으니 할 말은 해보아야지. 김여사는 주먹을 꽉 쥐었다.

"그, 그 애는 내 손자요."

"……?"

"그 애, 영웅이 말이오!"

남자는 아이를 바닥에 내려놓고, 김여사를 향해 한 걸음 다가왔다.

"그게 무슨 말입니까."

"영웅이는 차 씨네 집안 아이가 아니라, 우리 강 씨네 핏줄이란 말이요! 그, 그 말을……."

"……."

"수영이가…… 6년 전에 우리 준상이와 결혼하려는 것을, 내가 뜯어말렸는데……."

"……."

"그 죄를 받아서…… 내가 그 죄를 받아서 우리 준상이가…… 몹쓸 병에 걸렸는데…… 결혼도 못 해보고, 마누라도 자식새끼도 없이 그냥 그렇게…… 쓸쓸히 그러게 생겼는데……."

"그러니까 지금."

"수영아, 아이고, 수영아!"

김여사는 말을 잇지 못하고 바닥에 주저앉았다.

"내가, 내가 잘못했다……!"

김여사는 통곡하며 수영에게 무릎으로 기어가 다리에 매달리려 했다. 수영은 기가 막히다는 듯 얼른 뒤로 물러났다가, 아이를 품에 꼭 끌어안았다.

"우리 준상이가…… 암에 걸렸다. 목숨은 구했는데, 평생 자식은 낳을 수 없다고 그런다……. 우리 준상이, 우리 금쪽 같은 내 새끼가 결혼도 못 하고 그리 늦게 생겼는데, 가엾지도 않니. 수영아, 내가 잘못했다. 내가 다 잘못했다. 그러니 제발…… 이 아이만이라도 돌려다오. 응?"

"지금 무슨 말씀하시는 거예요!"

"우리 준상이 애잖니. 보면 안다. 그렇지 않고서야, 6년 전에 내가 내친 네가 어떻게 유치원 다니는 아이를……."

"이보세요, 아주머니."

수영의 남편이, 김여사와 수영의 사이를 가로막았다.

"지금 뭐 하시는 겁니까."

"댁도, 아직 젊으니까 아이는 또 낳아도 되잖아요. 남의 자식 기르는 거 보통 공이 아닌 것은 알아요. 어떻게든, 내가 다 갚아 줄 테니까, 그 은공 저승에 가서도 다 보답할 테니까, 우리 손주, 우리 영웅이만은……."

"영웅이는 내 아들입니다."

남자는 단호했다. 하지만 김여사는, 이런 아침드라마에서 뻔히 보던 패턴에 속을 만큼 순진한 사람은 아니었다. 김여사는 눈을 비비며 고개를 들었다. 울던 서슬 뒤끝에, 눈은 동화 속 마귀할멈처럼 시뻘게진 채였다.

"지금 어디서 그런 말로 사람을……."

"지금 어디서 그런 말은 제가 아주머니께 할 말이죠."

남자는 휴대폰을 꺼내 어디론가 전화를 걸었다. 아이들을 배웅하던 유치원 선생님들도 이쪽을 기웃거렸다. 영웅이네 선생님이, 아까 그 할머니라고 이야기하는 소리가 여기까지 들렸다. 남자는 전화를 끊었다. 그러고는 아이를 안아 올리고, 수영을 김여사에게서 보호하려는 듯 등 뒤에 세웠다.

"이 애는 내 앱니다."

남자는 이를 악물었다. 그야말로 어머니뻘 되는 노인만 아니었으면 한 대 칠 기세였다.

"그리고 아주머니 생각이 틀렸어요, 수영이가 낳은 애가 아닙니다."

"저 애가 낳지 않았음, 하늘에서 떨어지기라도 했단 말이오, 뭐요!"

김여사는 악에 받쳐 소리쳤다.

"왜 멀쩡한 사람이, 남의 자손을 제 새끼라고 그렇게 감싸고……!"

"어머님."

수영이 끼어들었다. 정말 민망하고 한심하고 소름 끼쳐서 견딜 수 없다는 듯한 얼굴이었다.

"지금 대체 무슨 말씀을 하고 계시는지, 알기는 아시는 거예요?"

"너도 그렇다, 어떻게 사람이 이렇게 모질어! 혼사 말 있었던 사람이 병에 걸렸다는데! 한번 얼굴 보고 싶은 마음도 안 드는 거냐!"

"갑자기 오셔서 그러시는 이유야 제가 아니라 영웅이 때문이겠죠. 그런데 어머님, 어떡하죠?"

수영은 울 듯이 웃었다. 그러다가 앞으로 나가 영웅이를 받아 안고, 귀를 꼭 막았다.

"영웅이는 준상 씨 애 아니에요. 영웅이는 제가 낳은 애가 아니라고요. 대체, 어머님 지금 여기서 무슨 말씀 하시는지 알기는 아시는 거예요? 영웅이, 이 사람 전처 아이예요. 영웅이 친엄마는 영웅이 낳다가 죽었다고요!"

결국 김여사는 수영의 남편이 부른 경찰들 손에 경찰서에 끌려가고 말았다.

현장에 나온 경찰에게 유치원 교사가, 아까도 유치원을 기웃거리며 과자와 장난감을 주려 했다는 증언을 보태었고, 손자도 없는 김여사의 가방 속에서 초콜릿과 사탕과 파워레인저 장난감이 나오자 수영의 히스테리는 극에 달했다. 자기가 낳은 자식도 아니라면서, 수영은 길길이 날뛰었다. 유괴 미수라며, 경찰들은 무엇하고 있느냐고 소리를 질렀다.

"사람이, 한번 남의 인생을 망쳤으면 그것만으로도 제게 미안하셔야죠, 면목 없으셔야 하잖아요!"

듣고 있던 남편이 품에 안고 토닥거리며 달랠 때까지, 수영은 김여사를 천하의 몹쓸 여자, 아들과 결혼하지 못하게 막은 것도 모자라서, 이제야 겨우 찾은 행복까지 산산조각 내려 온 악마 같은 할망구, 남편의 아이를 유괴하려 한 유괴미수범 취급을 하며 최소 100미터 이내 접근금지를 요구했다.

"어머님도 자식을 키우셨던 분이 어쩌면 이러세요? 고생해서 준상 씨 키우셨다고 그 유세를 하셨는데, 저희 어머니도 혼자서 저 키우시느라 갖은 고생 다하셨어요. 세상에 잘난 게 준상 씨 하나뿐이고, 세상에 고생해서 한 맺힌 사람이 어머님 혼자뿐이세요? 세상에, 어쩌면 남의 신세를 망치고도 미안한 게 없으세요? 어떻게 이제 와서, 준상 씨가 병에 걸려 결혼도 못 하고 자식도 못 낳겠다 그런 이야기 듣고서야 제 생각이 나셨나요? 그래, 마트에서 마주쳤을 때 어째 전 같지 않게 살갑게 대하신다 했어요. 제가 결혼도 하지 않고 아이도 없었으면, 그래, 데려다 결혼이라도 시키려고 하셨어요? 암, 그러셨겠죠! 어머님이야 그 준상 씨, 마마보이에 어머니 치마폭에 폭 싸인 그 준상 씨밖에는 모르시니까. 남의 인생 같은 거야 안중에도 없는 분이니 그러시고도 남았겠죠!"

"……"

"그만하자, 수영아."

"그만은 무슨 그만이에요, 지금 이런 웃기는 꼴을 당하고도 그래요? 경찰 아저씨, 보호자도 없는데 이분, 그냥 유치장에 넣든지 말든지 마음대로 하세요. 기소할 거예요. 접근금지 신청할 거고, 다시 우리 애 앞에 나타나면 그땐 어떻게든 무슨 수를 써서라도, 감방에 보내서라도 그냥 안 둘 거라고요!"

나중에는 그, 영웅이 할머니라는, 사실은 영웅이 친 외할머니 되는 곱게 늙은 할머니까지 찾아와서는, 상종 못할 여편네라는 듯 혀를 끌끌 찼다. 김여사는 죽고만 싶었다. 그저 늙으면 죽어야지. 하지만 아무리 보아도, 영웅이 저것이 저리 똘망한 게 우리 준상이 어릴 적이랑 꼭 같은데. 아무리 그래도 풀 것은 풀어야 쓸 것 같았다.

"근데…… 저기 그 뭣이냐…… 친자검사라고 하나, 그건……"

"봐요, 이분 아직도 정신 못 차렸어요. 경찰들은 뭐하시는 거예요. 이분, 당장 잡아넣어 주세요."

영웅이 할머니, 그러니까 죽었다는 영웅이 친엄마의 친정어머니 되는 양반이 기가 막혀도 이렇게 기막힌 일이 없다고 몇 번을 중얼거리다 가늘게 흐느꼈다. 수영의 남편은 수영을 안심시키려는 듯 그 앞에서 검사가 된 친구에게 전화를 걸었다. 6년 전과 달리, 피해자의 입장에서 법을 등에 끼고 그야말로 기세등등해진 수영이 온갖 유세를 부리는 사이, 경찰은 김여사를 정신 나간 노인네 취급을 하고 혀를 차다가, 보호자에게 연락할 것을 권했다. 보호자라고 해봐야 준상이말고는 달리 다른 이도 없지만, 차마 병원에 있는 아들을 이런 자리에, 그것도 전에 결혼까지 생각했고 아직도 못 잊고 있는 수영이 보는 자리에 불러낼 수도 없었다.

"할머니 가족 없으세요? 옆집 할머니든 누구든, 연락할 데도 없어요?"

김여사는 한참 동안 입을 다물고 있다가, 겨우 박보살의 전화번호를 대었다.

할 말이 없고, 부끄럽기만 했다.

경찰서에 있다는 말에 허둥지둥 뛰어오느라 몸빼 바지에 알록달록 선녀 옷에 알알이 탁구공만 한 것들이 줄줄이 이어진 굵고 새빨간 염주를 목에 감고 뛰어온 박보살은, 그러게 왜 하지 말라는 일을 그리 하느냐며 김여사의 등짝을 손바닥으로 몇 번씩 쳤다. 그러고는 입도 못 떼고 있는 김여사를 대신하여, 수영과 수영의 남편, 그리고 영웅이 할머니에게 몇 번이나 머리를 조아리며 사죄했다. 수영은 남편의 만류로 겨우, 고소는 하지 않겠다고 말했지만.

"저는 이마트랑 작전역 홈플러스로 장을 보러 다녀요. 다시는 아주머니도, 준상 씨도, 얽히고 싶지 않아요. 아주 진저리가 나요."

"……"

"죄송하지만 앞으로는 임학동에 있는 마트로 다니세요."

"아니, 원……."

"다시 뵙고 싶지도 않아요. 절대로 내 눈앞에 나타나지 마세요. 어떻게 사람이 그러세요. 한 번도 아니고, 이젠 우리 영웅이까지."

"알았다."

박보살의 채근에, 겨우 대답을 하면서도, 김여사는 아연할 뿐이었다. 이 와중에도 그런 약속을 받아내다니, 이런 얌통머리 없는 것을 봤나. 그러니 내가 너를 며느리로 안 들였지. 그래도, 이제 결혼도 못 하고 자식도 못 볼 불쌍한 내 아들, 어디서 핏줄이라도 하나 찾아냈다고 그리 기뻐했는데. 김여사는 몇 시간 사이에 수십 년은 늙어버린 듯한 기분이 들었다.

"그러게 왜 그랬어."

박보살은 혀를 찼다. 수영은 남편 전처의 친정어머니를 마치 친어머니 대하듯 살갑게 모시며 돌아섰고, 수영의 남편은 그 소란에도 쿨쿨 잠든 어린애를 안고 뒤를 따랐다. 할머니와 엄마와 아빠와 어린아이. 그렇게 한 세트처럼 잘 갖추어진 가족이 작지만 반짝거리는 경차에 올랐다. 차 뒷자리에 놓인 뽀로로 인형을 보며, 김여사는 훌쩍거렸다.

"뭘 잘했다고 울어."

"우리 준상이 불쌍해서 어째……."

"기주야 그저 준상이만 불쌍하지."

박보살은 혀를 찼다. 아파트 단지까지는 택시를 타기에는 가까웠다.

"집에 가는 길에 장이라도 보지."

살 것도 마땅히 없으면서 김여사는 박보살과 함께 상가 쪽 골목을 따라 걸었다.

단지 앞 수퍼마켓 앞에, 주인이 막 라면박스를 내놓던 참이었다.

"게 뭐요?"

"동네 강아지 새끼가, 아 우리 집 앞에 새끼를 낳았지 뭡니까."

주인은 허허 웃으며 라면박스를 보여주었다. 주먹만 한 강아지들이 꼬물거리며 낡은 담요로 파고들었다.

"한 마리 데려가시렵니까? 단골이시니 그냥 드리죠."

"이봐요, 기주."

"왜요."

"강아지라도 하나 키우지그래."

"왜."

"왜긴 왜야, 쓸쓸하니까 그러지."

"쓸쓸하긴 뭐가."

"되도 않을 손주 타령 그만하고, 이놈으로 데려갑시다. 어때?"

박보살이, 발이 하얀 강아지 한 놈을 번쩍 들어 올렸다. 김여사 눈에도, 그놈이 제일 똘망하니 귀엽긴 했다. 생각해보니, 아들이 의사가 되고 김여사도 돈을 모아 이 아파트 단지로 이사 오기 전까지만 해도, 마당에서 바둑이며 점박이며 개도 두어 마리 키우곤 했었다. 김여사는 강아지의 털을 쓰다듬어보았다. 보드라운 털뭉치 같은 강아지가 김여사의 체온에 손바닥으로 파고들었다.

"정말로, 개라도 키울까."

김여사는 중얼거렸다. 그러다가 김여사는 문득 생각난 듯.

"이봐요, 아저씨."

"예?"

"애가 초등학교 다니죠."

"아, 예. 그렇죠."

가방을 열어, 영웅이에게 주려고 샀던 파워레인저 장난감을 꺼냈다.

"이거, 이거 남 쓰던 거 아니고 그냥 새건데, 애 오면 줘요."

"어이쿠, 고맙습니다."

슈퍼마켓 주인은 껄껄 웃었다. 김여사는 손바닥으로 파고드는 그 발이 하얀 강아지를 몇 번이나 쓰다듬다가 가만히 품에 안았다. 강아지가 낑낑거리며 김여사의 이제는 늙고 축 늘어진 가슴에 안겼다. 그러고 보니 식구가 늘 거라더니. 늙은 줄 알았는데 박보살이 아직도 용하긴 용한 모양이었다.

■ 작전동 김여사의 우울은 ……

　사실 이 이야기는, 운동을 한다고 나왔으면 계산동 홈플러스, 작전동 이마트, 작전동 홈플러스를 그냥 지나쳐 집으로 곧장 들어갔어야 하는데, 생수 한 병만 사들고 나온다고 들어갔다가 꼭 맥주 아니면 과자까지 한 봉지씩 들고 나오기를 반복하며, 운동한다고 나온 게 돈은 돈대로 쓰고 체중은 체중대로 늘어나더라는 참혹한 결과를 맞이했던 어느 봄날에, 바로 그 작전동 이마트에서 파워레인저 장난감을 들여다보다 쓴 이야기이다.

　그때는 집 근처에 있는 회사에 다니던 때라, 돌아다니면서도 남의 눈에 띄지 않을까, 근처에 사는 직장상사들에게 잘못 걸리지 않을까 매일 조마조마했다. 그런 기분이 이런 이야기가 되어 튀어나온 것이 딱하기도 하고 웃기기도 하지만. 이걸 쓰고 싶은데 박보살님이 어떤 말투로 말을 해야 좋을지 몰라서, 직장 옆에 있는 점집에 가서 사실은 글도 안 팔리고요, 뭐도 잘 안되고요, 상사는 괴롭히고요, 하고 신세한탄을 하면서 점집 보살님 말씀을 보고 들었던 생각이 난다. 그 보살님 말씀으로는 내가 그렇게 글을 쓸 팔자는 아니라는데, 여튼 운명을 거역하고 아직도 쓰고 있다.

온우주
단편선

나 는 매 문 가 가 되 고 싶 었 다

나는 매문가가 되고 싶었다

매문가라는 말을 들어본 적 있는가. 팔 매. 글월 문. 매문가란 글을 파는 사람이라는 뜻이다. 그 단어는 마치 빵 굽는 타자기라는 책의 표지를 처음 보았을 때 느꼈던 구수한, 마치 갓 구워낸 따끈따끈한 밤식빵과 같은 냄새를 연상하게 했다. 아직 그 책을 읽진 않았지만 그 책의 제목을 처음 들은 순간 느꼈던 미묘한 낭만을, 나는 그 단어에 바로 대입했다. 작가라는 단어 대신, 사랑하는 것이기 때문에 오히려 비꼬고 경멸하지 않으면 견딜 수 없을 것 같은 마음을 담아서.

　아, 나는 진심으로 매문가가 되고 싶었다. 내 글을 돈으로, 와인 한 병과 몇 구의 초콜릿으로, 혹은 시집 한 권으로 바꿀 수 있을 만큼의 돈으로 만들고 싶었다. 혼자 먼 길을 떠나며, 손때 묻은 몰스킨에 에메랄드 빛 잉크로 하루하루 일기를 적고, 그 일기

를 팔아 다시 다음 여행을 떠나는 여행가가 되고 싶었다. 시인이
되고 싶었다. 내가 살아본 일 없는 날들을 꿈을 꾸며 기록해 나가
는 소설가가 되고 싶었다. 나는 그렇게, 글을 팔아 먹고살고 싶었
다. 내 이름 앞에, 작가라는 두 글자를 붙이고 싶었다. 가녀린 펜
대 위로 온 생애의 무게가 쏟아져 피를 토하듯 글을 쏟아내며, 누
군가에게 영감을 주거나 혹은 자신의 영감을 불태우며 살아가는
그런 인생. 그런 광기로 자신을 불태우는 젊은 작가란 얼마나 아
름다운가. 수십 년 전에 씌어진 전혜린의 수필 같은 그런 삶을, 나
는 늘 동경했다. 가슴에 불덩이를 폐병처럼 끌어안고, 우아한 원
피스를 입고 먼 창밖을 바라보며, 퇴폐적일 정도로 선명한 레드
립스틱 자국을 담배 필터에 남기며, 다른 작가들과 술을 마시고
이야기를 나누는 내 모습을 상상하며 나는 짐을 들고 계단을 오
르내릴 때조차도 마치 1930년대의 귀부인으로 분장한 탕웨이가
된 듯한 기분으로 움직였다.

그렇게 나는 꿈꾸곤 했다. 내 앞에 펼쳐진 진붉은 레드카펫을.
미모의 큐레이터들이 방송을 타는 것을 보거나, 홍대 근처에 교
수나 작가들이 많이 찾아오는 커피집을 경영하는 예쁜 카페에 대
해 여성지에서 읽을 때마다, 나는 그녀들이 선망하는 최고의 작
가가 되어서 그녀들 못지않은 미모를 뽐내며 우아하게 차를 마시
고 함께 미술품을 고르는 내 모습을 눈에 선하게 떠올릴 수 있었
다. 때로는 레드카펫 위에서 사람들의 시선 속에서도 초연한 얼
굴로 서 있는 나를 상상하기도 했다.

평범하게 살고 싶지 않았다. 범속한 사람들과는 다르게 살고

싫었다. 화려한 사람들이 재능을 칭찬하고 평범한 사람들은 책을 읽으며 어설프게 작가의 천재성을 논하는, 그런 특별한 사람이 되고 싶었다.

"있잖아, 그 스캔들 이야기 들었어?"

"어휴, 난 정말 걔네가 그럴 줄은 꿈에도 몰랐어."

아침에 출근하자마자 유니폼으로 갈아입으면서 떠들어대는 이야기들은 지루하고 범속하기 그지없어서, 나는 차라리 아무 말도 하지 않았다. 싼 티 나는 연예인들 가십, 어제 본 드라마 이야기, 지난주말의 무한도전. 생각이라는 것을 하는 흔적이라고는 없는 앵무새들의 조잘거림. 내게 익숙하지만 어울리지는 않는 세계였다. 이렇게 매일매일 돈을 세거나, 몇 푼 들어 있지도 않은 통장을 만지거나, 귀가 얇아 보이는 사람을 붙잡아 고객님 카드 한 장 새로 만드세요, 하고 권하는 일 따위는. 차라리 안쪽의 프라이빗 뱅크에서 부유하고 화려한 고객들을 상대로 그들의 부를 확고부동한 것으로 만드는 일이라면 예술이라고 부를 수 있을지도 모르지만, 서민들의 푼돈을 만지작거리는 것은 아무리 봐도 예술 축에도 들지 않을 일이었다. 나는 마디 굵은 손에 번쩍번쩍한 반지를 끼고 나타난 아줌마들을 속으로 비웃고, 몰취미한 동기들과는 적당히 어울려주는 척하면서 경멸했다.

인터넷이라고 딱히 나을 것도 없었다. 학교에서 일기를 쓰라고 할 때에는 무슨 핑계를 대어서라도 빠져나가지 못해 안달이 났던 여자애들은 학교에서 더 이상 일기 검사를 하지 않을 나이가 되면 스스로 싸이월드니 블로그니, 요즘은 페이스북을 열어놓고 자기 일상을, 자기 일상이었으면 싶은 모습들을 기록한다. 진솔한 척하는 매일의 자랑질을 구경하고 부러워해주기를 바라면서, 그날 다녀온 예쁜 가게와 맛있는 음식, 어딘가에 몰래 숨겨놓고 혼자서만 다니고 싶다고 써놓았지만 사실은 지난주쯤 어디의 파워블로거가 자기 블로그에 언급한 와인바, 애인이 선물해준 물건들과, 소위 얼짱 각도에서 일부러 볼을 부풀리고 귀여운 척 억지를 쓰듯이 찍은 셀카들. 학교 다닐 때는 과연 일기나 제대로 썼을까 싶은, 내가 아는 수많은 가련한 속물들은 그렇게 사람들에게 일상을 보여주고, 반응을 기대하곤 했다.

나는 그런 것 따위 질색이었다. 블로그를 띄워놓고, 몰스킨 수첩의 종이 위에 만년필로 한 글자 한 글자를 적어 나가듯 키보드를 두드렸다. 나는 매문가가 되고 싶다. 그 배덕적이라면 배덕적인 말을, 작가로서의 자의식이 하늘을 찌르는 누군가라면 틀림없이 보고 화를 낼 만한 문장을, 정말로 그 누군가가 읽어주기를 바라는 마음을 담아서. 아주 정성껏.

애초에, 재능 같은 게 없었다면 작가 지망생 따위가 되지도 않았을 거다.

중학교 때였다. 내 재능을 깨달았던 것은. 친구들과 오고가며 소소한 수다를 떨다가, 아마도 어떤 이상적인 남자에 대한 이야기를 만들어냈던 것 같다. 정확히는 나 혼자 만들어낸 이야기는 아니었지만, 나는 무슨 생각에서였는지 그 이야기를 연습장에 기록해두었다가, 원고지에 베껴 적었다. 별 이야기는 아니었다. 제법 멋을 부린, 첫사랑에 대한 이야기였다. 내게는 아직 오지 않았던, 그리고 지금까지도 그런 형태로는 오지 않은 사랑이 이백자 원고지 칠십 매 가득 형태를 이루고 있었다. 친구들은 소설가 났다고 마냥 신기하게 여겼고, 그 이야기는 졸업 문집에 실리기까지 했다. 친구들이 즐겨 읽던 인터넷 소설이나 순정만화에 으레 나오는 학교에서 싸움을 제일 잘하는 남자애도, 멋진 남자선생님도 현실에는 없었지만, 그때 내가 썼던 소설은 지금 보아도 뿌듯할 만큼 근사한 것이었다. 서투르긴 했지만, 그 안에는 우리가 상상할 수 있었던 가장 완벽한 남자가 존재했으니까.

그때 알았다. 내게는 글을 쓰는 재능이 있다는 것을. 연애 경험 따위 없었어도 내 소설은 충분히 실감 났고 훌륭했다. 코찔찔이 남자애였다가 어느새 훌쩍 자라서는, 여자애들을 무시하거나 하고 매일 쉬는 시간마다 농구공을 붙잡고 놀며 고약한 냄새를 풍기는 사내애들이 아닌, 매력적인 무언가를 만들어내는 것은 무에서 유를 창조하는 것과도 같았다. 에밀리 브론테는 남자와 연애는 고사하고 제대로 만나본 적도 없으면서 히스클리프 같은 남자를 창조해냈는데, 연애 한 번 못하고서 연애소설을 쓸 수 있다면 나 역시도 작가가 될 수 있는 거다. 그 무렵 귀여니의 소설이 인터넷을 강타하면서, 아무나 글만 쓸 수 있으면 작가가 될 수 있다는 말이 떠돌았다. 글 같지도 않은 인터넷 소설들이 책이 되어 서점 매대에 누워 있었다. 나는 내가 쓰는 소설 정도면 그런 인터넷 소설들보다는 훨씬 낫다고 자신했다. 소설 사이트에 가입하고 개인 게시판을 얻을 수 있을 때까지 열심히 도배하듯 글을 올리기

도 했지만, 게시판을 얻을 무렵이면 모의고사니 내신이니 수행평
가 같은 것이 자꾸 발목을 잡았다. 쓰던 글을 몇 번인가 연중하고
서 나는 소설은 대학에 가서 써야겠다고 생각했다.

나는 경제학과에 들어갔다. 무난하게 괜찮은 학점을 받았고 어
학연수도 1년쯤 다녀왔고 꽤 잘나가는 은행에서 인턴도 이수했
다. 부모님은 그제야 안심하셨다. 그러면서도 친구분들을 만나시
면 "우리 애의 취미는 소설을 쓰는 것"이라고 말씀하셨다. 작가가
되는 것은 위험부담이 큰 일이었고, 까딱하면 굶어 죽거나 부모
님께 빌붙는 백수가 되기 딱 좋은 일이기도 했다. 무슨 시나리오
작가가 자기 집에서 굶어 죽었다는 신문의 토막기사는 그런 말씀
을 증명하는 좋은 예였다. 하지만 취미로 글을 쓴다는 것은, 옛날
말로 문학소녀라는 것은, 어떻게 보아도 썩 나쁘진 않은 이야기
였다. 처음에 인턴을 했던 은행 대신, 아버지와 연줄이 있는 은행
의 면접을 보던 날, 면접관은 취미란에 소설쓰기라고 적어 낸 내
서류를 훑어보며 농담처럼 한 마디 했다.

"그럼 사보에도 소설 같은 것 내보지?"

사보에 소설을 내보진 않았지만, 나는 결국 그 은행의 카운터
에 앉아 하루를 보내게 되었다. 대학 다니는 4년 동안 제대로 써
서 완성한 소설이 한 편도 없다는 것을 깨달은 것은 그 무렵의 일
이었다. 하지만 그렇다고 내가 작가 지망생이 아니라고 할 수는
없었다. 젊어서 썼던 단 한 편의 소설, 단 한 권의 시집만으로도
불멸의 이름을 얻은 이들은 한둘이 아니다. 그럴진대, 고작 몇 년
의 공백이 작가 지망생이라는 이름에 큰 하자가 될 리 없었다.

취직을 하고 보니, 세상이 좀 더 넓어진 것 같았다. 문창과에 갔다는 중학교 동창과 어떻게 또 페이스북으로 연결이 되어 문창과를 졸업해본들 논술학원 선생이 되거나 잘나가봐야 기자나 편집자가 되더라는 이야기를 듣고, 나는 범속한 재능을 가진 자들을 마음속으로 애도했다. 그 과에서 가장 잘나갔던 이가 방송국 새끼작가를 하고 있더라는 이야기도 들었다. 그런 이야기를 하는 중학교 동창의 말끝에는, 어디다 명함 내밀어도 무슨 회사인지 굳이 설명하지 않아도 되는 썩 괜찮은 회사에 정규직으로 다니는 나에 대한 부러움이 묻어 있었다. 나는 아주 잠깐 그 동경 어린 시선을 즐기고, 곧 그 친구와 연락을 끊어버렸다. 진짜 작가를 만나보는 거라면 모를까, 그렇게 실패한 친구와 계속 연락하는 것은 내게도 좋지 못했다. 『폰더 씨의 위대한 하루』를 서점에서 골라 스타벅스에 앉아 페이지를 계속 넘기면서, 나는 진정한 친구란 나를 보다 높은 수준으로 끌어올려주는 사람이라는 말에 옅게 밑줄을 그었다.

나는 나를 좀 더 높은 수준으로 끌어올려줄 사람과 만나고 싶었다. 저 화려한 세계에서 나를 향해 손 내밀어줄 누군가를 만나고 싶었다. 고만고만하게 도토리 키 재듯 살아가는 사람들 사이에서, 그들과 같은 부류인 척하고 살아가는 내가 때로는 혐오스럽기까지 했다. 나는 섬세함이 있는 호러작가 오노 후유미의 『마성의 아이』를 읽으며, 공포를 느끼는 대신 먼 다른 세계를 동경했다. 미용실에서 여성잡지를 읽거나 가끔 로맨스소설을 들여다보는 것 말고는 책이라고는 들여다볼 생각도 하지 않는 내 동료들 사이에서, 나 혼자 별종처럼 책을 사들였다. 알랭 드 보통이나 츠지 히토나리나 에쿠니 가오리의 책들을, 모자이크를 하듯 내 방 책꽂이에 촘촘히 꽂아놓았다. 누군가 내 사진을 찍었을 때, 혹은 한가한 주말 아침에 드물게 셀카놀이라도 할 때, 누군가 내 뒤에 배경처럼 꽂혀 있는 책들을 보아주었으면 좋겠다고 생각했다. 아침 햇살 아래, 온갖 색감이 빚어내는 그 미묘한 불협화음 속에서 나를 발견해주면 좋겠다고. 나는 누군가에게 선택받고 싶었다. 발견되고 싶었다. 이 모든 범속함 속에서, "서으로 가는 달" 같이는 갈 수가 없어 하염없이 그네를 뛰었던 춘향이처럼, 있는 힘껏 손을 내밀고 싶었다. 누군가 이 손을 잡아주기를, 이 홍진에서, 오리 새끼들이 가득한 이곳에 혼자만 동떨어진 내가 사실은 불구가 아니라고, 백조가 되어 날아오를 거라고, 그렇게 말하며 세상을 향해 등을 떠밀어주기를.

나는 블로그를 개설했다. 내 블로그에 글을 쓰면 사람들이 알아서 찾아와 읽어줄 거라는 순진한 생각을 한 것은 아니지만, 인터넷 서점에서 이런 창작 블로그들을 지원하고 우수한 작품은 홍보도 해준다기에 일단 줄을 서보았다. 인터넷 서점 계정으로 블로그를 만들고 소설을 올리면 해당 인터넷 서점의 창작 블로그 페이지에 해당 글이 소개되는 형태였다. 몇몇이 들어와서 읽기는 하는 것 같았지만, 그때뿐이었다. 창작 블로그 메인페이지에 커다랗게 노출된 사람들은 대부분 인터넷 서점에서 홍보를 위해 모셔 온 작가들이었고, 그렇지 않은 이들은 어느 정도 연재가 되던 중에 출판사의 대대적인 홍보와 함께 책을 내고 사라지곤 했다. 출판사 쪽의 홍보를 위해 이름을 걸어놓고 있었던 거다. 메인 화면 아래쪽에 최근 올라온 글과 사람들이 자주 찾는 글을 노출시키는 공간도 있기는 했다. 그러나 글을 올려본들, 단 십 분만 지나도 다른 사람들의 글에 밀려 최신글 목록에서는 사라지곤 했다. 오히려 이런 쪽은, 재능이라고는 없이 부지런하기만 한 사람들의 차지였다. 그 블로그들 사이에서 가장 잘나가는 사람은 내가 보기에는 블로그를 열여섯 개나 만든 어느 아줌마였는데, 그다지 예쁘지도 않은 그녀의 캐리커처가 온 메인 화면을 도배하고 있는 것을 볼 때면 괜히 나까지 우울해지곤 했다. 그녀는 아침드라마 같은 소설 아홉 편과, 연예블로그 네 개와, 생활의 지혜니 오늘의 요리니 하는 내용을, 그것도 각각 블로그를 파서 운영하고 있었는데, 이건 뭐 목록만 보면 거창하니 혼자 잡지를 만드는 게 낫겠다 싶었다. 그 퀄리티가 말도 되지 않을 수준이라 그렇지.

열 편 정도 올려보고, 나는 인터넷 서점 블로그에 소설을 올리는 것을 그만두었다. 이런 것은 다 짜고 치는 고스톱 같았다. 소설 커뮤니티에 회원가입을 하고, 게시판을 만들었다. 메인 화면에서 순식간에 밀려버리는 바람에 누구 한 사람에게 읽혀볼 기회도 없이 묻혀버리고 또 묻혀버리는 것을 보다가, 나는 동생의 주민번호를 빌려 다른 아이디로 가입해서 선작을 찍고 점수를 주고 추천 게시판에 내 글에 대한 추천글을 남겼다. 면구스러운 짓이라는 생각이 아주 잠시 가슴을 찔렀지만, 무슨 상관이야. 남들도 다 하는 짓인걸. 몇 번인가 이런 일을 반복하고, 더러는 메인 페이지에 오래 띄워두기 위한 아이템을 구입해보기도 하고, 쓰다가 갈

피가 잡히지 않는 글은 그대로 끊어 하드디스크 한구석에 처박기를 반복하면서, 나는 서서히 이해하게 되었다.

이런 일도 다 인맥이라는 것을.

한국에서 인맥 없이 되는 일이 없다는 것은 알았지만, 이 정도일 줄은 몰랐다. 인터넷에 글을 올렸더니 조회수가 오르고 사람들이 덧글을 달고 선작을 하고, 조금 지나면 출판사에서 연락이 오더라고? 다 새빨간 거짓말. 그런 것은, 우연히 눈에 띄는 복장을 하고 월드컵 거리응원전을 다니던 여자가 사실은 데뷔 준비하는 신인이었더라, 어머 놀라워라, 딱 그런 수준의 거짓말이다. 상품가치를 높이기 위해 미리 포장해서 사람들 사이에 입소문을 내는 것일 뿐. 그냥 시시한 마케팅이지 않느냔 말이다.

"작가에 관심이 많으신 것 같네요. 방송작가가 되기 위해 무엇보다 중요한 것이 인맥입니다. 그 인맥이 있어야 프로그램에 투입될 수 있거든요."

방송작가가 되는 법 같은 것을 검색했더니, 글은 누구나 쓸 수 있지만 중요한 것은 바로 인맥이라며, "방송계 인맥을 만들어드린다"고 호언장담하는 방송작가 학원 같은 것이 눈에 띄었다. 그런 글에 글은 스스로 쓰는 것이라고 덧글을 다는 사람들도 있었지만, 나는 안다. 조금이라도 빨리 현실에 눈을 뜨는 쪽이 결국 성공을 거머쥘 수 있다는 것을. 당장 예술을 논할 것 같은 화가들의 세계만 해도 그렇다. 국전 같은 데서 상을 받는 젊은 예술가들이란 사실 미술계의 유력한 거장이나 잘나가는 교수들의 애제자들이고, 그 관계에 돈 문제가 빠지지 않는다는 것 정도는 그쪽으로 조금만 관심이 있으면 누구나 들어봤을 만한 이야기였다. 글을 쓰는 작가라고 해서 딱히 다를 것은 없었다. 온라인 작가 커뮤니티 같은 데 들어가 보면 편집자라는 사람과 작가라는 사람들이 호형호제하며 지내는 모습도 볼 수 있었다. 역시 인맥이 문제였다. 나는 우선 연줄을 만들어야 한다고 생각했다. 방송작가 지망은 아니지만 한겨레 문화센터 같은 데에는 어느정도 이름 있는 작가가 강사로 나선, 글을 쓰고 싶어 하는 사람들을 위한 강좌가 있었다. 나는 등록을 했고 수업에 나가고 몇 번인가 뒷풀이에도 참석했지만, 거기서도 눈에 띄는 연줄을 만날 수 없었다. 의욕만 넘쳤지 재능이라고는 합평 때 눈 뜨고 봐주는 것조차 고행이다 싶은 수준들인 지망생들이 하나같이 칭찬을 바라고 데뷔를 꿈꿨고, 강의를 하는 작가라고 딱히 다를 것은 없었다. 몇 년 전 인기작 몇 권을 낸 작가는, 지금은 문화센터 강의로 생계를 이어 가는 듯, 딱히 신작을 준비한다거나 그 세계 사람들은 어떻다는 이야기 같은 것은 입에 올리지도 않았다. 그 작가의 눈에라도 들어 어떻게 출판계 사람들을 소개받아보려 한 내가 멍청이였다. 나는 강의를 슬슬 빠지기 시작했고, 강의 마지막 달에는 결국 한 번도 들으러 가지 않게 되었다.

그래도 나는 작가 지망생이었다. 온라인 게시판에서는, 글을 쓰는 사람이라면 누구나 작가라고 말했다. 대하 장편소설을 쓰는 사람부터 한 편에 한두 줄, 뭔가 낙서 같은 이모티콘만 가득한 글을 적는 어린 중학생까지 너도나도 서로 작가라고 부르고 있었다. 나노 그늘 사이에서 역시 작가라 불릴 수 있었다. 그런 가운데 두각을 나타내는 이들은 있었다. 게시판의 화제의 중심이자 선배 작가로서 이 바닥에서 출판사와의 인맥을 특히 강조하던 그들. 그들 중 중심은 달호라는 아이디를 쓰는 남자였다. 게시판에서 그는 그야말로 '엄마친구 아들'로 알려져 있었다. 형님은 잘나가는 출판사의 공동 출자자였고, 본인은 이십대 후반, 내 또래 나이인데 벤처 기업으로 승부를 걸고 있다고 했다. 안개 낀 새벽에 스포츠카로 자유로를 질주하는 것이 취미라는 그는 작가라고 해서 예술만으로 성공할 수 있는 시대는 이미 끝났다고 설파하곤 했다. 그는 지금은 한낱 가난한 티를 줄줄 흘리는 작가 지망생이라도 『나폴레온 힐의 성공학』을 읽고, 『부자 아빠 가난한 아빠』에 주목해야 하며, 무엇보다도 친목에 기반한 넓은 인맥을 쌓아야 한다고 주장했다. 실제로도 그는 게시판의 무리들을 이끌며 심심하면 번모며 정모를 했고, 그들 중 몇 명은 정말로 데뷔를 하기도 했다. 몇 달 동안 그 모습을 지켜보며 게시판으로 그들과 이야기를 나누어본 뒤, 나는 다음번 정모에 참석하고 싶다고 달호에게 연락처를 남겼다.

달호가 사기꾼이라는 소문이 돈 것은 그로부터 며칠 뒤의 일이었다.

아, 나는 매문가가 되고 싶었다. 글로 이름을 얻고 싶었다. 반짝이는 에메랄드 빛 하늘 아래 지중해풍 원피스를 입고, 이슬 머금은 새파란 잔디밭을 맨발로 걸으며, 나의 글을 너무나 사랑한다는 사람 앞에서 화사하게 웃음 짓고 싶었다. 스포트라이트를 받으며, 내가 만들어낸 세계를 사람들 앞에 소개하고 싶었다. 수많은 사람들이 내 책을 품에 안고 줄을 지어 선 가운데 웃음 지으며 그들 한 사람 한 사람의 이름을 물어보며 속표지에 사인을 하고 싶었다. 사랑하는 사람에게 선물하려 한다며 수줍게 입을 떼는 귀여운 청년에게는, 내 사인 위에 "이 사람 놓치지 마세요"라는 작은 격려의 말을 캘리그래프 펜으로 멋지게 휘갈겨 적어주고 싶었다. 그렇게 글로 부와 명예를 얻으면서도, 누군가가 내게 글을 쓰는 것의 의미에 대해 물어보면 어깨를 으쓱해 보이며 "아, 이건 그냥 밥벌이일 뿐이야. 남들과 똑같은, 지난한 밥벌이." 그렇게 대답하며 상대방의 질시 어린 시선을 즐기고 싶었다. 나는 김훈의 『밥벌이의 지겨움』을 사서 읽었다. 은행에 다니는데 은행원같이 딱 부러진 구석이라고는 없다고 동생이 투덜거리는 소리를 들으며, 나는 "뭘 해먹고 사는지 감이 안 와야 그 인간이 온전한 인간" 이라는 말에 연필로 옅게 밑줄을 그었다.

"내 말 좀 들어보라고."

"뭐가."

"온라인 게시판."

"그게 뭐. 야, 넌 남의 취미생활에 웬 참견이야. 내가 글을 쓰건 뭘 하건."

"지난번에 거기다 내 민번으로 아이디 멋대로 만들었잖아."

"그건……."

"저번에 누나 글에 추천버튼 눌러달라고 하도 그래서, 친구들 한테도 부탁했단 말이야."

"근데 뭐?"

"거기 사기사건 났다며."

나는 읽던 책을 내려놓았다.

"사기 아니래. 오해가 있었다고."

"사기 맞아. 그 달호라는 새끼, 상욱이네 학교 대학원생이거든?"

"뭐?"

"달호가 상욱이네 과선배라고. 선배는 선밴데 찌질하기가 이루 말할 수가 없는 게, 취직 안 된다고 대학원 와서는 국문과가 아직도 맞춤법이나 틀리고 있고 글도 더럽게 못 쓰는 게 남들 다 하는 조교도 못 따서 찌질거리고 다니는 새끼라고."

"너 왜 말을 그렇게 해? 말 한 마디 안 섞어본 사람을."

"그래서 지금 그 달호 편들던 여자들, 줄줄이 달호랑 잔 여자들이라고 올라오는 거 못 봤어? 누나 아이디 현월야 맞지? 그 이름도 거기 명단에서 봤거든?"

머리가 지끈거렸다.

"얘, 난 거기 정모에 나가본 적도 없어!"

"근데 왜 편을 드는데?"

할 말이 없었다. 요즘 애들, 인터넷 악플 다는 것 정도는 우습게 아는 것은 알았지만. 그래, 양보해서 그 달호가 가짜고 사기꾼이라고 치자. 그런데 달호 편을 좀 들었다고 그런 말을 들어야 한다니, 그게 어떻게 그렇게 연결이 되는지. 천박한 상상력만 발달하고 머리는 나쁜 인간들은 하여간 멀쩡한 사람으로도 가십을 만들지 못해서는.

"글도 졸라 못 쓰면서, 쪽팔리게 그런 데서 게시판 싸움에나 끼어들지 말고 좀 때려쳐. 뭐하는 거야?"

"누가 글을 못 쓴다고?"

"누나 말이야."

마시던 물을 끼얹고 싶었지만, 하필 내 책꽂이를 등지고 선 탓에 어쩌지도 못한 채, 나는 동생을 죽일 듯이 노려보았다.

"그래서, 잤으면 어쩌려고?"

나는 물잔을 내려놓고 김훈의 책도 덮어놓았다. 방에서 돌아나오는 내 뒤통수에, 동생의 시선이 느껴졌다. 그런 쪽으로는 한 점의 재능도 없는 사람의, 재능을 가진 자에 대한 질투일까. 그렇지 않으면 이 길을 이해하지 못하는 사람의 연민일까.

"막 살지 좀 마, 좀."

아, 누나의 남자관계까지 터치하려 드는 가부장적 억압이었구나. 구제불능 꼰대 같으니.

가족에게조차도 제대로 이해받지 못하는 이런 길이란 답답하고 막막한 것이라, 나는 조금씩 SNS 쪽으로 눈을 돌렸다. 세상은 넓었고, 이해받지 못하는 천재는 많았다. 나는 재능도 없이 매일매일 습작을 거듭하는 노력형 바보들과, 취미라면서 만화나 영화 속 캐릭터로 에로틱한 패러디를 써내는 변태들과 몇 번 말을 섞어보고 차단을 먹이기를 반복했다. 직장에서는 그런 티를 내지 않으려 했지만, 주머니 속에 못을 넣어두면 언젠가는 자연스레 두각을 나타내듯이, 사람들은 내 특별함을 알아보기 시작했다. 저기서 강동원의 복근이나 현빈의 미소 따위에나 열광하며 부끄러운 줄도 모르고 깔깔거리거나, 가끔은 생각 있는 척하며 노후 준비며 펀드 같은 돈 냄새 나는 소리들을 일삼는 게 낙인 내 직장동기들은, 평소처럼 나와 어울렸지만 가끔 내 등 뒤에서 "은선 씨는 좀 특이한 것 같아." 하고 소곤거리곤 했다. 그런 말을 들을 때마다 나는 기뻤다. 그것은 이십대 중반이 되도록 내 특별함을 사람들에게 증명받지 못하던 내가 늘 갈망하던 찬사였다. 어려서 특별한 재능이 있다고 착각하며 살아오던 아이들이 슬슬 평범해질 이 나이에, 나는 조금씩 특별해지고 있었다. 그렇게 믿었다. 내 직장동기들이 남이 만들어놓은 환상을 누리며 기뻐할 때, 나는 언젠가 내가 써낼 걸작과, 그에 뒤따를 환호와 찬사를 생각했다. 어디서 이런 신인이 나타난 거지, 대체 그동안 어디 숨어 있었던 거야. 그런 평론가들의 찬사와 당황 속에서 화려하게 떠오르는 혜성 같은 신인. 아무래도 날 때부터 글을 썼을 것 같은 천재 소리를 들으려면 지금보다 몇 년은 일찍 등단했어야 하겠지만, 삼십대 중반쯤 되어, 신인임에도 원숙한 맛을 풍기는 젊은 작가라는 인상을 주는 것도 나쁘지 않았다. 아예 애들 다 키워놓고 등단하여 대작가의 반열에 오른 박완서처럼 되는 것도 괜찮았지만, 그보다는 좀 더 젊고 예쁠 때 이름을 날리는 편이 낫겠다는 생각도 들었다. 그래, 공지영 정도면 어떨까. 글 잘 쓰고, 책 잘 팔리고, 얼굴도 그만하면 괜찮고. 그런 생각을 사각거리는 몰스킨 노트에 남몰래 적을 때면, 종이 뒷면에 잉크가 비치는 것조차도 멋스러웠다.

그러니까, 인맥만 만들면 말이지. 인맥만.

나는 게시판 활동을 하면서 소문만은 확실히 들어왔던 꽤 유명한 판타지소설가의 카페에 가입했다. 판타지소설 같은 것은 읽지 않았지만, 이제부터 읽으면서 소양을 키워가는 것도 나쁘지 않을 것 같았다. 하지만 썩 좋은 결과는 얻지 못했다. 작가가 은둔 중이라는 소문은 들었지만, 카페 글을 아무리 뒤져 읽어봐도 작가는 코빼기도 보이지 않았고, 카페 회원들은 좀비니 네크로맨서니 감나무니 사과나무니, 그런 이야기만 해댔다. 다음에는 방향을 바꿔, 몇 년 전 모 신문사의 문학상을 받고 화려하게 데뷔한 작가의 사이트에 가보았다. 책 소개와 사진이 걸려 있을 뿐, 독자와 커뮤니케이션을 하려는 생각 자체가 없는 사람이었다. 취향이 비슷한 다양한 사람들과 커뮤니케이션하는 데는 역시 트위터가 좋다는 말을 듣고 트위터에도 가입했다. 트위터에서 열심히 독자들과 소통하고 있어 트위터 대통령이라는 찬사까지 받고 있는 이외수나 공지영을 팔로해서 그들의 말을 챙겨 보았다. 책에서 보았던 것과는 달리 꽤 소탈한 면모가 보이긴 했지만, 글쓰기에 대한 이야기는 하지 않는 것 같았다. 게다가 팔로워가 너무 많았다. 몇 번인가 그들의 트윗에 대해 내 정성 어린 의견을 담아 답글을 남겼지만, 응답은 없었다. 가만히 보니 날 맞팔해주지도 않았다. 그런 것에 대해 투덜거리면 "트위터 쓰는 법을 처음부터 다시 배우셔야 할 것 같다"며 엉뚱한 놈들이 시비를 걸었다. 나는 갑갑했다. 나를 이끌어줄 만한 사람들은 너무 멀리 있거나, 아니면 소통할 생각조차 않고 있었다.

"그러니까 부자인 거야."

동기들과 점심을 먹으러 갔다가 그런 말을 들은 것은, 바로 그런 문제로 한참 고민하던 때의 일이었다.

　"아이돌 가수라고 해도 말이야, 신인 시절에 알아보고 그때부터 좋아하는 팬들에게는 좀 더 각별하게 대한단 말이지. 지금 아시아 정상급 스타인 애들 따라다녀봐야 아는 척 안 해줘. 여튼, 팬질도 알차게 하려면 골수 팬이 되어야 한다니까. 아니면 물량공세고."

　"물량공세?"

　"그럼, 맨날 선물 보내고 그러면 또 알아봐주잖아. 내가 지금은 좀 시들해도 몇 년 전까지만 해도 SM에 월급통장을 상납하던, 뭐 그런 거 아니니. 지금이야…… 결혼이라도 하려면 돈 좀 모아야 할 것 같고 그렇지만. 음."

　진리다, 진리. 내 눈앞의 직장동료가 팬클럽 활동의 비결에 대해 이야기하는 것이 이렇게 내게 어부지리로 득이 될 줄이야. 감사합니다. 평범한 사람들의 생활의 지혜도 존중하지 않을 수 없다는 사실을 다시 한 번 깨달았다. 나는 너무 높은 데 있는 사람들을 뒤따라다니는 짓을 그만두기로 했다. 그런 사람들은 추종자들이 너무 많아서, 옥석을 가려내는 데만도 엄청난 에너지가 들 테니까. 그보다는 차라리 적당한 신인작가를 찾아내서, 처음부터 당신 팬이라고 들이대면서 차근차근 인맥을 만드는 게 나을 것 같았다.

　점심시간을 마치고 교대를 했다. 카운터에 앉자마자 기다렸다는 듯 번호표를 든 사람들이 이쪽으로 다가왔다. 좀 더 시간이 있으면 그 작가 인맥 만드는 법에 대해 생각을 했을 텐데. 저 사람들은 밥도 안 먹고 은행에 오는 걸까.

"통장 하나 새로 만들어주세요."

일행인지, 내 카운터 앞으로 지난 시즌 유니클로에서 팔던 무슨 만화 그림이 그려진 티셔츠에 스키니 진을 입고 가슴 가운데까지 내려오는 핵진주 목걸이를 건 학생 같은 여자와, 삼십대 초반에 직장 여성 같은 음울한 얼굴의 여자가 함께 다가왔다. 모르긴 몰라도 신참 아르바이트 학생과 그 학생을 관리하는 직장인이나 뭐 그런 거겠지. 나는 넘겨짚으며 어린 쪽에게 작성할 서류를 내밀었다. 학생 같은 얼굴을 한 여자가, 삼십대 쪽에게 서류를 내밀었다.

"자, 여기요."

"통장 있는데……."

"돈 준다고 해도 이러면 어떡해요, 작가님. 우리 회사는 여기랑만 거래하는데."

작가님이라고? 나는 고개를 들었다. 그저 사무실에서 시들시들해진 것 같은 서른 근처의 저 여자, 화장도 어쩐지 성의가 없고, 정신은 저기 버스정류장 근처에 떨어뜨리고 온 것 같은 저 여자가 작가라고? 전문직이나 대기업 다니는 커리어우먼도 아니고 기껏해야 웬만한 작은 사무실에서 대리나 겨우겨우 달았으면 다행일 그런 느낌의 여자가?

"아, 거기도 사인. 인터넷 뱅킹은 안 해요?"

"선에 가입했어요."

"에이, 뭐야. 여기 통장 있었으면서 그런 거예요?"

"예전에 깬 통장이라서."

"언니, 이 사람 아이디 살아 있죠? 언니?"

나는, 마치 내 꿈속을 들여다보듯 두 사람의 대화를 듣던 나는 갑자기 나를 부르는 소리에 정신을 차리고 확인해보았다.

"아, 예……."

"보안카드 새로 발급해주세요. 이 은행 통합 전에 갖고 있던 거라서."

"아, 그거 아직 쓸 수 있어요. 안 버리셨죠?"

"책상 어딘가에 있을 텐데……."

"어휴, 당신 책상 완전 쓰레기통인 거 내가 알거든요? 저기, 보안카드도 새로 주세요."

작가와 함께 왔다면 편집자일까. 나는 수다스러운 쪽을 쳐다보다가, 얼른 새 통장과 보안카드와 서류 사본을 내밀었다.

그의 서류를 챙기다 말고, 나는 그의 서류 뒤에 복사된 주민등록증을 잠시 쳐다보았다. 한주영. 흔한 이름이었다. 나는 그 이름을 가만히 중얼거려보았다가, 퇴근하자마자 컴퓨터를 켜고 그 이름을 입력해보았다.

한주영으로 검색하면 나오는 사람은 영화배우가 한 명, 축구선수가 한 명. 한참 머리를 싸매다가 싸이월드로 들어갔다. 요즘이야 싸이월드도 한물갔지만, 1982년생이 학교 다니던 시절에야 싸이월드도 대세였으니. 주민등록번호와 이름을 아는데 싸이에서 사람을 찾지 못할 리는 없었다. 나는 한참 뒤지다가, 사진도 무엇도 없이 그저 "빈 섬"이라고 제목이 붙어 있는 싸이월드를 찾아냈다. 그 흔한, 싸이월드 접속용 주소 하나 따로 붙어 있지 않은, 그야말로 관리하지 않는 티가 팍팍 나는 싸이였다. 나는 전에 누구 소개로 잠깐 만났던, 껄떡대긴 껄떡대는데 좀 어설프게 껄떡거리는 게 어디서 여자 꼬시는 걸 책으로 배웠나 싶은 한심한 아는 오빠 하나를 카톡으로 불러냈다. 다른 건 몰라도 이런 쪽이라면, 네이버 다니는 이 오빠가 좀 잘 알 테니까.

"뭐야, 우리 회사 것도 아니고."

그리고 아니나 다를까, 그 오빠는 카톡으로 해도 되는 이야기를 굳이 전화로 걸어댔다. 어우, 짜증 나.

"아니, 우리 회사 쪽 페이지라도 이런 걸로 사람 찾고 그러는 건 좀."

"그게, 학교 선배란 말이야."

"에이, 설마. 82년생이면 너랑 네 살이나 차이 나잖아. 근데 주말에……."

"초등학교."

"아닌 것 같은데."

"사실은 그냥 동네 아는 언니였는데 소식 궁금해서 찾아보는 중이란 말이야. 근데 싸이에 아무것도 없고."

우와, 내가 사람 하나 찾자고 저 찌질이에게 이런 거짓말까지 하고 있다니. 다행히도 그 아는 오빠는 더 이상 주말에 대해서는 말도 꺼내지 않았다.

"그럼 말이야, 차라리 여기 친구 목록에 들어가보면 어때."

"친구 목록은 왜?"

"여기, 친구 중에 과 친구라고 있잖아. 이 사람 들어가보면 대학을 어디 나왔는지 알 거고."

"아하."

"응, 학교랑 이름이랑 나이 알면 대충 나오지. 앗, 팀장님이다. 오빠 바빠서 이만."

하여간 매너 없기는. 그러니까 아직도 애인이 없지. 주말 이야기를 바로 씹어버리지만 않았어도 어떻게든 도와주려고 애썼을 거라는 생각은 들었지만, 만나면 같이 할 이야기가 없는걸. 저런 컴퓨터 회사 다니는 사람들치고 말 통하는 사람이 있을 리가 없지. 다들 이상한 것들이나 좋아하고, 간혹 가다 보면 일본 만화 같은 것에나 푹 빠져 있고. 심지어는 드라마도 어디서 듣도 보도 못한 것들을 보고 있으니. 그런 사람들과 문학 이야기 같은 것을 나눌 수 있을 리가 없잖아. 그런 생각을 하며 그 한주영의 싸이에 연결된 친구들 싸이를 들여다보는데, 전화벨이 울렸다.

"음, 나야. 좀전에 그 사람 있잖아. 한주영."

"응?"

"그 사람 친구 싸이 들어가서 보다보니까 나온 사진 보니까 아는 사람 같아서."

"안다고?"

"그래, 어……. 맞다, 이 사람 이쪽 사람이거든. 게임회사 대리인데."

"에이, 아니겠지."

"맞아. 거기 사진 한번 봐봐."

시키는 대로 클릭해보았다. 아까 보았던 무표정한 얼굴이 눈에 들어왔다. 무표정한 얼굴에 안경을 쓰고, 머리도 대충 빗어 묶은 듯한, 어쩐지 시들시들해 보이는 여자. 지금보다 몇 년은 어린 얼굴이지만, 여전히 만사 재미가 없어 보이는 그런 얼굴.

"맞지? 그 사람이면 싸이 안 해. 원래 그런 거 싫어하거든."

"연락처 알아?"

"알긴 아는데……. 야, 정말 아는 언니 맞는 거지?"

"그럼 뭐?"

"하긴, 네가 왜 이 사람을 이유도 없이 찾겠냐. 저기, 전화번호는 나도 없고."

일단은 회사 쪽 메일주소를 땄다. 메일주소가 있으면 어떻게든 더 찾아볼 방법도 나오겠지. 나는 모처럼 쓸모가 있었던 아는 오빠에게 고맙다고 말하고 얼른 전화를 끊었다. 쓸모가 있었던 것은 있었던 것이고, 주말에 만나달라거나 그런 말은 이쪽에서 사절이니까.

이번에는 이름은 빼고, 메일주소 아이디만 넣고 검색을 해보았다. 정말로 무슨 게임회사와 관련된 글만 수두룩하니 나오던 끝에, 몇 년 전 날짜로 '원고 투고'라는 제목이 붙은 글 하나가 걸렸다. 클릭해보니 비번이 걸려 있었지만, 글을 쓴 사람의 아이디만은 확인할 수 있었다.

그렇게 몇 시간이나 용을 쓴 끝에, 나는 '빈섬' 한주영의 블로그를 찾아내는 데 성공했다.

사실 이전에 한주영의 글을 읽어본 것은 아니었다. 은행에서 창구 너머로 그를 만나기 전까지는 그런 사람이 있는 줄도 몰랐으니까. 하지만 나는, 한주영의 글을 읽어보고 싶었다. 그가 어떤 사람인지 알고 싶었다. 들여다보고 싶었다. 내가 생각하던 우아한 이미지에는 어울리지 않았지만, 어떤 사람이고 어떤 글을 썼는지는 확인해보고 싶었다. 한 사람의 독자로서, 내겐 그럴 권리가 있었다. 뭐, "곧 독자가 될 예정인" 사람이라고 말하는 게 더 어울리겠지만.

그렇게 겨우 찾아낸 그의 블로그, 가장 최근 포스팅에는 짧은 공지가 올라와 있었다.

라이트노벨 쪽 출판사에서 고등학교 배경의 추리소설을 내게 되었어요. 하지만 제가 원래 쓰던 소설이 제 데뷔작이 되길 바랐기 때문에 이쪽을 e-book으로 먼저 출간하려고 알아봤습니다. 다행히도 출간할 수 있을 것 같다고 하네요. 『가시나무 소녀』는 이번 달에 e-book으로 나옵니다. 라이트노벨 『출동! 여고생 탐정단』은 다음 달에 책으로 만나보실 수 있습니다. 감사합니다.

공지에는 유료로 보게 되어 서운하다거나 신작을 기대한다거나 하는 덧글 몇 개가 달려 있었다. 나는 『가시나무 소녀』 쪽이 어디 올라와 있는지 먼저 찾아보았다. 뜻밖에도, 그녀는 나와 같은 소설 사이트에서 글을 쓰고 있었다. 게시판에서는 한 번도 보지 못했는데. 나는 차분하게 앉아 밤새 한주영의 소설을, 일종의 판타지인 『가시나무 소녀』와 죽어가는 연인과의 로맨스를 담담하게 풀어낸 『네가 없을 미래에서』를 찾아 읽었다. 완결을 낸 장편소설이 두 편이 되도록 마땅한 출판사의 컨택도 받지 못한, 서른이 넘어서 출판사의 문예상이나 언론사의 신춘문예를 통해 화려하게 데뷔하는 것도 아닌, 고작 라이트노벨로 데뷔하는 늦깎이. 성실하게 글을 쓰긴 하지만 눈부시진 않은, 그저 평범한 노력가의 작은 승리. 또 모를 일이다. 게임회사 같은 데는 만화나 잡지나 라이트노벨 같은 데와 합작해서 뭔가 이벤트를 만들기도 하니까 그렇게 연줄이 닿아서 데뷔하게 된 것일지도. 하지만 그런 현실적인 면을 떠나서 기분은 좋았다. 그녀의 수준을 확인할 수 있었으니까. 나도 그녀 정도의 글은 언제든 쓸 수 있으니까.

나는 한주영의 소설 게시판에 덧글을 달고 그녀의 블로그에 덧글을 달고 트위터를 팔로하고 내 블로그에 『출동! 여고생 탐정단』의 감상문을 적었다. 처음 얼굴 봤을 때도 느꼈지만 영 붙임성이 없는 여자였다. 보통은 독자가 자기 소설에 감상 남겨주고 그러면 고마워서라도 반응을 보이는 게 정상 아닌가. 슬슬 그 짓을 포기할까 생각할 무렵, 그녀가 내 덧글에 반응을 보였다. 피드백이 영 늦는 타입인 모양이었다. 반년쯤 그 짓을 계속하다보니 그녀가 내 덧글에 반응을 보이는 일도 점차 늘어났다. 트위터에 맞팔을 해준 것은 반년하고도 두 달이 더 지난 뒤의 일이었다. 커뮤니케이션의 기본이 안 된 사람이었다. 제가 무슨 공지영이나 이외수면 또 몰라도. 아니, 트위터도 한 주에 열 트윗도 안 올라오는 꼴로 봐서는, 트위터를 제대로 사용도 하지 못하는 게 아닐까 싶기는 했다.

그 사이에 나는 다시 소설을 쓰기 시작했다. 한주영이 『출동!
여고생 탐정단』을 3권까지 내고, 게시판에 다른 소설 한 편을 또
마무리 짓는 사이, 나는 여섯 편의 소설을 새로 시작했다. 완결 문
제는 천천히 생각하기로 했다. 미리부터 결말까지 다 보여주면
책을 팔 때도 애로사항이 있을 테니까, 완결은 출판사 컨택을 받
은 다음에 생각해도 될 일이었다. 혹시나 싶어 소설 사이트 게시
판에 그런 문제에 대한 질문을 올렸더니, 역시 아니나 다를까, 너
무 많이 연재된 상태의 글은 출판사에서도 컨택하길 꺼릴 거라는
답변이 돌아왔다. 그럼 그렇지.

가만히 보면 한주영도, 반짝거리진 않아도 무난하게 안정적인
글은 쓰고 있었다. 어쩌면 그녀가 여우같이 머리를 쓰지 못하고
곰같이 무식하게 글만 쓰면 될 줄 알고 애를 쓰다보니, 완결까지
낸 소설을 출판사에서 책으로 내지 못하고 e-book으로나 내고
있는 게 아닐까 싶기도 했다. 여튼, 적어도 지금의 나는 그녀의 팬
을 자처하고 있었으니까. 팬은 팬이지. 그것도 무명이던 시절부
터의 팬. 『출동! 여고생 탐정단』이 책으로 묶여서 서점에 깔리기
전부터 그녀의 팬 흉내를 내고 있었으니까. 그런 팬에게, 그 여자
는 정말 한도 끝도 없이 불친절했다. 어린애들이나 보는 소설 몇
권 냈다고 자기가 뭐라도 된 줄 아는 건지.

"미안합니다. 저는 다른 분의 원고를 봐드리지 않아요."

그렇게 여러 번 당신 팬이라며 어필한 내가 작가 지망생이고
당신을 만나 조언을 구하고 싶다고 겸손하게 말했을 때, 그녀는

대답하지 않았다. 다시 한 번, 나는 작가 지망생인데 당신이 내 원고를 한번 봐주면 좋겠다며 내 게시판 주소까지 달아서 디엠을 보내자 사흘 만에 답변이라고 보내온 게 저런 것이었다. 나는 내 소설을, 쓰다 만 소설을 싹 갈무리해 파일에 담고, 그 첫 페이지에 내 재능에 대해, 내 꿈에 대해, 내가 꿈꾸는 삶에 대해 적어 내려 갔다. 그 파일을 지난번 그녀의 블로그를 뒤질 때 찾아낸 네이버 쪽 메일 주소로 일단 보냈다. 소설을 투고할 때 썼던 메일 주소니 아예 버려두진 않을 거다.

답메일이 날아온 것은 2주는 지난 뒤의 일이었다.

저는 편집자도 아니고, 누굴 가르치는 사람도 아닙니다. 다른 분의 미발표작을 읽고 평가할 만한 안목은 없습니다. 보내주신 메일은 읽지 않았고 앞으로 읽을 생각도 없으니 이런 부탁은 하지 않으시면 좋겠습니다.

메일은 짧았다. 그래, 그러니까 내겐 바로 그 편집자가 없다고. 애초에 그걸 편집자에게 보일 인맥이 없다니까. 왜 사람 말귀를 못 알아듣는 거야. 나는 소설 사이트 쪽에서 쪽지를 주고받던 사람에게서 소개받은 익명 사이트에 접속했다. 그리고 익명으로 한주영에 대해 적었다. 그녀가 얼마나 불친절한 사람인지를. 그녀가 소설을 봐달라는 내 간곡한 부탁을 얼마나 교만하게 무시했는지도.

남을 칭찬하는 일에는 무심한 사람들도, 남을 비난하는 일에는

열광하며 달려들곤 한다. 내가 올린 그 몇 줄의 글과, 혼자서 일
방적으로 비난하는 듯한 인상을 주지 않으려 짐짓 다른 사람인
듯 덧글로 적어 올린 그녀에 대한 이야기는, 아마도 비슷한 경험
이 있었을지 모르는 몇몇을 자극한 모양이다. 그 게시물은 화제
가 될 만큼 오래 사람들 사이에 회자되진 않았지만, 한주영을 옹
호하는 쪽과 한주영은 재수가 없다는 쪽은 서로 공방을 일으키며
십여 개 남짓한 덧글을 추가로 남겼다. 나는 조금 기분이 좋아졌
지만, 한편으로는 내가 쓴 글 중 열 개가 넘는 덧글을 받아본 것
은 이 글이 처음이라는 생각에 우울해지기도 했다. 한주영은 예
상한 그대로 인터넷 쪽으로는 영 서투른 사람인지 그 익명 게시
판에서 일어난 일 따위는 모르는 듯했다. 둔한 여자였다. 그런 여
자에게 1년 가까이, 무명시절부터 팬 노릇을 해준 게 아까웠다.
하지만 나는 여전히 관성처럼, 이제는 덧글도 달지 않으면서도
그녀의 트위터와 블로그를 들여다보고 있었다.

　한주영은 글을 쓰면서도 여전히 게임회사에 다니고 있었다. 온
라인 게임이라면 그 시나리오를 혼자 다 쓰는 게 아닐 텐데 다른
사람의 글을 보는 것을 왜 그렇게 싫어하는 걸까. 아무리 생각해
도 게을러서 그러는 것으로밖에는 보이지 않았다. 가끔 내 블로
그에 그녀의 블로그에서 클릭해 들어온 리퍼러가 찍히곤 했다.
나는 그럴 때마다, 내 앞에서는 다른 사람의 글은 읽지 않는다 해
놓고 몰래 내 블로그에 들어와 글을 읽는 한주영을 상상하며, 모
짜르트의 악보를 읽고 아무렇지 않은척 하면서 사실은 질투심에
불타고 있던 살리에리의 모습을 떠올렸다. 혹은 자신을 이해해줄

수 있었고 독자를 넘어 동료작가가 될 수 있었을지도 모를 한 사람을 그런 교만함 때문에 잃어버린 한주영을 가엾게 생각했다.

한주영이, 익명게시판에 적은 내 글에 직접 반응한 것은 두 달 가까이 지난 뒤의 일이었다. 간만에 그녀의 블로그가 업데이트되었다 했더니, "다른 사람의 글을 읽지 않는 이유"라는 제목의 짧은 글이 올라와 있었다.

가끔, 글을 읽어보고 평가해달라고 요청하시는 분들이 계십니다.

회사에서의 글이라면, 일이니까 당연히 평가하고 승인하거나 돌려보내거나 고칠 점들을 함께 의논해나가곤 합니다. 거대한 세계관 안에 이야기가 맞아들어가야 하는데, 여러 사람들이 쓰다보면 세부적인 부분이 맞지 않는 경우가 있거든요. 제가 하는 일은 그런 점들을 관리하는 것이니까요.

다른 작가님이, 이번에 내 책이 새로 나왔다거나, 그동안 온라인으로 쓰던 소설이 완결났다고 넌지시 말씀해주시면 역시 사서 읽습니다. 저는 저와 사적으로 아는 분의 글에 대해서는 감상을 말씀드리지 않고, 그분들께도 "읽었다"고만 언급하는 편입니다.

작가 지망생님들의 글, 또는 다른 작가님의, 아직 어떤 식으로든 발표되기 전의 글에 대해서는 읽지 않습니다. 그런 것은, 작가가 되기 전에는 스스로 생각하면서 만들어야 하는 것이고, 작가가 된 이후에는 이미 완성된 글에 대해, 그 분량이나 몇몇 표현에 대해 편집자와 논의할 수는 있어도 다른 작가와 논의하는 것은 의미가 없다고 생각하기 때문입니다. 도움도 되지 않고요. 제 자신을 보호하는 데도 도움이 되지 않습니다.

예전 사람들은 누구에게도 글을 보여줄 창구가 없이 직접 한 편의 소설을 완성하여 투고해야 했습니다. 요즘은 온라인 게시판이 있고 사람들의 피드백이 있으니 인터넷이 없던 시절보다는 낫겠네요. 사람들의 반응이라는 것이 약도 되고, 독도 될 수 있는 문제이지만. 각 출판사마다 투고를 받는 연락처가 있습니다. 그쪽으로 원고를 보내고 상담을 받으시는 쪽이 좋겠어요. 직접 찾아가더라도 출판사에는 인력이 늘 부족하다보니 바로 원고를 살펴보고 도움을 주시긴 어려울 겁니다. 투고해서, 2주 정도 지났는데도 연락이 없으면 읽긴 읽었지만 답변해주기엔 너무 바쁜 것이라고 생각하시면 될 것 같아요.

추신 : 당신 한 사람만 해당되는 이야기가 아닙니다. 공연히 찔려 하지 마세요.

그러니까 지금, 완결나기 전의 소설에 대해서는 읽지 않는다는 거야? 읽어도 감상 따위 남겨주지 않을 거라고 말하는 거야? 게다가 이 추신은 뭐야. 나를 대놓고 의식하는 듯한 이 추신에, 나는 즉시 반응했다.

현월야 : 빈섬님, 참 잘나셨네요.

올려놓고 보니 한줄 더 달아야겠다는 생각이 들었다.

현월야 : 당신처럼 인맥이라도 있는 사람이라면 모를까, 보통 사람의 글을 누가 출판사에서 읽어봐주기나 하나요?

이십 분쯤 지난 후 답글이 올라왔다. 한주영의 덧글은 아니었다. 때때로 그의 소설 게시판에서 한주영과 친한 척 굴던 아이디가 눈에 들어왔다.

Rainy83 : 새벽 2시에, 빈섬님이 글 올리시고 5분도 지나지 않아서 이런 글이라니. 현월야님 스토커예요?

현월야 : 우와, 인기작가는 다르네. 바로 친목질 하던 사람들이 와서 옹호해주고. 좋네요.

현월야 : 나같은 오래된 팬을 막 무시하는데도 친목질 한방이면 다 처리되고. 인기작가 되고 볼 일이네. ㅋㅋ

빈섬 : 현월야님, 저와 같은 사이트에서 연재하셔서 게시판 본 적 있어요. 시작하신 글은 많아도 완결하신 글이 없던데, 일단 글을 한 편이라도 완결을 내시죠. 한 편의 대하장편소설을 완결짓지 못한 사람보다 열 편의 짧은 소설을 마무리할 수 있는 게 실력을 쌓는 방법이니까요.

Rainy83 : 이런 사람 상대 좀 하지 마세요. 왜 다 그렇게 지성껏 상대를 해서 이상한 애들을 끌어들여요.

현월야 : 이상한 애? 말 다하셨어요? 그리고 한주영씨, 나 의식해서 이런 글 쓰는 거 다 알아요. 심심하면 내 블로그 들어와서 글 읽고 가면서 뭐라는 거예요, 이 추신.

빈섬 : 리퍼러를 잘못 아시나 본데……. 그 개념이 아닙니다.

Rainy83 : 아 진짜 이 사람 제정신이야. 그거 아무나 이 블로그에서 당신 이름 클릭하고 그쪽 블로그로 넘어가면 찍히는 거잖아요. 넌자 툴 처음 써 봐?

현월야 : 어디서 반말 짓거리야. 당신 나 언제 봤다고.

Rainy83 : 익게에 빈섬님 까는 글 올려놓은 것도 당신 아니야?

현월야 : 어디 익게? 무슨 익게?

빈섬 : 다른 분들 소설 안 봐드리는 이유는, 그분들이 아이디어를 도 용당할 가능성과 우연히 비슷한 아이디어를 썼을 경우 제 자신을 보 호하기 위해서입니다. 레이니님 내일 출근 안 하세요? 가서 주무세 요. 그리고 현월야님은 다시 뵙지 않았으면 좋겠네요.

Rainy83 : 너 같은 애들이 득실거리는 익게.

현월야 : 잘났어, 인맥으로 데뷔한 인간이 뭐라는 거야.

Rainy83 : 빈섬님이 왜 인맥으로 데뷔했다는 거야? 증거 있어?

현월야 : 게임회사 사람이면, 다 어떻게 인맥이 있는 게 당연한 거 아 냐? 쥐뿔도 모르면서 끼어들긴.

Rainy83 : 쥐뿔도 모르는 건 현월야 당신이야. 설령 그런 게 있었더 라도 실력이 닿지 않으면 데뷔 못 하거든? 출판사가 자선사업체냐?

현월야 : 빈섬님이 공모전을 뚫길 했어, 신춘문예에 당선이 되었어? 작가라고 해도 기껏 책 내는 건 애들 보는 라이트노벨 따위 아냐. 실 력은 무슨 실력.

Rainy83 : 공모전 맞는데.

Rainy83 : 나 다니던 회사 공모전 뚫었는데 우리 회사가 망했음. ㅠㅠ

ㅠㅠ 상금도 못 드렸음.

Rainy83 : 또 인맥 어쩌고 할까봐서 하는 말인데 나 그 공모전 전에는 빈섬님 알지도 못했음. 일이 이렇게 된 거 새로 들어가는 회사에 빈섬님 당선원고 갖고 가서 제안해 보자고 그러다가 친해진 것임.

Rainy83 : 근데 그것도 모르는 거 보면 오래된 팬 따위는 확실히 아닌 모양이네. 그 시절부터 빈섬님 알던 사람들은 다 아는 이야기인데.

Rainy83 : 다른 설명이 필요하삼?

나는 창을 닫았다. 말이 통하지 않았다. 아니, 무슨 말인지는 다 알아들었다. 하지만 지금으로서는 저 깐죽거리는 Rainy83의 말을 뒤엎을 무언가가 존재하지 않았다. 작전상 후퇴였다. 물 한 잔 따라 마시고 다시 생각해보았다. 따지고 보면, 저 침착해 보이는 빈섬 한주영 선생과 싸가지라고는 없는 Rainy83이 동일인물이 아니라는 보장은 어디 있을까. 나는 생각을 했다. 머리를 굴렸다. 그때 휴대폰으로 새 메일 알림이 떴다. 나는 메일을 켜보았다. 내 블로그에 Rainy83의 덧글이 매달려 있었다.

Rainy83 : 당신 블로그 잘 봤어. 소설도 최근에 쓴 것 대충 훑어봤고, 캐릭터 설정만 보면 나쁘지 않은데 최근작 세 편의 스토리가 똑같아. 자기복제를 계속하는데 그 최초의 원본도 썩 좋은 편이 아니고, 설정 말고 본편에 묘사된 캐릭터들이 10화만 넘어가면 다 산으로 가. 대사도 어디서 들어본 대사만 치는데, 미안하지만 빈섬님 소설하고 주인공 이름만 다르고 대사가 똑같은 부분도 세 군데나 찾았어. 취미로 인터넷에 소설 올리는 것까지 뭐라고 할 순 없지만 계속 출판 생각하는 모양이고 출판계에 불만도 많은 것 같은데, 간단히 말하면 지금 실력으로는 당신 아버지가 출판사 사장이라고 해도 그 책 내기 힘들어. ok?

나는 그 덧글을 깨끗하게 지웠다. 안목이라고는 없는 데다 작가와 친목질이나 하는 어린 편집자의 말 따위, 귀담아 들을 필요가 없었다. 83년생이면 나보다 세 살 위일 텐데, 그날 봤던 그 학생 같던 애가 이 사람일까.

나는 공연히 서랍을 열어 나이트크림을 꺼내 뺨과 얼굴에 문질러 발랐다. 지난번 소셜커머스로 구입한 모델링 팩 재료도 꺼내놓았다. 팩을 하면 크림이 더 잘 흡수될 것 같아, 팩 재료를 얼른 물에 개어 얼굴에 발랐다. 팩제가 마르기를 기다리며, 나는 네이버 블로그나 지식인을 뒤지고 다녔다. 몇달 전엔가, 한주영이 어디 웹진과 인터뷰한 기사를 찾아 다시 읽었다.

자기만의 철학과 논리적인 배경 없이 글을 쓸 수 없다는 허세어린 말이 눈에 들어왔다. 이미 시작한 글이라면 어떻게든 완결을 내는 연습이 중요하다는 뻔한 이야기도 보였다. 글을 쓰는 것은 그다지 돈이 되지 않으니 다른 직업이 있는 편이 낫다는 이야기도 있었다. 작가 지망생들에게 조언을 부탁한 질문에 대해서는 하루에 단 한 시간이라도 글을 쓰고, 한 달에 단편소설 한 편이라도 완성하라고 답했다. 누구나 다 할 수 있는 뻔한 이야기. 정규교육과정 12년 동안 성실하게 공부한 학생이면 누구나 다 풀 수 있다는 수능문제 같은, 그런 말도 안 되는 이야기. 보통의 재능에도 운이 더해지면 열고 나갈 수 있지만, 재능이 있어도 운이 따르지 않으면 열고 나갈 수 없는 문. 그 보이지 않는 문의 중량감을 느끼며 나는 의자 등받이에 기대어 앉았다.

그럼에도 불구하고 나는 매문가가 되고 싶었다. 내 글을 팔아 부와 명성과 속물들의 관심을 얻고 싶었다. 데뷔를 했고 책을 냈지만 여전히 시시하고 재미없는 저 잘나신 작가 선생님과 달리 나는 작가가 되어 누릴 수 있는 모든 화려한 영광을 내 손에 쥐고 싶었다. 낭만과 환희, 귓바퀴를 간지럽히는 속삭임과 모험. 와인과 초콜릿과 에메랄드 빛 바다. 여행을 떠나고, 그 이야기를 생생하게 사람들에게 전하고 싶었다. 내 글에 환호한 사람들이, 나를 정신적인 멘토로 여기며 먼 이국을 찾아 떠나는 모습을 보고 싶었다. 고뇌와 광기에 사로잡혀 술로 밤을 지새우는 날들을 보내고, 누군가와 격렬한 사랑에 빠지고 또, 참담한 이별을 겪고 싶었다. 나는 드라마틱한 인생을 살아가고 싶었다. 이렇게, 땅에 매인 채 영원히 날아오를 수 없는 춘향이의 그네뛰기처럼, 그렇게 허구헌날 매일매일 무기력하고 뻔한, 범속하고 범속한 인생살이에 한낱 동네 은행원으로 살아가는 대신에. 천형처럼 고독한 영혼을 안은 채 그 외로움을 끊임없이 놀고 춤추며 세계의 주인공처럼 살아가는 일로 달래고 싶었다. 카페 모퉁이에서 술을 마시고 담배를 피우며, 당대 최고의 작가들과 이야기를 나누고 그들과 동등해지고 싶었다. 나는 돌아가고 싶었다. 〈명동백작〉의 시대로, 혹은 〈미드니잇 인 파리〉의 시대로. 그럴 수 없다면 적어도, 한주영과 동등해지고 싶었다. 그녀가 나를 한낱 작가 지망생에 불과한, 상대할 가치 없는 사람으로 여기게 두고 싶지는 않았다.

나는 내 블로그에 들어가 새 글을 쓰기 시작했다. 몰스킨 다이어리에 만년필로 꾹꾹 눌러 쓰듯, 한 자 한 자 성의를 담아 두드렸다. 쓸모없이 진지한 그녀에게는 충격일 수도 있을 이야기. 그러나 내게는 인생 그 자체인 이야기. 그녀에게는 이런 내 모습이 어린 사람의 허세로 보일지도 모르지만, 그녀의 그런 신중하고 서투른 척하는 모습조차 허세로 읽히는 내게, 이 글은 지금까지 썼던 어떤 글보다도 솔직한 자기고백이다. 아마도 이 글을 보면 그녀는 조금은 나를 신경 쓸 것이다. 어쩌면 몇 번쯤, 들어와서 내 블로그를 다시 들여다볼지도 모른다. 그녀가 이 글을 읽기를, 이 글이 그녀를 도발하기를 간절히 바라며, 나는 일부러 이 글의 첫 문장을 굵은 글씨로 써 내려갔다.

매문가라는 말을 들어본 적 있는가, 라고.

■ 나 는 매 문 가 가 되 고 싶 었 다 는 ······

언제였던가. 새벽에 잠을 쫓으려 구글링을 하다가 누군가의 블로그에서 자신이 매문가로서 소질이 있다면 연락 달라는 글을 보았다. 솔직히 그 자신 감이 부러웠다. 발바닥 아니라 마우스패드가 닳도록 투고하고 쫓아다녀도 물꼬 트는 게 쉽지 않고 지면 한 조각 얻는 게 그렇게 아쉬웠던 시기. 블로그에 그런 말을 걸어놓는다고 갑자기 일이 들어오진 않겠지만, 자빡이라는 것이 거의 바닥 날 지경이었던 나는, 그런 마음이 숨막히게 부러웠다.

그때 느꼈던 그 마음이, 3년쯤 지난 어느날 갑자기 빙 돌아 처음부터 끝까지 죽 이어진 문장들의 덩어리로 떠올랐다. 하필이면 퇴근길에, 나는 내릴 지하철역에서 내리지도 못한 채 스마트폰을 필사적으로 두드려 그저 떠오른 덩어리를 받아 적고 있었다. 궁상스럽게도. 한없이 궁상스럽게도.

온우주
단편선

세 콤 , 지 구 를 지 켜 라

세 콤 , 지 구 를 지 켜 라

바다가 내려다보이는 산비탈에 자리를 잡은 그 교육청에는 백이십 명이나 되는 공무원들이 바글거리며 일하고 있었지만, 주말 낮 당직이라면 모를까 밤 당직을 서는 것은 아무래도 그중에서도 쉰 명밖에 안 되는 남자 직원들의 몫이었어요. 쉰 명이라고 하면 결코 적은 인원은 아니지만, 그렇다고 장학사나 장학관, 또는 하늘 같으신 과장님, 국장님들이 손바닥만 한 당직실에서 새우잠을 주무시게 할 수는 없는 일이죠. 차 떼고 포 떼고 하다보니, 실제로 당직을 설 수 있는 남자 직원 수는 스무 명이 채 되지 않았답니다. 그런고로 당직은 두 달에 세 번, 운이 나쁘면 네 번 정도 돌아왔습니다. 물론, 어디까지나 FM대로 할 때의 이야기죠. FM. 필드 매뉴얼. 하지만 세상에는 RTFM이라는 말도 있어요. Read the F***ing Manual. 얼마나 매뉴얼들을 안 보고, 또 얼마나 매뉴얼

대로들 안 하면 이런 말이 다 생겼을까요.

이 당직 일만 해도 그랬습니다. 대체 당직 같은 걸 좋아할 사람이 세상에 얼마나 될까요. 당직비라고 조금 나오긴 하는데, 그거야 저녁 먹고 아침 먹고 혹시 시간이 되면 요 앞 장수탕 가서 씻고 사우나 좀 하고 오면 땡 치는 거고. 그래도 밤 당직을 서고 난 다음 날이면 조금 일찍 퇴근할 수 있긴 하니까, 은행이며 관공서며 돌아다니며 볼일 같은 것을 이런 당직날 다음 날로 미뤄서 처리하는 영리한 사람들도 있지만, 어쩐지 시간 축나고 몸 축나는 것 같다고 생각하는 사람이 더 많지요. 반면, 세상에는 언제나 틈새시장을 노리는 사람이 있는 법입니다.

"또 당직이야?"

대체 언제부터의 도시전설이었을까요. 이 세상에는 총각 시절 매일매일 당직을 서서 나중에 결국 집을 장만한 청년이 있다는 뭐 그런 이야기도 분명히 떠도는 법입니다. 그게 실제로 있었던 일인지, 실제로 있었던 일이라면 대체 몇 년도에 일어난 일인지, 그런 것 따위는 사실 중요하지 않을지도 모릅니다. 예, 세상에는 그런 도시전설을 믿고 실천에 옮기는, 좋게 말해 우직한 사람들도 있긴 있거든요. 어쩌면 여기 장주사가 바로 그런 사람일지도 모르겠네요.

"정말로 당직비 모아서 집이라도 사려고?"

"에이, 요즘 집값 비싸요."

싱글벙글 웃으며 집값 비싸다고 받아치긴 하지만, 신혼인 직장동료들에게 당직을 자기에게 넘기라고 은근히 권해서는, 한 달에 당직만 열 번을 넘게 서고 있는 이 희한한 청년이 이 도시전설을 한 번도 들어보지 못했을 리는 없거든요. 일단 그의 직장상사들만 해도 돌아가면서 "당직비 모아서 집 장만할 거냐"고 물어봤으니까요. 뭐, 속셈이야 어떻건 간에 장주사는 종종 당직을 서고 당직비를 챙겼고 다음 날은 오후 2시쯤에 퇴근하게 되어 있었지만 여튼 너무 자주 일찍 나가면 눈치가 보여서 그런지 아니면 워낙에 성실해서 그런지 꼬박꼬박 오후 6시를 채워서 퇴근하곤 했습니다. 겨울이 되면서부터는 거의 매일같이 당직을 대신서고, 아침은 공익에게 부탁해서 빵이며 우유 같은 것을 사다 먹곤 했습니다. 그러고 살다가 병 나면 너만 손해라고, 몇몇 사람들이 걱정스레 잔소리를 했습니다만, 장주사는 그저 싱글벙글 웃기만 했지요.

뭐 이유야 무엇이 되었건, 적응력 좋은 장주사는 이 좁고 이불에서는 퀴퀴한 냄새가 나는 당직실에서 자기 집인 듯 잠을 잘 잤습니다. 얼마나 푹 자는지, 가끔은 새벽같이 출근한 국장님이 문을 흔들다 못해 발로 걷어차 이 잠탱이를 이불 밖으로 끌어내는 진풍경이 벌어지기도 했는걸요. 아, 물론 보안 카드를 찍고 들어오면 되기야 하죠. 하지만 아무리 숙직자라도 첫 출근자가 오기 전에는 일단 자리에서 일어나 있어야 하지 않겠어요. 특히 시건장치, 통칭 세콤기에 찍는 그 보안 카드 같은 것은 그냥 장식으로 알고 계실 높으신 분들이 출근하시기 전에는요. 그런 데다, 기러기 아빠라 집에 일찍 들어가봤자 외롭고 쓸쓸한 나머지 교육청 근처에서 소수나 한잔하시다가 술김에 다시 교육청에 기어 들어가 당직실에서 청승맞게도 새우잠을 청해보실까 하던 과장님이 "장주사, 눈 좀 떠! 제발 일어나!" 하고 달밤에 울부짖으며 교육청 문에 매달려 계시다가 보안회사 직원에게 발견된 사건도 있었죠. 그런 일이 몇 번 이어지자 과장님이 그에게 붙여준 별명이 "잠주사"였습니다. 얼마나 잠을 잘 자는지 업어가도 모르겠더라는 말씀도 덧붙이시면서요. 일은 멀쩡히 해놓고도 그놈의 잠 때문에 애먼 욕 먹고 혼쭐이 나도, 그런 희한한 별명까지 붙어도, 장주사는 그냥 잘 웃고, 또 수시로 누군가와 당직을 바꾸고 숙직실에서 잠을 잤습니다.

관공서라는 것은 자고로 문턱이 낮아야 하는 법입니다. 진짜 문턱도 없는 편이 좋지만, 일단 기본적으로는 교통이 편리한 데 자리를 잡아야 한다는 뜻이죠. 내부에서야 계단도 낮추고 휠체어가 올라오기 좋게 길을 만들 수도 있겠지만, 그 이전에 일단 찾아가기 쉬워야 하는 것은 기본이죠. 하지만 사실 교통이 편리한 데는 땅값이 비싼 법입니다. 그러다보니 대체 저길 무슨 수로 찾아가라는 건가 싶은 엉뚱한 곳에 관공서가 떡하니 자리를 잡고 있는 경우도 종종 볼 수 있지요.

이 교육청이 그랬습니다. 등 뒤에는 응봉산이 펼쳐져 있고, 산책로를 따라 조금만 올라가면 우리나라 최초의 서구식 공원인 자유공원이 자리를 잡고 있으며, 창문을 열면 인천 앞바다의 낙조가 그대로 눈에 들어오면 뭐하겠어요. 교육청이 산꼭대기에 붙어 있는데. 이건 국내 최대의 차이나타운이 걸어서 십 분 거리라 언제 야근을 하더라도 대한민국 최고의 짜장면과 짬뽕을 먹을 수 있다는 장점 따위로는 도저히 상쇄가 안 될 문제점이긴 했습니다. 어차피 동사무소도 아니고 동네 교육청에 선생들 말고 누가 기어올라 오겠어, 하고 생각할 수도 있지만, 따지고 보면 일반 민원인도 적지 않거든요. 학교 선생님이라고 다들 차 한 대씩 끌고 다니는 것도 아니고요. 천상 여기 올라오려면 인천역에서부터 차이나타운을 거쳐 등산을 하든가, 아니면 저 아래 구청 근처 버스 정류장에서 내려 예전 일본인 가옥들이 오글오글 줄을 지어 선 가운데 비탈을 열심히 기어오르든가, 아니면 동인천에서 내려서 아예 산을 넘어오든가, 뭐 그렇고 그런 선택지밖에는 없었다는 뜻입니다. 어쩌면 장주사는 아침에 다시 이 산을 기어오르기 싫어서 매번 당직을 자청해서 하는지도 모르겠네요. 아침마다 신문을 배달하는 아저씨도, 온 동네 신문을 다 돌리고 마지막으로 이 교육청 차례가 되면 낡은 오토바이를 한 번 더 바라보며 기합을 넣어야 할 정도라면 말 다한 거죠.

그렇다는 것은요, 보안 회사 직원이라고 해서 딱히 다를 것도 없다는 뜻입니다. 물론 그 한밤중에 그 산비탈을 걸어서 올라가진 않겠지만.

"또 교육청이야?"

"그런가본데요. 지난번에도 과장인가 하는 아저씨가 달밤에 체조하고 있더니."

"거기 뭐하는 데래."

"교육청이라잖아요."

"아니, 그게 아니라. 거기 당직 서는 사람도 없어?"

"있어요. 빌어먹을 잠충이라 그렇지."

그걸 혼자 서느냐는 말에 대답하지 않은 채, 김과장은 움지럭거리며 일어났습니다. 교육청과 이 근처의, 한때는 고급 주택가였던 것 같은 주택단지 쪽을 담당하는 김과장에게도 이 교육청은 늘 골칫거리였습니다. 어지간한 데는 이미 건물이 다 들어찬 동네긴 했지만, 땅값이 싼지 어떤지는 몰라도 무슨 생각으로 그런 데다 관청을 지어놓았을까요. 길은 좁지, 가로등도 변변치 않지, 사흘 걸러 한 번씩 당직을 서는 잠탱이는 밖에서 별 짓을 다해도 일어날 기미도 안 보이지. 그러다보니 이 교육청은 이미 그에게는 서둘러서 달려갈 것도 없는 곳으로 분류가 끝난 지 오래였습니다. 지금은 새벽 2시고, 무슨 은행이나 세무서도 아니고 수능도 다 끝난 지금, 훔쳐갈 것도 없는 동네 교육청 따위 누가 뭘 어떻게 하겠어요. 기껏해야 술 취한 과장이겠죠, 지금까지 늘 그래왔듯이. 그리고 달려가봤는데 무슨 일이 있다손 처도, 한낱 보안회사 직원일 뿐인 김과장이 할 수 있는 일이 뭐가 있겠어요. 거긴 다른 데도 아니고 관공서입니다. 문제가 생긴 것 같다고 함부로 밀고 들어갈 수도 없어요. 그런 작은 관공서의 시건이라는 건 여튼 안에서 문을 층층이 걸어잠그고 나면 거의 근무자만 고립된 상태라고 해도 과언이 아니라서, 창밖으로 누군가 문을 흔드는 것을 보고 경찰에 신고를 하건 상위 기관에 신고를 하건 원래는 당직자가 알아서 해야 할 일이죠. 설령 안에 있는 사람이 위험에 처한 것 같아도, 그가 할 수 있는 일이란 밖에 얼씬거리는 수

상적은 사람을 쫓아버리고 경찰에 신고하는 게 고작입니다. 어설픈 정의감으로 권한 밖의 일을 해봤자 덤터기나 쓰기 좋거든요. 그런 데다 지금은 연말이란 말씀이죠. 명함에야 과장이라고 떡하니 박혀 있지만, 과장은 무슨 과장. 이런 건 그냥 영업사원들이 들어오자마자 대리라고 박힌 명함 들고 다니는 거랑 똑같은 거예요. 직급 인플레. 그래야 밖에 나가서 일을 해도 얕잡힐 일이 줄어들죠. 그래봤자 남들 아무렇지 않게 우습게 보는 이들은 과장 아니라 상무나 이사라고 박아서 들고 나가도 무시하긴 마찬가지지만. 여튼 새해가 되면 재계약을 해야 하는데, 섣불리 엉뚱한 짓을 했다가는 비둘기 목털에도 윤기가 돈다던 새해 새 봄날에 쫄쫄 굶지나 않으면 다행이지요.

그렇다고 아주 안 가볼 수도 없는 일. 김과장은 걸치고 있던 회사 이름이 새겨진 점퍼를 제대로 꿰어 입고 밖으로 나왔습니다. 12월이라고 춥다 춥다 했더니만, 사무실 바로 밖에 걸려 있는 온도계 액정에 영하 12도가 찍혀 있네요. 이래서야 냉장고 속 스크류바가 차라리 더 따뜻한 데 있겠다 싶어 괜히 한숨이 납니다. 사무실 안도 종아리가 시리긴 했어도 이 정도는 아니었거든요. 굳은 다리를 이리저리 축구공 걷어차듯 움직여보고, 차에 시동을 걸었습니다. 며칠 전 내린 눈이 그 비탈길에 그대로 얼어붙지나 않았으면 좋겠는데요. 늘 뻔하게 일어나는 그저 그런 교육청 일 때문에 그 좁고 가파르고 어둑어둑한 길에서 목숨 걸고 운전하고 싶진 않으니까요.

"야, 김과장."

안에서 소리가 납니다. 창문이 드르륵 하고 열리더니, 갑자기 밀려드는 한기에 소장이 낯을 있는 대로 찌푸립니다.

"이거 좀 이상하다. 교육청 말이야."

"뭐가요?"

"밖에 시건 고장 난 것 같아."

"어우, 씨발. 그걸 또 걷어찼나. 주정 작작 좀 하지."

"단선된 것 같다. 장비 가져가라."

"예에."

날이 추워서일까요, 아니면 평소답지 않은 일이기 때문이었을 까요. 등에 한기가 돕니다. 그래도 김과장은 점퍼의 지퍼를 바투 올려 잠그곤 다시 차창을 내렸습니다. 회사 마크가 찍힌 마티즈가 돌돌거리며 어둠을 가르고 도로 위를 굴러가듯 내달립니다. 차창을 끝까지 올렸어도 인천 바닷바람은 제법 매섭습니다. 북항에서 날로 불어드는 바닷바람도 모자라 산자락에서 매섭게 불어오는 새벽바람에 삼십 년밖에 안 묵은 무릎도 시릴 정도지요. 이런 날씨에 등짝에 찬바람 맞아가며 시건장치 교체까지 해야 한단 말이지. 무슨 달밤에 체조하는 것도 아니고. 나직하게 욕설을 내뱉었습니다. 인생 뭐 이래. 맨날 이러고 살아봤자 신나는 일 하나 없이.

사무실에 마지막까지 남아 있던 장학사가 11시 반에 퇴근을 하자, 장주사는 교육청 문을 밖에서부터 하나하나 걸어 잠갔습니다. 예전 같으면 묵직한 열쇠 꾸러미를 들고 다니며 잠가야 했을 텐데, 요즘은 관리자용 보안 카드 하나면 다 열렸다 잠겼다 하니 진짜 세상 좋아졌습니다. 그래도 열쇠뭉치가 아예 없어진 것은 아니에요. 정전이라도 되면 그럴 때는 열쇠를 써야 할 테니까요.

바깥 문, 안쪽 문, 복도의 방화문, 쪽문, 뒷문, 다 걸어 잠그고 장주사는 수건 하나를 챙겨 얼른 샤워실로 내려갔습니다. 쿰쿰한 곰팡이 냄새가 나는 지하 샤워실은 추웠지만, 온수를 틀자 딱 온수가 닿는 자리만큼은 따뜻해졌습니다. 어차피 직원들 쓰라고 만든 샤워 시설이고, 심야전기를 쓰고 있으니까 미안할 것까진 없겠지만, 그래도 장주사는 서둘러 씻었습니다. 이렇게 따끈따끈한 물에 샤워를 하고 나니, 오늘도 푹 잠들 수 있을 것 같습니다.

남들은 다들 희한하게 생각했지만 장주사는 정말로 숙직을 좋아합니다. 따뜻한 물 잘 나오고, 때는 끼었을지언정 포근포근한 이불이 있는 숙직실은 그에게는 낙원이라 할 수 있죠. 무엇보다 좋은 것은, 여기는 돈을 내고 잠을 자는 데가 아니라 돈을 받으며 잠을 잘 수 있는 곳이라는 사실이었습니다. 얼마나 멋진 일인가요. 그야말로 대한민국 만세입니다.

여튼 사람 한 명 겨우 누울 만한 이 숙직실은, 지금까지 장주사가 고등학교 졸업한 뒤 가져본 잠자리 중 군대 다음으로 편한 잠자리였습니다. 이 푹신한 베개에 머리만 대도 소르르 잠이 들어, 어릴 적에도 실감 못했던 꿈나라에 폭 빠져들곤 했지요. 마음 놓고 잠을 잘 수 있다는 건 얼마나 좋은 일일까요. 그것도 이렇게 따끈따끈한 방에서 말입니다. 장주사는 행복했습니다. 샤워하고 몸에 묻은 물기를 닦아낸 수건을 화장실에서 얼른 빨아다가 숙직실 구석에 널어놓고, 그는 숙직실 안, 이 교육청을 완전히 잠가 놓을 메인 시건장치에 보안카드를 댔습니다. "경비가 개시되었습니다" 소리가 나는 것을 확인하고, 그는 베개를 끌어안고 숙직실의 불을 껐습니다.

자이니 래미안이니 하는 아파트 브랜드들이 프리미엄급 아파트를 표방하며 불쑥 고개를 들고, 멀쩡한 현대아파트가 아이파크로 이름을 바꾸고 도색을 새로 할 무렵부터였을 겁니다. 소위 잘나가는 아파트란 아파트들이 서로서로 경쟁하듯, 꼭대기 층에다가 형형색색의 조명을 두르기 시작한 것은요. 자기 단지에 자부심을 가진 주민들이 그 조명을 두고 랜드마크 표시니 왕관이니 품격의 상징이니 이상한 말들을 지어다 붙이던 바로 그 무렵부터, 관공서에도 희한한 전광판들이 하나 둘씩 늘어나기 시작했습니다. 처음에는 뭐, 음주운전을 하지 맙시다, 오늘의 아황산가스 농도는 이만큼입니다, 내일 날씨는 어떻습니다, 그런 쓸모 있는 내용을 보여주던 전광판은 우후죽순처럼 늘어나며 별 시답잖은 공지사항들을, 그러니까 일반 민원인들은 눈여겨볼 필요도 없는 내용들이고, 그 내용을 신경 써서 볼 만한 사람들은 이미 사내 전자문서로 세부 내용까지 다 확인하고도 남았을 만한 그런 빤한 사항들을 비싼 전기 먹어가며 밤새 보여주는 희한한 용도로 사용되기 시작했습니다. 이 교육청이라고 다를 것은 없었습니다. We센터인지 Wee센터인지가 대체 뭐하는 덴지, 누가 관심이나 갖겠어요. 교육청이랑 학교 선생님들 말고는 크게 관심 갖는 사람도 없는 내용을 동네 고양이들도 깊이 잠들었을 이 밤중에 밤새도록 전광판을 돌리고 있는 것을 보면, 추우면 추워서, 더우면 더워서 전력수급이 어떻다며 뉴스에서 떠들어대는 소리도 다 돼먹지 않은 헛소리로 들릴 수밖에요. 그나마 다행인 것은 신새벽에는 이 앞을 지나가는 사람도 하나 없어서 이런 걸 어디 국민신문고 같은 데다 올릴 이도 없었더라는 것입니다. 이런 상황을 과연 '다행'이라고 불러도 좋은 것이라면요.

그리고 그 불빛은, 인간의 눈을 피해 바다 쪽을 우선 돌아보던 먼 세계에서 온 이방인들의 눈에도 띄었습니다. 산꼭대기라 송전탑 불빛도 없지 않았지만, 그건 단색이거든요. 이 전광판은 무려 빨강 주황 초록, 세 가지 색이 깜빡거리며 서로 어우러지는 물건이었어요. 서로 파장이 다른 세 가지의 빛이 서로 다른 주기로 깜빡이는 것은 아무리 보아도 뭔가 깊은 뜻을 내포하고 있는 것처럼 보였습니다. 아, 인간 말고 이들, 지구 기준으로 볼 때 외계인이라 불릴 만한 이 지성체들에게는요.

사실 태양계는 아직 공룡이 뛰어다니던 시절부터 이들의 구역에 포함되어 있었습니다. 이들이 살던 행성계에는 불행히도 서로 다른 두 종류의 지성체가 각각 행성 하나씩을 차지하고 살고 있었거든요. 비슷한 수준으로 진화에 성공한 이 두 종이 우주에 관심을 두고 인공위성을 쏘아 올리고 가장 가까운 항성으로 유인 우주선을 보낸 뒤, 두 세계 사이에는 아마 우리가 상상할 수 있는 여러 종류의 갈등이 벌어졌을 겁니다. 세 발 달린 로봇을 타고 지구를 공격하는 화성인을 생각할 수 있다면 실제로는 그보다 더한 일도 일어날 수 있다는 뜻이죠. 그런 전쟁 끝에 결국 두 종족은 어떻게든 의사소통을 할 방법도 찾아내고, 공존할 방법도 찾아내고, 마침내 평화 협정을 맺기에 이릅니다.

그 평화 협정 중에 바로 이런 조항이 있었던 겁니다. 은하 이분지계. 간단히 말하면 은하계에 대해 가상선을 그어 둘로 나누자는 거죠. 두 종족은 각각 한쪽씩을 선택했고, 자기 구역에서 발견되는 행성이나 자원이나 생물종에 대해 독점적인 권리를 갖기로 했습니다. 동등한 지성체의 입장에서 볼 때 한없이 황당하고 무례하며 언제 물어라도 봤느냐고 따져 묻고 싶은 일이 아닐 수 없습니다만, 이미 지구에서도 비슷한 일을 한 적이 있어요. 15세기에 에스파냐와 포르투갈이 신대륙에 대한 권리를 두고 티격태격하다가, 교황청의 중재하에 세계지도를 펼쳐놓고 중간에 선 하나를 그었다고 하죠. 멋대로 태평양의 경계를 정해놓고, 거기서 왼쪽은 내 땅, 오른쪽은 네 땅 하고 말이에요. 천만다행히도 그로부터 몇십 년도 지나지 않아 유럽 전역에서 이런저런 종교개혁들이 일어나는 바람에 유명무실해지긴 했지만 말이죠. 그런 것을 보면, 지능이라는 게 있다는 생물들이 생각하는 건 여기나 거기나 다 비슷비슷한 것 같기도 해서 한심하지만 말입니다.

어쨌든 결론만 말하자면, 이들의 입장에선 이미 그때부터 이 태양계는 자기들의 소유였던 것입니다. 다만 우주가 너무 넓어서 이제야 와본 것일 뿐이었죠. 다행히도 이들은 그렇게 호전적인 종족은 아니라서, 그야말로 명나라의 환관 정화가 온 세계를 배 타고 돌아다니며 위엄을 떨쳤듯이, 행성의 환경과 그곳에 살고 있는 생물들을 조사하고, 혹시 의사소통이 될 만한 지성체가 있다면 어떤 문명을 세웠는지 연구하는 정도로 만족하고 있었습니다. 운이 좋아 몇몇 행성에서는 신으로 추앙받고 제물을 받기도 했지요. 사실 집짐승의 통구이나 귀하게 기르던 가축으로 끓인 국 같은 것에 대해 이들이 어떤 반응을 보였는지에 대해서는 기록되어 있지 않습니다만, 적어도 어떤 종류의 종교들이 어떻게 시작되었는지에 대해 그 실마리는 찾을 수 있지 않을까 생각합니다. 이들은 둥글넓적한 우주선들로 이루어진 함대를 이끌고 지구를 두루두루 둘러보며, 주로 바다 생물들에 대해 관찰하고 있었습니다. 이 행성에도 우주에 대해 연구하는 사람들이 있는 듯했지만, 사실 그런 초보적인 감시를 피할 정도의 능력은 충분했지요.

그렇다고는 해도, 이들 중에도 첫 항해에 나선 젊은이들은 있었죠. 어느 문화권이라도 그렇겠지만, 새로운 곳에서의 탐사를 마무리할 무렵에는 이 용감하고 호기심 많은 젊은이들에게도 조금이나마 자유로운 시간을 주게 마련입니다. 용인된 범위 안에서 작은 추억과 모험담을 만들고 오라는 배려이지요. 예를 들면 이 행성의 대표적 지성체 눈에 띄지 않는 선에서 기념사진을 몇 장 찍거나, 혹은 위험하지 않은 작은 생물들을 채집하거나 하는 겁니다. 이들의 지구 탐사가 거의 마무리될 무렵, 이 탐사단 역시 첫 항해에 나선 견습생들에게 자유 시간을 주기로 했습니다.

그렇게 함대에서 가장 작은 훈련용 우주선을 이끌고 바다 위로 날아오른 이 은하 저편에서 온 손님들의 눈에 띈 것이 바로 이 교육청의 선상반이었습니다. 그것도 꼴사납고 커다랗게 교육청

건물의 한쪽 외벽을 거의 반 넘게 차지한, "인천의 교육을 바로 세우겠습니다"와 "Wee센터는 여러분 곁에 있습니다"가 번갈아 돌아가는 전광판이었지요.

"역시, 두 패턴이 명멸하며 반복되고 있어."

한 젊은이가 세 번째 촉수 끝을 빙빙 돌리며 중얼거렸습니다. 세 가닥의 촉수를 이리저리 꼬며 생각에 잠겨 있던 다른 젊은이는 산 위의 송전탑에도 주목했습니다.

"역시 여긴 소규모 천문대 같은 게 아닐까."

"육안으로는 별이 보이지 않는데, 설마 이런 데다 천문대를 세우진 않겠지."

"그럼 대체 저게 뭐겠어."

"일단 내려가보면 어때?"

구석에서 몸을 움츠렸다 폈다 하던 다른 젊은이가 한 마디 했습니다. 다른 이들이 돌아보자, 그는 얼른 변명하듯 중얼거렸습니다.

"괜찮지 않을까. 일단 위험해 보이는 건 없잖아. 이 근처에는 이 행성의 대표적 지성체가 돌아다니는 흔적도 없고, 고도가 낮은 쪽에는 폐허에 가까운 건물들밖에 없어. 우리가 활동하기에는 다소 기온이 높긴 하지만, 이만하면 나쁘진 않을 것 같은데."

"산소농도가 너무 높은 것 알면서. 그냥은 못 나가."

"그럼 저기 빈 공간이 있으니까, 이걸 저기 잠시 세워놓고 기념사진만 찍자. 어때? 잠깐은 괜찮지 않을까?"

"잠깐이면 괜찮지. 좀 어지럽긴 하겠지만."

그러니까 이런 일은 늘 그렇지만, 아주 사소한 호기심과 공명심에서 비롯된 것이었습니다. 지구보다 중력이 강하고 기압은 높고, 그래서 그 압력을 견딜 만큼 탄력 있는 피부가 온몸을 감싸고 있는, 넓적하고 물렁물렁한 원뿔대형 몸에 세 가닥의 촉수가 나 있는 이 친구들은 둥글넓적하고 통통한 적갈색 우주선을 천천히 응봉산 자락으로 몰아갔습니다. 지구인들이 몰고 다니는 네 바퀴 달린 탈것을 여덟 대 정도 붙여놓은 것 같은 이 우주선은, 평소에는 그 탈것으로 가득했을 이 딱딱한 바닥 위로 소리도 없이 내려 앉았습니다. 적갈색 우주선의 윗부분이 슬쩍 들려 올라가며 새하얀 벽체가 모습을 드러냈습니다. 그리고 그 반투막 같던 벽체의 구석에서부터, 이 먼 세계에서 찾아온 젊은이들이 뽀도독거리며 한 개체씩 밀려 나왔습니다. 낮은 중력과 낮은 기압에, 흐느적거리던 그들의 몸은 탄력 있게 부풀어 올랐습니다. 그들의 모성에서는 쉽게 볼 수 없는 흥미로운 모습이었지요.

그래서 이들이 정말로, 낯선 세계의 작은 천문대 앞에서 얌전히 기념사진만 찍었다면 모두가 평화로웠을 것입니다. 그러나 지구에는 그런 이야기가 있지요. 호기심이 고양이를 죽인다고. 어떻게 직역할 방법이 없긴 하지만 이들에게도 그 속담이 전해 내려오긴 했습니다.

그리고 그런 속담이 전해 내려온다는 것은, 그들도 호기심 때문에 사고를 치고, 치고, 또 쳐왔으며 앞으로도 또 치고 말 것이며, 그럼에도 불구하고 별 반성 없이 계속 사고를 치리라는 것만은 지구인들과 마찬가지라는 방증이 될 수도 있겠습니다. 사진을 찍기 전, 이 젊은이들 중 한 개체가 문 앞에 달려 있는 기계장치를 조사해보고 싶다며 가져온 장비를 회로에 연결해보려고 했던 것이 화근이었지요. 장비를 회로에 연결하는 과정에서 가벼운 파손이 일어난 것이야, 보안회사에 신호는 갔을지언정 별다른 이상은 일어나지 않았을 겁니다. 그러나 과전류가 흐른 회로 하나가 끊어진 순간, 지구인들에게는 제법 시끄러운, 그러나 이들의 가청범위를 아슬아슬하게 벗어난 사이렌 소리가 울려 퍼지기 시작했습니다.

"뭔가 기분이 나빠지는걸."

"너 뭐 잘못 건드린 것 아냐?"

"아냐, 회로검사기를 물려놓은 것뿐인걸."

먼 세계의 젊은이들은 잠시 서로를 마주 보다가, 다시 멋진 기념사진을 찍는 일에 몰두했습니다. 그 문제의 전광판이 잘 보이도록 각도를 맞추고, 다시 느릿느릿 몸을 움직여 사진을 찍기 좋게 자리를 잡았습니다. 익숙하지 않은 중력에 몸을 가누기 힘들었지만, 여기나 저기나 남는 것은 사진뿐이라 했습니다. 추억이 될 만한 사진을 남기는 데는 수고를 아끼지 말아야죠.

마티즈 한 대가, 비탈길을 달려 올라와 교육청 앞길에 멈추어 선 것은 바로 그때였습니다.

김과장은 뭔가 잘못되었다고 생각했습니다. 지금까지 몇 번이나 교육청을 오갔지만, 이렇게 일본인 가옥 쪽에서도 들릴 만큼 요란하게 사이렌이 울리는 경우는 처음이었습니다. 그는 급히 엑

셀러레이터를 밟아 마티즈를 몰아 올라갔습니다. 술 취한 과장이나, 과하게 일찍 출근한 국장이 난리를 부리는 게 아니라면, 진짜로 교육청에 누가 침입하려 드는 것이라면 큰일입니다. 혹시라도 이미 누군가가 침입을 했거나, 최악의 경우 안에서 당직을 서던 이가 침입자에게 끔찍한 꼴이라도 당했다면, 어째서 이렇게 여유를 부리다가 도착했느냐는 비난과 함께 회사가 책임을 져야 하는 불상사가 생길지도 모르지요. 애사심 같은 게 있을 턱은 없지만, 자고로 목구멍이 포도청이라 했습니다. 혼자 몸이면 모를까, 아직 식은 못 올렸지만 내년 초여름이면 아이도 태어날 텐데, 재계약도 못하고 몇 달을 공칠 수는 없는 노릇이었습니다. 대충 때우면 된다고 생각했던 교육청 쪽 일은, 갑자기 아내와 태어날 아이를 위해 목숨 걸고 사수해야 하는 전투의 현장이 되어버렸습니다. 그는 교육청 앞에 차를 세우자마자 구르듯 차를 박차고 나왔습니다.

그리고 그의 눈에 들어온 것은, 아아, 이건 정말 뭐라고 해야 할까요.

거대한 초코파이였습니다.

정말입니다. 회사에 어떻게 설명해야 할지 모르지만, 지름이 10미터쯤 되어 보이는 거대하고 통통한 갈색 초코파이 같은 것이 교육청 주차장에 내려앉아 있었습니다. 위아래를 덮은 갈색 뚜껑 아래 희게 빛나는 막은 마치 마시멜로 덩어리처럼 보였습니다. 김 과장은 눈을 의심하다가 얼른 휴대폰으로 사진을 찍었습니다. 제대로 찍힐지 장담할 수는 없었지만, 사진이라도 찍지 않는 이상 누가 이 황당한 이야기를 믿어주겠어요. 연장상자를 주차장 안쪽으로 던져놓고 한 손에는 휴대폰을 든 채 김과장은 도로와 교육청의 앞마당을 가로막은 대문 자바라를 타 넘었습니다. 일단 저 초코파이는 그렇다고 치고, 당장은 사이렌 소리를 멈추는 게 급했습니다. 민원이라도 들어오면 골치 아파지니까요. 그나저나, 사이렌 소리 자체야 안에서도 끌 수 있을 텐데, 이런 요란한 소리가 나는데도 꿈쩍도 하지 않고는 저 안에서 당직을 선답시고 퍼질러 자고 있는 놈팽이는 대체 뭐하는 놈일까요. 그는 한숨을 푹 쉬며 바닥으로 던져놓은 연장상자를 챙겨들고 고개를 들었습니다.

'꾸에' 하는 소리를 듣고 고개를 돌린 것은 바로 그때였습니다.

예, 뭐라고 해석해야 하는지는 모르지만, 적어도 그의 귀에는 '꾸에'로 들렸습니다. 아무리 봐도 포도맛 딸기맛 오렌지맛 제리뽀같이 생긴 큼직하고 물컹물컹해 보이는 것들이, 옹기종기 모여서 더듬이 같은 것을 흔들고 있었습니다. 예, 그런 게 하나도 아니고 여섯 개나 있었습니다. 내가 지금 꿈을 꾸고 있는 건가. 김과장은 입안의 무른 살을 어금니로 깨물어보았습니다. 아픈 정도가 아니라 피맛까지 희미하게 느껴졌습니다. 세상에, 저게 다 뭐야. 김과장의 머릿속에 순간 '간첩신고는 112'라는 구호가 떠올랐습니다. 아니, 간첩은 113이었던가요? 112건 113이건, 신고하는 게 급했습니다. 예, 그는 보안업체 직원이지 경찰이 아니니까요. 당연한 겁니다. 보안업체 직원이 아니라 귀신 잡는 해병대라도 사람만 한 제리뽀가 여섯 개나 뿌잉뿌잉거리며 돌아다니고 있는 데야 장사 없는 겁니다.

"여, 여보세요! 경찰서죠?!"

그러나 세상에는 불행히도 상식이라는 게 존재하는 법이라서요.

"여기 교육청인데요, 지금 앞마당에 이상한 게 있어요!"

"좀 자세히 말씀해주시겠습니까, 선생님."

"그게…… 그러니까 커다란 초코파이가……."

그렇지 않아도 한밤중에, 인력도 부족한 경찰이 이런 황당한 신고를 진지하게 받아줄 리가 없지요. 김과장도 그건 압니다. 알지만 어쩌겠어요. 이 상황에서 비빌 언덕이라고는 없는데, 모처럼 세금 낸 보람이라도 찾아야 하겠는 것을요. 적당히 말을 돌리며 전화를 끊으려는 경찰에게, 그는 순찰 도는 길에라도 잠깐 와달라고 소리를 질렀습니다. 경찰은 알았다고 하고, 정말로 전화를 끊었습니다. 순찰차가 오기는 와줄까요? 그가 알기로 별일 없어도 이 교육청 바로 근처까지 순찰을 돌기는 했으니, 어쩌면 잠깐 들여다보고 갈지는 모르겠습니다. 진인사대천명이라고 했지요. 경찰이 오는지 마는지야 하늘에 맡기고, 그는 그의 일을 해야 했습니다.

무슨 일이냐고요? 뭐겠어요, 시건장치를 고치는 일이죠. 세상에, 무슨 짓을 해놓았는지 회로 끝이 다 녹아서 뭉개져버렸어요. 저 괴물, 아니, 외계인들이 한 짓인가봅니다. 그리고 그 끝에는 못 보던 집게전선 같은 게 물려 있었습니다. 뭔진 모르지만 일단 집게전선을 떼어내고, 그는 더 이상 사이렌 소리가 나지 않게 조치부터 했습니다. 그러고 보니 영화 같은 데서 보면 외계인들이 지구에 왔다가 감기에 걸려 죽기도 하고 인간에게 바이러스를 옮기기도 하고 그랬던 것 같은데, 설마 저 거대 제리뽀랑 잠깐 마주쳤다고 병에 걸려 죽는 것은 아니겠죠?

그때 김과장의 눈에, 교육청의 유리문에 비친 저 제리뽀 외계인들이 들어왔습니다. 움직임이 꽤 느리긴 했지만, 여섯 중 다섯은 초코파이를 향해 기어가는 반면, 그중 한 마리는 굳이 이쪽을 향해 더듬이를 흔들며 다가오고 있었습니다.

이순신 장군이 그러셨던가요? 칼을 뽑으면 무라도 썰어야 한다고? 아니었나? 그, 죽기는 쉬워도 길을 비켜주기는 어렵다고 한 건 또 누구였죠? 김과장은 혼란스러웠습니다. 혼란스러웠지만, 이 자리에서 도망칠 수도 없었습니다. 아니, 글쎄, 시건장치를 손봤으면 여기 당직자에게 사인은 받아 가야 하잖아요. 정말 먹고살기 힘든 세상입니다. 이 신새벽에 보안 문제로 여기 왔다가 수리까지 해야 했는데, 그것도 모자라서 외계인? 설마, 저 뿌잉뿌잉거리며 돌아다니는 놈들에게 닿으면 무슨 게임 속 슬라임에게 잡아먹히듯이 그냥 녹아서 물보다 빠르게 흡수되는 건 아닐까요? 그 잠꾸러기 당직자도 벌써 잡아먹힌 건 아니겠죠? 그는 떨리는 손으로 몽키스패너를 꺼내 들었습니다. 장갑을 낀 손바닥에 금세 땀이 차올랐습니다. 하지만 저 거대 제리뽀와 초코파이를 본 이후 계속 혼란스럽기만 하던 머릿속에, 겨우 선명한 문장 하나가 떠올랐습니다.

난 한 놈만 패.

그렇습니다. 원래 싸움이라는 게 그런 겁니다. 한 놈이라도 확실히 팰 수 있으면 승산은 있는 거죠. 게다가 상대가 저런 느려터진 외계인이라면요. 먼저 선빵을 날려버리는 게 유리하긴 하겠지만, 괜히 성질을 긁었다가 떼로 덤벼들면 그것도 낭패입니다. 김과장은 곁눈으로 초코파이 쪽을 쳐다보았습니다. 먼저 저쪽으로 간 다섯 마리는 하나씩 하나씩, 마시멜로를 뚫고 들어가고 있었습니다. 세상에, 이게 꿈이라면 내 머리통 속에는 대체 뭐가 들어 있는 거야. 날이 밝으면, 그 쁘띠첼인가 하는 거, 아무리 주먹 반만 하다고는 하지만 하나에 이천 원 가까이 되는 그 비싼 제리뽀를 사다가 우적우적 퍼 먹어줄 테다. 김과장은 스패너를 어깨 위로 들어 올렸습니다. 가까이 다가온 제리뽀 외계인이 땅을 향해 더듬이를 뻗었습니다. 그 더듬이가 김과장의 발목을 스치려는 찰나, 김과장은 척 봐도 탱글탱글한 제리뽀를 향해 스패너를 휘둘렀습니다.

"너, 너희 별로 돌아가아아아아아아아!"

그렇습니다. 놈의 목적이 무엇이건 그는 이 교육청을, 적어도 이 시건장치를 사수해야 했습니다. 김과장에게는 지켜야 할 것이 너무 많았거든요. 지켜야 할 것은 많고, 가진 것은 너무나 없었던 그에게는, 그야말로 몸을 던져 제리뽀를 막는 것밖에는 다른 방법이 없었습니다. 하지만 외계인의 피부는 철갑을 두른 듯 단단한 데다 마치 트램폴린처럼 탄력이 있어서, 스패너를 휘두르며 온몸으로 덤벼든 김과장은 그대로 튕겨서 교육청의 유리문에 처박히고 말았습니다. 맙소사, 사람은 괜찮은데, 손에서 놓친 스패너가 그만 유리창을 깨버릴 줄이야. 교육청을 지키려다가 그만 대물피해를 입히고 만 김과장은 망연자실하였습니다. 이거 통유리인데. 두께도 대충 8밀리미터쯤 하는 건데. 이게 유리값이 얼마나 들까 하는 생각이 눈앞을 스쳤습니다.

그때였습니다.

바로 발 앞까지 다가온 제리뽀가, 그에게 더듬이를 내밀었습니다. 밧줄 같은 더듬이가 김과장의 어깨를 휘감아 당겼습니다. 정체불명의 바이러스를 옮기려는 건지 뭔지는 모르겠지만, 그 덕분에 김과장은 제리뽀 외계인을 안듯이 하며 일어났습니다. 어쩌면 일으켜주려고 손을 내민 것일지도 모르겠습니다. 어쩌면 공격을 하려고 덤빈 것은 아닐지도 모르겠습니다. 외계인은 그의 어깨를 휘감은 더듬이를 풀고, 바닥에 떨어진 무언가를 더듬이로 주워들었습니다. 멀리 경광등 불빛이 보였습니다. 긴장이 풀린 것일까요, 무릎 아래로 힘이 들어가지 않았습니다. 김과장은 차가운 바닥에 손을 짚으며 그대로 다시 주저앉고 말았습니다.

"꿈이라고요?"

그날 새벽, 대체 무슨 일이 일어났는지는 결국 밝혀지지 않았습니다.

"그런 것 같아요."

교육청의 정문 유리가 파손되었습니다. 누군가 교육청에 침입하려 한 흔적들이 발견되었지만, 교육청 인근의 CCTV에 장애가 발생하여 결정적인 기록을 찾긴 어려울 것 같다는 소식도 전해졌습니다.

"말도 안 되지……. 아니, 그런데 어떻게 그렇게 잘 자요? 사이렌에 얼마나 크게 울었는지 알기나 해요?"

"꿈에 나오는 소리인 줄 알았죠. 말했잖아요. 초코파이 별의 제리뽀 외계인이 날아오는 꿈을 한창 꾸고 있었다고. 아, 진짜 맛있어 보였는데."

"팔자도 좋네."

의문의 침입자로부터 교육청을 지켜낸 사람은 바로 이, 보안업체 직원 김과장이었습니다. 경찰이 도착했을 때, 그는 스패너에 맞아 깨진 교육청의 정문을 등으로 가로막듯 하여 버티고 앉은 채 반쯤 기절해 있었습니다. 그가 출동하기 전과 도착할 무렵에 회사 서버에 보안장치 이상 신호가 갔던 기록이 남아 있는 것으로 미루어 볼 때, 그가 교육청에 침입하려던 자들을 저지하려고 했던 것만은 분명해 보였습니다. 고객을 지키기 위해 몸을 아끼지 않고 맞서 싸운 보안업체 직원이라니, 어디로 보아도 지역신문의 미담란에 실리면 딱 좋을 만큼 영웅적인 이야기이긴 했지만, 현실적으로 그렇게 처리할 수는 없었습니다. 아무래도 깨진 유리창 안쪽에 떨어져 있던 김과장의 스패너가 문제였지요. 침입자를 막았다고 다가 아닌 것이, 이번에는 예상한 대로 그 유리창 변상 문제가 걸리게 된 겁니다. 심지어 새벽에 급히 출근한 교육청의 팀장이라는 이는, 이 모든 소동이 사실은 자작극이고 보안업체 직원이 유리를 깬 것이면 어떻게 할 거냐는 생트집까지 잡아댔으니까요. 그런 말이 나올 만도 한 게, 장주사가 너무 깊이 잘자고 있었거든요. 밖에서 보안업체 직원이 목숨을 걸고 침입자와 싸우고 있는데, 당직실 안에서 무슨 일이 일어났는지 전혀 알지 못했다는 것도 사실은 문책감이라서요. 그러다보니, 언성을 높이고 윽박지르고 슬슬 달래다가 결국 관계자들끼리 입을 맞추어야 할 부분이 한두 가지가 아니었습니다. 뭐, 기분 좋은 일은 아니지만 그 생트집도, 사실은 이렇게 달래고 입을 맞추기 전의 밑작업 비슷한 것이라는 것을 김과장도 알기는 압니다.

멀리 바다가 내려다보였고, 하늘이 슬슬 밝아오기 시작합니다. 김과장은 교육청의 앞마당에서 그 짙은 잿빛 바다를 바라보며 이른 기지개를 켰습니다. 목덜미부터 발끝까지 척추와 뼈마디를 따라 성에가 얼 듯이 추운 날이었습니다.

"해 뜨려면 멀었어요."

"……?"

"그리고 그쪽에서 해 안 떠요."

"그렇겠지, 서해에서 해가 왜 뜨겠어요."

"아시면 다행이고요. 전 처음에 여기서 숙직하고 일어났다가 바다가 코앞인데 왜 산에서 해가 뜨나 놀란 적이 있거든요."

어디가 모자란 놈 아닌가 싶어 김과장은 다시 장주사를 쳐다보았습니다. 낡은 추리닝 위에 상한 두부 같은 색의 얇은 점퍼 하나만 입은 것이, 추워 보였습니다.

"그렇게 입고 안 추워요?"

"추워요. 추우니까 커피 드실래요?"

이 비상사태 때문에 급히 출근한 팀장이라는 양반은, 대충 일이 정리가 되자마자 당직실 아랫목을 차지하고 드러누워 케이블 TV를 보기 시작했고, 아까 외계인들이 도망치기 직전 교육청으로 달려왔던 경찰 두 명도 돌아간 지 오래였습니다.

"경찰들이 뭐 봤단 이야기 안 해요?"

"자기들끼리 수군거리긴 하는데, 뭐 물어보진 못하던걸요."

예, 물론 보기야 봤을 겁니다. 하지만 그런 거대 초코파이, 아니 UFO를 봤다고 해도, 그런 말을 어디 가서 하겠어요. 김과장이나 장주사에게 뭔가 본 게 없느냐고 차마 물어보지 못한 것도, 아마도 미쳤다는 소리를 들을까봐 겁이 났기 때문이겠지요. 그러니 어디 가서 이런 이야기를 할까요. 김과장은 괜히 답답했습니다. 이런 비밀을 혼자만 알고 있어도 되나 덜컥 겁이 난 것도 사실입니다. 아침에 동 트면 팀장이라는 이는 시교육청과 국장과 교육장에게 보고를 해야 할 거고, 장주사는 이 일에 대해 보고서를 써야 할 텐데, 말 맞출 것까지 대강 정해놓은 지금 뭔가 다른 이야기를 더 듣고 싶어 할 것 같지도 않고요. 김과장은 칼바람이 불어드는 현관에 서서 장주사가 내온 커피를 받아 들며 그저 초코파이니 제리뽀니, 그런 이야기를 우물거렸습니다.

"믿지 못하겠지만 난 바로 그 제리뽀와 싸우다가 죽을 뻔했다고요."

김과장이 찍은 사진 속에는, 뭔가 희미한 빛 덩어리만 찍혀 있었습니다. 애초에 저 전광판 말고는 광원이라 부를 것도 마땅치 않은 이곳에서 사진이 제대로 나오기를 기대한 게 욕심이었을까요. 그래도 조금은 아쉬웠습니다. 어둠 속에 윤곽만 선명하던, 그 거대한 초코파이 형태라니. 생각할수록, 혼자 보기 아까운 모습이었어요.

"제리뽀 같은 것에 깔려 죽었으면 가문의 망신이야."

"그게 진짜 외계인이었으면 역사에 남았을지도 모르죠."

"외계인에게 깔려 죽은 남자로 역사책에 기록되고 싶진 않다고요. 아, 좋아요. 그건 그냥 그쪽의 꿈이라고 치고, 내가 정말 도둑이랑 싸웠다고 치고, 싸워서 이겼으면 뭐해요. 댁이 신고를 했고, 경찰이 출동했고, 나는 뒤늦게 와서 수리를 했고. 일은 그렇게 처리되게 생겼는데. 내가 허구헌날 술 취한 과장 아니면 잠퉁이 당직 때문에 번거롭기만 한 교육청 같은 걸 지켜서 무슨 영광을 보겠다고."

"왜요, 지구를 지키셨잖아요."

그 말에, 김과장은 자기도 모르게 어깨를 폈습니다. 펴다가 말고, 그는 장주사를 다시 한 번 쳐다보았습니다.

"어이쿠야, 이 아저씨가 내 이야길 믿나보네."

"그럼, 기사님은 제가 초코파이 별의 외계인이 나오는 꿈을 꾼 건 믿어요?"

"거참."

김과장은 웃었습니다. 이런 걸 뭐라고 하더라. 아마 학교 다닐 때는 쌤쌤이라고 했던 것 같기도 합니다. 아, 피장파장이라고도 하던가요. 여전히 머리는 복잡했지만, 이젠 어디부터가 꿈이고 어디까지가 현실인지도 헛갈리지만, 어쩌면 정말로, 유리를 깨고 도망치는 도둑과 싸우다가 기절해서는 희한한 꿈을 꾸고 헛소리를 한 것일지도 모르지만.

그런 생각들을 하다가 김과장은 문득 생각난 듯, 아까 그가 손을 대었던, 깨져 나간 정문에 여전히 매달려 있는 시건장치를 손가락으로 만져보았습니다. 녹아 뭉개진 회로를 손끝으로 건드리며, 그는 아까의 그 모든 일들은 아마 꿈이 아니었을 거라고 다시 한 번 생각했습니다. 이 일이 다 수습되고, 이 시건장치를 바꿔 달고 나면 가능하면 이 회로 조각을 갖고 싶었습니다. 이 모든 일들이 결코 헛소리가 아니라는 증거로 말이지요.

"근데, 대체 왜 하필 초코파이였어요?"

"예?"

"그 꿈 말이에요."

"모르죠. 글쎄……. 저 초코파이 좋아해요. 군대에서 제일 좋아했던 과자라서."

"허?"

"그게, 제가 그동안 멀쩡한 방에서 살아본 적이 거의 없거든요. 그나마 군대에서 좀 따뜻하게 살았나."

"……."

"여기 당직실이 좀 따뜻하잖아요. 아, 정말 얼마 전까지는 요 아래 고시원에서 살았는데, 고시원 주인이 무슨 스크루지를 달여 먹었나, 이 계절에 난방도 안 때주잖아요. 얼어죽을 것 같아서 짐 싸 들고 나왔는데 그만 월세 보증금이 없어서."

"저런."

"그러다보니 거의 매일 당직을 서는 거예요. 여기 정말 따뜻하고 너무 좋아요. 보일러는 끄지만 전기장판이랑 전기난로 틀어도 괜찮고, 잠도 잘 오고. 그래서 그런지 이런 데서 포근하게 자다보면 군대 꿈을 꾸거든요. 병장 때 깔깔이 입고 내무실에서 뒹굴던 거, 군대에서 먹었던 초코파이 같은 거."

"대체 그거, 좋은 꿈이에요, 나쁜 꿈이에요."

"글쎄요."

장주사는 그저 머리만 긁적였습니다. 거참, 팔자 좋은 놈팽이라고 욕을 바가지로 퍼부어줄까 했는데, 군대 내무반이나 이런데 당직실이 따뜻하다고 좋다고 말을 늘어놓는 것을 보니 어쩐지 불쌍한 게, 뭐라고 할 마음도 차마 들지 않았어요. 그런 것을 보면, 목구멍이 포도청이라고 하다 하다 외계인에게 스패너 하나 달랑 들고 덤빈 그나, 당직을 서는 건지 겨울잠을 자는 건지 분간이 안 가는 이 구제불능의 잠꾸러기나, 쌤쌤이네요, 쌤쌤. 김과장은 장주사를 바라보며 복잡한 마음으로 웃었습니다. 어쩌면 이 사람은 며칠 지나면 또 과장님이 밖에서 울부짖는지 외계인이 인증샷을 찍는지도 모르고 당직실에서 잠을 잘지도 모르지만 김과장은 장주사가 아주 조금, 귀엽고 딱하다는 생각을 했습니다. 다음번에 또 여기서 호출이 들어오면, 서류 처리하듯 무뚝뚝한 얼굴 대신 대놓고 혀를 쯧쯧 차줄 수는 있지 않을까 싶을 만큼은요.

장주사는 안경 너머로 눈을 깜빡깜빡거리다가, 손가락으로 고개 너머 차이나타운 쪽을 가리켰습니다.

"저기, 이따가 저녁때…… 탕수육 드실래요?"

"갑자기 웬 탕수육."

"제가 쏠게요. 맨날 저 때문에 왔다 갔다 하시는 것 같아서."

"난 삼겹살이 더 좋은데."

"아, 예. 저도요."

"그나저나, 정말 그거, 내 얘기, 믿는 거예요?"

"예?"

"외계인요. 초코파이를 타고 다니는 외계인."

"어, 어쩌면요. 아마도요. 전 있으면 좋겠어요. 예, 정말요."

인천역에서 나오면 차이나타운의 입구, 패루가 길 하나 건너 정면에 서 있다. 홍등과 중국집이 즐비한 이국적인 골목을 지나, 삼국지 벽화 거리를 따라 비탈을 쭉 올라가면…….

전혀 있을 것 같지 않은 자리, 말하자면 산꼭대기 아래 같은 곳에 홀연히 관공서 하나가 서 있는데, 그게 또 하필 교육청이다. 뒤에는 공원이 있고 바로 코앞에는 차이나타운과 옛 일본인거리가 있고, 2층에 올라가 창문을 열면 멀리 내 앞마당처럼 바다가 펼쳐지는.

모기가 많고, 편의점은 멀고, 짜장면은 물리도록 먹을 수 있을 것 같은데, 뻘쭘하게도 거대한 전광판까지 붙어 있어 어쩐지 저녁때 근처를 지나면 기괴한 느낌마저 드는 그곳. 내 배우자는 한때 거기서 근무했고, 이 이야기를 쓰는 내내 "대체 그런 곳을 배경으로 무슨 외계인이냐"며 투덜거렸지만, 어쩐지 시간이 멈춰버린 것 같은 가운데 민원인들의 접근성 같은 것은 아예 배제하고 땅값만 감안해서 부지를 선정한 듯한 그 관공서의 앞마당에서 나는 언제 초코파이형 UFO가 내려오더라도 이상하지 않을 것 같은 그런 묘한 느낌을 받곤 했다.

처 형

처 형

눈을 감으면 풀을 먹인 옷자락의 바스락거리는 소리와 이른 초여름의 아침 창가에서 갓 사른 희미한 향 냄새가 떠오른다. 기억할 수 있는 가장 어린 시절, 그 여름의 아침. 일어나셨느냐는 낮고 부드러운 목소리가 귀를 간지럽힌다. 명주실처럼 부드러운 아이의 머리카락을, 남자의 커다란 손은 쓰다듬듯 헤쳐놓고, 유모를 부른다.

어머니 아버지라는 말보다 폐하라는 말을 먼저 배웠지만 그보다 더 먼저 배운 말은 스승님, 그 말이었다. 정무에 바쁜 어머니 대신, 배움이 얕은 아버지 대신, 스승님이라 불리는 남자는 늘 그녀의 곁에 있었다. 어린 손을 내밀면 언제라도 옷자락을 붙잡아줄 수 있는 그곳에. 열병에 걸렸을 때에도, 처음 써본 마법이 실패해 손과 얼굴에 화상을 입었을 때에도, 정신을 잃었다가 다시 눈을 떴을 때 가장 가까이에서 그녀를 지켜보던 이는 바로 그 남자였다. 이른 아침, 남자가 긴 소매로 손을 가린 채 긴 회랑을 따라 차분히 걸어가면, 그녀는 아장거리는 걸음으로 따라가 남자의 소맷자락을 붙잡곤 했다. 같이 가요, 스승님. 같이 갈래요. 남자는 그럴 때마다 어쩔 수 없다는 듯한 웃음을 지으며 그녀를 덥석 안고 갔고, 조금 더 자라서는 소매 아래로 손을 내어 그 어린 발걸음에 맞추어 천천히 함께 걸어가곤 했다. 그때마다 남자는 한숨처럼 중얼거리곤 했다.

"전하께서 어서 빨리 어른이 되셔야 할 텐데."

그녀는 철이 들기 전부터 자신의 입장을 잘 알고 있었다. 정무에는 열심이지만 몸이 허약한 어머니가 이 나라의 주인이라는 것도, 어머니가 전의들이 만류해도 계속 정무에 몰두하는 이유가 하나뿐인 후계자인 딸에게 조금이라도 더 안정적인 나라를 물려주기 위해서라는 것도. 그런 어머니와 달리 아버지는 경박한 이라는 것도. 아버지는 경애하는 스승에게 늘 묘한 경쟁심리를 불태우다 못해 걸핏하면 궁에 찾아와 시비를 걸었다. 그때마다 스승은 그에 맞서는 대신, 꼬투리 잡힐 일을 아예 만들지 않고 걸어오는 시비는 물에 흘려보내듯 그저 두고 보기만 한다는 것도. 또한 알고 있었다. 어머니의 목숨이 길지 않은 것도. 옥좌의 주인이 이르게 바뀔 경우, 어머니는 아버지와 스승, 이 두 남자를 어린 딸의 공동 섭정으로 세우고자 한다는 것도. 시녀들의 속없는 재잘거림, 마법사들의 발소리, 계절마다 달라지는 새소리와, 전각과 전각 사이를 흘러가는 바람을 따라 결결이 흘러드는 그런 이야기들을 아이는 놓치지 않고 귀를 기울였다.

　스승님의 귀밑머리에 서리가 앉을 무렵, 어머니는 나이에 비해 늙고 지친 얼굴로 만조백관의 앞에서 그녀를 후계자로 책봉하였다. 그녀가 열한 살이 되던 해의 일이었다. 상례보다 몇 년 서두른 시기였으나, 그조차도 작금의 상황에서는 많이 늦었다는 수군거림이 들려왔다. 그녀가 아침이면 대전으로 나아가 어머니 슬하에서 황제로서의 정무를 어깨 너머로 익히는 동안, 스승은 조금씩 제위상속을 위한 준비를, 섭정으로서의 준비를 시작했다. 그런 것이 불의요, 불충이 아니냐고 뛰어들어 멱살을 잡은 것은 또한 명의 섭정인 그녀의 아버지였다. 그 소식을 듣고 달려갔을 때 그녀는 이제 두 사람 중 한쪽의 손을 들어야만 한다는 것을 알았다. 스승은 아버지에 대한 효를 가르쳤으나, 그녀의 아버지는 그 깊은 마음을 받아 마땅한 이가 아니었다.

"난 스승님한테 죄송한 일이 생길까봐 겁이 나."

　스승에게 악다구니를 하며 덤벼드는 아버지를 끌어내며, 당대 최고의 마법사에게서 고작 저런 패륜밖에는 배우지 못했느냐는 비웃음을 들으며 그녀는 많이 울었고 또 많이 앓았다.

　그녀에게는 형제도, 가까운 사촌조차 없었으니, 궁 안에 친구라고는 스승의 아들 한 명뿐이었다. 해가 떨어졌는데도, 그날만은 궁에 머무르는 것을 허락받았던 소년은 넋이 나간 듯 축 늘어져 있던 그녀를 데리고 빈 활터로 향했다. 활 시위를 풀다 말고, 소년은 그녀의 울음 섞인 말에 대한 대답을 겨우 찾아냈다.

"아버지한테 미안한 일이 생기는 게 싫으시면, 방법은 하나밖에 없어요."

"그게 뭔데."

"황군 폐하께서 아버지에게 무슨 짓을 하시더라도, 그냥 냉정하게 바라만 보세요. 전하께서 신뢰를 보이실수록, 황군 폐하께서는 아버지를 더 싫어하실 테니까."

"아바마마께서 그렇게 옹졸한 모습을 보이시는 게 나쁜 거야."

"나쁜 건 알지만, 바뀌겠어요?"

소년은 활시위를 다시 팽팽하게 당겨 묶었다. 그녀는 무릎을 안은 채 웅크려 앉아, 저보다 한 살 위인 소년을 올려다보았다.

"무슨 말을 하려는 건진 알아. 지킬 수 없다면 소중한 티도 내지 말라는 거잖아. 하지만 다른 분도 아니고 태사란 말이야. 아바마마께서 그러셔도 안 될뿐더러, 내가 편을 든다고 해서 아바마마께서 태사께 뭘 어떻게 하실 수도 없을 거라고. 하지만 언제까지나 아바마마께서 태사께 그렇게 난폭하게 대하셔선 안 되는 거잖아!"

"옳으신 말씀이에요. 적어도 지금까지는."

소년은 목소리를 낮추어 속삭였다.

"이런 말씀 드리기 송구하오나, 내 공주님."

"이제 공주님 아니라니까."

"알아요, 전하. 전하께서 어른이 되실 때까지 폐하께서 견뎌주실 수만 있어도, 저도 다른 걱정은 하지 않아요. 병석에서 자리보전을 하실지언정, 그때까지 살아 계시기만 하더라도."

"얼마나 견디실지, 혹시 알아?"

"전의감께서, 아버지께 길어야 삼 년이라고 하는 걸 들었어요."

"그렇구나."

바람이 마른 낙엽을 헤치며 낮게 스치고 지나간다. 하늘은 가없이 높았다. 담담하게, 어머니의 갈날이 멀지 않았다는 사실을 받아들인다. 화살이 건조한 공기를 뚫고 날아가며 기묘한 소리를 냈다.

모든 황제는, 저 푸른 하늘에서 날아드는 황금빛 새의 꿈으로 현몽하여 그 잉태를 알리고 다시 세상을 떠난 뒤에는 금빛 새가 되어 저 세상으로 날아가리라고 하였다. 그런 이야기를 들려준 것도 스승님이었다. 키가 크고 늘 먼 곳을 바라보던 그는 왼손은 아들에게, 오른손은 그녀에게 늘 열어두고 있었다. 말수가 적고 엄격했지만 그는 어리광 부릴 수 있는 사람이었다. 어린아이는 본능적으로 자신을 안아줄 품을 찾는다. 그녀 또한 그랬다.

"아바마마께서 자정국과 내통하신다는 소문을 들었습니다, 태사."

인정하고 싶지 않아도 인정할 수밖에 없는 일들이 있다. 이 나라의 황제는 단 한 명뿐인 후계자가 어른이 되는 것을 보지 못할 것이다. 자신의 아버지는, 아무리 좋은 점만 고르고 골라서 본다고 하여도 한 나라의 황군이 되기에는 턱없이 부족한 사내였다.

"폐하께서 왜 이런 일을 막아주시지 않는지 모르겠습니다."

"전하께서는 이 일을 어찌하시면 좋다 보십니까."

"마땅히 그 진상을 밝히고, 아바마마께서 정말로 그런 일을 하셨다면 황군위에서 폐해야 한다고 생각합니다."

"전하의 아버님이십니다."

"아바마마께서는 애초에 폐하를 사랑하신 것도 아니었어요. 당신 욕심을 채워줄 수 있는 쪽이라면 누구와도 손을 잡을 수 있는 분이 아닙니까. 제가 뭘 하고 지내는지, 무슨 공부를 어떻게 하는지에는 관심도 없으시면서 태사를 질투하시는 것이나 일국의 황군께서 여관들을 집적거리다 망신을 당하시는 것까지도 어떻게든 너그럽게 넘어갈 수 있다손 치더라도, 적어도 그런 일은."

"하시면 아니되실 일이지요."

"애초에 황군이 되시지 말았어야 하실 분이 아닙니까."

스승은 창문을 닫았다. 틀린 말은 아니었다. 따로 황군을 맞아들이지 않더라도 황제의 태에서 태어난 아이는 황제의 자식이니 후계자로서의 정당성이 흐려지는 것도 아니었다. 그러니 지금의 황군은 그저 황제의 여러 연인 중 한 명으로 적당한 직책을 내려주는 것으로 족했으리라. 굳이 정궁으로 맞아 권력을 나눌 만한 이가 아니라는 그녀의 말은 분명히 타당성이 있었다.

하나 애초에 아이 같은 것을 낳을 만한 몸도 아니고 처음부터 제 목숨이 길지 않음을 알고 있던 황제가 후계자를 보호하기 위해 굳이 배경도 인품도 부족한, 딱히 총애하는 것조차 아니었던 아이 생부를 황군으로 맞아들인 것이었다. 어린 나이에 옥좌에 앉아야 할 어린 딸을 보호하고 보좌하는 방파제가 되도록. 사랑 같은 것은 없었다. 그런 비통한 마음을 볼모이자 기회 삼아, 권력의 자리로 오른 사내는 비열하고도 어리석었다.

"그렇다고 해도 황군 폐하께서 전하께 위해를 끼치는 일만은 없을 것입니다만."

"물론 그렇겠죠. 아바마마의 권력이야 결국은 폐하와 저로 인해 주어진 것이고, 아무리 권력에 눈이 멀었다고 해도 황금알을 낳는 닭의 배를 갈라버릴 만큼 어리석은 분은 아니니까요."

"전하."

"차라리 바보였으면, 믿지나 않았을 텐데……."

긴 소맷자락을 걷어 올렸다. 희고 마른 손이 어둑어둑한 방 안에서 단단히 그녀의 두 손을 붙잡았다. 스승은 말이 없었다. 닦아낼 손을 빼앗긴 채, 속이 상하다 못해 넘친 눈물이 그저 뺨을 타고 한 방울 굴렀다. 입술을 깨물며 고개를 가로저었다. 맵짠 눈물 한 가닥이 그대로 말라붙은 왼뺨이, 붙잡힌 손목이, 그리고 가슴이, 아팠다. 맥이 뛸 때마다 아주 희미하고 아련한, 쓰라린 통증이 울려왔다.

이 사람은 대체 무슨 악연으로 여기에 있는 것일까. 어린 소견이지만, 앞으로 일어날 일들을 짐작지 못하는 것은 아니었다. 나라 최고의 마법사인데도 그는 그녀를 지키기 위해서가 아니면 결코 제 힘을 쓰는 법이 없었다. 그녀의 아버지가 걸핏하면 시비를 걸고, 술을 마시고 찾아와 멱살을 잡거나 제 궁의 내관들을 데려와 서책들을 엉망으로 만들어도, 그는 그저 묵묵히 견뎌낼 뿐이었다. 대체 무엇을 위해서. 고작해야 그런 남자의 딸인 나를 위해서, 그는 인생에서 얼마나 많은 것들을 덜어내야만 하였을까. 생각하면 가슴이 먹먹할 뿐이었다. 더는 손 내밀 수 없는, 다가갈 수 없는, 머지않아 다가오고 말 파국을 떠올리며 그녀는 머리를 숙였다.

그때, 잡혔던 손이 치마폭 위로 힘을 잃고 떨어졌다. 깜짝 놀라 고개를 들었다. 그녀의 스승은 웃고 있었다. 돌아서는 발걸음은 단정하였다. 뒷모습을 바라보다, 그녀는 고개를 숙였다. 꽃잎이 떨어지듯, 눈물 한 방울이 신발 위로 툭 하고 떨어졌다. 달콤한 무언가가 삼킬 수 없을 만큼 쓰디쓰게 입안에 감돌았다. 내 스승님. 그녀는 눈을 감았다.

"그렇게 권력을 나누어 드리지 않았으면, 그분은 전하를 볼모로 잡고 진즉에 아버지를 위협하셨을걸요."

"그렇게까지 하실 리는 없다고 말하지 못해서 정말 유감이야."

활시위를 당겼다. 움직이지 않는 과녁이 너덜너덜해지도록 화살을 날렸다. 손이 빨갛게 부르트도록, 그녀는 화살을 시위에 재어 당겼다 놓았다. 무엇 때문인지도, 무엇을 위한 것인지도 모를 울분이 가슴에 차곡차곡 쌓였다. 무엇보다 서러운 것은, 돌아가신 어머니의 무덤에 풀도 돋기 전에 아버지의 의지로 서둘러 결정되었다는 혼담이었다.

갑작스러운 일이기는 했어도 누구나 어느 정도는 예상하였던 그대로, 황제가 서른여덟 살의 나이로 세상을 떠나고 열네 살의 소녀는 스승의 아들인 소년과 함께 침묵의 탑에서 한 달 동안 근신하였다. 본시 황제가 될 이가 그만한 그릇이 아니라면 누구라도 그를 죽이려 하는 이가 숲을 열고 들어와 해치리라는 오랜 예언 때문에 생긴 풍습이었다. 서로가 서로를 지독히도 싫어하는 두 섭정이었지만 그녀가 무사히 즉위하도록 보호해야 한다는 점에 대해서만은 이견을 보이지 않았기 때문에 숲은 고요하고 평화로웠다. 두 아이는 탑 뒤의 공터에 남은 활터 자리에 과녁을 걸고 하루 종일 활을 쏘거나 책을 읽거나 하며 다시 돌아오지 않을 평화로운 날들을 보냈다.

그 한 달 동안 그녀는 아이를 벗고 천천히 어른이 될 준비를 하였다. 조금은 더 키가 자랐고, 그만큼 마음이 자랐고, 가장 고독한 순간에 옆에서 결계의 주문과 활과 화살로 그녀를 가장 가까이에서 지킨 소꿉친구를 돌아볼 줄도 알게 되었다. 어쩌면 그런 것은, 조금은 다른 마음으로 싹터 자랄 수도 있었으리라. 하지만.

"자정국의 막내 왕자?"

애초에 부모자식 간의 인연이라는 것이 소중하다고 가르쳐준 것도 스승이었다. 늘 희미한 인연만이 느껴지는 부모를 바라보며, 그저 이 세상에 낳아놓았을 뿐인데 무엇이 소중하다는 것일까 생각하며 스스로 껍질 속으로 파고들던 그때에, 너는 자라서 네 아이에게 같은 마음을 물려주지 않으면 되는 거라고 말해주었던 이도. 그 가르침 때문에 어머니로서 애틋하게 사랑하지는 않았어도 통치자로서 황제를 존경했다. 아버지로서 사랑하고 존경하지는 않았어도, 헛된 욕망으로 움직이는 황군을 안쓰럽게 여기려 애썼다. 그러나 그뿐이었다.

부모자식 간의 인연이라는 것을, 그녀와 스승은 믿었을지 몰라도 그녀의 아버지는 생각도 하지 않았던 것일까. 그렇지 않고서야, 한 달이 지나 세상으로 돌아왔을 때 그녀가 맞닥뜨린 모든 상황이 그녀가 생각했던 것보다 더 좋지 못한 쪽으로, 다른 수식어를 붙일 수조차 없을 만큼 제멋대로 변해버렸을 리 없다. 그녀의 아버지가 손댄 일마다 그녀를 진심으로 걱정하는 마음이라고는 단 한 조각도 담기지 않은 채로 변해 있었다.

그녀의 스승이야 마법사단의 수장인 동시에 유능한 행정가로서, 지난 3년 동안 섭정으로서 이 나라를 지탱할 준비를 갖추기는 다 갖추어두었지만 단 하나, 권력에는 영 뜻이 없었다. 어린 황제를 보필할 이의 청렴결백함은 언제나 귀중한 미덕이었으나 작금의 상황에서 그런 고결한 품성은 오히려 그의 처지를 위태롭게 할 뿐이었다. 황제가 세상을 떠난 후 태황군으로 불리게 된 그녀의 아버지는 이미 그녀의 스승을 제거할 만반의 준비를 갖추고 있었다. 그는 인수인계 대신, 황실 안팎에서 자신을 지지할 이들을 끌어 모았다. 어쩌면 황제가 죽기 전부터 이런 밑준비를 꾸준히 해왔으리라 짐작할 수 있었지만, 막을 수는 없었다. 세를 불리고 온갖 이권을 손에 넣은 그는, 자신을 지지하는 이들과, 황제의 친아버지라는 배경을 등 뒤에 얹고 옥좌 앞으로 나아가, 이제 갓 즉위한 어린 황제에게 아버지로서의 권리를 내세우며 자신이 골라둔 배우자감을 내놓기에 이르렀다.

"우습지도 않아서. 그때 어떻게든, 어떻게든 돌아가신 폐하를 설득하여서라도 다른 방법을 찾았어야 했는데."

"폐하."

"자정국이라, 하필이면 아바마마께서 내통하고 있다는 소문이

자자하던, 그 자정국. 그런 나라의 왕자란 말이지. 세상에, 난 아바마마께서 이렇게 행동력이 좋은 분이리라고는 꿈에도 생각지 못했어. 이럴 줄 알았다면, 폐하께서 돌아가시기 전에 너와 정혼이라도 하게 해달라고 할 걸 그랬지."

"저하고요?"

"뭐, 딱히 네가 좋아서라기보다는……."

"말씀은 감사합니다만, 그랬으면 전 이미 이 세상 사람이 아닐 텐데요."

"……."

"태황군 폐하께서, 그렇지 않아도 눈엣가시인 제 아버지의 아들인 저를 살려두셨을 리 없잖습니까. 싫든 좋든, 그분이 당신의 친아버님이자 섭정이시고 제가 이 나라의 신하인 이상, 죽으라 하시면 죽을 밖에요."

"하긴, 그랬겠지. 그러고도 남지."

열네 번째 생일이 지났으니 예전 같으면 혼인을 하는 데도 어려움이 없었을 나이라 하나 성년도 되기 전에 혼례를 올리는 일은 법도에 어긋나는 것이라, 성년식을 치를 열여섯 살까지는 일을 미루어두기는 하였다. 그러나 어찌할까. 마음이 갑갑했다. 혼인하지 않겠다 하였을 때 스승과 그 아들을 유배 보내겠다 하던 태황군은, 혼인을 미루는 데 겨우 동의한 대신 스승을 별궁에 연금했다. 그녀가 찾아갈 수도 있었고 사람을 부리는 데는 문제가 없으니 섭정으로서의 권한을 행사하는 데 문제는 없으리라 했지만, 언제까지 그 약속을 지켜줄지는 또한 알 수 없는 일이었다.

그 불안이 모습을 갖추듯 별궁 앞의 경비는 점점 더 삼엄해졌고, 어느 순간부터 황제인 그녀는 더 이상 태황군의 허락 없이는 스승을 찾아갈 수도 없게 되었다. 해가 바뀌고 성인이 되어, 한 사람의 마법사로 인정을 받고 그 등에 각인을 새긴 소년은 이 일에 대해 무언가 생각하는 바가 있는 듯도 했지만, 그저 입을 다물 뿐이었다.

"만약에, 내가 만약에 이 혼례를 하지 않아도 된다면, 나와 결혼해줄 테냐?"

"아뇨."

"세상에, 얼굴 한 번 못 본 놈과 혼례 날짜를 잡은 데다 스승님은 연금당했고 지금은 너한테 차이기까지 한 거야? 뭐 이런 끔찍한 일이 다 있어."

"다른 형제가 있었으면 모르겠는데, 제가 폐하와 혼인하면 저희 집안은 누가 이어요."

"날 위해 목숨도 바치겠다고 해놓고 몸은 못 바친다?"

"목숨은 바치겠는데 호적은 못 바친다는 거죠. 그나저나 몸을 바친다는 게 무슨 뜻인지는 아시는 거예요?"

"너를 내 아이 아버지 후보 중 하나로 삼겠다는 뜻이지."

"그러니까 곤란해요. 수많은 정부 중 하나가 된다면 질투 때문에 죽고 싶어질 거고, 폐하의 정궁이 되어버리면 우리 집안을 이을 사람이 없으니까, 저로서는 차라리 다른 여자를 찾아보는 게 합리적일 거라고요."

"후회할 텐데?"

"어쩌겠어요? 팔자려니 해야죠. 폐하께서 그 자리에 계신 것이나, 제가 마법으로 황실을 협시하는 가문의 외아들로 태어난 것이나. 하다못해 폐하께서 선황 폐하의 둘째 따님만 되었어도 어떻게든 다른 마음 먹어보았겠습니다만."

"그러게, 태사께서도 지금이라도 늦지 않았으니 딸 아들 구별 말고 하나 더 낳으시면 다 해결될 일인데 말이야."

"그렇죠?"

그저 쓸쓸한 웃음과 달콤씁싸름한 농담을 주고받을 뿐. 그뿐이었다. 두 사람 사이에 분명한 선이 그어진 듯이. 소년은 언제부터인가 거리를 두었다. 손을 내밀고 다가서면 꼭 그만큼을 뒤로 더 물러섰다.

"어떻게든 해볼 수 있지 않을까. 어차피 섭정의 권한이라는 건 내가 성년이 될 때까지, 한정적인 거니까."

"안 될 거예요. 성년식 지나자마자 혼인을 물려버리려고 생각하시는 것은 아는데."

"난 아직 혼인하지 않았어. 지금 이건 약혼일 뿐이야."

"상대가 자정국 막내 왕자잖아요. 나라와 나라 간의 일이에요."

"미안한데 나 좀, 제발 잠시만 꿈 좀 꾸게 놔두면 안 될까."

"꿈을 꿔서 현실이 달라질 수 있다면 백 번이라도 꿈꾸시게 두겠어요. 하지만 안 되는 걸요. 국사로서 치르시는 혼사예요. 정말로 싫으시다면 그야말로 자정국 왕자를 죽여버리기라도 해야 할 텐데, 그렇게 해도 자정국에는 아직 혼인하지 않은 왕자가 두엇 더 있어요. 죽여 없앤들, 다른 왕자를 보내겠죠."

언제부터인가, 하루가 다르게 키가 자라, 이제는 만날 수 없는 스승만큼 키가 자라버린 소년은, 더 이상 그녀에게 다가오지 않았다. 사사로운 자리에 가까이 불러들여도, 키 크고 마른 등과 어른이 되어가는 옆얼굴만을 보였다. 결코 웃어주지도, 돌아보아주지도 않았다. 어린 시절처럼 손을 잡아주지도, 괜찮다고 어깨를 토닥여주지도 않았다. 너는 왕이고 나는 그 신하다. 그 사실을 그녀의 마음에 몇 번이고 몇 번이고 새겨 넣으려는 듯이.

"아직 이렇게 불러도 된다면, 내 공주님. 더는 꿈꾸지 마세요. 그냥, 앞만 바라보세요. 바꿀 수 없는 것에 매달리지 마시고 바꿀 수 있는 것을 바꾸세요. 자정국 막내 왕자와 결혼하지 않을 길이 없나 궁리하지 마시고, 차라리 자정국 막내 왕자는 어떤 사람이냐고 제게 물으세요."

소맷자락 너머로 보이는 긴 손가락을 만지고 싶었다. 찻잔을 쥐고 붓을 드는 그 손을 빼앗고 싶었다. 붙잡고 싶었다. 어느새 그녀는, 이제는 자유롭게 만나러 갈 수조차 없게 되어버린 스승을 닮아가는 소년이 나이가 들고 어른이 되어가는 모습 하나하나를 눈으로 좇고 있다.

섭정인 태황군이 그녀가 스무 살이 되는 해까지 섭정 기간을 늘리는 데 동의하라며 서명을 요구한 것은, 또다시 해가 바뀌어 새해 첫 조례를 준비하던 아침이었다. 아무리 황제의 아버지라 해도 새벽같이 중궁에, 그것도 아침 단장을 하고 있는 황제의 방에 멋대로 밀고 들어와서는, 술 냄새도 다 빠지지 않은 얼굴을 하고 내민 것이 그 서류였다.

거절하자, 그날 저녁 새끼손가락 하나가 그녀의 침소로 보내졌다. 희고 긴 손가락. 집어 드는 순간, 누구의 손가락인지 알 것 같았다. 치졸한 겁박이라고 웃어넘길 수조차 없다. 잡아보고 싶었던 그 손가락이 마치 싸늘하게 핏기조차 없이 식은 채, 그 잘려나간 단면이 불에 그을린 채 놓여 있었다.

그 손가락이 담긴 상자를 들고, 스승이 갇혀 있는 별궁으로 달려갔다. 잠긴 문 앞에서, 대체 누구를 지키기 위한 병사들일지 모를 근위병들에게 가로막혔다.

스승은, 마법은 세상을 이해하는 한 방편이 되어야 한다고 가르치셨다. 검을 쥐어 마음을 닦고, 마법을 익혀 세상을 이해하라 하셨다. 전란의 시대라면 당연히 황제가 손에 피를 묻히고 기꺼이 전장으로 나아가야 하겠지만, 그런 때가 아니라면 검도 마법도 사람을 해치기 위해 사용해서는 안 된다고 하셨다. 그런 스승의 가르침을 무시하며, 앞을 가로막는 근위병들을 쓰러뜨리고 부수듯이 문을 열었다. 서재에도, 침소에도, 스승의 모습은 고사하고 사람 흔적조차 보이지 않았다. 어디선가 희미하게, 썩은 피비린내가 느껴졌다. 그녀는 뒤를 돌아보며 환도를 뽑아 들었다.

"태사께서는 어디 계시냐!"

뒤뜰 쪽에서 웬 흙 묻은 옷가지를 안고 나오던 중년의 문관 하나가 그녀를 보고 황급히 머리를 조아렸다. 그녀는 그 관리를 따라 서재를 지나 뒤뜰로 향했다. 좁은 별궁의 뒷마당 한가운데, 뚜껑이 덮인 낡은 우물이 보였다. 그 우물의 뚜껑을 열자, 볕도 들지 않는 깊디깊은 수직갱이 모습을 드러냈다.

"소인을 죽여주십시오……."

"설마."

"태사께서는 이 안에 계십니다."

"어째서!"

"지난달 태황군께서 이곳에 납시어 그분의 다리를 부러뜨리고 이 마른 우물 아래 가두라 하셨사옵니다. 창과 검을 지닌 위병들이 문관들을 위협하였고, 그분께서는 병사들에게 끌려 마른 우물로 끌려 내려가셨습니다."

"돌아가셨다는 말이냐."

"……."

"갖옷을 입고도 추운 날씨에, 저런 우물 바닥에 가두어두다니……. 그 자리에서 해치지 않았다 하여도, 결국엔 목숨을 빼앗고자 한 일이 아니냐! 그런 일을, 어찌 아무도 내게 고하지 않고!"

"살아…… 계시옵니다."

그냥 보기에도 심약해 보이는 문관이 머리를 땅에 조아리며 대답하였다.

"소인을 비롯하여 이곳의 학예관들은 태사 어른을 존경하고 있사옵니다. 소인들이 옷이며 음식을 마련하여 이 두레박으로 우물 아래에 내려보냈다가, 한 식경쯤 지나 다시 두레박을 잡아당기면 흙 묻은 옷가지가 담겨 올라오곤 하였습니다."

"살아 계시다고?"

그녀는 다시 우물 안을 들여다보았다. 이 깊은 갱 속에서 촛불을 켜는 것은 명을 재촉하는 일이기 때문일까. 촛불 대신, 마법이 만들어낸 불빛들이 갱의 바닥 안쪽으로 연결된 지하 감옥을 희미하게 밝히고 있었다. 두레박의 한끝을 우물 근처 고목에 단단히 묶고 다른 한끝을 손목에 두 번 감아 단단히 잡은 채로, 그녀는 우물 안으로 뛰어들었다. 마법으로 만들어낸 불꽃들이 옷자락을 스쳤다. 신발 바닥이 우물의 돌벽 안을 쓸었다. 발끝이 불에 데이는 듯 뜨겁다 싶더니, 단단한 바닥이 느껴졌다. 주저앉았다가, 그녀는 불빛들이 놓인 자리를 더듬어 안쪽의 좁다란 굴을 따라 들어갔다.

"이리 되시도록 왜 아무 말씀 아니하셨습니까!"

얼마 만에 다시 뵙게 되었는데, 그 스승을 만나자마자 소리부터 지르게 될 줄은 몰랐다. 열다섯 살이 되도록, 해가 바뀌도록 키는 별로 자라지 않은 대신 신경만 잔뜩 곤두선 표정을 하고 나타난 제자를 보고 스승은 혀를 찼다.

"말씀을 드린들, 시간만이 해결할 수 있는 일을 어찌하겠사옵니까."

"……"

"어찌 여기 오셨는지 짐작이 갑니다. 태황군께서, 섭정권을 연장하라 폐하를 압박하셨겠지요."

그녀는 대답 대신 잘린 손가락을 내밀었다. 스승은 그 손가락을 들여다보다가, 그와 꼭 닮은 손가락으로 잘린 단면을 어루만지고 한숨을 쉬었다.

"원도 한도 낳지 않으니, 그저 무심히 내놓았음이라."

"지금은 그런 말씀을 하실 때가 아니잖습니까!"

"그럼 어찌하오리까. 그저 몸을 지키기 위해 그 아이가 태황군 폐하께 저항하였어야 하옵니까. 그 일로 말미암아 모든 상황이 폐하께 더 위태롭게 돌아간다 하더라도 말입니까?"

"……."

"아옵니다. 마음으로야 폐하를 위해서라도 태황군 폐하를 해하고도 남을 아이입니다. 그럼에도 그리할 수 없었던 것은, 하나는 폐하의 앞날을 위함이요, 다른 하나는 이곳에 잡혀 있는 소신 때문이겠지요."

"태사."

"시간은 폐하의 편이옵니다."

스승은 그 언젠가의 어둑어둑한 침묵 속에서처럼 웃었다.

"기다림은, 인내하고 기다릴 수 있는 자는 결국 소인의 얕은 수를 넘어서나니. 폐하께서는 그저 인내하십시오. 태황군께서 어떤 무리한 말씀을 하시더라도, 그 어떤 희생이 따르더라도 그저 버티십시오. 소신도, 그 아이도, 폐하의 족쇄가 된다면 차라리 버리십시오. 무슨 말인지 이해하시겠습니까."

차가운 손가락이, 손바닥에 닿았다.

뜨겁고도 맵짠 눈물이 손등에 떨어졌다. 원망하듯 소리 질렀다.

"태사께서는 이 지경이 되도록 그런 선비 같은 말씀밖에 못하시옵니까!"

"정녕 원하신다면, 지금 폐하께서 바라시는 그 패륜, 태황군을 시해하고 이름을 더럽히는 그 모든 일을 기꺼이 소신이 감당하고 싶사오나."

손등에 차가운 손길이 닿았다. 어둠 속에서, 희미한 빛 속에서도 형형한 두 눈동자가 그녀를 바라보았다.

"지금, 소신이 할 수 있는 것은 명분을 드리는 일뿐인 듯하옵니다."

"명분이라니."

"태황군께서 그간 저지르신 일들을, 이 흙바닥 아래에 파묻어 놓았습니다."

"명분이라니요. 그게 무슨 말씀이십니까. 이리 나오세요. 같이 가셔야지요. 가서서, 전횡을 일삼는 이를 물러나게 하시고 섭정으로서 저를 도와주셔야지요. 예?"

"더 이상 폐하를 모실 수 없게 되어, 송구하옵니다."

목소리는 거기까지였다. 숨소리조차 들리지 않았다. 마법으로 불빛을 일으키려 했지만, 뭔가의 결계에 걸려 빛을 낼 수조차 없었다. 주머니를 뒤져 부시를 찾았다. 부시를 당겨 불을 켜자, 죽은 지 달포는 지난 듯한 시신 한 구가 벽에 기대어 앉아 있었다. 썩은 핏자국이 번진 전포의 깃을 당겨 벌리자, 얼음이 차고 검게 변해가는 가슴과 등에 수십 번은 창으로 찌른 듯한 상처가 드러났다. 잘린 손가락을 가슴에 품고, 언제나 울며 매달리던 어린 손을 꼭 잡아주고 안아 토닥여주던 이의 썩어가는 시신을 작은 몸에 부축하듯 걸치고, 허리끈을 풀어 그의 몸을 떨어지지 않게 묶었다. 당장 우물 바닥을 파헤치고 싶었지만, 이곳의 위병들이나 관헌들이 아마도 그새 태황군께 소식을 전하였을 것이라는 생각이

들어 그만두었다. 손바닥에 찢어낸 전포자락을 감고, 다시 그 위에 두레박 줄을 감았다. 마법으로 신발 바닥의 마찰력을 최대한 높이고 두레박 줄을 있는 힘껏 잡은 채, 그녀는 자신을 대신하여 죽어간 이의 목숨 무게를 그대로 감당하며 한 걸음 한 걸음을 디뎌 올라갔다. 우물 벽을 기어오르는 일은, 마치 지옥에서 기어 올라오는 듯 길고도 고통스러웠다.

우물 밖은 횃불로 가득했다. 조금 전, 그녀의 스승이 어디 있는지 가르쳐주었던 관리는 목에서 피를 쏟으며 쓰러져 있었다. 우물을 둘러싼 근위병들은 상대가 누구인지도 잊었는지 그녀를 향해 창날을 들이대고 있었다. 그녀는 근위병들 따위 신경 쓰지 않는다는 듯, 천천히 끈을 풀고 스승의 몸을 바닥에 눕혔다. 횃불 아래에 썩고 벌레가 꾀기 시작한 몸에 여전히 선명히 남은, 참혹한 상처들이 드러났다. 마지막까지 그저 침착하게 죽음을 응시한 듯, 공포의 빛이 거의 드러나지 않은 얼굴은 일렁이는 불빛 아래 마침내 눈 감겼다. 머리를 숙여 그 이마 한가운데에 경애와 존경과 형언할 수 없는 감사와 슬픔을 담아 입을 맞추었다. 그때 중정을 가로지르는, 신발을 살짝 끄는 발소리가 들려왔다. 고개를 들었다. 태황군의 뒤로, 손목을 꽁꽁 묶여 끌려온 젊은 마법사의 모습이 보였다.

그녀는 사흘 뒤에도 섭정의 통치기간을 늘리는 데 동의하지 않았다. 청년의 손가락이 하나 더 잘리는 것을 눈앞에서 보면서도 그녀는 눈 하나 깜짝하지도, 비명을 지르거나 슬퍼하지도 않았다. 대신 세 번째 손가락에 칼을 들이대는 것을 무심한 표정으로 바라보며 옥좌에 파묻히듯 기대앉아, 조금 전 전의감이 올린 부검기록을 눈으로 훑었다.

"마법사단을 움직일 생각입니다, 아바마마."

"이 평화로운 시기에 그게 어인 말씀이신지."

태황군은 웃었다.

"전쟁이 필요한 것도 아닌 시기에 섣불리 그 위험한 마법사들을 움직이실 이유가 있겠습니까. 불가하옵니다."

그러나 황제는 웃지 않았다. 심장을 단숨에 꿰뚫은 창상, 목과 가슴을 찌른 상처들, 등을 벤 검상. 기록지에 다 표시할 수도 없을 만큼 셀 수 없이 많은 상처의 기록. 그 기록들을 손가락으로 쓸어 보았다.

학자이기 이전에, 이 나라에서 가장 고강한 마법사였다. 자신을 향해 날아드는 창과 칼을 막아낼 방법이 없었을 리 없다. 적어도 심장을 보호하고 죽음을 유예할 수는 있었을 것이다. 자신을 해친 이들을 저승길 동무로 데려갈 수라도 있었을 것이다. 그러는 대신에 그는 곧 심장이 멈추고 썩어 부서질 그 몸에, 마지막으로 영혼을 붙잡아 매어놓았다. 언제 찾아올지 모르는 그녀를 기다리면서.

"마법사단은 황제 직속입니다. 다섯 살이건 열다섯 살이건, 그걸 움직이는 데는 섭정의 동의를 받을 필요도 없지요. 그리고."

그녀는 옥좌의 손잡이를 손가락 끝으로 더듬으며 눈을 내리깔았다.

"평화 시에는 이 나라에 단 하나뿐인 대후작가의 주인이 마법사단장으로서 황제를 대신하여 그들을 통솔하고 있지요. 마마께서는 잘 모르시겠사오나, 본래 마법사단장을 살해한 것은 황제를 시해한 것과 같은 반역죄입니다."

"무슨 말씀이신지."

"마법사단장을 묶고 그 신체에 위해를 가하는 것 또한 마찬가지입니다. 제 스승이기도 했던 선대 대후작은 마마께서도 아시다시피 참혹하게 살해되었고, 마마께서는 제 앞에서 그 상속자의 신체에 위해를 가하고 계시온데."

"……"

"섭정이라 하여 반역죄를 면하는 것은 아니지 않겠습니까."

"지금 상께서는 이 아비를 협박하시는 것이옵니까."

"그렇다면, 마마께서 하시는 행동은 무엇이겠사옵니까."

"……"

"그의 손가락을 더 자르고 싶으면 그리하시고, 목숨을 빼앗고 싶으면 그리하시옵소서. 그는 제게 호적은 못 바쳐도 목숨은 바치겠다고 맹세한 이입니다."

"……"

"다만 섭정의 통치 기간을 늘리겠다는 그 이유만으로 황제를 겁박하고 마법사단장을 고문하는 것은 명백한 반역이오니, 아바마마께서는 당장 그 일을 그만두시고 궁으로 돌아가시지요."

태황군은 쩔쩔매는 표정으로 딸을 바라보다가, 그녀가 정말로 마법사단을 소환할 수도 있다는 것을 뒤늦게 납득하고 얼른 물러났다. 그녀는 그제야 검시 보고서를 내려놓고 단 아래로 눈을 돌렸다. 소년은, 아니 청년은, 이제는 마법사단을 통솔해야 하는 의무를 진 남자는 고개를 들었다.

"뭘 하다가 붙잡힌 거냐. 어설프게 손가락이나 빼앗기고."

"자정국 대사와 더불어 역모를 꾸미시는 증거를 잡았습니다."

"무얼 하는 거냐, 전의감을 부르지 않고!"

공연히 내관들에게 소리를 지르고, 그녀는 옥좌에서 일어나 천천히 단 아래로 내려갔다. 그저 속삭임이 겨우 닿을 만한 거리에서 멈추어 선 채, 그를 내려다보았다. 청년은 손가락 두 개가 잘려나간 손을 피투성이 소매 아래로 감추다가, 고통을 감추지 못한 표정으로 미소 지었다.

"공주님."

"결혼반지도 못 낄 손으로 어디 다른 데 장가들겠다는 거야."

"그러게요."

"태사께서 돌아가셨어."

"예."

청년은 고개를 숙였다. 목선이 팽팽하게 긴장되는 것이, 이를 악무는 턱의 떨림이 보였다. 흰 목덜미를 내려다보며 그녀는 손을 내밀고 싶은 것을 꾹 참았다.

"그럴 거라고, 생각했습니다."

"왜 말하지 않았어."

"말씀해보세요, 폐하. 제가 폐하를 위해, 태황군 폐하를 시해해 드릴까요."

그녀의 가슴 한켠이 싸늘해졌다. 청년이 고개를 들었다.

"전부터 생각했던 일입니다."

"너……."

"폐하께서, 늘 태황군 폐하의 일로 고민하고 계신 것을 알고 있었습니다. 자정국과의 국혼까지만 해도, 폐하께서 그 일을 좋은 방향으로 돌리실 수 있다고 생각하였습니다. 하지만 이건 아닙니다. 자정국의 왕자를 이 나라의 국부, 황군으로 삼고, 태황군께서는 이 국혼을 함께 만들어낸 자정국 대사와 자정국 세자와 더불어 이 나라의 동부지역 광산 채굴권을 독점하고 자정국에 일방적으로 유리한 군사 조약을 맺으려 하십니다. 이는 명백한 매국 행위입니다."

"증거는."

"훔쳐내어 숨겨두었습니다. 제가 폐하를 처음 뵈었던 곳, 동궁의 섬돌 아래에. 마법으로 모습을 숨겨두었으니, 쉽게 찾지는 못할 겁니다. 차라리 저를 죽이는 것이 빠르다 여기겠지요."

"역모죄라면, 네 손을 빌리지 않고도 처벌할 수 있어."

"아무리 역모라 하여도, 폐하의 친아버님이십니다."

"처벌할 만하면 하는 거지. 그리고, 아무리 역적이라 하여도, 내 아버지이기 때문에! 그렇기 때문에 네가 손을 대어선 안 되는 거다! 왜, 설마 더 이상 저어할 것이 없어졌으니 나를 위해 죽겠다고 작정이라도 한 거냐? 멍청한 소리 하지 마. 태사께서 돌아가셨으면 이제 네가 네 가문을, 마법사단을 지켜내란 말이다, 이제 대후작인 바로 네가!"

"법대로 한다고 해도, 그분은 태황군이시니 어딘가 궁에 유폐되시는 게 고작이실 겁니다. 그런 것을 원하시는 것이 아니시잖습니까."

"알고 있어. 아니까 내가 한다는 거다."

"아무리 그렇다 해도, 혈연이라는 것은 그런 게 아닙니다."

"언제부터 내가 그런 데 얽매일 입장이었나."

잠시 후, 문이 열렸다. 젊고 건장한 의관들이 달려와 황제에게 깊이 머리를 조아리고, 바로 마법사를 부축해 일어났다. 전의감은 바닥에 뒹굴고 있는, 조금 전 잘려 나간 마법사의 약지를 집어 약에 적신 수건으로 쌌다.

"되살릴 수 있겠는가."

"붙이는 것은 가능하겠사오나, 예전처럼 움직이기는 어렵겠습니다."

"알았다."

황제는 품에 넣어 온, 이제는 살려낼 수도 붙일 수도 없을 만큼 단면이 쪼그라들어 엉망이 된 새끼손가락을 들여다보았다. 아마도 이것을 받은 즉시 전의감을 불렀다 하더라도 단면이 그을리고 재가 묻어 있었으니 그 주인에게 되돌려주기는 어려웠으리라.

그녀는 그 새끼손가락에 보존 마법을 걸었다. 이상한 일일지는 모르겠지만, 이 손가락을 곁에 두어야겠다고 생각했다. 마음 한 켠이 어떻게 채워야 할지 모를 절박한 공허감으로 쓰라렸다. 황제는 외교를 맡은 판서를 불러들였다. 그리고 아주 대수롭지 않은 일을 확인하듯 물었다.

"나와 혼인하게 될 자정국의 막내 왕자는, 어떤 사람이지."

자정국은 제국의 동북쪽에 자리 잡은 작은 나라였지만, 자원이 풍부한 데다 군사적으로도 강한 나라였다. 태황군이 자정국 대사와 더불어 자정국 막내 왕자와의 혼담을 빌미로, 권력과 재물을 넘겨받는 대가로 자정국에 제국에 대한 영향력을 쥐여주고자 모의한 것만 아니라면, 혼사를 빌미로 서로 동맹을 맺기에 부족함이 없는 나라이기도 했다.

그 자정국의 막내 왕자는, 그저 한없이 착하고 수줍은 이라고 하였다. 여인들은 높은 담장 안에 그 모습을 숨긴 채 담장 안의 작은 세계를 가꾸어 나가고 세상 돌아가는 일은 모두 씩씩한 사내들이 도맡는다는 그 나라에서, 그는 어려서부터 사내답지 못하다 하여 형제들에게 놀림거리가 되었으며 학문을 익혀 나라에 보탬이 되고자 하였으나 그조차도 뜻대로 못하였던 모양이다. 그런 이를 제국 황제의 배필로 보낼 생각을 하다니. 제국 황제를 놀림감으로 여기는 건가. 황제는 낯을 찌푸렸다. 예전처럼 황제가 측실을 두던 시대였다면, 그저 측실을 빙자한 볼모 삼아 곁에 두면 딱 어울릴 왕자인 듯한데, 이런 이를 하나뿐인 딸의 배필이라고 골라놓았다니. 제국의 태황군이라는 자는 제 의무와 담을 쌓은 것은 물론이요, 아비로서의 의무조차도 다하지 못하는 인간이라는 것을 다시 확인하는 것만 같아 입맛이 썼다. 이 그릇에 담긴 마음이야 세상 떠난 스승이 다듬고 가꾸어 넣어준 것일 테지만, 적어도 이 몸의 절반은, 그런 이를 닮았을 것이다. 아니, 어쩌면 이 마음조차도, 선비답던 스승보다는 그런 교활한 이를 더 많이 닮았을지도 모른다고 생각하니 속이 쓰라렸다.

애초에 이 자정국 왕자를 배필로 삼을 마음일랑 추호도 없었다. 새하얀 저고리에 흰 바탕에 섬세한 금빛 자수가 가득한 전포를 입고 그린 듯한 모습으로 가마에 앉은 채 궁에 도착한 왕자를 바라보면서도, 그녀는 여기까지 오느라 고생이 많았다는 말 한마디 하지 않았다. 어차피 그도 마찬가지였으리라. 웃는 것도 우는 것도 체념조차도 아닌, 곱게 다듬어 깎아놓은 어여쁜 인형 같은 표정을 보아하니, 그 역시도 이 혼사가 애초에 마음에 들지 않는 듯하였다. 차라리 다행이었다.

혼인 날짜는 그녀의 생일날이었다. 열여섯 번째 생일날 그녀는 성인식과 축하 잔치를 치른 뒤, 해가 질 무렵 이곳에 미리 당도하여 있던 자정국의 왕자를 새로운 황군으로 맞아들이기로 되어 있었다. 소도에서 성인식을 무사히 마치고, 마법사단을 온전히 손에 넣기 위해 마법사의 각인을 받고, 마지막으로 옥새가 제 힘을 다할 때까지 섭정들에게 맡겨졌던 섭정의 관인을 돌려받은 뒤에야 그녀는 밖으로 나왔다. 재작년 약식으로 치렀던 즉위식을 다시 정식으로 치른 뒤, 축하의 잔치가 이어지는 오후 내내 그녀는 자수를 놓은 신부 의상을 걷어 올려 허리띠를 고쳐 묶고, 치마 위에 비스듬히 차고 있던 긴 검을 드러냈다.

"폐하."

"걱정하지 마."

"다시 말씀드립니다만, 복수는 제 일입니다. 폐하께서 하실 일이 아니옵니다.”

“시끄러워.”

머리를 장식하던 보옥과 영락이 바닥을 굴렀다. 황제는 머리카락을 풀어, 움직이기 편하도록 다시 하나로 묶어 올렸다. 호화로운 장식 없는 관 하나, 높이 깃을 올린 그 관 하나만을 이마에 얹었을 뿐이었다.

“복수라고? 복수 같은 것이 아냐. 이건 처형이다. 내 스승님의 기록, 네가 훔쳐낸 역모의 증거들, 자정국 대사 주변에 붙인 밀정의 보고. 모든 것이 한 방향을 가리키고 있기에 움직이는 거야. 제국의 태황군으로서 감히 매국을 꾀한 죄, 황제 직속의 마법사단장을 참혹하게 살해한 죄. 그 반역에 대해, 내 친히 목을 베어 본보기를 삼을 거다.”

이제 갓 성년이 된 제국 황제는 젊은 마법사의 옷깃을 잡아당기며 초승달처럼 차게 웃었다.

“기다릴 만큼 기다려주었지. 그가 정말 내놓기 싫어서 몸부림을 치면서도 끝내 오늘 아침 모두가 보는 앞에서 섭정의 관인을 내게 돌려줄 때까지.”

“폐하.”

“섭정의 관인 없이는 옥새의 봉인을 열 수 없어. 그걸 돌려주지 않으려 한 것, 그것만으로도 역모다. 백관 앞에서 그런 짓을 하여 놓고도 무사하기를 바라다니.”

황제는 남자의 옷깃을 놓고 천천히 검을 뽑았다.

“선황께서 내 스승님께 내리셨던 섭정의 관인, 그게 어디 있었는지 알아?"

"……."

"우물 바닥에 있었다. 내 아버지의 역모와 관련된 그 모든 기록과 함께. 태황군의 손에 들어가지 않도록. 매일 밤, 이 일을 생각했다. 내 스승님이, 그 몸에 다 기록할 수도 없을 만큼 수많은 상처를 입은 채 돌아가시면서까지 지키려 하셨던 것들이 무엇인지를. 아버지라고? 참수로 끝내는 것은 차라리 자비라 불러야 옳을 테지."

"폐하."

"네, 붙어만 있는 이 손가락."

그녀는 검을 쥐지 않은 손을 내어, 마법사의 손을 잡았다. 왼손에 새끼손가락 하나만큼이 비어 있었다. 손바닥에 닿는 것은 그저 그 자리에 있을 뿐 제대로 움직이지 않는 약지. 그 약지를 쥐었다가 손가락 끝으로 건드리며 그녀는 물러났다. 어깨가 떨려왔지만, 그럴수록 어깨를 펴고 앞을 바라보았다.

"기다리고 있어. 그 쓸모도 없는 손가락에 반지를 끼워주마."

황제의 왼손 위에 마법의 진이 떠오르고, 오른손에 쥔 검에 시퍼런 불길이 일었다. 이 나라의 모든 마법사를 이끌 의무를 진 청년은 어심을 읽고 머리를 조아렸다. 중궁의 하늘 위로 붉은 진이 떠오르는 가운데, 그녀가 예복의 긴 옷자락을 휘날리며 태황군을 따르는 간신들을 향해 검을 휘두르기 시작했다. 살이 타는 냄새와 비명 소리가 복도를 뒤덮었다. 청년은 검은 비단 가면을 쓴 채 뒤를 따르며 보좌했고, 청년과 같은 검은 가면에 검은 법복을 입은 제국의 마법사단이 그 잔당들을 처리했다. 오늘의 경사를 위해 궁녀들이 힘들게 닦아놓은 긴 회랑은, 순식간에 피와 살점이 튄 전쟁터로 변해 있었다. 목숨만 살려달라고 비는 이들의 목에 칼날을 찔러 넣었다. 자신을 죽이면 자정국과의 동맹은 결렬되고 만다며 제 목숨을 구걸하려 한 자정국 대사의 아랫배에 칼을 박아 그대로 날을 돌렸다. 비명과 함께, 치맛자락과 발등에 축축한 피와 살덩어리가 쏟아졌다. 검을 뽑으며, 그녀는 불행히도 자신의 친아버지인, 제국 황제의 배필이 되기에는 한없이 부족했던 사내의 모습을 찾았다.

내 스승님.

중얼거렸다. 대체 무엇을 위해서, 이 와중에 침상 밑으로 기어들어가 몸을 숨기고 목숨을 부지하려 발버둥치는, 고작해야 그런 남자의 딸인 나를 위해서 그는 남은 생의 전부를 쏟아내어야 하였을까. 더는 손 내밀 수 없는, 다가갈 수 없는, 단정하게 돌아서던 그 뒷모습처럼 그는 꽃처럼 졌다.

내게 살아가야 할 숙제를, 이 나라를 짊어지라는 간절한 소망을 거역할 수 없는 명령처럼 남긴 채로.

검이 허공을 갈랐다.

독약 같은 눈물 한 방울이 피로 물든 바닥 위에 툭 하고 떨어졌다.

처형의 날이었다.

혼례를 앞두고 단장하고 대기하던 자정국 왕자의 처소 문이

거칠게 열렸다. 자정국에서 그를 호종해 따라온 청년이 얼른 자리에서 일어나려다, 자기도 모르게 터져 나오는 신음을 참으려는 듯 입을 막았다. 문을 열고 들어온 이는 머리부터 발끝까지 피를 뒤집어쓴 채로 입가를 당겨 미소 지었다. 검의 혈조에 고인 피를 휘둘러 털자 왕자의 새하얀 예복 위로 검붉은 핏방울이 튀었다.

"폐하?"

왕자는 겨우 그녀가 누구인지 알아보고 자리에서 일어나 머리를 숙였다.

"미안, 역도들을 처리하고 오느라 늦었소. 미리 말을 했어야 했는데."

"아니옵니다. 그런데……."

"앉아요. 딱히 예를 받을 상황도 아닙니다. 아니, 의자도 됐어요. 의자를 더 더럽힐 생각도 없고. 아, 자네. 물수건 좀 가져다주겠나. 피 때문에 얼굴이 당겨서."

왕자의 시종이, 왕자를 단장할 때 쓰고 남은 물수건을 공손히 쟁반에 받쳐 들었다. 그녀는 수건을 집어 들어 얼굴이며 손을 대충 문질러 닦고 쟁반 위에 다시 던져놓았다.

"옥체는…… 다치신 곳은 없습니까, 폐하."

"무슨 일인지부터 물을 줄 알았는데, 듣던 대로 왕자는 자상한 사람인 모양이오."

황제는 비웃음을 지우지 못한 채 왕자를 바라보았다.

"선황 폐하 시절의 악연을 정리하고 이제야 겨우 평화를 되찾자는 의미로 국혼까지 치르려는 이 마당에, 또다시 자정국과 내통 따위를 하는 작자들이 있으니 말이지."

"예?"

"모반이 있었소."

"그런……."

"다른 자들이야 마법사단의 손을 빌렸지만, 적어도 두 사람은 내 스스로 처분할 수밖에 없더군. 그중 한 사람은 왕자께서도 잘 아는 인물일거요. 자정국 대사였으니까."

"서, 설마……."

"그래요. 태황군 폐하와 내통을 하였더이다. 하긴, 한심하기로는 자정국 대사보다야 태황군 폐하가 더 한심한 일이지. 대체 젊어서는 황제의 남편이요, 나이 들어서는 황제의 아버지면 되었지, 무슨 영광을 더 보려고 자정국에 부지런히 기밀들을 팔아 치워서는. 그리하여, 귀국의 대사와 태황군 폐하를 베고 오는 길입니다. 두 분, 품은 뜻이 같았으니 저승길동무로는 나쁘지 않았겠지요."

이만하면 질렸으리라. 진저리가 났으리라. 제 결혼식에, 아무리 반역을 저질렀다 해도 자신의 친아버지를 제 손으로 베어버린 여자라니. 이쪽에서 파혼을 통지하지 않더라도 알아서 도망쳐주리라. 제국 말에 익숙한 것 같지는 않아, 그 말들을 다 알아들었으리라고 확신하기는 어려웠지만, 적어도 이렇게 피를 뒤집어쓰고 나타났으니 결혼할 마음 같은 것은 이미 사라지고 없을 테지. 그녀는 피 묻은 손을 소매에 문질러 닦으며 돌아섰다. 아니, 돌아서려 했다.

자정국 왕자가 그녀에게 깊이 머리를 조아려 절했다.

"지금 무얼 하는 겁니까."

왕자는 몸을 깊이 숙여 바닥에 이마가 닿도록 조아리고, 다시 고개를 들며 그녀의 치맛자락을 붙잡았다. 피에 젖어 검붉은 얼룩이 진 그 치맛자락에 입술을 대며 왕자는 다시 한 번 머리를 조아렸다.

"이럴 필요 없습니다."

"폐하."

"그대를 어떻게 할까…… 한참 생각해봤지만 그대에게 죄를 물을 이유는 없었소. 그래 내 직접 온 까닭은 하마터면 나와 혼례 올리고 이 험한 꼴을 보게 되었을 뻔한 그대에게 사람답게 살 기회를 돌려주기 위해서요."

"기회……."

"그대는 자유라고 말해주러 왔습니다."

황제는 담담하게 말했다.

"그대도 그대의 나라도, 반역자들의 계략에 놀아난 것일 뿐. 이런 문제에 그대나 그대의 혼례 사절에 대해 죄를 물어야 할 이유는 없소. 그대 역시, 이 일에서는 피해자일 뿐일 테니. 나는 그대를 기꺼이 자정국으로 돌려보낼 거요. 안전을 보장할 테니, 그대는 돌아가 그대의 부왕께 이 일의 전말에 대해 아뢰면 될 일입니다."

"폐하, 제가…… 능력도 부족하고, 폐하처럼 무언가 확고한 실력을 쌓아오거니, 그렇게 유능하게 폐하께 뭔가 도움이 될 만한 사람은 아닙니다만."

계속 황제의 발밑에 머리를 조아리고 있던 왕자는 고개를 들었다. 곱게 단장한 얼굴에 그녀의 치맛자락에서 묻은 핏자국이 얼룩져 있었다. 그는 어눌한 억양이 남아 있는 제국 말로 신중하게 단어를 골라 간청했다.

"하지만 제가, 혹시라도 폐하께서 내치시지 않는다면……."

"이 와중에, 나와 혼인을 하고 싶다는 말입니까?"

기가 막혔다. 주머니에 담아 가슴에 걸고 있던 그 새끼손가락을 더듬어 쥐며, 황제는 왕자의 목덜미를 내려다보았다. 왕자는 다시 한 번 머리를 숙였다.

자정국에서는 혹 반편이를 제국 황제의 신랑감으로 보낸 것인가. 제정신이라면 도망가야 마땅한 일이었다. 제정신이 아니거나, 혹은 정말로 제 나라를 위해 앞으로의 모든 인생을 희생하기로 작정한 것이든가. 어느 쪽이라도, 달갑지 않았다. 바라지 않은 일이었다. 이런 것은 계획에 포함되어 있지 않았다. 그의 새끼손가락과 스승님의 목숨이 잘려 나갔던 그 밤 이후로 한순간도 놓아버린 적 없는 그 모든 계획, 머릿속 가득 펼쳐둔 조각그림이 완성 직전에 갑자기 틀어지려 하고 있었다.

왕자는 여전히 머리를 조아린 채, 더듬거리며 말했다.

"폐하께서도, 그 여…… 역모에 자정국이 얽혀 있는 이상 저희 자정국에, 대국을 섬기는 도를 가르치기 위해 군사를 일으키실 수 있다 생각하옵니다."

"당장은 아니라 해도 그럴 빌미는 충분하겠지. 설마, 그 작은 빌미를 줄 수 없기 때문에 그대의 인생을 희생하겠다는 거요? 내가 지금 당장 군사를 일으킬 뜻은 없다고 약조하여도?"

"또한 이, 이유야 무엇이건, 저희 자정국의 대사를 합당한 재판 없이 사, 살해하신 것은…… 국제 문제가 될 수 있는 일입니다. 그러나 폐하와 제가 예정대로 혼인을 한다면, 그리하여 제가 이 나라의 황군으로서 자정국의 아바마마께 말씀 올린다면, 아바마마께서도 이 일에 대해 제국에 감히 말씀 사뢰는 일 없을 것입니다. 자정국의 백성들 역시 안심할 것이옵니다."

"애국자 나시었군."

황제는 진심을 다해 빈정거렸지만, 왕자는 처연하게 웃었다.

"후계가 귀한 왕실이라면 모를까, 수없이 많은 왕자들 중 한 명일 뿐이옵니다. 왕위를 계승할 이가 아니라면, 왕자라 해도 별 쓸모는 없는 사람이니까요. 어차피 아바마마께서도, 쓸모없을 줄 알았던 자식을 제국과의 혼사에 쓸 수 있다 하니 기쁘게 보내셨을 것이옵니다. 어차피 정략결혼을 할 수밖에 없다면, 폐하와 혼례를 올리는 것은 아마도 제가 선택할 수 있는 가장 좋은 길일 것이옵니다. 그러니 부디……."

"나와 혼인을 하겠다."

"폐하께서 받아주신다면……."

황제는 몸을 숙였다. 그대로 이 눈치 없이 사람만 착한 왕자를 내려다보았다. 돌려보내고 싶었지만, 이 나라의 태황군과 그 나라의 대사가 손을 잡고 벌인 역모를 두고 다시 협상을 벌이고 동맹을 맺는 그 모든 과정을 반복하느니 이자를 궁 어디엔가 처박아두는 편이 합리적이라는 것은 분명했다. 하지만. 가슴에 매단 손가락을 쥐었다. 그리하기 위해 이 모든 일을 벌인 것이 아니다. 처벌은 천천히, 덫을 놓고 그물을 치고 시간이 내 편이 될 때까지 기다린 뒤 한 놈도 빠져나가지 못한 것을 확인하고 단숨에 해치울 수도 있었다. 이렇게, 성년식을 마치자마자 서둘러 검을 든 것은. 그런 것은.

"부디, 두 나라를 위해서."

분수를 모르는 자였다. 이 처형의 마지막을 장식하기 위해 죽여버릴까 하는 생각마저 들었지만, 이 사내의 목숨에 전쟁을 불사할 만한 가치가 없다는 것은 알았다.

그녀는 몇 번이나 그 주머니 속 손가락을 어루만졌다. 목숨은 바칠 수 있어도 호적은 바칠 수 없다고 한 그 말이 무슨 뜻인지 이제는 안다. 손이 귀한 집안이고 다른 형제도 없으니, 가문을 이어가고 마법사단을 지켜내려면 다른 방법이 없다는 뜻이라는 것도. 그럼에도, 곁에 두고 싶었다. 그가 받아주리라고 확신하지 못하면서도.

하지만 다른 선택지가 없다. 살려서 돌려보내도, 죽여버려도 분쟁이 남을 수밖에 없는 상황. 그녀는 이 곱고도 온순하며 체통도 잊고 바닥에 엎드려 머리를 조아린, 분수를 모르는 왕자의 턱을 손가락 끝으로 잡아채었다. 휘둥그레진 왕자의 눈이, 마치 흠집 없는 물건을 고르듯 날카롭게 빛나는 황제의 시선과 마주쳤다.

"잊지 마라, 너는 네 나라의 안전을 위해 몸을 판 거다."

"······."

"동전 한 닢을 위해 팔았건, 나라를 위해 팔았건, 몸 파는 놈이야 똑같겠지. 네 분수를 제대로 알아야 할 거다. 네 나라가 그리 걱정된다면 말이다. 밖에 누구 있느냐."

문이 열리고 여관들이 들어왔다. 황제는 손바닥으로 왕자의 뺨을 쓸고, 그의 이마에 감정이 거의 실리지 않은 입맞춤을 해주고는 몸을 일으켰다.

"준비를 다시 해야겠다. 얼굴이 엉망이 되지 않았느냐."

"예, 폐하."

"축복의 입맞춤을 해주었으니, 한 시간 후에 식을 치르겠다. 차비를 해라. 내 예복도 새로 준비하고. 이대로 식을 올렸다가는 저 구석에 서 있는 놈이 자정국에 돌아가 무어라 나불나불 떠들어댈지 알 수 없으니."

문밖에서, 여관들의 뒤쪽으로, 검은 비단 가면을 벗은 그가 안을 바라보고 있었다. 뺨과 이마에 말라붙은 핏자국들이 가면처럼 얼굴을 덮어 여전히 읽히지 않는 표정을 한 채로. 황제는, 스스로 검을 쥐었으되 마치 스스로를 처형한 듯한 마음으로 그를 바라보다가, 보란 듯이 왕자의 뺨을 붙잡고 입을 맞추었다.

■ 처 형 은 ……

스승과 제자의 인연이라는 소재는 늘 매혹적이다. 마법사와 제자 또한 그
렇다. 고결한 미중년이 거역할 수 없는 숙명 앞에 소중한 것을 지키기 위해
맞서 싸우다 죽는 것 또한. 그런 점에서 이 이야기는 내 취향의 집성체다. 부
정하지 않겠다.

사실 이 이야기는 어렸을 때 썼던 판타지 소설의 세계에서 700~800년
전의 이야기다. 마음속에 생각하고 있던 어떤 장편의 오프닝일 수도 있다. 마
음속에서는 '제국 연대기'라는 이름으로 짓고 허물기를 반복하고 있던, 그
제국을 배경으로 하는 여러 이야기 중 하나가 문득 물위로 떠오르기에 얼른
꺼내놓았다.

다시 한 번 크리스마스

다시 한 번 크리스마스

부름 앞에 예, 여기 있습니다, 하고 대답했다. 검은 수단 위에 백의를 입고, 이제 마흔을 바라보는 나이로 나는 주교님께 머리 숙여 절했다. 3년간의 봉사활동, 7년간의 신학교 생활. 서른이 다 되어 신학교에 들어온 내가 마침내 맞이한 서품의 날이었다.

존경하는 주교님, 거룩한 어머니이신 교회는 주교님께서 여기 있는 이 부제들을 사제로 서품하여주시기를 바라옵니다. 낭랑한 목소리가 성당 안에 울려 퍼졌다. 찬미 예수님. 강론이 끝나고, 한 사람씩 앞으로 나아갔다. 차례가 되어, 나 또한 앞으로 나아가 주교님의 손안에 모은 손을 얹고 머리를 숙였다.

"그대는 나와 나의 후임자에게 존경과 순명을 서약합니까."

내 평생 오지 않을 혼인의 서약 대신, 나는 주님께 나를 바치기로 결심하였다.

그날, 10년 전 그 참혹한 날 이후로. 그것은 내가 현실에서 도망칠 수 있는 유일한 길이되, 현실과 싸울 수 있는 단 하나의 길이었다. 아직도 스스로 납득할 만한 답은 찾지 못했지만, 나는 머뭇거리지 않고 대답했다.

"예, 서약합니다."

"하느님께서 그대 안에서 좋은 일을 시작하셨으니 친히 그 일을 이루어주실 것입니다."

처음에는 공포, 그다음은 도피였다. 의사로서 아무것도 할 수 없었던 그날. 어디서부터 이야기해야 할까. 그래, 아기들. 큰길을 사이에 끼고 마주 보는 증권사 건물과 병원 건물 사이로 줄줄이 매달려 있던 신생아들.

모든 것을 내려놓고 선택한 길이었지만, 신학교에서의 날들이 결코 행복하지만은 않았음을, 나는 감히 고백한다. 매일매일은 감당하기 어려운 고독과의 싸움이었다. 슈슬리사들이 가져온 풍요와 문화 속에서 행복하게 살아가는 사람들의 모습을 멀리서 바라볼 때마다, 홀로 견뎌야 하는 외로움에 뼈가 시렸다. 누구라도 체온만 빌릴 수 있다면 상대가 슈슬리사라도 상관없겠다는 생각이 들 만큼 괴로울 때도 있었다. 하루하루, 나 자신과 싸우는 신학교 생활. 원래 셋 중 하나꼴로 탈락한다는 말은 들었지만 세월이 지날수록 낙오자는 늘어만 갔다. 어차피 이런 시대에 더 이상 신앙 같은 것이 필요할 리 없지 않느냐며, 동기 하나는 나도 더 늦기 전에 세상으로 돌아서라 권하며 떠났다. 하지만 그때마다 나는 신의 이름을 부르는 대신, 그 아기들을 생각했다. 아기들, 갓 태어나, 엄마와 연결되어 있던 탯줄을 끊고 이제 막 첫울음을 터뜨렸던 아기들. 그중에는 내가 받은 아기들도 있었다.

흰 천 위에 엎드리며 눈을 감았다. 인간인 나를 버리고 사제로 다시 태어나기 위해. 주님, 자비를 베푸소서. 저희의 기도를 들어주소서. 나 자신을 포기하고 가장 낮은 모습을 하느님께 봉헌하는 이 신성한 순간, 나는 그 아기들이 천국으로 갔기만을, 태어나자마자 그리 죽임당한 생명들이 이제는 주님의 품속에서 안식을 찾았기만을 간절히 기도했다. 그것만이, 온전한 믿음은 한없이 부족한 내가 사제의 소명을 받아들일 수 있는 유일한 이유였다.

슈슬리사가 이 땅에 내려온 것은 그 일이 있기 5년 전, 내가 서품을 받기 15년 전의 일이었다. 국민성이라는 것인지, 아니면 휴전선을 사이에 두고 50년이 넘게 지내면서 웬만한 일에는 눈 하나 깜짝하지 않을 만큼 무뎌진 것인지 모르지만, 슈슬리사의 우주선들이 하늘을 뒤덮었을 때 사람들의 반응은 딱 그거였다. 〈인디펜던스 데이〉나 〈괴물〉 같은 영화 속 한 장면. 한강에 괴물이 나타났는데 폰카를 들이대던 영화 속 사람들을 보며 비웃었던 것이 무색하게, 사람들은 휴대전화를 하늘 위로 치켜 올리거나 콘서트장에서 휘둘러야 할 법한 형광봉을 휘두르며 환영했다. 어린 아이들이 있는 집에서야 쌀이나 라면을 서둘러 사들이기도 했지만, 다들 알고 있었다. 저런 외계인들이 지구에서 인간의 씨를 말리기로 작정을 했다면, 쌀 몇 포대로 문제가 해결될 리 없다는 것을. 우리는 빈틈 기대하고, 노 반쯤 두려워하며 그 시절을 보냈다.

그 시절이라고 해봐야 국시를 앞둔 하찮은 의대생 말년이었고, 머리 위의 슈슬리사보다는 발등에 떨어진 국시가, 그리고 그보다는 코앞에서 저 외계인 놈들 때문에 주가지수가 곤두박질치는 것을 보며 심기 불편하신 우리 교수님, 과장님의 심기를 거스르지 않는 것이 더 큰일이었다.

슈슬리사는 인간의 역사 속에 등장하는 어떤 정복자보다도 관대했고, 어떤 지배자보다도 더 인간을 존중했으며, 어떤 현자보다도 더 인간의 미래를 걱정하였다. 처음 지구상에 모습을 드러내고 석 달 만에 지구의 어디에나 그들의 우주선이 모습을 드러냈지만, 그들은 공연히 소모적인 전쟁을 일으키지도 않았다. 그들은 총이나 전차로 무익한 피를 흘리며 싸우는 대신, 그들을 공격하기 위해 나선 지구의 군인들 한 사람 한 사람의 심층심리를 파고들어 싸우고자 하는 의지 자체를 날려버렸다. 그들은 전쟁에 반대했고 국가들을 빠르게 해체해 나갔지만, 문화와 문명과 사상과 철학은 존중했다. 그들 치하에서 실각한 정치가나 고위 관료, 군 장성들은 권력욕을 어느 정도 제어할 수 있도록 상담 치료를 받은 뒤 존경받는 사회의 일원으로 돌아갈 수 있었다. 옛 권력자가 근처 마트에서 짐을 나르는 모습, 5선 국회의원이 고향에 돌아가 농사를 짓는 모습, 4성 장군이었던 남자가 손주를 유치원에 데려다주는 모습은 더 이상 뉴스거리도 되지 않았다. 노련하고 폭넓은 경험을 지닌 이들은 존경받았다. 성실하게 일하는 이들 역시 마찬가지였다. 슈슬리사들은 젊은이들을 위한 일자리를 확충하고 공직의 문호를 넓혔으며, 노인들을 보호하고 어린이들을 지원했다. 해체되고 흐릿해진 국가의 공백 위에 슈슬리사는 빠르게 행정조직을 만들어 나갔다. 모든 지구인은 평등하며 사상의 자유를 갖는다. 평등하게 노력할 권리를 저해하는 특권의식만이 반역으로 규정될 뿐이었다. 새롭고 강력한, 먼 외계에서 왔다는 이유로 더욱 쿨하게 느껴지는 새로운 지도자의 등장이었다. 최상층부를 순식간에 갈아 치우고 무혈 입성한 슈슬리사들은 불과 한 해도 지나지 않아 명실상부한 지구의 지배자, 사람들의 존경과 사랑을 받는 인류의 지도자로 거듭났다.

"브이라고 알아? 브이."

그 무렵, 나는 인턴을 마치고 군의관으로 입대해 있었다.

군대가 축소되고 일반 사병들의 군 복무라는 것도 남녀 공히 두 달간의 단체 훈련을 받고 10개월간 행정 지원이나 사회봉사를 하는 쪽으로 간소화되다보니, 군의관이라고 딱히 할 일이 있을 리 없었다. 기껏해야 훈련 받다 까진 무릎에 빨간약이나 발라줄까. 복무기간이 줄어들었지만 군의관은 남아돌았고, 슈슬리사들은 그런 군의관들을 자원 삼아 낙도 오지와 시골의 의료환경을 개선해 나갔다. 갑작스레 모든 것을 바꾸고 없앨 수 없다는 것은 알지만 나 같은 '낀 세대'는 그저 억울했다. 다른 나라는 어떤가 봤더니, 모병제 국가들은 상층부는 흩어버리고 하급 장교들은 하급 공무원으로 채용하여 고용승계를 한다고 했다. 4~5년만 지나면 우리나라도 비슷하게 될 텐데, 어쩌다 시대를 잘못 타고나서는. 의사가 되겠다고 유치원, 초등학교 때부터 도합 20년 넘게 뺑이를 쳤는데, 여기 와서는 갑자기 전원일기를 찍고 앉았다. 처음에야 예방접종이니 뭐니 바빴지만, 서너 달 지난 뒤에는 슬슬 제대 날짜나 세며 이장님 댁 누렁이나 상대하는 신세였다.

레지던트까지 마치고 입대했다가 그야말로 애매하게 긴 세대가 되어 여기서 말년을 보내고 있는 박대위님은 밤이면 밤마다 요즘 것도 아니고 옛날 미드들을 찾아서 본다고 하셨다. 그것도 취미도 특이하게, 무슨 〈맥가이버〉니 〈A특공대〉니 〈에어울프〉나 〈머나먼 정글〉 같은 것들을.

"그건 또 몇십 년 전 드라마지 말입니까."

"이 사람아, 나 어렸을 때 하던 거야. 잠깐, 요즘 리메이크 나온 것도 있는데."

박대위님은 내 손에 들려 있는, 그 지긋지긋한 국시 준비 노트를 보고 혀를 찼다.

"미친놈, 할 일이 그렇게 없냐."

"다 잊어버리면 어떻게 병원 돌아갑니까."

"병원 돌아갈 수 있을지 누가 아냐, 인마. 저 정도 기술이면 시체도 되살리겠는데."

그 말이 맞긴 했다. 나 역시 그런 걱정을 늘 하고 있었으니까.

"솔직히 저놈들 보기에 우린, 거 있잖아. 우리가 그 중세 흑사병 돌 때 의사들 이야기 듣고 웃잖아. 의사가 아니라 완전 사기꾼이나 무당이라고. 딱 그 짝일 것 같지 않아?"

그렇다고 뭘 어떻게 합니까. 달라지는 게 뭡니까. 죽도록 공부해서 지금 할 줄 아는 게 이 의사 노릇밖에 없는데, 뭘 어쩌라는 겁니까.

이쯤 되면 본전 생각이 날 법도 하다. 남들 놀 때 잠 한숨 못자고 공부했더니, 그런 말도 안 되는 하이테크놀로지로 중무장한 외계인들이 짠 하고 나타나버렸다. 그렇다고 탐욕스러운 착취자 노릇을 하는 것도 아니고, 마치 우리를 문명화, 개화시키려는 듯 사회 지도층의 비리를 척결하고, 서두르지는 않지만 확실하게 세상의 구석구석을 개선하며, 누구나 잘살 수 있는 사회의 모습을 만들어 나가고 있었다.

그런데 솔직히, 누구나 잘사는 사회 같은 것, 청춘이 나가리가 되어 흔적도 남지 않도록 잠 못 자고 좋은 세월 다 보낸 사람에게는 그거, 아주 좋지만은 않은 일이다. 솔직히 남들 위에서 유세 부리고 떵떵거리고 살려고 그 고생을 한 거지, 슈바이처 같은 마음으로 의사가 되겠다고 한 놈이 얼마나 되겠는가. 열에 한둘도 많지. 그런 데다 그나마 의사 선생님이라고 존경이라도 받고 살면 모르겠는데, 이건 뭐 새로 나타난 외계인들, 슈슬리사의 기술에 비하면 아무리 생각해도 새발의 피도 못 될 기술들을 갖고 의사 입네 하는 것도 불안하고. 이럴 줄 알았으면 고등학교 때부터 연애질 열심히 하던 놈들 비웃지나 말고 정말 여자라도 사귀고 그럴걸. 여자 친구 하나 못 만들고 보낸 세월을 생각하니 할수록 엿같다.

"그놈의 〈브이〉라는 드라마 말이야."

지금의 내 상사는, 하나밖에 없는 이 상관님은 이 와중에 드라마나 보고 있고.

"외계인들이 지구에 침공해 와서, 레지스탕스들이 싸우는 이야기야. 도노반이라고, 외계인들과 싸우는 남자가 주인공이었지. 외계인 대장은 다이아나라고 하는데, 엄청 미인인데 간식으로 쥐를 잡아먹고 그랬어. 인간 모습을 하고 있지만, 속은 파충류거든."

"슈슬리사는 파충류 같은 거 아니잖습니까."

"아, 좀 들어."

이 상사는 밖에서는 어디 지방대학이긴 해도 레지던트 치프까지 지내고 온 나름 잘나가던 의사 선생님이었다고 한다. 하지만 그 깡시골에서의 생활이 완전히 몸에 밴 듯, 하루 종일 느긋하게 지내다가 저녁 무렵에는 영감님들 노시는 데 끼어 앉아 화투 끗발이나 세우는 것이, 전문의 출신 군의관이 아니라 그냥 동네 아저씨래도 믿을 법했다. 이렇게 몇 물은 간 옛날 드라마나 밝히는.

"이거 원, 현실이 드라마만도 못 해요, 이건. 막상 외계인이 지구를 정복했는데, 저항세력 하나 없다는 게 웃기지 않냐."

"그렇게 저항세력이 고프시면 박 대위님이라도 나가 싸우시든가요."

"누가 그렇대?"

"근데 왜요? 다들 좋다고 그러는데."

"다들 좋다는 게 웃기다는 거야, 인마. 넌 그런 생각 안 해봤어?"

뭐, 한 번도 그런 생각 안 해봤다면 이상하겠지. 퉁을 놓으면서도, 이해는 갔다. 하지만 대체 뭘 할 수 있겠어.

물론 처음에 영화 한 장면처럼 하늘에 그들의 모선이 줄줄이 나타났을 때, 그때에는 무의미한 저항을 하는 이들도 있긴 있었다. 우리나라 상공에 슈슬리사 모선들이 나타났을때도 가만히 있던 빨간 모자 쓴 영감님들은 슈슐리사가 백악관을 무력화하고 미국을 실질적으로 지배하자 어째서인지 광화문에 가스통을 바리바리 싸 짊어지고 우르르 몰려나와 목적 모를 시위를 하기도 했지만 그때뿐이었다. 세상이 바뀌고 정치인들이 줄줄이 손자나 보는 신세가 되는 마당에 그 열혈 영감님들도 언제까지나 그런 생떼를 쓸 수는 없었던가보다. 하긴, 장유유서라는 아름다운 전통을 신조로 삼아 너는 에미애비도 없느냐, 너 얼마나 살았느냐는 말을 입에 달고 사시던 그 영감님들이, 평균 수명만 지구 나이로 300살 이상인 놈들을 당해낼 재간이 없지.

침략자인 슈슐리사가 지구인들을 차별한다며, 지구인이 슈슐리사의 노예나 실험대상, 식량으로 전락하지 않도록 지구인의 인권을 보호해야 한다며 나선 이들도 있었다. 그러나 그들은 곧, 문을 잠근 채 집구석에 들어앉아 그들의 저항을 인터넷으로 훔쳐보던 수많은 시민들이 깜짝 놀랄 만큼 빠르게 열광적인 슈슐리사 지지 세력으로 돌변했다. 복지와 성장, 이념 대립, 양극화, 분배, 환경 문제와 같이 지구인들을 괴롭혀온 많은 사안들이 슈슐리사에게는 그저 수천 년 전 겪고 지나온 문명 발전의 부산물일 뿐으로, 그에 대한 해결책도 충분히 갖춰져 있었다.

총독부가 세워졌다. 각국의 행정부는 총독부의 하위 기관으로 편성되었다. 슈슐리사의 모성에서는 푸른 피부와 붉은 눈동자를 한 자그마한 체구의 총독이 파견되었다. 우리 지구의 언어로는 비슷하게 발음하기도 어려운 피랄리라투시나프라파릴리오스라는 긴 성과, 그보다 너 긴 이름을 갖고 있는 총독은 자신을 지구

개발의 책임자라 소개하고, 꿈과 같은 여러 공약을 내놓았다. 그들은 지구인들이 약속을 지키는 한 공약을 완벽하게 이행하겠다 약속하였고, 앞으로는 부르기 불편한 본명 대신 필라투사라는 애칭으로 불러줄 것을 청했다.

그리고 그들의 공약은 완벽하게 이행되었다. 속된 말로 그들은 '개념이 있는' 지배자들이었던 것이다. 고용을 보장하고 일자리를 확충하며, 사람이 사람다운 삶과 여가를 누릴 수 있을 만큼의 급여를 제공하고, 노동시간에 탄력성을 부여하고, 아이를 키우는 부모들에게는 충분한 육아휴직과 함께 복직을 보장하였으며, 일할 의지가 있는 사람은 누구나 일자리를 찾을 수 있도록 지원해주었다. 그들은 무엇보다도 누구나 인간답게 살아갈 수 있을 만한 복지정책을 제공했다. 젊어서 열심히 일한 사람이 나이 들어 폐지를 주우며 아슬아슬한 생계를 이어 나가는 일은 더 이상 일어나지 않으리라고 했다. 점진적으로 세금을 조정했고, 부의 재분배가 이루어질 수 있다는 희망을 보여주었다. 의무교육은 전 세계로 확대되었다. 신속하게 세상은 바뀌었다. 물론 점점 좋은 쪽으로 변하고 있었다. 나만 군의관으로 이 촌구석에 와서 푹 푹 썩어 들어가며 홀로 도태되는 듯했다.

다행히도 슈슬리사들은 이곳을 그저 미개한 식민지나 생산기지로 이용하기 위해 쳐들어온 것은 아니었다. 그들은 지구의 문화를 존중했지만, 동시에 과학기술인력과 조기 퇴직한 공학도들을 모아들여 일단 우리가 이해할 수 있는 선에서 그들의 발달된 테크놀로지를 조금씩 전수하기 시작했다. 기술을 가진 사람들이 존경받기 시작했고, 시대에 뒤떨어지지 않기 위해 대학 교수들도 슈슬리사의 기술을 배우는 수업을 기꺼이 들으러 다녔다. 그들은 그렇게 지구인의 기술 위에, 그들의 발전된 기술과 노하우를 조금씩 접목시켜 나갔다.

마침내 시간이 흘러 내가 제대를 하고 모교의 대학 병원으로 돌아갔을 때, 사람들은 슈슬리사의 지배에 익숙해져 있었다. 그들은 자신들의 공약을 완벽하게 실천하고, 언제든지 우리에게 선물을 안겨줄 너그러운 지배자였다. 세상은 눈이 부실 정도로 달라지고 있었다. 인류가 여러 시대에 걸쳐 꿈꾸었던 여러 가치들— 사랑, 정의, 평화, 가족과의 행복한 일상. 그런 것들은 슈슬리사의 통치 아래 하나씩 현실이 되어갔다. 세상은 아름다웠다. 몇 년 전까지야 국가 위기라는 말이 나올 만큼 출산율이 떨어졌지만, 그때는 그만큼 먹고살기 힘든 세상이었으니 그랬을 것이다. 병원과 군대에만 갇혀 지냈던 내 눈에도 세상이 점점 더 좋아지는 것이 보였다. 나는 의대 졸업생들에게 슈슬리사의 신기술 중 핵심적인 부분들을 속성으로 가르치는 코스에 등록했고, 코스를 마치자마자 산부인과 전문의 과정에 지원했다. 당장은 몰라도 슈슬리사들의 계획대로 사람들의 살림살이가 나아지면 마땅히 베이비붐이 돌아올 테니까. 모든 일은 순조로웠다.

정말로 그랬을까.

정말로 순조롭기만 했을까. 한 점의 껄끄러움도 거부감도 없었을까. 그들이 우리에게 열어 준 세상과, 그들이 사명이라 여긴 평화와, 그 수단이던 진화가. 우리가 그들보다 뒤떨어졌음을 확인이라도 하는 듯한, 그 전 지구적 발전계획도.

"우리는 지구 외에도, 팔백 여개 행성에서 서로 독자적으로 진화해온 지성체들을 경험해왔습니다."

슈슬리사의 총독 필라투사의 발표는, 동시에 전 세계로 퍼져나갔다.

"우리의 판단으로, 지구인은 우리가 경험한 지성체의 평균에 비교해볼 때, 그 평균 수준에 도달하는 데 약 팔천 년 정도가 필요합니다. 그러나 우리는 진화를 가속하고 변인을 통제하여, 수천 년의 진화를 단기간에 이룩하여 삼백 년 안에 지구인들이 다른 지성체들과 어깨를 나란히 할 수 있도록 도울 것입니다."

그 방법은, 그야말로 공상과학만화에나 나올 법한 것이었다.

진화자궁을 통한 변인통제. 지금 살아가는 우리가 아닌, 그다음 세대를 난세포 단계에서 진화를 촉진시켜 인간이라는 종 자체를 진화시킨다는 거대한 프로젝트.

"단순한 기술 발전만으로는 모든 진보를 따라잡을 수 없습니다. 종 자체의 진화가 함께 이루어져야만, 여러분은 이 문명의 과실을 제대로 맛볼 수 있을 것입니다."

발표가 나고 사흘 만에 전 세계 곳곳의 산부인과에 그들의 1단계 진화자궁이 설치되었다. 병원이 없는 오지에는 슈슬리사 의사들이 직접 파견되어 출산을 지원하게 되었다. 이 발전계획으로 인하여, 비인기 과목이었던 산부인과는 전에 없던 전성기를 누리게 되었다.

호사가들은 신부가 되려고 신학교에 들어간 내가, 한때 여자들의 그곳을 들여다보며 아이를 받던 전직 산부인과 레지던트였다는 사실을 지적하며 킬킬 웃기도 했지만, 주님, 우리를 불쌍히 여기소서. 주님께 맹세코, 나는 산부인과 레지던트 노릇을 하며 음욕을 느끼지 못했다. 음욕은 고사하고, 아기가 태어나는 모습이 얼마나 고통스러워 보이던지. 하지만 아기들은 귀여웠고, 시간이 흐르며 나는 기꺼이 그 고통을 감내하는 산모들을 피상적이나마 이해할 수 있게도 되었다.

"이제 그런 고통을 감당할 필요는 없어요."

우리 병원에 파견되어 온 슈슬리사, 역시 인간의 성대로는 따라하기조차 곤란한 복잡한 이름을 갖고 있었지만, 얼굴에 난 노란 흉터 자국이 호랑이 줄무늬 같다며 자신을 호돌이라 불러달라고 하던 그는 정말로 미개한 방법으로 많은 사람들이 고통받고 있다는 듯한 감정을 단숨에 담아, 말했다.

"고통이 모성애를 부여한다는 것은 어리석은 생각입니다. 고통을 성스럽게 생각할 이유 또한 없고요. 수정란을 진화자궁에 착상하는 것만으로도 안전하고 고통 없는 출산이 보장됩니다. 자연임신 상태인 수정란을 옮기는 것도 가능하지만, 지금 지구와 같이 진화 프로그램을 적용하는 경우에는 아예 수정 단계에서부터 관리하는 쪽이 효과적이죠."

호돌이는 젊어 보였지만 지구 시간으로 이미 170년 이상 살아왔다고 했다. 그는 여러 행성에서 진화 연구를 해왔다며, 지구 역시 300년 안에 다른 행성계의 지적 생명체들과 동등한 수준으로 발전할 수 있으리라고 실명했다.

"진화에 대해서는 염려할 것 없어요. 우리들은 이미 수백 개의 행성에서 이와 같은 식으로 진화를 통제해왔으니까요."

머리로는 변인통제에 대한 말이라고 받아들였지만, 마음에는 거리낌이 있었다. 하지만 그 껄끄러움을 깊이 생각할 시간조차 없었다. 그들의 기술은 현재의 의학기술에 비추어 보면, 기적과도 같았다. 그 엄격한 매뉴얼 중 현재 우리에게 도입된 1단계 진화자궁에 대한 논문들이 의사들에게 공개되었고, 우리는 도표 하나, 해석 한 줄을 감히 놓칠 수 없었다. 새로운 기술을 빨리 받아들일 수 있는 30대 전문의 선생님들과 우리 레지던트들을 중심으로 우리는 약속된 300년, 열 세대에 걸친 출산 통제를 통해, 유전자 레벨에서부터 비약적으로 인류를 발전시켜 나간다는 그 위대한 첫 걸음에 동참하기 시작했다.

"사회 지도층 인사들이, 자신의 손자들에게 우선적으로 진화 프로그램을 적용해달라고 요청해왔다더군요."

호돌이는 말도 안 되는 소리를 들었다는 듯, 웃으며 고개를 가로저었다. 그의 귀에 들어갔을 정도라면, 누구인지 몰라도 어지간히 고집을 부리고 언성을 높였던 모양이지. 진화에 대한 구체적인 계획은 아직 발표되지 않았지만, 먼저 욕심을 부리는 이들은 어디에나 있는 법이다. 그들은 슈슬리사들이 공들여 강조하는 "기회의 평등"을 아마 마지막까지 이해하지 못할지도 모른다. 가없은 이들. 이미 반역으로 규정되어 사회에서 격리된 이들이 어쩌다 그런 말로를 맞았는지 한 번이라도 깊이 생각해보았다면 그런 식으로 억지 부리는 짓은 결코 하지 않을 텐데. 어떤 이들은 아직 어린 자신의 손자들은 물론, 이미 성인이 된 자녀들과 본인에게까지 그 진화 프로그램을 우선적으로 적용할 것을 요구하기도 했다. 물론 슈슬리사에게 기술을 전수받는 게 고작인 우리에게는 그런 요구를 들어줄 능력이 없었고, 슈슬리사들은 그런 불합리를 결코 이해하지 못했다.

"저 사람들, 당신들은 이해하지 못하겠지만 그냥 돈만 많은 사람들이 아니에요."

"그들이 뭘 가졌든, 우리에게는 의미가 없어요. 이곳 사람들에게도 의미가 없어질 겁니다. 신경 쓸 것 없어요."

호돌이의 말 그대로였다. 예전 같으면 어떤 식으로든 압력을 넣어 자신들이 원하는 바를 이루려고 했을 그들은 곧, 총독부가 파견한 법무관들 손에 붙잡혀 사람들이 "죄인들의 땅"이라 부르는 곳으로 끌려갔다.

"그건 반역이니까요."

호돌이는 검푸른, 그러나 누런 흉터자국이 선명한 얼굴로 웃음 비슷한 것을 지어 보이며 간단히 대답했다. 평등의 원리. 그리고 평등하게 노력할 기회를 가질 수 있는 사회에 대한 반역. 평등한 세상이라는 말과는 너무나 이질적인 그 단어를 들으며, 나는 입 안이 바싹 말라붙는 듯했다. 그 말에서는 어쩐지 내가 알고 살아왔던 시대보다도 한참 더 오랜 구시대의 냄새가 났다. 지배자라든가, 절대권력 같은 껄끄러운 단어들이 떠올랐다.

"뭔가가 달라요. 이렇게 설명해야 할지 모르겠지만. 그건……."

"지금의 세상이 마음에 들지 않습니까?"

호돌이는 내 말에 대답하는 대신, 내게 질문했다. 나는 대답하지 못했다. 분명히 먹고사는 문제라든가 누리고 사는 것만 생각한다면 이전과 비교할 수도 없을 만큼 좋은 세상에서 살고 있다고 말할 수도 있었다.

하지만 나는 무언가를 빼앗겼다는 느낌을 아무래도 지울 수가 없었다. 그들이 아무리 우리들에게 친절해도, 그 친절에는 무언가가 결여되어 있었다.

그들은 우리에게 새로운 기술을 가져다주었고, 다음 세대의 아이들을 진화시켜주겠다고 약속했다. 그들은 누구에게나 평등하게 노력할 기회를 주었고, 어떤 국가에서도 해주지 못한 훌륭한 복지를 제공했다. 노력해도 그만큼의 대가를 얻지 못했던 사람들은, 어떤 이유로든 특권층에 대한 불만과 분노가 가득했던 사람들은 아마도 지금 세상이 비교할 수 없을 만큼 훌륭하다고, 이전의 세상으로는 돌아가고 싶지 않다고 말할 것이다.

하지만 현재 지구를 대표하는 것은 여기서 나고 자란 인간이 아닌 슈슬리사였고, 우리는 그 대표를 '총독'이라고 불렀다. 평등하게 노력할 기회가 주어졌지만, 보통 사람들이 기량 자체가 다른 슈슬리사들과 평등하게 노력한다고 해서 같은 결과를 얻을 수 있을 리 없었다. 어떤 미사여구를 가져다 붙이더라도, 그들은 침략해 온 지배자들이었고, 우리들은 피지배자들이었다. 그게 사실이었다. 그들의 지배로 인해 무언가를 잃거나 하는 일은 없었지만, 그 사실이 목에 걸린 가시처럼 불편했다. 나는 눈을 깜빡였다.

호돌이는 이해한다는 듯 고개를 끄덕였다.

"이해해요. 이곳에서도 의사는 존경받는 직업이고, 그런 이들의 보호본능은 언제나, 모든 이들에게 노력할 기회의 평등이 주어지는 것에 대해 민감한 반응을 보이는 쪽으로 움직이더군요. 당신만의 문제가 아니에요. 이 행성뿐 아니라 어느 곳에서도, 처음에는 흔히 보이는 정서 반응이죠."

"그런가요."

"시간만이 해결해줄 문제죠."

호돌이는 내가 느끼는 불편함이 아무래도 애석하다는 듯, 고개를 좌우로 흔들었다.

자리를 피해, 신생아실로 향했다. 언제 어떤 응급상황이 일어날지 모르는 곳이었지만, 갓 태어난 아기들이 가득한 그 방은 그래도 사람이 평화라든가 사랑이라든가 생명과 같은 말들을 떠올릴 수 있는 성스러움을 늘 간직하고 있었다. 의사로서 감상주의에 빠지지 않으려 노력했지만, 내 손으로 받은 아기가 새근새근 자고 있는 것을 들여다보고 있노라면 부성애와 비슷한 감정이 느껴지기도 했다. 나는 그날 새벽 태어난 아기의, 잘못 붙잡으면 부서질 것처럼 작고 말랑거리는 손바닥을 만져보며 한숨을 쉬었다.

그들의 말이 싫거나 잘못되었다는 것은 아니었다. 그들은 노력할 기회를 평등하게 부여했고, 모든 사람에게 진화의 평등을 보장하겠다고 약속했다. 태어난 이후의 노력에 따라서는 결과가 달라질지언정, 그 이전에 권력이나 돈으로 불평등한 결과를 얻는 것은 용납하지 않겠다는 이 선량한 외계인들이 만들어낸 세상은 지구의 인류가 처음으로 맞은 온전히 평등하고 합리적인 세상이었다.

슈슬리사들은 새로운 세상을 만들었지만, 그렇다고 우리가 살아온 인생과 목적하던 가치들을 하루아침에 부인해버리는 급진적인 개혁을 추구하는 것은 아니었다. 그들은 모든, 문명을 이루고 사는 종들은 그 나름대로의 진화 과정을 겪고 있음을 잘 알았고, 자신들이 지배한 모든 행성에 대해 그 진화를 가속시키는 역할을 기꺼이 맡아 감당하였다. 여러 면에서 그들은 우리와 같은 지성체라기보다는 너그럽고 자비로운 신에 가까웠다.

하지만 무엇이 잘못되었는지를 집어 말할 수 없어도, 합리적으로 아무리 생각해본들 세상은 너무 잘 돌아가는 것 말고는 아무 문제도 없다고 해도, 머리가 아닌 어떤 감각이 속삭인다. 무언가 잘못되어 있다고. 그게 무엇인지 알 수 없을 뿐이지, 어디서부턴가 크게 뒤틀려 있다고. 나로서는 판단할 수 없었다. 내가 느끼는 감정은 정말로 기득권층이 될 뻔했던 내가 갑자기 평등해지는 세상 앞에서 느끼는 작은 박탈감에 불과한 것이었을까.

"난 아무래도 너무 늙어버린 모양이야."

최신 히트가요가 귀에 안 들어오고, 어째 중고등학교 때 유행가나 영감들이나 좋아하는 구닥다리 뽕짝이 귀에 짝짝 달라붙게 되면 나이가 든 증거라던데. 나이 서른도 되지 않은 내가 옛날 음악들만 찾아 듣는 것을 보면 뭔가 문제가 있긴 있는 모양이지. 어째 요즘 간호사들이 입만 열면 좋다고 칭송해대는 그 슈슬리사들의 음악은 아무리 들어도 체질에 맞지 않았다. 사람 목소리 같기도 하고 바람 소리 같기도 한 소리가 잔잔히 깔리는 가운데, 아무렇게나 치는 것 같으면서도 미묘하게 규칙적인 비프음이 어우러진 그 소리는 한참 전에 유행하던 무슨 사이버 마약 같아서 듣고 있으려니 머리가 지끈거렸다.

그나마 슈슬리사들이 전통음악이라고 부르는 옛날 음악들은 명상음악 같은 느낌이 들어 조금 나은 편이었다. 그리고 보니 그들은 명상을 할지언정 종교를 따르지는 않았다. 신을 모시고 경배하는 전통적인 의미의 종교활동 같은 것은 수천 년 전에 사라진 풍속이다보니, 호돌이는 쉬는 날이면 혼자서 절이며 교회며 성당을 돌아다니기도 하고, 의대에 합격한 이후로 크리스마스 때 말곤 성당 근처에도 안 가보았던 주제에 때때로 묵주반지를 만지작거리는 나를 꽤 신기하게 쳐다보기도 했다.

"지구의 어떤 사상가는, 종교는 아편이라고 말하기도 했어요."

"그런 견해도 있을 수 있지요."

"슈슬리사는 종교 같은 건 믿지 않잖아요. 내가 보기에 이건 우리가 원시부족의 주술사를 구경하는 그런 것과 비슷한 느낌일 것 같은데요."

"어느 정도 진화를 이룩한 지성체라면 영적인 성장을 위한 노력을 하게 되는 법이죠. 종교라는 것도 어느 단계까지는 그 성장을 돕는 방편이 되지 않습니까."

"그리고 민속학자라는 당신 애인에게는 좋은 선물거리가 될 테고요."

"부정할 수 없어서 유감이군요."

목에 염주와 묵주와 십자고상을 섞어서 주렁주렁 걸고 타로카드 같은 것을 잔뜩 쇼핑백에 들고 돌아온 호돌이를 보며, 나는 남몰래 웃음 지었다. 우리가 부두교 주술사를 신기하게 여기며 부두인형 같은 것을 기념품으로 구입하는 것이나, 그가 이곳의 종교 성물들을 지구 기념품이라며 사 모으는 것이나, 결국은 똑같은 일일 테지. 종교가 없는 슈슬리사들은 명상 지도자를 모시고 떼 지어 앉아 명상을 하곤 했는데, 얼마 전 총독과 그 부하들이 매일 아침 시간을 내어 명상에 잠기곤 한다는 소식이 아침 방송에 방영되자마자 사람들은 너도나도 명상을 하기 시작했다. 아마도 이렇게 전 세계적으로 명상 관련 서적이 잘 팔려 나간 일은 처음이었을 거다. 오, 마이, 갓.

"국사시간에 배우잖아요. 몽고풍과 고려양."

손재주 자체는 떨어져서 저러다가 애 받다 실수하지 않을까 걱정이나 끼치는 주제에, 어디서 보고 들은 건 죽어도 안 잊어버리는 듯한 후배 녀석이 낯선 단어를 끄집어냈다.

"에이, 있잖아요. 고려 때 몽고 애들 들어왔을 때 고려 상류층들이 몽고식으로 옷 입고 풍습 따라하고 하는 게 유행이었잖아요. 몽고 쪽에도 고려 풍습 유행했고요. 일본 식민지 시대 때도 그렇잖아요. 지식인입네 하는 사람들은 일본 풍습 따라가고. 일본 상류층이니 하는 사람들은 조선제 도자기며 불상이며."

"저 잘난 종족이 우리에게 영향 받을 게 뭐가 있어서."

"모르는 거예요. 호돌선생님이 사 갖고 가는 게 유행 탈지 누가 알아요."

"조계사 앞에서 한 줄에 오천 원 하는 그 염주?"

"그것도 포함해서요. 전에 우리도 뭐 아프리카니 인도니 미개하다고 그랬어도 아프리카 조각품이니 그런 건 장식으로 쓰고 그랬잖아요."

"인도가 왜 미개해."

"시커멓고 못살고 그랬잖아요."

"얌마, 걔넨 너 태어나기 전에 핵실험도 했어. 근데 그건 또 뭐야?"

후배놈 뒤통수를 쥐어박으려다 보니, 손목에 팔찌 같은 것이 달랑거리는 게 보였다.

"아, 명상센터 회원권요."

"넌 레지던트가 시간이 썩어나냐?"

"엄마가 끊어준 거라고요."

"그건 너희 엄마 사정이고, 명상할 시간 있으면 환자를 보든가 잠이나 자!"

두려워하는 게 아니라 열광한다. 그들이 보고 듣는 것이라면 무엇이라도, 듣다가 수마에 못 이겨 꾸벅거릴지언정, 그들의 특이한 음악을 듣지 않는 이들도 거의 없었다. 슈슬리사의 미인대회 때는 그 사람의 영적 성숙도를, 이곳 식으로 말하면 오라 비슷한 어떤 파장을 감상하며 감탄한다는 말을 듣고, 이제 성형외과 의사들은 내면의 아름다움은 어떻게 뜯어고쳐야 하는지 고민하기 시작했다. 일요일마다 믿씁니다 하나님 아부지를 외쳐대던 열

성적인 신앙인들은 어느새 떼를 지어 슈슬리사들의 명상을 배우러 사라졌다. 동네마다 가득했던 십자가 대신 명상원이 떼 지어 들어왔다. 우리 지구인들에게 꼭 맞는 명상을 지도한다는 몇몇 사람들은 어째 명상 자체보다는 발복에 의미를 두고 예전 종교들이 벌이던 우스꽝스러운 일들을 이름만 바꿔서 반복하기 시작했다. 종교에 대한 환멸이 유행병처럼 번졌고, 사회에 영향 좀 끼치는 인사들은 너도나도 경쟁하듯 명상에 대한 예찬을 늘어놓았다.

평범한 인간의 이해 영역을 한참 뛰어넘는 게 틀림없는 그 모든 일들 속에서, 정말로 슈슬리사들을 이해할 수 있었던 사람은 얼마나 되었을까. 하지만 동경은 이해와 상관없는 일이었다. 슈슬리사들과, 그들이 교류하는 다른 행성의 지성체들. 그들을 따라가려면 한참 멀었을 지구 사람들은 다들 그들을 동경했다. 정상적인 진화 프로세스를 따른다면 8000년이 지나야 따라잡을 수 있다는 그들의 세계에 어떤 수를 써서라도 꼭 한번 가보고 싶다고 생각했다. 그것만으로도 자신이 특별해질 수 있다고 믿기라도 하듯이.

"그런 엉뚱한 생각 할 시간 있으면, 차라리 이 매뉴얼이나 제대로 공부해주면 좋겠지만. 대체 무슨 짓들인지."

호돌이는 그런 부적절한 소망들에 대해 한탄하며 고개를 저었다. 매일 호돌이는, 인류를 인위적으로 진화시키기 위한 각종 프로세스를 우리에게 설명하고, 우리로서는 그 구조를 뜯어보는 것조차 불가능한 기계들을 들여오고, 사용자 매뉴얼을 번역하여 넘겨주었다. 원리 자체를 이해하는 것은 불가능했다. 사용방법을 익히는 것조차 쉽지 않았다. 고3때나 국시 준비할 때와는 비교할 수도 없는 '공부하는 고통'이 이어지는 가운데, 우리로서는 이해할 수 없는 일을 간단히 해치우는 그 손재주를 보며, 인간들이 풀어내지 못하는 수많은 수학적 난문들에 대해 그들이 제시했다는 답에 대해 들으며, 나는 그들이 우리보다 우월한 존재라는 사실을, 우리가 그들과 결코 동등해질 수 없다는 사실을 절실히 체감했다. 현실에서 슈슬리사들과 직접 마주칠 일이 별로 없는 보통사람들은, 이렇게 슈슬리사와 함께 진화 연구를 하고 있는 의사들을 마치 인류의 최첨단에 선 이들인 양 부러워하기도 했지만, 그건 부러움을 살 일이 아니었다.

이 큰 병원에 그저 한 사람의 슈슬리사가 파견된 것만으로도 한때는 수재니 영재니 소리를 듣던 수많은 사람들이 졸지에 자신이 어느 먼 별나라에서는 초등학생만도 못한 것이 아닌가 고뇌하다가 일을 그만두거나 옥상에서 몸을 던지거나 목을 매었다. 이곳의 산부인과 레지던트 팀은 호돌이가 오기 전의 절반으로 줄어 있었다. 다행히도 나는 그 경쟁에서, 그 싸움에서 아주 밀려나지는 않았다. 내가 특출한 학생이었다고 말하고 싶은 것은 아니다. 그저 그 스트레스를 견뎌낼 수 있을 만큼 두꺼운 신경줄을 가졌기 때문이었을지 모르겠다.

하지만 그런 슈슬리사가 드글드글한 세계라니. 나 혼자서 개미들만도 못한 열등한 존재가 되는 것은 상상하고 싶지도 않았다. 호돌이는 이런 내 감정 같은 것은 이해하지 못하는 듯했지만, 가끔은 나 알고 있다는 듯 나를 바라보았다.

사실은, 그 다 알고 있다는 듯한 눈빛이 더욱 끔찍했다.

진화 아기를 만들어내기 위한 1년은 그렇게 지나갔다. 모든 인류에게 동등한 기회를 줄 것이라는 총독 필라투사의 말대로, 그들은 빈곤이 일상사가 된 아프리카의 오지나, 전쟁이 끊이지 않았던 탈레반의 본거지에조차 의사를 파견하고 진화자궁을 갖추었다. 진화아기와 보통 아기가 함께 태어나는, 자연임신이 허락된 마지막 해가 시작되던 1월 2일 새벽, 마침내 첫 번째 진화아기가 첫울음을 터뜨렸다. 진화아기들은 보통 사람들과 똑같은 모습을 하고 있었지만, 태어나자마자 어떤 의지를 가진 듯 눈빛으로 무언가를 전달하려 했고, 고작 백 일 만에 말문이 틔었다. 말을 시작하자마자 그들은 자신의 전생이라 불릴 만한 인물의 삶을 이야기하기도 하고, 간혹 부모조차 알지 못했던 비밀들을 알아맞히기도 했다. 부모들은 창조적이고 의지가 강한 그 아이들을 다룰 방법을 찾지 못했지만, 아이들은 아이들끼리 교감했고 슈슬리사 의사 역시 아이들과 교감할 수 있었다.

처음에는 남들보다 진화된 아기라고 기뻐했던 부모들이 조금씩 두려움을 품기 시작했다. 자신들과 너무 다른 아이들에.

나는 지금도 기억하고 있다. 갓난아기들이 가득한 신생아실 한가운데, 그 많은 까만 눈동자들이 나를 응시하는 것을 느꼈던 그 순간의 공포를. 어디선가 까르르 하는 웃음소리가 난 순간, 나는 신생아실을 박차고 나왔다. 비명을 지르지 않도록 입을 틀어막은 채. 그것은 틀림없이, 슈슬리사들이 가득한 한가운데에 혼자 떨어진 지구인이 느낄 법한 것이었다. 분노, 공포, 혐오. 자신의 속을 읽힌 사람들이 응당 느낄 법한 그런 감정을, 아기들이 가득한 신생아실에서 느끼게 될 것이라고는 꿈에도 생각하지 못했다. 성스러움은 사라졌다. 그 자리에는 새로운 아이들에 대한 공포만이 남았다. 그 신세대에 대한 공포는 사람들 사이에서 급격한 반향을 일으켰고, 우리와 함께 아기를 디자인하던 부부들 중 대부분이, 다시 전통적인 임신을 통해 아이를 낳겠다고 돌아섰다. 유예 기간 1년이란 실수로 아이가 생긴 경우들을 위한 구제 기간일 뿐이라고, 이 일에 대해서는 누구도 책임질 수 없다고 걱정스레 중얼거리던 호돌이의 말을 못 들은 체하며, 나는 예전처럼 산모의 둥근 배를 초음파로 들여다보며 엄마 뱃속에서 평온하게 노는 아이의 모습에 기뻐했다.

그리고 그 일이 일어났다.

그 일, 그 참혹한 날의 일은 대체 어디에서부터 이야기해야 좋은 것일까. 그날하면 생각나는 것은 불타는 산부인과 병동과, 허공으로 떠올라버린 아이들의 모습. 그래, 그건 어렸을 때 종말론을 외치던 사람들이 번번이 외치던 휴거와도 닮아 있었다. 티 없이 순결하고 죄 없는 아기들이 그렇게 중력을 무시하고 허공으로 떠올라, 열린 창문을 통해 하늘로 날아오르던 그 모습은.

"우리는 분명히 경고했습니다."

슈슬리사들이 경고한 기한, 최초의 진화아기가 태어나고 석 달, 다시 반 년, 다시 10개월이 넘어섰는데도 여전히 자연출산을 하려고 병원에 찾아드는 산모들에게, 이건 협정을 어기는 일이라고 몇 번이나 경고하던 호돌이는, 냉정하게 말했다.

"그동안 자연 임신한 산모들을 보호하기 위해, 1년간의 유예도 주었습니다. 약속을 어긴 것은 당신들이 아닙니까."

그리고 1년. 그 유예가 지나고 얼마 지나지 않았을 때였다. 그일이 일어난 것은.

그 일은 불과 한 명의 슈슬리사가 벌인 것이었다.

그리고 그때에야 알았다. 우리들과 함께 먹고 자고 하며 우리에게 지식을 전수해주던 그 노란 흉터자국 난 슈슬리사가, 그저 평범한 연구원이 아니라 총독부 소속 한반도 지역 진화 특임관 같은 거창한 이름을 달고 있었다는 것을.

"우리는 당신들보다 자비롭습니다. 어떤 사람들은 우리를 침략자라고 불렀지만, 우리는 그저 당신들을 이끌어 발전시킬 뿐, 문명을 파괴하지도, 언어를 빼앗거나 자유를 구속하지도 않았습니다. 우리들은 당신들 지구인들이 다른 우주의 여러 종과 더불어 살아가기를 바랐고, 먼저 조약을 요구한 것도, 우리의 조건을 수락한 것도 당신들 지구인이었습니다. 그리고 약속을 어긴 것도."

그리고 늘 겸손하고 잘 웃던 그의 권한이 실험실뿐 아니라 병원 밖에서도 똑같이 유효하며 초법적인 것임을 그때 알았다고 하는 것이 정확하겠다. 우리 곁에 친근하게 함께 있던 지배자는 마침내 약속을 어긴 불공정한 이들을 향해 엄정한 징벌을 내리기로 작정한 듯했다.

"당신들 지구인들입니다."

말이 끝나기가 무섭게, 허공으로 떠오른 아이들의 등에 흰 날

개가 돋아났다. 자연출산한 아이들이 어떻게 그럴 수 있었을까. 지금 생각해보면 아마도 그 최악의 기적을 위해, 미리 신생아실을 돌며 특정 조건과 시간이 맞았을 때 등의 일부가 날개로 변하도록 세포를 새로 프로그래밍하는 인자를 어떤 식으로든 주입한 것이 아닐까 싶었지만, 그때로서는 마법, 기적, 그 어떤 말로도 그 광경을 설명할 수가 없었다. 갓 태어난, 아직 태지도 벗겨지지 않은 붉은 얼굴을 한 아이들의 등에 난 흰 날개는 눈이 시리도록 희었다. 아기 천사라는 게 있다면 저런 것일까. 제 날개로 파닥거리는 아이들을 보며 생각하는데, 순간 철근 같은 것이 날아와 건물과 건물 사이에, 종합병원의 두 건물 사이에 차례로 걸쳐졌다.

그리고 뭔가 굵은 끈 같은 것이, 아기의 손목 두께만 한 끈이 아이들을 그 철근에 차례로 매달았다. 등에 돋아 있던 날개가 찢겨 떨어졌다. 뻥 뚫린 자리에서 피가 흘렀다. 전날 아이를 낳았던 산모가 비명을 질렀다. 아이들의 허리를 묶어 철근에 매단 것은 끈이 아니었다. 아이들의 배에서 튀어나온 창자였다. 아기들은, 혈관이 튀어나온, 아직 먹은 것이 없어 투명하게까지 보이는 자신의 분홍빛 창자에 몸이 묶인 채 요동을 치다가, 결국 그 창자에 목이 졸려 축 늘어졌다. 누군가가 먹은 것을 토하는 소리가 들렸다. 수술실에서도, 양수를 뒤집어썼을 때에도 느낀 적 없는 피비린내가, 수많은 생목숨이 몸부림치며 단말마의 비명을 지르는 듯한 죽음의 냄새가 코를 찔렀다.

어디선가 비둘기 떼가 날아왔다.

사람의 손이 닿지 않는 높은 곳에 걸쳐진 철근, 그 철근에 옹기종기 모여 앉아 비둘기들이 죽은 아이들의 살점을 뜯어먹는다. 평화의 상징은 무슨. 인천 쪽의 지하철 아닌 그저 국철 구간, 그 구간의 맨 끝자락 어디엔가에 놓인 도원역의 굴다리가 떠올랐다. 뭘 잘못 먹었는지, 환경 호르몬 때문인지, 그 안에 둥지를 틀고 무리 짓고 살고 있던 그 영악하고 간덩이 부은 새 떼는 아침마다 전철을 기다리는 사람들을 게으르고 오만하게 내려다보곤 했다. 나는 그때의 반들반들하고 새카만 새 눈알을 떠올렸다. 척추를 타고 무언가가 간질이듯이, 혀끝으로 핥듯이 미끄러져 내려갔다. 비둘기의 날개가 퍼덕였다. 제대로 뜨지도 못한 채 부옇게 떠오른 갓난아이의 눈에 비둘기의 부리가 퍽 박혔다. 아이의 뺨에 흐르는 검붉은 핏물을 보며, 나는 무언가가 터지는 소리를 들은 것도 같았다. 가운을 벗어 던지고 도망치듯 병원을 나섰다. 택시를 잡아타고, 발바닥이나 겨우 붙일 만한 작은 원룸으로 기어들어가 문을 잠갔다. 휴대전화 배터리를 분리해놓고 컴퓨터도 켜지 않았다. 누가 문을 두드려도 열지 않았다. 찜통 속 같은 더위와, 내 몸에서 풍기는 악취와, 그리고 절망. 내 몸에서 배어나온 썩은 땀내에도 둔감해질 무렵, 텔레비전을 켰다. 우리나라뿐이 아니었다. 내가 근무한 병원뿐이 아니었다. 내가 보았던 그런 일은, 형태만 달랐을 뿐 전 세계에서 일어나고 있었다.

— 왜 아무도 저항하지 않는 거지?

끓이지도 않은 서울산 수돗물을 벌컥벌컥 들이켜고, 나는 차가운 바닥에 등을 대고 누웠다. 숨이 막혔다. 그 아기들은 모두 살아 있었다. 그중 몇은 내 손으로 받았고, 그중 또 몇은 그 엄마의 기대와 소망을 들으며 함께 초음파로 들여다보았다. 세상에 악마가 있다면, 지옥이 있다면 그런 모습을 하고 있겠지. 하지만 슈슬리사는 악일까. 그들이 한 일은 잔인하다는 말만으로는 설명할 수 없는 것이었다. 하지만 그들이 정말 잔인한 지배자였을까.

저항할 수 있을 리 없지.

나보다 강한 이가 있으면 숙이고 가는 것이 사람이고 민중이었다. 총칼을 든 권력자가 계엄령까지 내리지 않더라도, 그저 작은 불이익을 줄지도 모른다는 소문만으로도 알아서 기는 것이 보통의 사람이었다. 나 역시 그랬다. 누군가가 대신 싸우기를 기대하며, 그 결과물만 같이 누리고 싶어 했다. 누구나 투사를 원했지만, 투사는 많지 않았다.

그나마 인간의 역사 속에 존재했던 투쟁들은 모두 인간이 인간과 싸우는 경우에 해당했다. 지금은 달랐다. 그들은 슈슬리사도 지구인도 모두 평등하고 독립적인 인격을 가진 지성체라고 말하고 있지만, 그들이 과연 우리와 같은 인간일까. 지금과 같은 진화 가속을 통해 300년이 필요하다고 했지만, 지금 태어난 아이들이 다시 서른에 아이를 낳는다고 가정해도 열 세대다. 열 번의 폭발적이고도 혁명적인 진화가 수반된 세대교체가 이루어져야만 겨우 따라잡을 수 있는 그들이 우리와 같은 인간일 리 없었다. 남태평양의 수평선에 처음으로 흰 돛을 단 범선이 나타났을 때 그곳의 원주민들이 침략자 백인들을 신이라고 여겼다면, 지금 우리 앞에 내려온 슈슬리사 역시 우리에게는 신과 다르지 않았다. 그들의 힘뿐 아니라 그들이 우리에게 해준 것 또한, 외계의 지성체가 아닌 신의 선물에 가까웠다. 겨우 불을 손에 넣고 무리 지어 사는 법을 익혔을 뿐인 나약한 인간이 감히 신에게 대적해 싸울 수 있을 리 없었다. 저항이란 시작될 단초조차 보이지 않았다.

슈슬리사, 그들은 지금까지 인류의 역사가 낳은 어떤 정복자나 독재자보다도 관대했다. 아낌없이 선물을 풀어주는 산타클로스와 같았다. 그들과 한 약속을 지킨다면 종으로서의 인류를 이끌어 발전시켜줄 수 있는 그런 존재들이었다. 마치 불을 우리에게 건네준 프로메테우스와 같이.

그들에게 우리가 얼마나 어리석고 답답해 보였을지는 호돌이만 보아도 알 수 있었다. 우리를 어린아이 대하듯 하면서도, 가끔은 우리의 견고한 아집에 스트레스를 받고 있던 그의 모습이 그전까지 다큐멘터리 프로그램에 나오는 오지 원주민들의 풍습을 보며 어리석다고 신기해하던 우리들의 모습과 뭐가 달랐을까. 〈TV 동물농장〉을 틀어놓고 원숭이들이 사육사의 말을 듣지 않는 것을 보며 낄낄거리던 것과는 또 무엇이 다를까. 그럼에도 불구하고 그들은 우리에게 관대했다. 선물보따리와 같은 기술들을 가져다가 풀어놓고, 우리들은 상상도 할 수 없었던 풍요를 가져다주었다.

알고 있다. 인정하고 싶지 않지만, 약속을 먼저 어긴 것은 우리였다.

우리는 그들의 정책에 두 팔 벌려 환호했고, 서로 먼저 자신의 아이에게 그 특별한 혜택을 누리게 하려 눈치를 보고 줄을 서기도 했다. 그래놓고 약속을 먼저 어기고 도망쳤다. 특혜를 요구하던 사회 지도층들이 어떻게 몰락하였는지 보았으면서도 그들이 냉엄한 심판자라는 것을 잊고, 그들이 사회 지도층이 아닌 우리네 서민들 편이라고 멋대로 착각하기나 했다.

그리고 그 어리석음과 방자한 오만 속에서, 우리는 경고를 받았으면서도 듣지 않았다. 그 1년간의 유예는 이미 임신한, 혹은 임신 가능성이 높은 여성들을 위한 최후의 유예였다는 것을 우리는 납득하지 않았다. 너무나 영리한 진화아기들, 그 신세대의 아이들에게 공포를 느낀 사람들이 다시 자연출산의 길을 택할 때, 우리는 분명히 그에 대한 경고를 받았다.

그랬음에도 불구하고, 우리는 그 말을 듣지 않았다.

우리는 그들이 산타클로스라고 생각했다. 오, 하느님. 신조차도 때로는 인간에게 벌을 내리고 복수를 하는데도. 처박아두었던 성경을 집어 아무 곳이나 펼쳐보았다. 방주를 띄우고 유전자들만을 남긴 채 지상을 몰살시킨 신보다 그들이 더 잔인했던가. 그건 아니었다. 나는 성경을 덮어놓고, 천장을 올려다보았다. 불을 켜지 않은 방, 햇살은 들어오지만 밝다고는 할 수 없는 그 방의 천장 벽지 무늬를 세며, 나는 텔레비전에서 들려오는 총독, 필라투사가 추모사를, 그리고 부모들에 대한 경고의 메시지를 낭독하는 목소리를 들었다.

"자연출산으로 태어난 아이들은 당신들에게 익숙할 것입니다. 편안함을 느낄 수는 있겠지요. 하지만 그 아이들은 결국 진화한 아이들에 의해 도태될 것입니다. 지금, 당신들 자신의 행복과 평화를 위해서 이이에게 결국 도태될 길을 물려주는 것은, 사랑이 아닙니다."

신세대와 같은 시대를 살아가야 할 아이들에게, 구세대와 같은 뇌 용적과 생활양식을 제공하는 것은 어쩌면 학대겠지. 머리 하나는 좋다고 자부하며 의사가 되었는데도, 공부 하나는 피똥을 싸도록 했는데도 호돌이가 하는 말의 반의반도 알아듣지 못했던 날들이 떠올랐다. 아마도 필라투사의 말이 옳을 것이다.

"구세대로서 존중받고 싶은 욕심에 어리석은 선택을 하는 것을 그만두어주십시오. 일부의 진화만으로는, 지금의 진화 촉진은 성공할 수 없습니다."

자연출산으로 태어나는 아이들은 태어난 족족, 죽임을 당했다. 무슨, 식물들 종자개량하면서 변변치 못한 싹은 바로바로 솎아내는 것처럼. 임산부들은 병원으로 달려가 배가 분화되는 수정란을 자궁에서 거두어들여 진화를 촉진하는 조치를 받게 했다. 어른들로서는 감당할 수 없는 총명한 아이들이 태어났고, 사람들은 지금까지의 상식으로 감당할 수 없는 총명한 아기들을 품에 안으며 슈슬리사의 오버 테크놀로지를 자신들의 생활 속으로 받아들였다.

그리고 익숙해졌다. 어머니의 배를 빌려 낳은 것이 아닌, 진화 자궁에서 태어나는 아이들의 모습에도.

나는 병원으로 돌아가지 않았다. 이미 그때쯤에는 돌아갈 자리도 남아 있지 않았을 거다. 다른 레지던트들이 사라졌을 때와 마찬가지로, 나의 공백도 신속히 다른 이들로 메워졌으리라. 큰 그림 위에 놓인 작은 부품들 같은 인생. 나는 고향으로 돌아가지 않았다. 집으로 연락이 갔을 법도 했지만, 전화를 걸지도 않았다.

그리고 곧 나는 의사 선생님이 아닌 나에게 익숙해졌다. 너덜거리는 성경을 몇 번이나 읽고, 오랜 냉담을 깨고 몇 년 만에 성당에 가보기도 했다. 신도는 줄어들었지만, 성당은 여전히 평화로웠다.

"이 나이에 신학교에 들어가는 건, 너무 늦은 걸까요."

"뭘, 자네 올해 몇 살이지?"

"스물아홉 살입니다."

"일단은 예비과정이 있으니 좀 들으면서 생각해보게나. 서른하나까지는 입학을 할 수 있으니 안 되지는 않겠지만."

신부님은 말씀을 멈추시고 나를 바라보셨다.

"자네는 왜 신부가 되겠다는 건가."

글쎄, 무어라고 대답했는지는 사실 기억나지 않는다. 되는 대로 중얼거리다가, 내가 병원을 나온 그날의 일을 이야기했고, 울음을 터뜨렸다. 그 일이 있고 처음 울어본 것이라 그런지, 눈물은 찐득거리도록 진했다. 몇 번을 씻어내어도 얼굴에 눈물자국이 짚일 만큼.

하지만 나는, 망설이지 않았다.

교황 성하께서 돌아가셨다. 로마에 콘클라베가 열렸다. 몇 번인가 그 굴뚝에서 연기가 올랐으리라. 사람들은 말라키 주교의 예언을 떠들어내며, 가톨릭의 종말이, 그리고 세상의 종말이 멀

지 않았다고 수근거렸지만, 아무려면 어떠랴. 지금 상황으로 봐
서는 웬만하면 세상이 종말할 것 같지는 않았다. 사람들이 말하
는 환란도 올 기미가 보이지 않았다. 슈슬리사들의 기술과 정책
이 도입되며 환경 문제나 정치 문제처럼 종말 시계를 앞당기던
수많은 요소들이 줄어들거나 사라졌고, 사람들의 인식 역시 바뀌
어갔다.

슈슬리사들이 지상에 내려오기 전, 진화아기가 첫울음을 터뜨
리기 10년 전까지에 한해서 태어난 어린아이들은, 그들의 기술
력을 통해 100퍼센트는 아니더라도 어느 정도는 신세대의 아이
들과 걸음을 맞출 수 있도록 보정을 받았다. 이것으로 완벽하지
는 않더라도 반 세대 정도의 공백은 메울 수 있겠지. 사람들은 슈
슬리사들이 갓 태어난 어린아이들을 목매달았던 그 충격적인 날
을 잊어갔다. 오히려 어떤 정치적인 이유를 들어 자연출산을 통
해 아이를 낳으려는 이가 있다면, 아이에게 내려지는 그 처벌이
없더라도 다들 어리석은 일이라고 비난하고 뜯어말렸으리라. 새
로운 시대, 도태는 죄악이었다.

그 새로운 시대를, 수천 년의 전통을 이어가는 가톨릭 사제의
몸으로 살아간다는 것은 어쩌면 어리석은 일 중에서도 가장 어리
석은 선택이었을지 모른다. 이미 종교인이라기보다는, 지구의 종
교적 문화유산을 이어가는 인간문화재가 된 기분도 들었다. 모르
긴 몰라도 저 남의 문화유산 좋아하는 슈슬리사들은 신앙으로서
의 가톨릭이 완전히 사라져버린 뒤에도 지구인들의 종교 양식이
라는 이름으로 이 가톨릭 자체를 문화유산으로 보존해줄지도 모

르지. 쓴웃음을 지으며 나는 십자고상을, 손바닥을 파고들도록 꽉 쥐었다 놓았다.

바깥세상 일은 들을수록 가슴이 먹먹했다. 바깥세상에서 들려오는 내 또래 사람들의 이야기는 참담했다. 주판알을 튀기던 중년들 앞에 처음으로 컴퓨터가 도입되고, 인터넷과 엑셀과 토익은 기본으로 하는 세대가 나타났을 때 벌어졌던 신구세대의 갈등과는 비교할 수도 없는 도태가 일어나고 있는 모양이었다.

진화 프로세스를 거치지는 않았지만 슈슬리사 식의 교육을 받고 자란 세대들과 구세대 간의 갈등이 불거지기 시작했다. 필연이자 재해 같은 싸움이었다.

그렇게 아버지가 아들을 질투하고 증오하는 시대에도 나는 그 일을 잊지 않았다. 내가 받은 아이들이, 날개를 달고 날아오르던 천사 같은 갓난아이들이 제 창자에 목이 졸려 매달려 죽어가던 참혹한 모습을. 나는 계속 회의하고, 생각하고 또 생각했다. 만약에 신이 있다면 어째서 그런 참혹한 일을 내버려두셨나이까. 동시에 생각했다. 그들이 신이기 때문에, 우리는 그들을 거역한 대가를 치른 것이었습니까. 어느 쪽이라 해도, 그것은 그 아이들이 치러야 할 대가가 아니었다. 죄 없이 태어났으나 원죄만은 남아 있을 그 아이들이 나의 기도로 조금이나마 그 고통을 덜 수 있도록, 그저 끝없이 기도하고 또 기도할 뿐이었다.

나는 이곳, 신학교 기숙사에 남아서 계속 그 답을 갈구했지만 그 답은 끝내 내 손에 들어오지 않았다. 마침내 서품의 순간이 왔다. 엎드렸다 다시 일어나는 순간 인간으로서의 나를 버리고 사제로서의 나만을 남기는 것이라고 몇 번이나 내 자신에게 중얼거렸지만, 나는 나를 버리지 못했다. 내가 찾지 못한 답이 올가미처럼 발목을 감아 종아리와 넓적다리를 타고 기어올랐다. 하지만 내가 사제로서 부적격이라는 생각은 하지 않았다. 아무도 나의 이야기 따위 들어주지 않아도 좋았다. 그때 죽은 그 아이들의 고혼만이라도 위로할 수 있다면, 사제로서 나의 소명은 충분하다고 믿었다.

이 땅을 떠나기를 소망한 결과, 나는 예전에 가자 지구라 불렸던 전쟁터이자 성지로 갈 수 있도록 허락을 받았다. 쉽지 않은 여행길이었지만, 슈슬리사들은 성직자라는 내 신분을 확인하고 안락한 여행을 위해 이런저런 편의를 보아주기도 했다.

10년, 그 답을 얻기 위한 시간은 결코 짧지 않았지만, 그 답은 아직도 내 손안에 들어오지 않았다. 손 내밀면 닿을 듯, 눈앞에 보일 듯하면서도 결코 잡히지 않는 그 답을 생각하며 나는 내 새로운 부임지로, 성스러움과 전쟁의 참상이 교차했던 그 이국적인 도시로 떠났다. 슈슬리사들이 오기 전에는 밥 먹듯이 총알이 날아다녔다는 이곳은, 전쟁의 흔적은 남아 있으되 이제는 말끔한 도시였다. 나는 이곳에 바람만 불어도 쏠려 나갈 것 같은 연약한 내 뿌리를 내리고 머무르기로 마음먹었다.

성직에 몸담고 있고 한때 의사였다는 사실은 슈슬리사들에게 익숙해지지 못한 어른들에게 꽤 위로가 되었던 모양이다. 한때 기독교와 유대교, 이슬람교의 성지라는 이유로 피가 흐르던 이곳에서, 수단을 입은 신부인 내가 의사 노릇까지 하게 될 줄 누가 알았을까. 가끔은 어쩌다가 내가 이곳까지 오게 되었을까도 싶었지만, 그런 것이 어쩌면 신의 뜻, 내 진정한 소명이었는지도 모른다고 생각하게 되었다.

슈슬리사들은 이곳에서도 사람들을 지도했고, 새로운 지식을 전달했다. 학교 교사의 반 이상이 슈슬리사였고, 병원의 의사들도 마찬가지였다. 내가 신학교에 들어가기 전까지만 해도 한번 만나보기 힘들었던 슈슬리사는 어느새 보통 사람들의 삶 깊숙이 파고들어 친근한 이웃 노릇을 하고 있었다.

병원에서 근무하는 슈슬리사들은 건너편 낡은 성당에 웬 신부가 의사 노릇을 하고 있더라는 소문을 듣고 몇 번인가 찾아오기도 했다. 그냥 궁금해서 와보았다고는 하지만, 아마도 위생 상태나 내 진료 능력을 알아보러 왔다는 게 진짜 속내이리라.

"필요한 약품이 있으시면 언제든 연락해주십시오, 신부님."

슈슬리사 의사는 친절한 미소마저 지으며 내게 연락처를 내밀었다.

"아시겠지만 이곳의 노인분들이나 여자분들은 저희 병원에 오는 것을 꺼리십니다. 의사 출신인 신부님께서 와주시니 저희도 한시름 덜겠습니다."

그래도 중병을 앓는 이를 보면 바로 병원으로 연락을 달라 신신당부를 하고, 슈슬리사들은 이 낡고 작은 성당에서 순순히 물러갔다.

그렇게, 겨울이 오고, 봄이 오고, 또다시 겨울이 왔다. 네 번의 봄을 그리 맞이하고, 니는 이곳에서 다섯 번째의 크리스마스를 맞게 되었다. 한때 전쟁터였던 이곳은 더없이 평화로웠다. 나는 죽어가는 노인들의 마음을 위로해주고, 그들에게 진통제를 처방해주며 하루하루를 보냈다. 이곳은 성당이자 병원이라기보다는 어느새 동네 영감님들이 모여서 이런저런 이야기를 나누는 곳이 되어버렸다. 아침 일찍 홀로 미사를 올리고, 낮 내내 이곳에 앉아 있는 것만으로도 온 동네의 이야기가 다 들려오는 듯했다.

"아흐메드의 딸이 집을 나간 것 알고 있어?"

"그게 언제적 일인데 지금 이야기하고 그래?"

뉘 집 딸이, 지난여름 무렵 갑자기 집을 나가 돌아오지 않더라는 이야기를 누군가 꺼냈다. 사람들은 다들 맞장구를 치고 비난하며 그 아이에 대해 이야기했다. 그 아이가 그 저 외계인 놈들이 만들어낸 애였지? 똑똑하다고 아흐메드가 얼마나 자랑을 했었는데. 누군가가 혀를 차며 대꾸했다. 외계인들이 손댄 애 중에 안 똑똑한 애가 어디 있어서.

"그래도 그 애가 말이야, 태어나서 백 일 좀 지났는데 꾸란을 외우더라는 말 못 들었어?"

"그랬으면 뭐해? 계집아이가 까져서는, 예전 같으면 계집아이가 그렇게 나대는 건……."

"세상이 바뀐 것을 어쩌겠나."

예전 같으면 서로 상종도 아니하려 들었을, 서로 다른 세 종교를 믿는 노인들이 하는 이야기를 들으며 나는 지금의 현실이 마음에 들지야 않지만 그래도 이런 평화가 아주 나쁘지는 않을 것이라고 생각했다. 아마도 나는, 한 번도 저항하지 못했고 한 번도 투쟁한 적 없는 나는 지금과 같은 상황에도 그저 조금씩 익숙해지고 있는 모양이었다.

"근데 그 애 말이야, 우리 아들이 며칠 전에 보았다던데."

"아니, 그러게. 애들이 신출귀몰해서. 이봐, 그쪽 영감들은 그 애 혹시 보지 못했어? 그 이발소 하는 아흐메드의 딸내미 말이야."

"십 년 전이면 모르겠는데, 이젠 다 늙어서 남의 딸내미에는 관심도 없어."

아마도 남자친구가 생기거나 해서 집을 나간 것 같다, 아니다, 워낙 똑똑한 아이니까 제 부모를 놀려먹느라 그러는 것이다. 노인들의 갑론을박이 이어졌다. 한참 재미있게 듣다가, 아무래도 신부라는 작자가 그냥 웃으며 듣기만 해서는 안 될 것 같아서 한마디 거들었다. 그래도 연말인데, 그 아이에게 주님의 가호가 있기를 빈다고. 아랫골목 세탁소 주인 딸기코 영감님이, 돌팔이 의사가 안 어울리게 신부 흉내 낸다며 낄낄거리고 웃었다.

크리스마스이브, 둘러앉아 카드를 치거나 시시한 이야기들을 늘어놓던 노인들도 하나하나 제 집으로 돌아갈 시각이었다. 얼마 전 쐐기에 발등이 찍혔으면서도 슈슐리사 의사들은 영 미덥지 않다며 병원에 가지 않고 버티던 유대인 노인이 상처를 돌봐준 사례라며 작은 하누카 촛대를 내 창가에 놓아주었다. 나는 기쁘게 촛대를 받았다. 늘 구석에 앉아 무슨 말을 해도 퉁명스러운 대꾸만 하시던 팔레스타인 노인이 예언자 이사 알 마시의 생일을 축하한다며 두고 간 음식을 감사히 먹으며, 나는 텅 빈 방에서 홀로 미사를 올렸다. 슈슐리사들이 내려오고 벌써 20년, 크리스마스는 노인들이나 의미를 새길 뿐, 젊은 아이들에게는 평범한 축제 중 하나가 되어 있었다. 예전 같으면 성직자들이 꽤나 분주했을 날이었지만, 이미 반은 의사로 돌아온 나는 크리스마스가 평화로운 휴일처럼 느껴졌다. 예전에 갖고 있었던, 지금은 잃어버렸던 것들을 가만히 추억하게 하는, 조금은 쓸쓸하고 달콤한 휴일.

"의사 선생님 계세요?"

그랬기에, 솔직히 말해 그 평화로운 밤 갑작스레 찾아온 손님이 그다지 달갑지만은 않았다. 나는 문을 열며, 그래도 크리스마스인데 음식이 좀 남아 있으니 들고 가겠느냐고 물어볼까 생각했다. 문 앞에는 아직 어린 티가 나는 십대 소녀가 서 있었다. 집을 나갔다는 그 아이일까. 하지만 옷도 단정하고 깨끗한 것이, 어디서 도망친 아이 같지는 않았다.

"마리얌이 죽을 것 같아요."

아이는 속삭였다.

"마리얌을 숨겨주고 있었어요. 도와주세요."

집을 나갔다는 그 아이구나 싶었다. 그런 아이를 다른 아이들이 힘 합쳐 숨겨주고 있다는 것도 놀라웠지만, 그보다 더 놀라운 것은 이, 분명히 진화아기로 태어났을 이 아이의 유난히 풀죽은 모습이었다. 이 아이들도 겁에 질릴 때가 있구나. 나는 생각하며 가방을 챙겼다.

"어디가 어떻게 아픈데?"

아이는 끝까지 입을 열지 않았다. 아이를 따라 바삐 달려간 곳은 허름한 마을 창고였다. 쓰다 고장 난 농기구나 망가진 바퀴 사이로 모아놓은 마른 풀 위에, 여자 아이들이 숨죽이고 모여 있었다. 아이들은 내 모습을 보고 깜짝 놀랐다가, 내가 의사라는 말을 듣고 자리를 내어주었다. 익숙한 피비린내가 코를 찔렀다. 나는 숨이 멎을 것 같았다. 고개를 들었다. 깨진 지붕 아래 한 뼘여 난 틈으로, 커다란 별이 빛나고 있었다.

"병원에는 갈 수 없었어요."

피를 흘리며 누워 있던 여자아이, 마리얌이라는 이름의 어린 산모가 힘겹게 말했다.

"병원에 가면 이 아기를 낳을 수 없으니까요. 의사 선생님, 선생님은 원래 신부님이라고 하셨죠?"

"그래."

"저도 이사 알 마시를 존경해요. 그러니까 병원에는 갈 수 없어요. 선생님은 성모님의 무염시태를 믿으시죠?"

나는 대답할 수 없었다. 마리얌은 웃었다. 나는, 그렇게 만들어낸 아이, 그 진화아기가 벌써 아이를 가질 수 있는 나이가 되었다는 것에 한 번 놀라고, 그 진화아기들에게 자연 임신이 가능하다는 것에 다시 한 번 놀랐다.

나는 내 손 밑에서 진통하는 열다섯 난 아이의 모습을 들여다보다가, 아이의 말을 떠올렸다. 마리얌, 무염시태, 이사 알 마시. 대체 이 녀석, 크리스마스이브라고 명색이 신부님에게 그런 농담을 해도 되는 줄 아는 거냐. 세월이 지나도 보수적일 것만 같았던 이슬람의, 그 새로운 세대의 영악한 여자아이는 아마도 누군가와 불장난을 지질렀겠지만, 그 사실을 부모에게 고할 수도, 그렇다고 슈슐리사 의사에게 보일 수도 없었을 거다. 그저 쩔쩔매며 시간이 흐르다가, 더는 어찌할 수도 없게 되었겠지. 나는 아이가 한 말에는 신경 쓰지 않겠다고 생각했다. 다 큰 어른들 중에도, 갑자기 생긴 아비 없는 자식에 대해 하느님이 주셨나보다고, 마리아 님 모르냐고 큰소리를 치는 일도 없지 않았으니까. 하물며 이런 나이의 여자아이가 갑자기 임신이라는 큰 사건을 겪고 그렇게라도 자신을 납득시키지 말라는 법은 없었다.

"정신 차려라. 산모가 정신을 차려야지."

"어쩌다가 임신한 거냐고는 안 물어보세요?"

"하느님이 주신 모양이지."

"맞아요."

옷자락을 입에 물고 고통을 견디다 말고, 아이는 웃었다.

"그래서 병원에 가지 말고 낳아야겠다고 생각했어요."

"나는, 너희같이 진화를 거친 아이들의 아기는 어떻게 태어날지, 사실 잘 모르겠다."

"다르지 않을 거예요."

아이는 숨을 할딱였다.

"왜, 어른들은 아무도 싸우지 않는지 궁금했어요."

"무슨 소리냐."

"난 봤어요. 나도, 여기 애들도요. 엄마 배 속에서 나온 아기들이, 날개를 달고 올라가다가 다들 죽었잖아요."

마리얌의 말에 나는 가슴이 에이는 것 같았다. 내가 받았던, 지금도 잊을 수 없는 그 아기들의 모습이, 그 아기들의 시체를 물어뜯던 비둘기들의 모습이 떠올랐다. 피 냄새 때문이 아니라 그저 그때의 기억만으로도 욕지기가 올라왔다. 나는 이를 악물었다.

"아기들을 빼앗겼는데, 아무도 싸우지 않았잖아요."

"그건…… 우리가 약속을 어겼기 때문이야."

"그 약속을 누가 했나요?"

나는 대답할 수 없었다.

"우리들은 약속하지 않았어요. 그 약속을 대체 누가 했나요?"

그만큼의 세월이 흘렀어도 여전히 젊고 활기찬 우리들의 총독과, 너무나 달라진 이 세상과, 무턱대고 슈슬리사를 동경하던 사람들과, 그리고 누군가 이런 일에 항의해주면 좋겠다고 생각만 할 뿐, 그저 침묵했던 어리석었던 나와. 나는 내가, 그리고 우리들이 그때 무엇이라도 했어야 한다고 생각했지만, 그뿐이었다. 아무도, 그 누구도 행동하지 않았다.

"제가 아기 때 꾸란을 외웠다고, 어른들은 다들 놀랐어요. 하지만 그 꾸란은 어른들을 놀라게 하려고 외운 게 아니에요. 죽은 아기들을 위한 것이었어요."

"얘야."

"아무도 싸우지 않았어요. 그냥 슬퍼하고 무서워하기만 했어요. 난 그때 아기였지만, 그때 분명히 알았어요. 내가 커서 이 아기를 낳을 거라고요."

그 신생아실 한가운데에서 느꼈던, 수많은 시선들이 나를 쳐다보는 듯한 그 감각이 문득 떠올랐다. 이 아이들은 분명 우리들과 달랐다. 우리보다 더 많은 것을 보고 듣고, 생각하고 있었다. 무염시태 같은 말은 농담이라손 쳐도, 이런 시대에 직접 아이를 낳는 것은 지금 어른들은 상상조차 할 수 없는 일이다. 이 소녀와 태어날 아기가 감당할 시련을 생각하니 마음이 무거웠지만, 동시에 나는 보았다. 마리얌이라는 소녀의 이마 위에, 그리고 마리얌의 주위에 빙 둘러앉은, 마찬가지로 진화를 거쳐 태어난 이곳 아이들의 표정에 떠오른 어떤 희열을, 무력한 어른들의 표정에서 결코 찾을 수 없었던 별빛 같은 의지를.

갓난아기가 몸을 빠져나오는, 그 마지막 진통을 견디는 아이의 이마를 닦아주며 나는 구멍 난 지붕 틈으로 커다란 별을 올려다보았다. 오늘이 크리스마스이고 그 아이의 이름이 마리얌이라는 이유 때문만은 아니었다. 가슴이 두근거렸다. 그 커다란 별을 두고도 누군가는 슈슬리사들의 우주선이 먼 여행을 떠나는 빛이라고, 혹자는 어디선가 우리가 알 수 없는 별이 첫울음을 터뜨리듯 대폭발을 일으켰을 것이라고 말하겠지만. 그렇게 합리적인 설명만으로 고개를 끄덕이기에 나는 너무 나이가 들어 있었다. 이렇게 누군가의 혁명을 바라보며 걱정하고 그러면서도 미소 지을 수밖에 없을 만큼.

나는 피 냄새 가득한 그곳, 마른 풀과 헌옷가지로 튼 초라한 둥지에서 수천 년 전부터 산파들과 의사들이 그리하였듯이, 맨손으로 아이를 받았다. 첫울음을 터뜨리는 그 빨갛고 작은 아기를 용감한 어린 어머니의 가슴에 얹어놓으며, 나는 속삭였다.

안녕, 아가야. 메리 크리스마스.

진 흙 피 리 새

진흙 피리 새

그때의 나는 아직 학위를 받은 것도, 전문가로서 그 자리에 있었던 것도 아니었다. 그저 나는, 장차 상급과정을 이수하고 교사가 되기에 앞서 반드시 거쳐야 하는 1년간의 봉사활동으로 그 지역을 택했을 뿐이었던, 그러니까 아직 적절한 학위도 받지 못한 수습생, 그곳의 방식으로 조금 더 좋게 말하면 교생 실습을 나간 셈이었다. 그곳에 도착하고 우리의 시간으로는 한 해, 그러나 그들의 시간으로는 조금 더 긴 시간을 보내는 내내 나는 그들이 나를, 그들이 생각하는 신이나 선지자나 깨달은 어떤 특별한 존재로 여기는 것에 익숙해지지 않기 위해 노력해야만 했다. 나는 그런 존재가 아니었으므로. 나는 물론이고, 이미 전문가로서 모든 과정을 끝마치고 지역 연구소에 책임자로 와 있던 자이납 또한 마찬가지였다. 자이납은 이곳의 선량하고 어리석은 사람들이 그를 신처럼 떠받들 때마다 아니라고, 자비로운 미소를 보이며 고개를 가로저었지만, 사무실에 돌아와서는 어쩔 수 없다는 듯 웃으며 어깨를 으쓱해 보였다.

"이해해줘야 해. 여기의 지성체들은 특히나 신에게 맹목적으로 의지하는 경향이 큰 편이라서."

"예."

"자네도 고생이 많겠어. 아직 어린데."

자이납은, 그러니까 내 상관이자 그곳의 책임자였던 그는 나의 연인이었다. 이곳 지성체들의 열등한 발성기관으로는 흉내 내지도 못할 만큼 길고 아름다운 그의 본명을 중얼거리면, 그는 웃으며 내 이마를 가볍게 쥐어박곤 했다.

"여기 왔으면 여기 식대로 살아야 한다고 했잖나, 마리."

그는 내 본명을 여기식으로 멋대로 줄여버린 이름으로 나를 부르며 미소 짓곤 했다. 그의 푸른 기 도는 잿빛 피부는 이곳의 햇살을 머금어 더욱 진하고 아름다운 빛을 띠었다. 그랬다. 많은 젊은 이들이 그렇듯, 나 역시도 수습생으로 파견된 이곳에서 생전 처음 눈이 부시고 숨이 막힐 듯한 사랑에 빠져 있었다. 여기 사람들의 풍습으로는 다소 이해하기 어려운 것일지도 모르겠으나, 이런 일은 우리의 관점에서는 어느 정도 사회적으로 권장되는 관계이기도 했다. 지적으로도 감정적으로도 원숙한 성인이 이제 막 어린아이의 탈을 벗고 세상으로 나오려는 젊은이를 이끌어준다. 일과 사랑, 모든 면에서. 그동안의 유희와도 같은 사랑이 아닌, 성숙한 어른에 대한 존경과 그가 내민 손끝에 어린 농밀하고 섬세한 관능 속에서 나는 조금씩, 우리가 새로이 진화를 가속시키고 있는 이 원시에 가까운 세계를 이해해갔다.

다른 세계를 받아들인다는 점에서 사랑과 다른 지성체에 대한 이해는 많이 닮았다. 그리고 그 이해를 위해, 우리는 우리 외의 새로운 지성체를 만나면 그들의 수준을 가늠한 후 그들이 좀 더 나은 삶을 살아갈 수 있도록 진화가속을 제공했다. 그들이 원하지 않는다면 우리의 탐사대는 깨끗이 물러나곤 했지만, 이 혜택을 거부하는 지성체는 드물었다. 물론, 우리와 비슷한 수준의 문명을 손에 넣어 장차 우리를 치고자 하는 마음에서 제안을 받아들이는 경우가 많기는 했다. 지금 내가 와 있는 이곳, 지구라고 부르는 푸른 행성 또한 마찬가지였을 것이다. 이곳의 호전성을 느낄수록, 이곳의 지성체들이 진화가속에 대한 제안을 받아들인 것은 장차 우주의 지배자가 되기 위한 욕심 때문이었으리라는 생각은 확신이 되어갔다.

"하지만 말이야, 그 무용한 호전성이라는 것은 결국 이들이 야성을 제거할 만큼 발전하지는 못했다는 증거라는 거지."

"그래서 다른 지성체를 식재료로 쓰고 말이죠?"

"아아, 그래. 좀 구역질 나는 이야기이긴 하지만, 사실이더군. 흔치는 않은 일이지만 없지도 않은 일이야. 마리, 그런 얼굴 할 것 없어. 우리가 여기 온 이유를 생각한다면."

자이납은 그럼에도 불구하고 우리가 마음을 열고 그들의 발전을 위해 노력한다면 그들 역시도 세상의 평화를 유지하는 데 기여하는 훌륭한 지성체로 발전해 나갈 수 있을 것을 확신한다는 듯 내 어깨를 툭툭 두드렸다.

"어린아이의 잘못을 하나하나 죽을죄라고 꾸짖을 수는 없는 거야. 이들에게도 나름대로 문화라는 것이 있으니, 일단 그건 인정을 하고 시작을 해야 하고. 오기 전에 교육학은 배웠지?"

"그럼요."

"그래, 여기 오고 얼마나 지났지?"

"여기 시간으로 한 달요."

"얼마 안 지났군."

자이납은 웃었다. 내가 제일 좋아하는, 사막 빛깔 셔츠를 어깨에 걸치며 그는 서랍을 열었다.

"맡기고 싶은 일이 하나 있는데."

그는 바로 확인해보라는 듯, 파일칩 하나를 내게 내밀었다.

"자네에게도 좋은 경험이 될 거야."

터미널에 도착하자마자 나는 마중 나올 사람을 기다리며 옷자락으로 햇살을 가렸다. 바람이 건조했다. 중력 적응과 대기 적응을 위한 처치를 충분히 받기는 했지만, 이곳의 햇살은 강렬했고 공기는 건조했으며, 교통이 불편했기 때문인지 발뒤꿈치가 자꾸만 묵직하게 가라앉는 듯했다. 나는 그늘을 찾아 터미널 벽에 달라붙듯 기대섰다.

"마리 선생님이신가요?"

서투른 발음으로 말을 거는 여자에게 나는 짐짓 자이납과 같은 인자한 미소를 지어 보였다. 차도르 때문인지 쉽게 나이를 짐작할 수 없는 여자였다.

"예, 마중 나오신 분이시죠?"

"어머, 우리말을 아주 잘하시네요."

여자는 안심한 듯 미소 지었다.

"정말 다행이에요. 아…… 저희가 준비를 못한 것은 아니지만."

"아이도 같이 데려오실 줄 알았어요."

"그 애는…… 설명하기 좀 그런데요, 우리로서는 감당이 안 되는 아이예요."

여자는 차에 시동을 걸며 한숨을 쉬었다.

"정말, 어떻게 그 애를 부탁드려야 할지. 게다가 이렇게 어린 분인 줄 알았다면……. 슈슬리사 분들은 우리와는 다르다고 듣긴 했지만. 혹시 그 애에 대해 들으셨나요?"

"예."

나는 자이납이 넘겨주었던 파일칩을 보았을 때 느꼈던 당혹감을 떠올렸다.

"자연출산이라면서요."

"맞아요. 정말 끔찍한 일이에요, 그렇지 않아요?"

이 사람아, 바로 한 세대 전까지도 다들 여자가 아이를 낳았거든. 정말로 이들은, 자기들이 이 행성을 지배하고 있다고 자부할 만큼 어리석기도 했지만 기억력도 상당히 뒤떨어지는 모양이었다. 이럴 때마다 나는 이들이 갓난아이와도 같은 존재라고 생각하며 애써 마음을 가라앉혔다.

"지금이야 낯선 일이지만, 앞으로 몇 세대 지나면 다시 자연출산으로 돌아갈 텐데요, 뭐."

"전에 그…… 진화자궁에서 태어나지 않은 아이들은 어려서 죽었잖아요."

그때 나는 깨달았다. 그녀의 표정에서 느껴지는 두려움이 아마도 그녀는 겪을 일 없을 출산의 고통이나 겪지 않은 살육, 슈슬리사와의 약속을 어기고 사람들이 멋대로 임신한 아이들에게 진화의 도약을 위해 잡풀들을 제거하듯 내려졌던 처분 때문이 아니라는 것을. 그녀가 느끼는 고통과 두려움과 분노는 그보다는 조금 더 가깝고 실존적인 형태로 존재했다.

"그 애들은 다 죽었는데, 어째서 이 애만……."

왜 이 아이를 죽이지 않았어요. 차마 입 밖으로 뱉지는 못했지만 표정은 진심을 내보였다. 미신적인 공포와 잔인함이 느껴졌다. 이곳의 중력이 아직 낯설기 때문일까. 속이 메스꺼웠다. 멀리 진화자궁센터의 방향을 알리는 표지판이 보였다.

진화를 인위적으로 촉진한다는 것은 꽤나 공이 드는 일이다. 사실 어느 행성의 어떤 생명체라도 자기가 살아가는 환경 속에서 적응하거나 돌연변이를 일으키며 그 종 전체, 혹은 그 행성의 생물군 전체가 좀더 생존과 번식에 유리한 방향으로 진화해 나가기는 했지만, 그뿐이었다. 생명이 싹튼 행성이라도 환경은 모두 제각각이었고, 진화의 방향 또한 그러했다. 그러다보니 진화를 촉진시킨다는 것도 사실은 자선사업이나 다름없었다. 어마어마한 비용을 쏟아부어 이들의 유전자 패턴을 분석하고, 그에 맞추어 진화자궁을 개발하여 몇 세대에 걸쳐 이들의 진화를 가속시키는 동시에 우리의 기술과 자원을 제공하고, 우주의 먼 구석에서도 그 이름이 널리 알려졌음직한 쟁쟁한 전문가들은 물론이요, 아직 학교도 졸업하지 않은 나와 같은 젊은 봉사인력까지 보내어 이들의 진화를 지원하고 유도한다 한들 우리가 얻을 수 있는 것은 중계기지 건설과 평화 보장 정도다. 조건이 맞기만 하다면 여기다가 무역 이익도 고려할 수 있겠으나, 플루오르로 가득 찬 대기를 날아다니는 종과 산소로 호흡하며 대지에 발을 디디고 사는 종 사이에 서로 거래할 만한 것이 얼마나 되겠느냔 말이다.

그럼에도 불구하고 우리가 이 자선사업을 계속하는 이유는 학자로서의 호기심에 가까웠다. 우리와는 완벽히 다른, 그러나 지성을 지닌 존재들이 쌓아 올린 문명들은 정교함과 조악함을 떠나 하나같이 흥미로웠으며, 이들을 탐구하는 과정에서 우리의 지식과 정신은 더욱 풍요로워졌으니, 우리가 얻는 것이 아무것도 없다고는 말할 수 없었다. 물론 이렇게 말할 만큼 성숙해지려면 아직 많은 것을 더 보고 듣고 느끼고 또한 너그러워져야 하겠지만 나는 학생이었고 이곳의 무지와 야만을 호기심과 혐오감이 뒤섞인 감정으로 바라보더라도 아직은 용납될 나이였다. 사실 자이납이 내게 제안한 일은 잠시 이곳에서 경험을 쌓고는 바로 돌아갈 수습생이 감히 맡을 만한 사안은 아니었지만, 나는 기뻤다. 진화자궁 1세대가 자연임신으로 아이를 낳는 일 자체가 드물기도 했거니와, 무엇보다도 내가 만날 그 아이는 특별했다. 견습기간에 이런 독특한 케이스를 접하는 것은 정말 드문 일이었다.

"아이 엄마는요?"

"마을을 떠났죠. 그런 일을 저질러놓고 남부끄러워서 어떻게 살겠어요. 마리얌 그 아이도 정말 뻔뻔스럽지. 그렇게 애를 낳아놓고는, 아이 이름을 뭐라고 지었는지 들으셨어요? 하필이면 선지자 이사 알 마시의 이름을 따서 이사나라고 지었지 뭐예요."

"어머, 이사 알 마시는 훌륭한 사람이라고 들었는데요."

"그러니까 가증스럽지요. 어딜 그런 분의 이름을. 마리 선생님, 제발 그 악마새끼 같은 계집애를 좀 어떻게, 선지자 이사를 본받아 훌륭하게 살게 좀 해주세요. 정말…… 그 애는 우리가 어떻게 할 수 있는 아이가 아니랍니다. 어쩌다 그런 게 태어났는지, 원."

여자는 진화자궁센터의 앞마당에 차를 세웠다. 마지막 말은 입속으로만 우물거렸지만, 못 알아들을 정도는 아니었다. 어쩌다 그런 게 태어나긴. 아직 완고한 이곳 사람들이야 아비 모를 아이가 태어났다고 그 어머니 쪽에 손가락질깨나 했을 것 같지만, 진짜 문제는 아비란 게 아예 없었다는 데 있다. 나는 속으로 조용히 웃었다. 그 이사나라는 아이, 단성생식체였다. 가끔 진화자궁 설계 중에나 모체 쪽 수정란을 디자인하던 중에 실수를 하면 발생하는 일로, 어느 쪽이라도 드물게 발생하는 일인 데다 그렇게 발생한 배아가 실제로 정상적인 출산과정을 거쳐 태어난 경우는 거의 없다시피 했다.

이런 신나는 일이.

운이 좋으면, 그러니까 자이납이 그 애에 대해 논문을 준비하고 있다면 어쩌면 나는 그의 논문 속에서 그와 함께 불멸의 존재가 될 수도 있을 것이다. 이 특이한 태생의 아이를 곁에서 돌본

보호자로서. 그가 내게 기대한 것이 그런 것이라면, 나는 그래도 좋았다. 언제까지나 그의 연인으로 남을 수는 없을 테지만 적어도 그의 논문 속에서 우리는 언제까지라도 한때 우리가 함께였음을 확인할 수 있을 테니까.

물론 그렇다고 내가 이 먼 야만의 행성에서 그저 아이 돌보는 일만 하고 지낸 것은 아니었다. 그 아이는 벌써 여덟 살인 데다 사실 그다지 손이 가지 않는 아이였다. 자연임신으로 태어났다고 해도 진화 1세대에게서 볼 수 있는 필수적인 유전적 특질은 무엇 하나 빠짐없이 갖추고 있기도 했다. 기특하다면 기특한 일이었다. 나는 아이를 데리고 돌아온 지 사흘째 되는 날부터 다시 평소대로 연구소에서 빈둥거릴 수 있었다.

사실 말이 좋아 연구소지, 이곳의 학자들이 평생에 걸쳐 연구한 소위 문화의 정수라는 것조차도 우리 입장에서는 박물학자나 민속학자, 혹은 비교원시문화사학자를 불러야 할 만큼 초보적인 기술이다보니, 연구를 한다기보다는 빈둥거리다가 우리 쪽에서 조금씩 도입하기 시작한 기술이나 이론에 대해 설명하거나 자이납의 지시에 따라 모인 데이터를 바탕으로 어렵지 않은 통계를 내는 것이 연구소에서 내가 맡은 일이었다. 당연한 이야기다. 우리 같은 학생이 이런 곳에 파견 나올 수 있는 데는 다 그만한 이유가 있는 법. 그날 아침에도 나는 통계분석 결과를 내놓고는 오후 내내 창틀에 매달려 밖을 바라보고 있었다.

메마른 땅과, 새파란 하늘과, 올리브 빛 피부를 한 이곳 사람들을.

문득 생각났다. 이사나가 학교에서 돌아올 시간이었다.

자이납은 몇 번이나 그 아이에게 지구인 보호자를 붙여보았지만 번번이 실패했다고 한다. 그가 아이를 진화자궁센터에 맡겨놓은 것도 더 이상은 아이를 맡아 가족으로 인정해줄 만한 지구인이 나타나지 않았기 때문이었다. 이사나를 데려오자마자 내게 날아온 수많은 데이터에는 그동안 이 아이를 맡거나 직간접적으로 얽혀본 일 있는 이곳 사람들의 험담에 가까운 증언도 포함되어 있었지만, 그런 말에 의지할 수는 없는 일이었다. 이곳 사람들은 분노와 공포를 제대로 통제하지 못했다. 두려움을 느낄 때마다 그들은 다른 약한 존재를 미워하고 원망하는 것으로 그 두려움을 씻으려 했다. 그런 논리적이지 못하고 감정적이며 때로는 악의 넘치는 이들의 말을 맹신할 필요가 있을까? 나는 지구인들의 말 대신 내가 본 것만 믿기로 했다. 자이납도 그 편을 더 좋아할 것 같았다.

나는 기지개를 켜며, 또래보다 한참은 작아 보이는 이사나에게 뭘 먹여야 키가 빨리 자랄까 생각했다. 뭐라도 먹을 수 있게 간식거리를 준비해놓아야 할 것 같았다. 나는 손을 씻고 주방 쪽으로 통하는 문을 열었다.

"아, 선생님. 이게 뭐예요."

짜증이 가득 실린 그 말에 나는 뭔가 실수한 게 있나 싶어 반사적으로 어깨를 움츠렸다. 나를 불러 세운 것은, 평소 같으면 내게 사소한 오류를 지적받을 때마다 짜증을 내다 못해 아예 나를 피하고 있는 선임 연구원이었다. 그는 어째서인지 그가 상관할 바가 아닌 통계문서를, 현재 초급학교에 다니는 아이들의 지능검사 결과를 분석한 결과지를 손에 들고 있었다.

"그건 그쪽 소관이 아닐 텐데요."

"이것 통계 잘못 내신 것 아닙니까?"

나는 불쾌감을 억누르며 한 마디 했다.

"이봐요. 미안하지만 지금 당신이 하는 말은, 겨우 구구단이나 외울 어린아이가 당신 계산에 트집을 잡는 것만큼 황당한 일이거든요? 대체 어디가 잘못되었길래, 온 우주에서 이미 삼천 종 이상의 지성체 그룹에 적용해 온 성장기 표준 지능검사 결과를 두고 내게 멋대로 떠들어대는 겁니까?"

"이걸 보세요, 이걸."

그런 데다 이건 제출용 원본이라, 통계 결과와 함께 아이들의 이름과 간단한 인적사항까지 별첨된 결과지였다. 어디서 손에 넣었는지 몰라도 징계감이었다. 나는 그가 가리키는 페이지를 들여다보았다. 아이들의 이름과 실제 지수, 등수가 기록된 종이의 맨 위에는 현재 나와 함께 사는 아이의 이름이 적혀 있었다.

"선생님이 이 아이를 편애해서, 그래서 이런 못 믿을 결과가 나온 것 아닙니까? 이거 징계감 아니냐고요."

"무슨 소리를 하는지 모르겠네. 난 그 녀석 밥이나 챙겨주는 것뿐이거든요? 이사나가 일등을 했건 말건. 이게 그렇게 곤란하다면 당신 일자리를 걸고 상부에 보고를 하면 되겠네요. 대체 뭐가 문제라서 그러는 겁니까?"

"이것 좀 다시 봐주세요."

연구원은, 이사나의 바로 아랫등수인, 그러나 실제 지능지수상으로는 한참 차이가 나는 베냐민이라는 아이를 가리켰다. 나는 그제야 연구원의 가슴에 붙은 이름표를 올려다보고 이 남자가 왜 이런 영양가 없는 생트집을 잡는지 알아차렸다.

"우리 베냐민은 날 때부터 천재 소리 듣고 컸단 말입니다. 아니, 이런 애가 어떻게 그 마리얌의 딸한테 질 수가 있어요? 그 사생아가 그렇게 똑똑하고 대단할 것 같으면 왜 우리 애들을 그 진화자궁에서 만들었느냔 말입니다. 거 뭐 볼 것 있다고."

"볼 게 있는지 없는지는 당신 소관이 아니죠."

그 선에서 끝났으면 참 좋았을 텐데, 나는 거기다 기어이 한 마디를 더 보태고 말았다.

"당신들은 개미나 지렁이의 지능을 두고 신경이나 써요? 나도 댁들 지능에 그다지 신경 쓰고 있지 않거든요? 그리고 통계를 멋대로 개인적인 용도로 사용한 것에 대해서는 책임을……."

"마리."

누가 일러바치기라도 한 건지, 자이납이 뛰어 들어왔다. 그는 얼른 내 입을 막고 복도로 끌고 나왔다.

"이쪽에서의 철칙을 잊지 않았을 텐데."

"하지만요!"

"저쪽 실책은 보고를 받았네. 하지만 말이야, 저들이 설령 저들이 생각하는 개미나 지렁이보다도 뭘 모른다 해도, 그들에게 그 사실을 알려주면 어떻게 될 것 같은가."

"……."

"이건 중요한 문제야, 마리. 저들을 자극할 만큼의 경이를 보여주되, 의욕을 잃을 만큼 엄청난 차이를 보여주어서는 안 돼. 자연스럽게, 주눅 들지 않게 해야지."

자이납은 나를 자기 사무실로 데려가 차를 끓여주었다. 그가 이 지역에 있으면서 제일 좋아하게 되었다는, 사과향이 진한 달콤한 차 한 잔을 내 앞에 두고 그는 내 어깨를 토닥거렸다.

"견디지 못하겠으면 그냥 생태 다큐멘터리라고 생각하게. 차라리 그쪽이 나아."

"아비 없는 아이를 낳았다는 것이 이 지역 풍습상 받아들여지기 어려운 일인 것도 알겠고, 자연출산에 대한 제재가 있었고 그에 대해 반감이 남아 있다는 것도 알겠어요. 하지만."

"어느 쪽이건 그게 이사나의 잘못은 아니지."

"그런데 왜들 그러는지 모르겠어요. 그 애 때문에 누가 잘못된 것도 아니잖아요."

자이납은 괴로워 보이는 얼굴을 하고 나를 바라보았다.

"이사나를 데리러 갔을 때 마중 나왔던 여자를 기억하나? 아나 말이야. 아나의 큰오빠는 거세를 당했지. 여기 연구원들 중 일부도 마찬가지야. 남자라면 본인이, 여자라면 형제나 남편이 그런 일을 당한 경우가 많이 있었지."

"어째서죠?"

"마리얌을 윤간했어. 아이 낳고 백 일도 지나기 전의 일이었네."

아무리 미개하다고 해도 지성체라고 생각했기 때문일까, 아니면 피부색은 달라도 그들이 기본적으로는 우리와 비슷한 모습을 하고 있기 때문이었을까. 입안에 머금은 달콤한 차에서 쓴맛이 도는 듯했다.

"한두 명이 아니라 이 마을 사람 대부분이 가담한 일이었어. 상식대로라면 당연히 체포해서 몇 년간 격리교육을 시켰어야 옳겠지만, 거의 집집마다 가장들이 그래놓았으니 노동력 문제가 있었지. 한 마을 전체가 사라질 수도 있는 사건이었어. 총독께서는 결국 수십 명의 자문단을 구성하여 이 일을 논의하셨고, 주동자들은 물리적으로, 가담자들은 화학적으로 거세하는 것으로 이 문제를 끝내기로 했네. 그랬더니 이번에는 여자들이 마리얌을 손가락질하더군. 온 동네 남자들과 붙어먹은 화냥년, 죽어야 할 년이 죽지 않고 살아남아서 온 마을을 다 잡아먹었다고. 그때 그 아이는 고작 열다섯 살이었어. 그 아이의 친구들인 1세대 여자아이들은 그 일이 부당하다는 것을 알고 있었지만, 그 아이들도 이 마을에서 살아가려면."

"나설 수 없었다는 건가요. 세상에, 대체 어째서 그런 일을!"

"명예 살인이라고 알아?"

나는 고개를 가로저었다.

"그게 없어진 게 불과 몇십 년 전이야. 여자가 결혼도 하지 않고 아이를 낳으면 그것만으로도 죄가 되어서, 형제나 아버지가 죽여버리곤 했지. 우리가 들어오고 좀 나아지긴 했지만, 그 잔재라는 것은 여전히 남아 있어. 그런 데다, 글쎄."

자이납은 무어라 설명해야 할지 모르겠다는 듯 한숨을 쉬었다.

"사실은 그냥 희생양이 필요했던 것일지도 몰라. 이전 세대의 신세대에 대한 두려움과 불만, 다른 세상에서 온 지성체에 대한 공포. 그런 것을 넘어서는 방법으로 폭력을 선택하는 것은, 미개한 지성체들이 흔히 보이는 행동양상이지. 자네도 조심하는 게 좋아. 초창기에는 우리 쪽 여성 연구원이나 수습 연구원이 이 행성에서 성폭력의 피해자가 된 경우도 있었으니까."

나는 먹먹한 기분으로 눈을 돌렸다. 자이납의 책꽂이에 꽂힌 책 제목들을 눈으로 훑어 읽다가, 나는 손때가 많이 탄 책등을 보고 눈을 감았다. 『물과 원시림 사이에서』. 여기서는 평화를 위해 헌신했다고 무슨 세계적인 상까지 받았다는 어느 의사가 쓴 수기였다. 그 책의 존재만큼 이곳에서 자이납이 품었던 고뇌의 크기를 짐작하게 할 수 있는 것이 있었을까. 그래, 그래도 그 의사는 적어도 종이라도 같았지.

아이를 조롱하는 목소리가 복도까지 들렸는데, 사무실 문을 열자마자 거짓말처럼 조용해졌다. 이사나는 내 책상 앞에 우두커니 서 있었다. 나는 안쓰러운 마음에 아이를 끌어안았다.

"배고프지, 뭐 먹으러 나갈까."

아이를 데리고 나가며 보니, 비로소 이사나가 입고 걸친 것들이 보통 아이들과는 다르다는 것이 눈에 들어왔다. 이 아이에게는 지금껏 확실한 법적 보호자도 없었고, 이 아이를 마음껏 사랑해주고 신경 써줄 존재도 없었다. 나는 아이를 데리고 쇼핑을 하고 함께 점심을 먹으러 갔다. 아이는 의구심을 품은 듯 나를 올려다보았다.

"나도 그렇고, 자이납도 너를 무척 걱정하고 있어."

아니, 그것만으로는 부족했다. 나는 얼른 덧붙였다.

"그리고 이제 내가 네 보호자니까. 처음에는, 그러니까 나도 우리 나이로는 아직 많이 어리다보니까 네게 어떻게 해야 할지 잘 몰랐어. 서투르겠지만 이제부터 이것저것 잘해보려고 해. 법적 보호자니까 말이야."

"여긴 잠깐 와 계시는 것뿐이잖아요."

"뭐, 그렇긴 해도 우리 쪽의 일 년은 여기선 오륙 년쯤 되는 것 같던걸. 그렇지 않니?"

이사나는 고개를 끄덕였다.

"괜찮을 거야. 그리고 어쩌면 체류기간을 조금 연장할 수도 있을 거고. 행복하게 잘 지내보자, 이사나. 그리고 우린 친구잖니."

"친구요?"

"그래, 이쪽 행성에서는 빵과 소금을 나눈 자는 친구라고 할 수 있다는 말이 있다면서? 그러니까 우리는 친구야. 알았지?"

아직 그다음을 말할 만한 시기는 아니었지만, 그래도 이사나에게는 단단히 의지할 곳이 필요했다. 이제 막 껍질에서 나온 병아리처럼 연약하기만 한 시기에 슈슐리사인 내가 이 아이의 보호자가 되는 것은 아이를 위해서도 좋은 일이었다. 적어도 슈슐리사에 대해, 이곳의 평범한 사람들은 어떤 이적을 행하는 신과 비슷한 존재라고 경외감을 품고 있었고, 그 점은 이곳 사람들에게서 이사나를 보호하는 데 큰 도움이 될 것이었다. 아까처럼 내가 그들보다는 뛰어나지만 젊고 아직 학교를 졸업하지 못한 젊은 슈슬리사라는 것을 약점 삼아 빈정거리는 연구원들을 제외하면, 누구도 드러내어 이 아이를 괴롭힐 수 없을 것이다.

"궁금한 게 있어요, 선생님."

"응?"

"슈슬리사는 인간의 친구라고 하잖아요."

나는 어디서나 볼 수 있는, 심지어는 이곳 교과서에도 적혀 있는 그 말을 떠올리며 고개를 끄덕였다. 아이는 까만 눈을 반짝이며 내게 물었다.

"이건 '개는 인간의 친구'라는 말과는 다른 건가요?"

"뭐?"

"여긴 그런 말이 있어요. 개는 인간의 친구라고요."

나는 일단 고개를 끄덕였다. 이 아이의 말은, 내가 생각하던 어떤 것을 제대로 건드렸다. 하지만 나는 내색하지 않고 대답했다.

"하지만 개와는 달리, 슈슬리사와 인간은 지성체인걸? 조금은 다르지 않을까?"

"정말로 지성체니까 동등한가요?"

"물론 지성을 가진 존재들은 각기 발전 정도에 대한 차이는 있지만, 모두 인격적으로는 동등하지."

"어째서요?"

"어째서라니."

나를 빤히 올려다보는 까만 눈동자를 들여다보며, 나는 지금 나와 이야기하고 있는 이 아이와 같은 지구인들이, 사실은 그들보다 더 큰 잠재력을 지녔을지 모르는 온화한 지성체를, 이곳에서는 고래라고 불리는 종을 미식으로 여겨 남획했다는 이야기를 떠올렸다.

"그러면 이건 어때요? 하느님은 우리의 친구라고."

"뜻밖이구나."

나는 조금 전의 연상작용으로 욕지기가 치밀어 오르는 것을 꾹 참으며 대답했다.

"이 지역의 유일신은……."

"바이블 읽어보셨죠? 여기까지 오셨으니까요. 읽어보신 그대로예요."

"뭐가?"

"인간의 친구치고는 무지막지하고 잔인무도하며 자기 멋대로예요. 하느님이니까 사람을 편애해도 되나봐요. 하느님은 당신의 형상과 닮은 인간을 만들었다는데, 그 하느님을 다시 만들어낸 인간들은 꼭 자기들처럼 이기적이고 자기 자신만 아는 하느님밖에는 못 만들어냈어요. 상상력이 부족했는지."

"꽤 신랄한 평가로구나."

"여기 사람들은요, 슈슬리사를 하느님처럼 생각해요."

"그래, 그러지 않았으면 좋겠는데 말이야. 우리라고 전능한 것도 아니고."

"한때는 그 종교 때문에 사람들이 죽고 죽이고 전쟁까지 했대요. 근데 정말로 하느님 같은 슈슬리사가 나타나니까요, 아무도 케케묵은 하느님 같은 건 안 믿게 되었어요. 놀랍지 않으세요? 여기 와서 하느님이랑 동급으로 취급받으시는 것요."

이사나는 또래에 비해 월등하게 말을 잘했다. 이 아이의 말은 거칠고 정제되지 않았지만 이 아이 스스로의 생각들이 담겨 있었다. 그것은 대개 어느 정도 사고 통제를 거치는 진화 1세대와는 다른 모습이었다. 경험의 부족 때문일까. 아이의 생각은 세상을 적대시하는 면이 강했지만, 이런 적개심과 아직은 여물지 못한 빈정거림 역시 시간이 지나면 다듬어질 테지.

"사실 슈슬리사에게 감사해요. 당신들이 보호해주시지 않았으면 저는 일찌감치 돌을 맞고 죽었거나 무사히 살아남았어도 마을 아저씨들 노리개가 되었다가 팔려서 어딘가로 보내졌을 테니까요. 하지만 선생님, 저는 제가 꼭 강아지가 된 것 같아요. 강아지 중에서도요, 순종들을 키우려고 순종들을 모아서 길렀는데 한 마리가 혼자 어디 나가서 잡종을 낳아오는 거예요. 저는 제가 그런 잡종개 같다는 생각을 해요."

"이사나."

"슈슬리사는 인간의 친구라는 말이 하느님은 인간의 친구라는 말과 같은 거라면, 그 말은 인간은 개의 친구라는 말과 결국은 같은 거예요. 선생님은 그게 무슨 뜻인지 아시죠?"

"알기는 하지만."

나는 고개를 끄덕일 수밖에 없었다. 이사나는 재미있다는 듯 나를 올려다보았다.

"순종 혈통 만들고 품종개량하는 거잖아요. 전 나쁘다고 생각 안 해요. 사실은 개하고 비교할 문제가 아니잖아요. 전에 책을 읽었는데, 진화 이전 세대의 지능을 기준으로 볼 때 똑똑한 개가 아이큐 칠십 정도 나온다고 했어요. 알고 계셨어요?"

"아니, 개를 별로 좋아하지 않아서."

사실 개가 뭔지 모르는 것은 아니었지만, 익숙하진 않았다. 다만 이 아이가 개와 하느님에 대해 말하는 것이 무엇인지는 이해할 수 있었는데, 그 표현의 적나라함에 비해 이사나는 딱히 슈슬리사에 대해 적대감을 보이거나 같은 지구인들을 경멸하지는 않았다. 아마도 아직은 어린아이이기 때문에 자신이 느끼는 것보다 더 극명하고 자극적인 비유를 꺼내 드는 것이리라. 스스로 이해할 수 있는 형태의, 피처럼 선명한 비유를.

"그 시험이오, 다 맞으면 백점인 그런 게 아니래요. 백 명 중에서 몇 등을 했는지를 따져서, 딱 중간이 백점을 받고 그보다 잘한 애들과 못한 애들을 늘어놓는 거래요."

이사나는 아직 그 개념에 대해 구체적으로 배우지는 못한 것 같았지만, 손가락에 물을 묻혀 그래프 비슷한 것을 그려가며 평균값이며 최빈값, 정규분포, 표준편차 같은 단어로 설명할 수 있는 개념을 설명했다.

"그러니까 백점이 제일 많아요. 등수대로 아이들을 모아놓으면, 이렇게 종 모양의 그림이 나오는데, 이 종의 높이에 따라서 제일 잘한 애랑 제일 못한 애의 점수가 결정되는 거예요. 그러니까 백 명 중에 일등을 하면 백삼십 점쯤 나오고 꼴찌가 칠십일 점쯤? 그 말대로라면, 백 명의 애들이 있을 때 꼴등이 똑똑한 개하고 머리가 비슷한 거예요. 그렇죠?"

"그럴 수도 있겠구나."

"근데요, 슈슬리사 백 명이 시험을 보면 그중에 꼴등이 있을 거 잖아요. 하지만 그 꼴찌가 가장 똑똑한 지구인하고 비슷하게 똑똑한 건 아니잖아요. 그러면 우리는요, 인간으로 치면 개만도 못한 거잖아요."

아이의 말은 틀리지 않았다. 하지만 네 말이 맞다고 간단히 말해줄 수는 없었다. 자이납의 말이 떠올랐다. 이런 이야기는 내가 함부로 대답할 수 있는 문제가 아니었다.

"개미 정도 되나요?"

나는 고개를 가로저었다. 이곳 총독인 필라투사 님께서는 지구인들이 지금의 슈슬리사와 어깨를 나란히 할 만큼 발전하기 위해서는 적어도 8000년이 필요하다고 하셨다. 그 시간을 단축하기 위해 열 세대에 걸쳐 진화자궁을 사용하겠다고 했고, 지구인들은 이에 동의했다. 우리에게는 어리석고 미개한 생물에 불과하지만 그들은 역시 제 나름의 언어와 문자와 문명을 이룩했고, 우리에게 영감을 줄 만한 경지에 오른 예술을 만들어낼 수 있는 지성을 지닌 존재였다.

"개미를 팔천 년을 둔다고 너와 같은 사람이 되는 건 아니잖니."

"진화가속을 시키면요."

"음?"

"진화라는 것은 결국 선택의 문제잖아요. 자연이 선택하느냐, 신이 선택하느냐, 그렇지 않으면 슈슬리사가 선택하느냐의 차이죠. 만약에요, 선생님. 신생님 같은 슈슬리사들이 지구에 와서 인간이 아니라 실험용 마우스들을 선택하셨으면요, 그래서 한 삼백 년 동안 마우스들이 진화자궁에서 태어나 지구에서 가장 똑똑한 생물이 되면요, 그러면 진화에서 선택되지 못한 인간은 도태되는 거잖아요. 아니, 오히려 실험용 마우스들이 복수할걸요? 지금도 학교 과학실에 가면요, 배가 갈린 실험용 마우스가 포르말린 병에 들어 있어요. 며칠 전에 처음 가봤는데……"

"지금은 뭔가 먹는 중이니, 그런 이야기는 그만두자꾸나."

"죄송해요."

이사나도 역시 먹다 말고 그런 이야기를 하는 것은 심하다고 생각했는지, 고개를 끄덕였다. 하지만 그 아이는 곧, 다시 고개를 쳐들고 말했다.

"그치만요, 왜 꼭 인간인가요?"

글쎄, 그건 나도 모르겠다. 왜 꼭 인간이어야 했을까.

다른 지성체들, 특히 아직 진화가속의 초기단계에 놓인 지성체들이 간과하는 부분인데, 슈슬리사라고 해서 늘 편견 없이 완벽한 선택을 하는 것은 아니다. 우리들은 그들이 상상하는 신이 아니다. 우리는 지성을 갖고 있고, 개별적인 문화와 정신적 성숙을 이룬 다양한 지성체들의 경험과 지성을 존중할 때 더 큰 힘을 발휘할 수 있음을 안다. 그렇기에 가장 약하고 낮은 자의 목소리라 해도 무시하지 않고 들어보아야 한다고 믿는다. 우리는 일부 강력한 지도자의 지혜를 통해 강력해진 것이 아니라, 모두가 함께 지혜를 나눔으로써 성장해왔으므로. 하지만 그렇기에, 이 지혜는 언제나 냉정하고 논리적이기만 한 것은 아니다. 우리는 이 점을 잘 알고 있다.

진화란 선택의 문제다. 그 점에서 우리는 항상 공정하지만은 않았다는 것을 고백할 수 있다. 지구의 경우라면 크게 고민할 만한 상황까지는 아니었겠지만, 한 행성 위에 두 지성체가 나란히 경쟁하는 경우 우리와 좀 더 비슷한 쪽을 선택했다. 종의 다양성을 존중하고 인정하며 공존의 방향을 모색한다고 하면서도, 금속 상자와 같은 외골격에 육족보행을 하던 지성체보다는 그보다 지적인 면에서 조금 떨어지는 내골격 척추동물 지성체를 우선적으로 선택하는 경우도 없지 않았다. 그것은 친밀도의 문제였다.

"뭘 그래."

자이납은 어른스러운 여유로 받아쳤다.

"저들은 안 그랬을 것 같나? 긴긴 역사 속에서, 저들도 먹고 살자니 콩이나 사과며 보리 같은 것을 교잡하고 선별했을 테지. 진화라든가 교배나 품종개량 같은 말이 생기기도 전에, 애초에 식량을 구하던 인간의 조상들도 숲에서 얻을 수 있던 과일 중 제일 큼직하고 맛좋은 놈을 골라서 먹었을 것 아니야. 나무딸기든 옥수수든."

"나무딸기나 옥수수에게 의지가 있진 않았겠죠."

"내 말은, 저들도 친밀함에 따라 우선적으로 선택을 했을 것이고, 그건 지성을 가진 생명체라면 어떤 생명체라도 그리했을 거라는 점이야. 이사나에게는 그렇게 설명해줘. 선택당한 것에 대해서 죄책감을 가질 이유 같은 것은 없다고. 그게 신에게든 자연이든 슈슬리사에게 선택된 것이든 말이야."

"정말 뭐랄까…… 깜짝깜짝 놀란단 말이에요."

"왜, 이곳 인간치고는 대단히 영리하지만, 자네가 놀랄 수준은 아닌 것 같은데."

"이상한 이야기 같은데, 아이 엄마를 만나보고 싶어요."

모처럼 휴가를 내서 믿을 만한 베이비시터 대신 나와 같은 이유로 이곳에 온 슈슬리사 출신 수습 연구원에게 이사나를 맡겨놓고 역사적인 문화유산이 많이 남아 있는 관광지에서 한가롭게 오후를 보내며 쉬다가 백 개도 넘는 탑과 수 세기에 걸친 건축물들이 가득한 도시가 한눈에 내려다보이는 언덕 위 노천 레스토랑에서 함께 점심을 들다 말고 할 말은 결코 아니었지만, 자이납은 고개를 끄덕였다.

"좋은 아이였지."

"이사나의 엄마 말씀이세요?"

"응. 마리얌 말이야. 이사나를 낳고 얼마 지나지 않아서, 몸도 마음도 만신창이가 된 그 아이를 여기 데려왔었네. 그때 건축가가 되고 싶다는 말을 했어."

"지금은요?"

"지금은, 정말로 건축가가 되어 있지. 이름도 과거도 모두 세탁한 채로."

"후회하진 않던가요?"

"글쎄, 후회하지 않던걸."

자이납은 불가사의한 이야기를 하는 듯한 표정으로, 멀리 언덕 아래로 도시 가운데를 통과하며 흐르는 검은 강을 내려다보았다.

"믿기 어렵지만 마리얌은 자기가 그 아이를 낳게 될 것을 알고 있었다고 했지. 논리만으로 이해할 수 없는 일이기는 해도, 사실 우리로서도 아직 다 알 수 없는 수많은 지평이 존재하는 것은 사실이잖나. 설령 이것이 지독한 확률의 장난이라고 해도, 낳겠다고 선택한 것 역시 이 종의 가능성이야. 존중할 수밖에."

"이사나라는 이름은, 이곳 선지자 이름에서 따왔다고 들었어요."

"그렇지."

"어떻게 생각하세요. 그 애는 정말로, 선지자 같은 것일까요?"

"여기 사람들은 그런 말을 했지. 어디 사생아를 낳아놓고서 감히 그 이름을 붙이느냐고. 하지만 그에 대한 답은 우리가 내릴 수 있는 게 아냐. 그런 것은 이곳의 인간들이 스스로 성숙하면서 찾을 수밖에 없어. 설령 그 아이가 정말로 전설 속의 선지자라 해도 그들 스스로 찾아내지 못한다면 의미가 없겠지."

파란 하늘이 어두워지고 지평선을 따라 반지처럼 빛나는 석양이 번졌다. 나는 자이납의 손을 잡고 낯선 외계의 도시를 거닐다가, 어느 선물가게에서 그 도시의 하늘처럼 새파란 유리로 만든 장식품들을 보았다.

뭐, 뭔들 어떻겠어. 자이납의 논문에 이름을 남기건, 그렇지 않으면 이 행성의 역사책에 선지자를 길러낸 외계인 비슷한 것으로 이름이 남건, 어느 쪽이건 대대손손 이름은 남겠지.

유리반지와 향수병과 유리로 세공한 동물 인형 같은 것들을 들여다보다가 나는 아이에게 술 유리 향수병과 함께 묵직한 맥주

잔 한 세트를 샀다. 언젠가는 그 아이와 함께 맥주 같은 것을 마실 날도 올지 모르니까. 내가 이곳에 좀 더 오래 머무르겠다고 마음만 먹는다면.

까치발을 서고 우리를 기다리던 이사나가 나와 자이납을 발견하자마자 달려와 안겼다. 보드라운 뺨을 타고 따스한 체온이 전해졌다. 그 며칠간 떨어져 있는 것이 그렇게 아쉬웠는지, 아이는 내 품에서 떨어질 줄을 몰랐다. 한없이 사랑스럽고 한없이 정에 굶주린, 온 세상 사람들에게 박해를 받았어도 여전히 내게 손을 내미는 이 아이를 어찌 사랑하지 않을 수 있을까.

무언가를 사랑한다는 것은 그를 이해하기 위해 노력하는 것이다. 나는 이사나와 함께 식사를 하고, 학교에서 문제가 생기면 보호자로서 찾아가고, 퇴근 후 아이의 공부를 보아주며, 이 아이가 얼마나 외로움을 잘 타는지, 조금이라도 내가 기뻐할 수 있는 일을 하기 위해 어떻게 애쓰는지 알게 되었다.

이 아이가 학교에서 만나게 되는 또래들은 물론 갓 부임한 초임교사들 역시 진화 1세대였다. 이들이라면 이사나를 좀 더 이해할 수 있지 않을까 생각했지만, 오산이었다. 이들 진화 1세대의 대뇌 시냅스는 프로그램에 의한 지적 도약에 맞추어 사고 통제가 설정되어 있었다. 사고 통제는 거의 반드시라고 해도 좋을 만큼 편협함이라는 부작용을 낳는다. 갓 교단에 선 1세대 출신의 교사들은 이성적이고 박식했지만 자신들보다 우수한 슈슬리사가 아닌 다른 존재들에게 배타적이고 편협한 태도로 일관했다. 나는 그들에게, '슈슬리사의 소중한 연구 샘플인 이사나'에게 차별 없이 합당한 대우를 해주고 학교에 있는 동안 안전하게 보호해주지 않는다면 연령과 신분에 상관없이 심각한 불이익을 주겠다는 엄포를 놓고서야 안심하고 아이를 학교에 보낼 수 있었다.

"전요, 어른이 되면 여기를 떠날 거예요."

저녁을 먹고, 이사나는 내 무릎에 머리를 기댄 채 종알거렸다.

"해양생태연구원이 되고 싶어요. 자산함 같은 연구함을 타고 다니면서요."

"자산함?"

"예, 태평양에서 제일 큰 해양연구함이에요. 원래 강습함이었던 걸 개조해서 새로 이름을 붙인 건데요, 거긴 선생님 같은 슈슬리사 연구원도 많이 있대요."

"도대체 이런 거대한 대양을 끼고 있으면서, 어떻게 그동안 제대로 된 연구 한 번 안 했는지 모르겠어. 설마 이 바다를 무슨 생선이 들어 있는 냉장고 정도로 생각한 것은 아니겠지."

"여기 사람들은 자기 보고 싶은 것만 보잖아요."

이사나는 배시시 웃었다.

"어른들이 얼마나 답답한데요."

모든 진화 1세대들이 공통적으로 겪는 성장통이 있다는 말은 들었다.

그들은 존경할 수 있는 어른이란 것을 슈슬리사 외에 만나지 못했다. 자신보다 경험치가 높고 사고의 폭이 넓으며 새로운 시대에도 변치 않는 지혜를 지닌 진짜 어른을. 어렸을 때에야 가능했겠지만, 학교에 들어간 이후에는 보통 어른들보다 오히려 학교 선배들이 더 많은 것을 알고 있었다. 어른들이 내세울 수 있는 것은 그저 좀 더 오래 살아온 경험뿐이었고, 그 경험조차도 슈슬리사의 인도하에 앞으로 나아갈 새 세대에게는 맞지 않는 헌 옷과 같은 것이었다. 그리고 그에 더해 어린 나이부터 세상과 맞서 싸우는 법을 먼저 배워야 했던 이사나에게 그 성장통은 몇 배는 더 치열한 것이었으리라.

그래서였을까. 이사나는 마치 처음으로 어미를 기억에 각인한 어린 짐승처럼 나를 따랐다. 그런 데다 이사나가 나를 좋아하는 진짜 이유는 따로 있었다.

"제가 여기서 뭘 잘해도 말이에요, 여기 어른들은 계속 저보고 이상하게 태어났다고, 아빠도 없는 더러운 사생아라고 손가락질할 거예요. 근데 이상하게 태어났다니, 웃기잖아요. 선생님, 원래 사람들은 그렇게 아이를 낳았잖아요. 우리 엄마가 진화자궁이 이 지역에 처음 들어왔을 때 태어났으니까, 진화자궁에서 사람이 태어나기 시작한 건 우리 엄마 나이만큼밖에 안 되는 거잖아요. 근데 사람들은 그새 다 잊어버리고."

나는, 슬슬 출생의 비밀을 알려주어도 될 때라는 생각이 들었다. 단성생식이라는 것이 척추동물에게 일어나는 일은 아니라고들 하지만, 그건 지구인의 상식이지 슈슬리사의 상식은 아니었다. 그건 얼마든지 일어날 수 있는 일이었다. 다만 자연적으로 이런 일이 일어난 것은, 그리고 그렇게 발생한 아이가 실제로 태어난 것은 정말 드문 일이다보니, 어쩌면 기적의 범주에 넣어야 할지도 모르겠다. 나는 아이를 붙들고 난할에 대해 설명하고, 성게의 알을 부틸산이 섞인 진한 바닷물로 처리하거나, 누에의 알을 붓으로 쓸어보게 해주었다. 그랬다. 이사나가 나를 좋아하는 진짜 이유는, 나는 이곳의 지구인들과 달리 이 아이에게 지적인 도전욕을 불러일으켰기 때문이었을 거다. 이 아이에게 슈슬리사란 자신의 지적인 욕구를 충족시켜주는 존재였고, 그 갈망이 충족되는 한 아이는 납득할 수 없는 일은 벌이지 않았다. 아이는 곧 생명을 발생시켜보고 싶어 했고, 나는 개구리를 기를 수 있는 수조와 사육 도구, 개구리 알을 선물했다.

모든 일은 순조로웠다. 너무 순조로워서 할 말이 없을 정도였다. 이사나는 신이 나서 개구리를 키우고, 시간이 지나자 연구소에 놀러 와서 남의 연구를 방해하는 일 없이 제 좋은 시간을 보내기 시작했다. 내 사무실 옆 창고방을 놀이방으로 만들어주고 간단한 기자재와 실험도구들을 넣어주었더니, 아이는 연구원들이 깜짝 놀랄 만큼 잘 웃기 시작했다. 그런 것을 두고 불쾌하다고 말하는 이들도 적지 않았지만, 나는 이사나가 그런 치졸한 질투에 상처받고 부서지지 않는 강한 아이가 되었으면 했다. 그 아이가 진심으로 사랑받는 기분을 느끼며 행복하게 자라나 솔직하고 자기 재능을 제대로 펼칠 수 있는 어른이 되었으면 했다.

이상한 말이었지만, 나는 이사나에게 애정을 느꼈다. 사랑하는 만큼 더 이 아이를 이해하게 되는 것만 같았다. 물론 우리의 긴 수명과 이곳 지구인들의 짧은 수명을 생각할 때, 그 애정은 어쩌면 애완동물에게 쏟는 애정과도 비슷한 것이었을지 모르겠다.

하지만 나는, 올챙이가 든 수조를 안고 웃는 이사나를 보며 때때로 자이납과 가정을 꾸리고 이사나를 양녀로 삼은 내 모습을 상상하곤 했다. 그랬다. 설명하기 어려운 일이지만, 나는 그 아이를 내 아이처럼 사랑하게 되었다. 나보다 먼저 늙어갈 이사나를 위해, 그 아이가 자신이 애완용 고양이가 되어버린 것 같은 느낌을 받지 않도록 양녀 입적을 깨끗이 단념할 수 있을 만큼. 모순된 이야기라고? 내 진심이 어떻건, 지구인들은 운 좋게 슈슬리사의 양녀가 된 사생아에 대해 두고두고 인생의 마지막 순간까지 조롱을 쏟아낼 거다. 나는 그저, 멀리서 그 아이의 보호자이며 버팀목이 되는 것으로 족했다.

"자, 봐라. 죽은 개구리 같은 것은 그냥 버리지 말고 이렇게 묻도록 해."

냉랭하기만 하던 이곳의 연구원들이 아이에게 조금은 다른 종류의 관심을 갖게 된 것도 그 무렵의 일이었다.

"마리 선생님이 모아서 소각하라고 하셨는걸요."

"그건 슈슬리사 풍습이고, 네가 장난 삼아 해부하고 실험하고 해서 죽였으면 명복을 빌고 묻어줘야지. 어서."

선임 연구원이 엄격하게 꾸짖으며 화단 한구석에 금을 그어준 이후로, 연구소의 빈약한 화단에는 이사나가 키우다 죽거나 해부에 쓴 붕어나 개구리나 마우스의 작은 무덤들이 움이 돋는 새싹처럼 여기저기 자리를 잡았다. 창고방에 만들어준 작은 연구실에서 이사나는 연구원들에게서 여분으로 남거나 낡아서 처분한 실험 기자재들을 얻어와 이런저런 실험을 하곤 했다.

"피리새를 키우고 있다고 자랑하던데."

"예. 얼마 전에 유전자 분석용으로 들어온 게 있는데, 알을 낳게 해보고 싶다고 해서요."

"설마 또 해부하려는 것은 아니겠지?"

"아니에요. 아무거나 해부하진 않는걸요. 보기보다 마음이 여려서, 자기가 키우던 개구리나 물고기가 죽으면 금방 의기소침해져요."

자이납은 미소 지었다.

"걱정스럽나?"

"조금."

"그래도, 기대가 되는걸. 열다섯 살만 되어도 누구든 그 애를 함부로 대하지는 못할 거야. 재미있는 생각들을 많이 해내더군. 지난번에 자네 없을 때 불러내서 같이 저녁 먹고 차 마시는데 그런 질문을 했어. 슈슬리사가 정말로 지구인보다 뛰어나냐고."

"그건 그냥 보면 아는 거잖아요."

"그렇지. 그런데 그 아이는 종족이 뛰어난 것과 문명이 발달한 것은 어떤 차이가 있느냐고 물었지. 이사나는 아메리카나 유럽 연방에서 자란 아이가 아프리카 오지나 폴리네시아에서 자란 원주민 아이보다 더 똑똑한지 궁금해 했어. 주어진 것만 따라 학교 다니고 숙제하는 애들이, 당장 머리를 쓰고 생각을 하지 않으면 살아남을 수 없는 애들보다 똑똑할 리 없다고 말이야."

"일리가 있네요."

"같은 종이라면 그 말이 맞겠지. 우리가 오기 전까지 지구인들의 지능검사라는 것이 기본적으로 문명에 노출된 아이를 기준으로 했던 것도 사실이지만, 대개의 지성체들은 유년기와 성장기에 생존이 아니라 문명 그 자체를 이해하고 받아들일 시간과 기회를 얻게 되면서, 성장 후 더 큰 세계를 받아들이게 되니까. 이사나에게는 그 점을 설명해주고, 슈슬리사와 지구인의 격차는 다른 문제라고 설명해주었지.”

“그 애의 아버지에 대해 말씀 안 하셨죠?”

“아직.”

“그 애의 지적 능력에 대해서는요?”

“마리, 그래봐야 지구인 중에 뛰어난 것뿐이야.”

나는 웃었다. 자이납이 무엇을 걱정하는지는 잘 알았다. 맹목적인 익애가 어린아이를 망칠 수 있다는 것은 알지만, 보통 아이들이 자기 부모에게 사랑받는 것에 비하면 이 정도는 아무것도 아닌데도. 지구인의 기준에도, 1세대의 기준에도, 우리 슈슬리사의 기준에도 맞지 않는 이질적인 존재였지만, 나는 그 애의 특이함조차도 사랑스럽기만 했다. 학교에서 돌아온 이사나는 작은 팔로 내 목을 꼭 끌어안고는, 오늘은 학교에서 누가 자기를 놀리고 괴롭혔지만 꾹 참았다고 이야기했다. 보드라운 지구 아이의 뺨이 내 뺨에 닿았다. 자기가 기른 피리새들이 오늘은 어떻게 노래를 불렀다고 자랑할 때에는 아이의 숨결에서 바람 소리 같은 맑은 웃음도 느껴졌다. 그래, 다 괜찮을 거야. 처음부터 끝까지 모두 다. 내가 나고 자라지 않은 이 미개한 행성이 그래도 참 사랑스럽다 생각했다. 나는 이사나를 사랑하는 것으로, 이 지구를 통째로 사랑하게 되어버린 것 같았다.

　북태평양 쪽에 문제가 생긴 것은, 이사나가 이곳 나이로 열 살이 되던 봄의 일이었다.

　"어재연 함에 문제가 생겼네. 자네 광양자 엔진 정비 라이센스 있지?"

　"3급인데요."

　사실 북태평양 쪽에 우리가 몇천 년 전에 만들어냈던 형태의 함선을 띄워놓은 것 정도가 뭐 대수냐 싶었지만, 문제가 있었다.

　"그게 하도 옛날 기술이다보니, 그걸 적당히 정비할 수 있는 인력이 없어. 셋밖에 없던 엔지니어 중 둘은 안식년이고, 교대하기로 했던 엔지니어는 배우자가 조산을 하는 바람에 아직 출발도 하지 못했네. 하는 김에, 가서 1급 엔지니어의 기술을 배워두는 것은 어떤가."

　"그러니까 저보고 다녀오라는 말씀이신가요?"

　"한 달이면 충분해. 가서 보조만 해줘도 될 거야. 이사나도 요즘은 전 같지 않게 잘 지내고, 연구원들도 전처럼 그 애를 미워하지는 않으니까."

　"혹시 학교에서 무슨 일이 생기면 열 일 제쳐놓고 그 애를 도와주셔야 해요."

　"알았네, 알았어."

　자이납은 웃었다.

　"정말로 엄마가 다 되어버린 것 같구만."

"놀리지 마세요."

어머니가 된 듯한 감정. 그것은 마약에 취한 듯 황홀한 감각이었다. 우리들은 모성애를 숭상하는 일이 드무니 아마도 이런 감정은 진짜 내 아이를 낳게 되더라도 쉽게 경험하기 어려운 일일지도 모른다.

"정말 한 달이면 오시는 거죠?"

"그럼."

"부산항으로 가신다고 하셨죠?"

"응. 그쪽에 정비본부가 있으니까. 그러고 보니 네가 태어날 때 널 받아주신 신부님도 그 지역에 계시다던데. 만날 수 있을지 모르겠는걸?"

"꼭 한 달 안에 오셔야 해요."

"그래, 그럴게. 근데 한 달 후에 무슨 일이라도 있는 걸까?"

"제 피리새들이 알을 낳을 거예요."

이사나는 중요한 비밀을 말하듯 내 귀에 대고 소근거렸다.

"피리새들에게 비밀을 숨겨놓았어요. 그걸 선생님께 제일 먼저 보여드리고 싶어요."

아아, 나는 정말로 이 아이의 어머니가 되고 싶었다. 이 작고 영리하고 사랑스러운 아이의. 우리의 시간이 비슷하게만 흘렀더라도 기꺼이 이 아이를 내 아이로 여기고 살았으리라. 이사나와 나의 감정은 그렇게 서로 단단히 묶여 있어, 그 누구도 우리의 결속을 해칠 수 없으리라고 나는 믿었다.

연구소를 떠난 한 달 동안, 나는 그 애를 생각하며 이런저런 기

넘품을 모았다. 그 호기심 많은 아이가 기뻐하는 모습을 상상하면서.

하지만 그런 것은 모두 내 환상이었다. 아이를 사랑한다는 그 감정에 도취되어, 나는 그 어린 아이에게 무슨 짓을 하였던 것일까. 그저 관심에 약간의 사랑을 더 얹는 것만으로도 충분했을 것이다. 기대하지 말고, 아이에게 선을 긋고, 그렇게 아이를 들여다보는 것으로 만족하였다면, 애착이 가서 이름을 붙여주는 샘플을 바라보듯 하였다면 이사나는, 나 역시도 그저 스쳐 지나가는 그런 어른들 중 하나라고, 그렇게만 생각하였을 것이다. 기대도 원망도 또다시 버림받는 일도 없이.

하지만 나는 그러지 않았다. 그러지 못했다.

나는 도착하자마자 자이납의 손에 이끌려 이사나의 작은 연구실로 향했다. 그곳에서 본 것은, 아이가 끌려간 그때 그대로 어질러진 방과, 바싹 마른 진흙처럼 굳어버린 새끼새들이었다. 그 옆에는 발그레한 초콜릿 빛 알껍질이 무언가로 내리친 듯 산산조각나 있었다.

"죽은 건가요?"

"보면 모르겠나."

자이납은 혀를 찼다.

"이사나가 망치로 알을 다 깨버리려는 것을, 겨우 뜯어말렸네."

"망치로요?"

"알을 놓고 망치로 두들겨 깨고 있었어. 어떻게 된 일인지 물어보고 있지만 대답조차 하지 않아. 아무래도 자네가 이야기를 해봐야 할 것 같아."

"제가요?"

자이납은 이상하다는 듯 나를 쳐다보았다.

"그럼 자네가 해야지, 누가 할 수 있겠나."

호전적이고 무지하며 잔인한 생물. 대체 총독께서는 이들에게 무엇을 기대하신 것일까. 나는 고개를 가로저었다. 도망치듯 뒷걸음치다 그만 죽어 말라버린 새끼새를 밟고 말았다. 나는 비명을 질렀다. 어깨를 움츠리는 내 모습에, 자이납은 더 이상 어떻게 할 방법이 없다고 생각했는지 창밖을 내다보았다.

"계속 맡기 어렵겠나?"

그때 나는, 무엇이라도 아이를 위해 말했어야 했다. 아이가 저지른 일에는 뭔가 이유가 있었을 것이라고, 보호자가 없을 때 흔히 일어나는 어떤 문제가 생겼을 것이라고, 일단 솔직한 이야기를 들어보기 전에는 아무것도 속단하면 안 된다고. 하지만 나는 그러지 못했다. 나는 고개를 가로저었다. 자이납은 고개를 끄덕였다.

"알겠네."

자이납은 나를 데리고 방에서 나왔다. 내가 포기할 경우의 처리 방안은 이미 결정이 나 있었다. 자이납은 짧게 설명했다.

"전에 커서 뭐가 되고 싶은지 물어보았더니, 해양연구원이 되고 싶다는 말을 했지."

"……."

"자산함 연구원 중에 예전에 학교 다닐 때의 친구가 있어서 연락해봤네. 정 뭣하면 애를 인천으로 보내라고 하더군. 착실한 연구원이 몇 녀석 있으니 맡겨보겠다고."

"인천?"

"자산함의 모항인 진해에서 그리 멀지 않은 곳이야. 알아보니 이사나가 태어날 때 애를 받았던 그 가톨릭 신부도 거기서 멀지 않은 지방에서 살고 있고. 마리암에게도 통보해뒀어. 자네만 좋다고 하면 바로 준비해서 보낼 수 있네."

"그렇군요."

나는 고개를 끄덕였다.

"차라리 그게 잘된 일인지도 모르겠네요."

"역시 더 이상은 어렵겠나."

나는 대답하지 않았다. 자이납은 내 어깨를 두드리고 방을 나섰다. 나는 기운이 빠져서 아무 말도 할 수 없었다. 대체 왜 그랬을까. 벽 하나를 사이에 두고, 그 아이가 때려죽인, 태어나지도 못한 새끼새들이 버려져 있다는 것이 생각났지만, 나는 치울 엄두조차 내지 못했다. 그것들은 내일, 청소부가 오면 치우게 할 생각이었다.

하지만 정말로 왜 그랬을까.

물을 한 잔 마시고 나서야, 그럼에도 불구하고 내가 일단은 그 아이를 변호해야 했다는 생각이 들었다. 내가 없는 사이에 무슨 일이 일어났을지는 그 누구도 모르는 일이 아닌가. 그 애의 엄마인 마리암은 겨우 열다섯 살에, 해산하자마자 사람들에게 잔인한 일을 당했는데, 열 살인 이사나에게는 무슨 일이 일어났을지 누가 알겠어. 하지만, 하지만 나는 이사나에게 묻고 싶었다. 네 엄마도, 너도, 다른 사람들의 호전성과 무지와 잔인성에 그렇게 고통을 받았으면서도, 어째서 네가, 어째서 너마저도. 문득 원죄라는 말이 떠올랐다. 짐승에 가까운 본능, 자기보다 약한 자를 파괴하지 않고는 견딜 수 없는 본능. 이곳의 사람들은 그것을 두고 짐승에게서 물려받은 본능이라는 말 대신, 원죄라는 말을 썼는지도 모른다. 원죄, 그들의 바이블에 의하면 신의 말을 거역하고 거짓말을 하였으며 형제를 때려 죽인 그 모든 것들, 이들조차 그 의미만은 명확하게 알고 있는 이성에 반하는 그 모든 행동들, 그 어둡고 음습하며 피비린내가 코를 찌를 것 같은 행동들을 두고 그들은 아마도 그렇게 이름 붙였을 것이다. 그것은 원죄라고. 그러니까, 그것은 우리의 죄이지만 우리가 저지르지 않은 죄라고.

"그래도 한번 가보셔야 하는 것 아닙니까?"

선임 연구원이 방의 불을 켰다. 밖은 벌써 어두워져, 석양의 흔적조차 남아 있지 않았다.

"내일 출발해요, 그 애. 지금 아니면 만날 시간도 없을 겁니다."

나는 대답하지 않았다. 내 눈치를 살피는 그의 시선에서 묘한 비난이 느껴졌다.

"그냥, 이사나에게는 나 아직 돌아오지 않았다고 말해주면 안 될까요?"

"슈슬리사도 그런 고민을 합니까?"

"고민하지 않는 지성체는 없어요."

나는 말라 죽은 새끼새들을 밟지 않으려 까치발을 선 채 벽에 등을 기대었다. 선임 연구원은 희미하게 웃었다.

"뜻밖입니다그려. 전지전능한 줄 알았는데."

"우리는 신이 아니에요. 그냥 당신들보다 조금 더 많이 아는 것 뿐이죠."

어쩐지 허탈했다. 우리는 여기 지구인들이 생각하는 신 같은 것이 아니다. 조금 더 머리가 좋고 조금 더 많이 알 뿐, 우리가 이 세상의 모든 것을 알 수 있을 리 만무했고, 전능 같은 것은 꿈도 꾸지 않았다. 나는 고개를 돌렸다. "우리들은 알게 될 것이다"라는, 이사나가 어느 책에서인가 베껴 적어 붙인 말이 눈에 들어왔다. 우리들은 알게 될 것이다. 그것은 우리가 아직 모든 것을 알지 못한다는 뜻이었다. 우리가 결국 모든 것을 알게 되리라는 확신이 아니라.

전지란 없다. 신의 존재는 알 수 없어도 모든 지식을 아는 것이 불가능하다는 것은 안다. 성배라든가 운명이라든가 신이라든가 구세주라든가, 혹은 사생아라든가 명예 살인이나 강간과 같은 그런 이야기, 그 모든 이야기를 넘어, 나는 잊고 있었다. 내가 이사나를 직접 만나보고 이야기를 들어보지 않고는 그 아이를 옳게 판단할 수 없다는 것을. 그 아이에게는 어쩌면 이유가 있었을 것이다. 이유가 없었더라도, 그것이 그저 그 아이의 천성일 뿐이었더라도, 적어도 그 아이에게 애정을 쏟고 신뢰를 얻었던 이상 내게는 그 아이의 소명을 들어줄 책임이 있었다. 알면서도 나는 그저 도피하고 있었다. 나로서는 이해할 수 없는 폭력과 잔인함이라는, 그 아이와 이곳의 지구인들을 모두 싸잡아 열등하고 무력한 무엇으로 치부해버리는 편리한 편견 속으로.

"그것 아십니까."

선임 연구원은, 말라비틀어진 진흙빛 새 한 마리를 집어 테이블 위에 올려놓으며 한 마디 했다.

"내가 너희를 위하여 진흙에서 새의 형상을 만들어 숨을 불어넣으면 하느님의 허락으로 새가 될 것이다."

"그게 무슨 뜻이죠?"

"그냥, 이걸 보다보니 생각났습니다. 꾸란 이므란 편에 나오는 말이지요."

선임 연구원은 잠시 머뭇거리다 덧붙였다.

"이사 알 마시에 대한 이야기입니다."

나는 창밖을 바라보았다. 멀리 지평선을 따라, 새벽을 알리는 미명의 빛이 번져 올라왔다.

"그 애, 어디 있어요?"

새벽이 깊어 머잖아 동이 틀 시각, 나는 선임 연구원을 따라 빈 사무실로 향했다. 이사나는 제 옷이며 짐을 꾸린 가방 두 개를 옆에 놓고 책을 읽고 있었다.

"선생님."

이사나는 나를 돌아보았다. 울지도, 화를 내지도, 부화 직전의 새알을 망치로 때려 부수었다는 그 말에서 상상할 법한 히스테리를 부리지도 않았다. 지극히 정상이었다. 언제나 보던 그 모습 그대로였다.

"왜 그런 짓을 한 거야."

246

"보여드리고 싶었어요."

이사나는 얌전히 대답했다.

"무엇을?"

"새요."

이해할 수 없었다. 새를 보여주고 싶다는 아이가 새알을 망치로 부수었다는 것이. 나는 이사나에게 다가가, 그 아이의 보드라운 뺨을 손바닥으로 쓰다듬었다. 왜 그런 짓을 했어. 내가 너를 얼마나 사랑했는데. 너는 특별한 아이라고 믿어 의심치 않았는데 왜 그런 짓을 했어. 설마 그 새들이 모두 알 속에서 곯아버려서, 그래서 화가 난 것이었을까. 가슴이 터질 것 같았다. 차라리 만나지 않는 것이 더 좋았을지도 모른다는 생각이 들었다.

"그 새들을…… 새알을 망치로 다 깨어버렸잖니."

"그래야 했어요."

"어째서."

그 말을 하며 나는 아마도 울먹였던 것 같다. 이사나는 신기하다는 듯 내 얼굴을 올려다보았다.

"그 일 때문에 넌 여기서 떠나게 되었던 말이야. 그러지만 않았어도."

"알고 있어요. 선생님도 그러라고 하셨다고 들었는걸요."

"……"

"원망하는 게 아니에요. 하지만 오해하시는 건 싫었어요. 보여드리고 싶었어요. 제가 무엇을 했는지 자랑하고 싶어서, 그래서 몇 마리만 미리 깨어보고 싶어서……"

"새가 잘 깨어나나 궁금해서 알을 부수었다는 거야? 그러면 죽어버리잖아. 그것도 몰라?"

"그게 아니에요."

이사나는 답답하다는 듯 고개를 가로저었다.

"제가 보여드리고 싶었던 건 그게 아니에요. 선생님께 자랑하고 싶었어요. 선생님께선 개구리 알로 단성 생식 실험을 하는 것은 가르쳐주셨지만, 생명을 만드는 것은 너무 이르다고 하셨지요. 하지만 할 수 있었어요."

"무슨 소리야."

"깨어버린 것은 제일 겉의 껍질뿐이에요."

이사나는 애원하듯 내 어깨에 매달렸다.

"그 방에 데려다주세요, 선생님. 제발요. 지금밖에 시간이 없어요."

아이의 작은 손이 내 어깨를 끌어안았다. 어쩔 수 없다. 거절할 수 없다. 이번이 마지막이라는 생각에, 안 된다는 단호한 거절의 말을 내뱉을 수가 없었다. 나는 고개를 끄덕였다. 이사나를 품에 안고 내 연구실의 옆방, 아이가 새를 키우고 현미경을 들여다보며 기뻐하던 그 작은 방으로 향했다. 어째서인지, 가슴이 찢어질 듯 아팠다. 나는 정말로 이 아이를 사랑하고 있었다. 왜 낮에는 그 사실을 먼저 떠올리지 못했을까. 어리석게도.

"잠시만요."

불을 켜자, 바닥에 굴러다니는 알껍질이, 그리고 말라비틀어진 새의 시체들이 눈에 들어왔다. 이곳의 기후가 건조하기는 하지만, 그걸 감안해도 새들은 부자연스럽게, 마치 미라처럼 딱딱하고 메말라 보였다. 마치 진흙이 말라붙은 듯 엷은 갈색을 띤 그 새의 시체를, 이사나는 양손으로 가만히 들어 올려 내 손 위에 그 딱딱하게 굳어버린 새를 올려놓았다. 나는 낯을 찡그렸다.

"죽지 않았어요."

손바닥 위에 희미한 온기가 돌았다.

"그저 맨 가장자리의 껍질을 부순 것뿐이에요. 이 새는 아직 알 속에 숨어 있어요. 만져보세요, 아직 따뜻하게 살아 있는걸요."

믿어지지 않았다. 이사나의 말대로였다. 온기가 도는, 마치 진흙 덩어리처럼 보이는 굳은 새를 손바닥으로 살며시 감싸자 손이 닿은 부분부터 말라붙은 진흙이 부스러지듯 그 껍질이 균열하기 시작했다. 금이 가고 깨어져 나가는 그 얇은 껍질 아래, 이제 막 눈뜬 어린 새가 젖은 깃을 들어 올리며 가냘프게 움직였다. 나는 이런 것을 만들어낸 이사나를 돌아보았다가, 다시 손안의 어린 새를 손바닥 가득 감쌌다. 어느 순간 이사나가 창문을 열었다. 이제 막 동이 터 오는, 군청빛과 주홍빛이 띠를 이루며 펼쳐지는 하늘을 향해, 갓 눈을 뜬 작은 새는 서투르게 날갯짓을 했다. 이사나는 내 손바닥에서 새를 받아 들어, 창가로 데려와 손바닥을 펼쳤다. 새는 몇 번인가 크게 날개를 젓더니, 비틀거리며 허공으로 몸을 던지듯 날아올랐다. 나는 굳은 채 버려진 듯한 새들을 주워 들었다. 바닥에 떨어져 있는 새들이 다섯 마리, 그리고 아직 깨어나지 못한 알이 여섯 개. 이사나는 마치 처음으로 생명을 부여하는 어린 신과 같이 엄숙한 表정으로, 일을 하나하나 망치로 깨어내고 그 새들을 가슴에 품었다. 나는 아무 말도 하지 못한 채, 성스럽게까지 보이는 그 최초의 의식을, 선지자의 이름을 물려받은 어린아이가 처음으로 자신의 손으로 만들어낸 생명을 제 손바닥 위에서 깨워내어 세상 속으로 떠나보내는 모습을 바라볼 수밖에 없었다. 아이의 체온에 눈을 뜬 어린 새들이 하늘로 날아올랐다. 하늘은 순식간에 붉은 빛으로 물들어갔다.

홍 등 의 골 목

홍 등 의 골 목

나는 내가 태어난 날을 기억하지 못한다. 어렸을 때의 일들은 전생처럼 멀었다. 내가 기억하는 것은 그저, 다른 아이들과 달리 내게는 고정된 양육자가 없었다는 것. 그때 남겨진 화상이나 영상 데이터들에서, 나를 안고 있던 사람들의 표정은 늘 굳어 있었다는 것. 그뿐이었다. 수없이 입양되고 또 파양당하는 불운한 아이들처럼, 나 역시도 그랬다.

다른 아이들이 어머니의 품에 안겨 있는 모습을 볼 때마다 나는 바다를 꿈꾸었다. 수많은 신화 속에서, 어머니는 바다였다. 나의 어머니, 나의 바다. 어렸던 내 어머니는 내 또래의 다른 아이들이 인공자궁에서 새끼손가락만 한 세포덩어리로 싹이 터 생물의 모든 진화단계를 닮은 성숙을 거쳐 태어나는 동안, 나를 그 몸에 직접 품었다고 했다. 잠시 나를 양육하던 이들 중 하나가, 그의 고향인 프랑스에서는 어머니와 바다가 모두 "라 메르"라고, 같은 발음이라고 말해주었다. 바다. 어렸던 나는 다른 아이들이 어머니의 품에 달려가 안길 때마다, 한 번도 보지 못했던 바다를 꿈꾸었다. 고향을 떠나 낯설고 획이 많은 붉고 노란 글자들과 한 골목 가득 붉고 둥근 종이등이 잿빛 하늘 아래 선명한 이 바닷가 마을에 처음 도착했을 때, 내가 처음 가리켰던 글자는 "바다 해海"였다. 그 안에 어머니母가 안겨 있다는 것을, 나는 그날이 다 지나기 전에 알았다. 바다는 어머니였다. 이곳에서, 온통 검은 머리카락과 황토빛 살결을 지닌 진화 1세대의 아이들이 잿빛 하늘과 낡은 골목길 사이사이에서 혼자 사금파리 조각으로 바닥에 선을 긋고 놀다가, 어느 순간 어머니를 향해 달려가 그 품에 안기는 모습을 볼 때마다, 나는 나를 품었고 또 버리고 떠났던 어떤 바다를 생각했다.

"언니."

내가 태평양에서 가장 큰 해양연구함인 자산함을 동경하게 된 것도 아마도, 어쩌면 그 때문이었을 거다. 이곳에 오기 전부터 바다를 그리워했지만, 이곳에 오면서 그리움은 더 커졌다. 닿지 않을 세계. 내가 닿아야만 하는 세계가 그곳에 있었다. 아직 내 것이 아닌, 내가 갖고 싶은 세계. 그 세계는 아침에는 눈부신 은백색으로 빛났고, 그 외의 시간에는 하늘을 그대로 끌어안은 듯한 빛깔을 띠고 있었다.

"난 바다에 갈 거야."

끝도 없는 망망대해. 누구도 그 바다를 볼 수 없을 만큼 가없는 깊이. 대기권 밖의 무한한 우주가 슈슬리사의 것이었다면, 이 바다만은 아직 슈슬리사도 끝을 보지 못한 곳이었다. 나는 아직도 온전히 그 모습을 드러내지 않은 그 바다가, 한 번도 만나지 못한 어머니처럼 느껴지곤 했다. 삼국지 벽화가 그려진 중국인 거리를 따라 비탈을 올라가, 공자상 옆에 쪼그리고 앉으면 잿빛과 황토빛 가득한 바다와 먼 바다로 떠나는 화물선들이 손에 잡힐 듯 내려다보였다. 또다시 양육자에게 거부당했던 나는 내가 태어날 때 나를 받아주셨던 신부님을 대신하여 흔쾌히 나를 맡아주신 제준이냐시오 신부님과 그분의 조카인 윤진 언니 손에서 얌전히 자랐다.

"맨날 보는 바다, 질리지도 않냐."

"안 질려. 백 번을 봐도 안 질려."

"그래, 그래. 맨날 바다만 보고 살아라. 됐고, 그 사람들 또 찾아왔어."

방바닥에 등을 깔고 뒹굴며 바다를 생각하던 내 평화로운 오후에, 두꺼운 유리를 발로 밟은 것 같은 균열이 났다.

"관심 없다니까."

"돌아가란다고 그 사람들이 말을 듣디? 경찰을 불러도 난리, 안 불러도 난리."

"아, 왜들 그런대."

"너보고 구세주라잖아."

"집에 공무원이 있는데 민원은 받아주지도 않고."

"주밀이잖니."

"어우."

찌증을 내며 자리에서 일어났다. 윤진 언니로서도 어떻게 할 수 있을 만한 상황은 아닐 거다. 저런 정신 나간 사람들은 아주 손톱만 한 핑계만 있어도 자기들이 환대받기에는 충분하다고 착각들을 하니까. 어떻게 하면 저렇게 살 수 있을까. 나는 아마도 영원히 그들을 이해할 수 없을 거라고 생각했다. 나는 그냥 뛰어나가려다, 주방에 들러 윤진 언니가 김치를 담근다고 새로 사놓은 굵은소금 봉지를 기어이 찾아내어 들고 나갔다.

"잡귀 같은 것들."

치기 어린 마음, 사춘기, 어떤 이들은 빈정거림을 담아 중2병이라고도 부르는 그런 감정일지 모르지만, 적어도 지금 이 순간만은 절박한 분노를 담아서 나는 씩씩거리며 대문을 열었다. 나를 맞이하러 왔다는, 더러는 정말로 무슨 구세주를 영접하듯 머리를 조아리고 땅바닥에 이마를 비빌 기세인 중늙은이들이 대문 앞에서 나를 기다리고 있었다. 염치들도 없지. 나는 대문을 열자마자 굵은소금을 한 줌 쥐어 늙은이들의 머리에 태질하듯 뿌렸다.

"천년왕국을 예비하며 하느님 아버지께서 다시 이 땅에 독생자를 보내셨나니."

그 와중에, 머리가 돌아버린 듯한, 검은 한복을 입고 손에 성경을 든 여자가 나를 향해 굽실거렸다. 구역질이 났다.

"성스러운 처녀가 성령으로 잉태하여 태어난 구세주가 이 땅에 오셨도다."

"아, 시끄러워요. 가라고요! 동네 부끄럽게 여기서들 이러지 말고!"

나는 목청껏 소리쳤다. 이런 모습을 신부님이 보시면 싫어하겠지만, 신부님 아니라 신부님의 신앙 대상인 하느님이 굽어보셔도 그 아드님인 예수님이 이 자리에 나타나셔도 일단은 채찍질을 해서 내쫓아버리고 나서 다음 일을 생각하고 싶으실 거라고 나는 생각했다. 뻔뻔한 자들. 나는 소금을 한 줌 더 쥐어, 성경을 든 여자의 얼굴에 뿌리며 으르렁거렸다.

"제발 발 닦고 집에 가서 잠이나 자요! 내가 태어난 날에는, 동쪽 하늘에 큰 별이 뜨지도 않았고, 동방박사 세 사람이 보물을 들고 찾아오지도 않았으니까!"

나는 있는 한껏 빈정거리며 그들을 노려보았다.

"내가 태어난 날에 어땠는지 안다면 거기서 감히 그런 소란은 못 피울걸? 모르면 제발 닥쳐달라고요. 구세주 좋아하네. 댁들이 구세주를 알아볼 만큼 그렇게 대단들 하신지 모르겠는데, 나 아니라고, 진짜!"

윤진 언니가 뭐라고 잔소리야 하겠지만, 나는 남은 굵은소금을 탈탈 털어 그들의 낯짝에 집어 던졌다. 그래도 속이 시원해지진 않았다. 정신 나간 작자들 같으니. 나이도 먹을 만큼 먹은 사람들이 왜 저런데. 진화 1세대는 아닌 것을 보니 멀쩡히 엄마 배 속에서 아홉 달 잘 채워 태어나서, 자라는 동안 엄마 치마폭에 폭 감겨서 자랐을 사람들. 대체 뭘 어떻게 하면 인간이 저렇게까지 멍청하고 편협해질 수 있는 걸까?

로비트 브라우닝의 시에는 "God's in his Heaven, All's right

with the world."라는 말이 나온다. 하느님이 천국에 계시니 세상은 평화롭도다. 브라우닝이 그 시를 썼을 때만 해도 그 시는 문자 그대로의 하느님과 천국을 꿈꾸었을지 모르지만, 지금은 누구도 그런 것을 믿지 않는다. 그런 것을 믿지 않는 것이 정상인 시대다. 시내에 나가면 푸른빛 피부의 슈슬리사들이 사람들 사이에 자연스레 섞여 거리를 누비고, 고개를 들어 하늘을 바라보면 이 세상 어디에서나 슈슬리사들의 우주선 하나쯤은 보이기 마련인 이 세상에서, 더 이상 신을 믿어야 할 이유는 없다. 누군가 신이, 빛이 있으라고 한 마디 한 것만으로도 세상이 생겨나고 진흙을 집어 던진 것만으로도 생명이 만들어졌다고 말한다면, 그것은 과학으로 세상의 신비를 벗겨내기 이전에 사람들이 어떻게든 세상을 이해하기 위해 나름대로의 논리를 쌓아 만들어낸 이야기일 테니까. 그 무지몽매한 시대의 동화에 아직도 현혹되어, 언제까지나 게으르고 순진하게 살아가며 남들에게 이런 민폐를 끼치고 살 사람들을 생각하면 화가 치밀었다. 나는 대문을 닫고 문을 안에서 걸어 잠갔다. 문밖에서 흐느끼는 듯한 찬송가 소리가 들려왔다.

머리가 지끈거렸다.

답답하고 막막하도록 깊은 회색빛 하늘 아래, 낡아가는 성당의 십자가가 눈에 비쳤다. 나는 귀를 막은 채, 차가운 철문에 등을 기대고 주저앉았다. 내가 빅토르 위고의 소설들을 읽을 무렵 신부님은 성당 문은 어떤 이를 위해서라도 열려 있어야 한다고 하셨는데, 지금 이 성당의 문은 저 악머구리 떼들 때문에 미사 시간을 제외하면 거의 닫아둘 수밖에 없었다. 아무래도 사제관과 성당 사이에 문을 하나 더 달아야 할 것 같은데 생각하며 눈을 깜빡이는데, 옆 골목 쪽으로 사다리 같은 게 올라온다. 나는 얼른 몸을 일으켰다. 보랏빛에 가까운 푸른 얼굴이 담벼락 위로 모습을 드러냈다.

"안녕, 이사나."

"거기서 뭐하세요?"

"만나러 왔죠, 소금 안 뿌려요?"

"다 뿌려서 없어요."

빈 봉지를 거꾸로 털어 보였다. 나의 감독관인 그는 빙긋 웃으며 담을 넘었다.

"아."

넘어오고 나서 사다리를 밖에 그냥 두었다는 것을 깨달아버릴 만큼 덜떨어진 감독관을 믿어도 될지는 모르겠지만.

"사다리 어떡하죠? 저기 두면 도둑 들어와요."

"문 열어드릴 테니 나가서 가져오세요."

"나도 저 사람들 무서워요."

"그럼 제가 가져올까요?"

"아뇨."

나의 감독관 시셸은 머리를 긁적이다가 천천히 대문을 열었다. 슈슬리사가 모습을 드러내자, 문 앞에 모여 있던 이들이 잠시 침묵하다가 다시 시끄러워졌다. 그래도 다행이었다. 같은 인간의 말은 듣지 않는 서틀이, 슈슬리사의 말에는 뭔가 사소한 불이익이라도 떨어질까 싶어 그러는지, 바로바로 명령에 따라주기는 하니까. 나는 바로 그, 나와 같은 종인 지구의 인간들이 흔히 보이는 그 익숙한 굴종의 태도가 싫었다. 슈슬리사의 보호를 받고 있는 내가 할 말은 아닐지도 모른다고 가끔 생각하기는 했지만, 그래도 싫은 것은 싫은 것이었다.

잠시 후 시셀이 사다리를 끌고 돌아왔다. 나는 그의 등 뒤에서 겁먹은 짐승들처럼 불안한 눈빛으로 안을 들여다보고 있는 사람들을 구경하듯 바라보았다.

"여전히 사납네요, 이사나."

시셀은 웃었다. 그는 꽤 잘생겼고, 자상하고 다정했으며, 내게는 마치 친오빠라도 된 듯 친근하게 굴었다. 그의 목덜미에서는 늘 꽃내 같은 비누 향기가 났다. 한창 예민할 나이라고 부르는 시기, 사춘기로 분류되곤 하는 나이인데, 아무리 종이 다르다고 해도 이렇게 잘생긴 슈슬리사를 내 감독관으로 배정한 것이 걱정스럽다고 신부님께서는 농담처럼 말씀하시곤 했지만, 그런 걱정은 하실 필요가 없었다. 그는 괜찮은 오빠 노릇은 할 수 있을지 몰라도, 내 취향은 아니었으니까.

"멍청하게, 한가한 이야기들이나 하고 있잖아요."

"여긴 성당이에요. 저 사람들이 믿는 신과 같은 신을 믿는 곳이 아닌가요?"

"똑같은 물도요, 소가 마시면 우유가 되고 뱀이 마시면 독이 된 댔어요."

나는 그를 따라가며 종알거렸다.

"저 사람들은 그냥 정신병자예요, 나쁘고 뭐고 떠나서 다들 미쳤다고요. 미쳤으면 곱게 미치기나 할 것이지, 이젠 매일매일 찾아와서 저 소란이라고요. 시셀, 슈슬리사들은 그렇게 복지정책을 강조하면서 저 사람들 좀 어떻게 병원에 못 넣어줘요?"

"이사나, 신앙의 자유라는 것도 있어요. 존중해야죠."

"저 사람들의 신앙의 자유가 지금 제 기본권을 침해하고 있다니까요."

하루 이틀 일이어야 그냥 신앙의 자유겠거니 하고 웃고 넘어가지, 매일매일 찾아와서 저 난리를 치는 데다 때로는 학교까지 졸졸 따라오는 데야 할 말이 없다. 그렇지 않아도 평화로운 학교생활과는 거리가 먼데 저런 광신도들까지 들러붙었으니 이런 소란이 계속되자, 학교에서는 내가 학교에 나오는 것조차 달가워하지 않았다. 그렇지 않아도 어디서들 그런 말을 들었는지, 선생이건 동급생들이건 내가 사람 배에서 태어났다는 이야기를 수군거리는 판에, 이젠 얼치기 구세주라는 소리까지 듣고 있으니.

"학교에 갈 맛이 나야 말이죠."

"적응이 안 된다는 건가요."

"예."

"곤란한데, 내가 지금 여기 오는 것도 바로 그 문제를 해결하기 위한 거라서요. 뭔가 방법을 생각해봐야겠네요."

"생각한다고 해결될 문제가 아니에요."

"그런가요."

시셀은 웃으며 내 머리카락을 손가락으로 마구 헤집었다. 보랏빛 손가락. 그의 손가락은 마치 오랑캐꽃 같은 보랏빛이었다. 오랑캐, 오랑캐꽃, 오랑캐꽃 같은 슈슬리사. 나는 슈슬리사의 수컷도 '남자'라고 불러야 하는 것인지 가끔 궁금했다. 아마도 그런 질문을 던진다면, 시셸은 틀림없이 곤란한 얼굴을 하며 웃어 보이겠지만.

"음, 이사나. 전에도 말했지만, 원한다면 학교에 안 가고도 공부는 계속할 수 있어요."

"나도 알아요."

까짓것, 시셸의 말대로 그냥 학교를 그만둘 수도 있겠지만, 그러고 싶지는 않았다.

"하지만 난 평범하게 살고 싶어요."

"당신은 특별한걸요. 특별하다는 말이 부담스럽다면 남다르다고 해두죠. 일단 태어난 과정이 특이한 것은 사실이고요. 내가 여기 와 있는 것도……."

"관찰일기 쓰느라고."

"뭐 그것도 사실은 사실이죠. 여튼, 보통 당신 나이 때는 특별해지고 싶어서 안간힘을 써요."

"여기서 뭘 어떻게 더 그래요. 남들 다들 인공자궁에서 태어날 때 혼자 엄마 배 속에서 태어났다고 무슨 괴물 새끼 같은 취급이나 받다가, 겨우 여기 정착해서 조용히 사나 했더니 매일매일 저 정신 나간 광신도들에게 구세주 취급이나 당하고 사는데."

"번거롭긴 하겠네요."

"번거로운 정도가 아니에요. 그렇게 좋으면 당신이 저 사람들

구세주 노릇 좀 해주지그래요."

"그럴 수 있다면 그래보고 싶어요."

"진심이에요, 그거?"

"손가락 하나 까딱하지 않고 놀고먹으면서, 이게 신의 뜻이라고 하면 되는 거잖아요. 그렇게 평생은 못 살아도, 한 달쯤은 그래볼 만하죠."

"실망이에요, 시셸."

나는 웃었다. 나는 나의 감시자이자 감독관이며, 나에 대해 꼬박꼬박 보고서를 적어 보내고 있을 이 슈슬리사를 친구처럼 좋아하고 가끔은 오빠처럼 생각했다. 인간과 다른 시간을 살아가는 그들에게 인간과의 우정이라는 게, 우리가 개나 고양이를 바라볼 때 느끼는 것과 비슷한 감정일 것이라고 짐작하면서도. 나는 그를 사랑하지는 않았다. 그런 것은 좀 더 내밀하고 친근한 감정일 것이라고 막연히 생각했다. 시셸은 그런 생각을 두고 낭만적이라고 놀렸지만, 나는 내가 시셸의, 혹은 슈슬리사들의 의도대로 행동하고 있지 않다는 것이 내심 뿌듯했다.

내 이름은 이사나. 이사나 빈트 마리얌. 올해 열다섯 살이 되었다.

내 나이에 나를 낳았다는 내 어머니를, 나는 한 번도 만나본 적이 없다. 나는, 아버지도 진화자궁도 없이 그저 진화 1세대인 내 어머니의 태에서 자연출산한 그날부터 슈슬리사들의 관심과 감시를 받으며 자랐다. 진화 1세대를 만들어내며 벌어진 실수, 혹은 돌연변이, 혹은 일종의 기적. 기적 같은 것이 아니라는 것을 뻔히 알았지만, 알면서도 늘 신경은 쓰였다. 할 수만 있다면, 이 지구를 떠나고 싶었다. 혹은 멀리 떠나 혼자서 조용히 살아가고 싶었다. 내 출생에 대해 이야기를 하는 사람들이 없는 곳에서. 학교에 가면 계속 남들의 시선과 손가락질에 노출될 수밖에 없다는 것도 알지만, 학교까지 안 다녔다간 나중에 성년이 된 이후에. 취직을 하건 무엇을 하건 한 번은 더 설명을 해야 한다는 것이 부담스러웠다. 힘들어도 그냥 몇 년, 어떻게든 참아버리자. 나는 입을 다문 채 문을 열었다. 문을 열자마자 바로 현관 앞에 윤진 언니가 뜻밖이라는 듯한 얼굴을 하고 서 있었다. 윤진 언니는 시셸을 보고 잠시 입을 뻐끔거리다가, 안으로 들어오라며 뒤로 물러섰다. 윤진 언니는 올해 서른한 살, 진화자궁이 도입되기 직전에 어머니의 태에서 태어나 자란 마지막 세대였다.

바다 쪽부터 불그스레한 빛이 번지더니, 마침내 길 건너 제분 공장 쪽의 하늘까지 붉게 물들도록, 시셸은 윤진 언니와 이야기를 나누고 있었다. '보호자들'의 대화에 나는 끼어들 수 없었다. 면담은 그다음의 일이었다. 나는 노을 진 하늘빛이 잠시 윤진 언니의 뺨에 머물렀다 사라지는 모습을 바라보았다.

짐작은 갔다. 나보다도 어린 여자애들도 낄낄거리는 그런 감정. 온 마음이 누군가를 향해 절박하게 손을 내미는 감정. 나는 그 감정이 어떤 결여에서 나온 것이라고 늘 생각했다. 하지만 그게 정말로 결여에서 나오는 감정이라면, 아마도 시셸은 언니가 어떤 생각을 하고 있는지, 어떤 마음으로 자신을 바라보고 있는지 영영 알지 못할 거다.

나는 웅크린 채, 그들이 무슨 이야기를 하는지 멀리서 구경하다가, 다시 책으로 눈을 돌렸다.

"짬뽕 먹으러 갈까?"

"무슨 짬뽕."

"짬뽕도 먹고, 너 좋아하는 바다도 보고 오고."

"시셸하고 저녁 먹고 싶어서 그런 거잖아. 둘이 오붓하게 다녀오세요."

"넌 애가 무슨 말을 그렇게 하니."

내게 핀잔을 주면서도, 윤진 언니는 그 말이 밖에 들릴까 괜히 눈치를 보았다. 나는 책을 덮고 느릿느릿 일어나 의자 뒤에 걸어놓은 바람막이를 집어 들었다. 윤진 언니가 시셸과 함께 저녁 먹고 산책하고 싶다는데, 식객으로서 그 정도 비위는 맞춰드려야지. 윤진 언니는 기본적으로 좋은 사람이었고, 시셸도 관리감독자치고는 마음에 들었으니까, 두 사람이 뭘 하건 방해할 생각은 없었다. 방해하진 않겠지만, 시셸이 언니를 어떻게 생각하는지에 대해서야 그야말로, 내 알 바가 아니지. 우리는, 인간과 슈슬리사는 말은 통하지만 종이 달랐다. 윤진 언니는 자연출산 마지막 세대로, 태어난 뒤에 그다음 세대와 보조를 맞추기 위한 보정까지 받은 세대였다. 그러나 불과 한두 살 차이 나는 진화자궁 1세대들에게 진화가 덜 된 원시인 취급받아 상처를 입었다. 지성체란 애초에 생겨먹기를 그렇게 생겨먹은 것이다. 구분하고 구별 짓고 사소한 우월함에 도취되어 상대를 무시하고. 슈슬리사라고 다를까. 나는 그들이 우리보다 나은 게 있다면, 적어도 때와 장소를 가리지 않고 상대를 무시하거나 빈정거리거나 잘난 척을 하지는 않는다는 것 정도가 아닐까, 하고 가끔 생각했다. 그들 역시도, 우리를 "진화시켜야 할 존재" "더 성숙해져야 할 존재"로 보는 것은 마찬가지였으니까.

나는, 그들의 눈에 윤진 언니가 어떻게 보일까, 시셸의 눈에 윤진 언니가 어떻게 보일까 생각하다가, 그러면 나는 어떨까 생각하고 웃었다. 웃음이 쓰디썼다. 나는 진화 1세대들이 이십대 후반, 삼십대 초반이 된 지금에 와서야 본격적으로 태어나기 시작하는 진화 1세대의 자손, 그러니까 2세대인 동시에, 진화 1세대의 일탈인지 기적인지에 의해 어머니의 태에서 태어난, 그러니까 이도 저도 아닌 어정쩡한 존재였다. 그렇게 태어난 날이 하필이면 크리스마스이브였고, 그렇게 태어난 장소가 하필이면 예루살렘이었으며, 심지어는 어른들에게 혼날까봐 집을 나와 숨어 지내다가 아이를 낳다보니 하필 마굿간 비슷한 곳이었던 거다. 그 이유로 나는, 슈슬리사가 이 땅에 내려오고도 서른 해가 더 지난 지금까지도 하느님이 흙으로 인간을 빚어 낙원에서 살게 하였는데, 그만 호기심에 선악과를 잘못 서리하는 바람에 인간이 이렇게 고통스럽게 살고 있다는 헛소리를 믿는 자들에게 이렇게 쫓겨 다니기까지 한다. 내가 그들의 구원자라며. 웃기고들 있어. 아무것도 모르는 채 낙원에서 살아가는 게 그렇게 좋다면, 다시 태어날 때는 저기 때 되면 밥 나오고 온도 습도 맞춰주는 가운데 먹고 자고 먹고 자는 것 말고는 별다른 고뇌도 없을 돼지로 태어나서 잘 사육당하라고. 나는, 시셸과 함께 있을 때는 감히 가까이 다가오지도 못하는 그 광신자들을 경멸하듯 바라보다가, 문득 나 자신이 한심해졌다. 그래도, 과해서 탈이지 이 땅에서 적어도 나를 무시하려 들지 않는 "지구인"은, 신부님과 윤진 언니를 빼면 그 광신도들밖에 없기는 했다. 그게 열다섯 살 내 인생이 한없이 거지같을 수밖에 없는 이유라면 이유겠지.

그렇지 않아도 어정쩡한 존재인데, 아직도 피부색이 다르다고 사람을 빤히 쳐다보는 버릇을 버리지 못한 이곳 늙은이들 덕에 곤욕이 더했다. 길을 걷는데, 술 취한 영감이 나를 동남아라고 부르며 손가락질을 한 적도 있었다. 튀기년이라는 말을 처음 들은 것도 그때였다. 이해할 수 없는 증오였지만, 내가 받았던 증오가 언제인들 이해할 만한 것이었나. 나는 주머니를 뒤졌다. 헤드셋을 펼쳐 귀에 걸었다. 음악을 듣지 않아도, 헤드셋을 쓰면 마음이 가라앉았다. 내 앞에서는 차마 하지 못하는 말들을 내 등 뒤에서 지껄이는 소리가, 음악이 흘러나오지 않는 헤드셋에 둔탁하게 걸러지며 귀에 들어왔다. 이곳 차이나타운에서 공자상을 지나 공원까지 이어진 계단을 단숨에 밟아 달려가, 물고기 비늘처럼 꿈틀거리며 빛나는 저 바다를 향해 그대로 뛰어내리고 싶었다.

나는 어디에 있으면 좋을까.

어디에 있어야 내 두 발이 땅을 단단히 딛는 느낌을 받을 수 있을까. 어디에 가도, 나는 내 두 발이 땅 위에서 반 뼘 위를 딛는 듯 불안하기만 했다. 그럴 나이라고, 그럴 때라고. 몸이 변화하고 마음도 함께 변화하는 때라고 그래서 늘 불안한 거라고 학교에서는 말했지만, 누가 안다는 건가. 진화 1세대의 마음을 이전 세대가 몰랐듯이, 이후 세대도 마찬가지다. 차라리 이게 누구나 겪는 성장통이면 좋겠다고, 나는 생각했다. 성장통이라면, 언젠가 반드시 사라지고 말 감각일 테니까.

하지만 그렇지 않았다. 나는, 이 감각이 어쩌면 영영 내 발목에서 떠나지 않으리라고 종종 생각했다. 처음부터 늘 그랬다. 지구의 중력이 나를 붙잡아주지 않는 것 같은 허무한 감각. 내가 늦게 들어오면 걱정하시는 신부님과, 아침마다 출근 때문에 전쟁을 치르면서도 성장기에 아침 거르면 안 된다고 꼭 내 몫으로 우유 한 잔씩을 식탁위에 따라 놓고 나가는 윤진 언니가 있는데도, 나는 늘 혼자 붕 떠 있는 것만 같았다. 시셸은 어렸을 때, 양육자가 너무 자주 바뀐 것이 원인일 거라고 말했지만. 누구를 탓하려는 것도 아니었다. 그저 느끼고 싶었다. 내가 이 별과 단단히 결합되어 있다는 인연을. 그 강력한 중력을. 만약 그런 게 있다면, 그 중력은 바로 내가 여기서 살아도 된다는 증명과도 같은 것일 텐데.

"이사나."

나는 젓가락을 들고, 멍한 표정으로 시셸과 윤진 언니를 바라보았다. 무슨 이야기를 하고 있었는지 하나도 귀에 들어오지 않았다. 윤진 언니는, 짬뽕을 앞에 두고 빈 젓가락질만 하고 있는 내가 걱정스러웠는지 내 얼굴을 주의 깊게 쳐다보았다.

"이야기 하나도 못 들었구나."

"응. 미안."

"무슨 딴생각을 그렇게 해."

"무슨 일 있었어?"

"조금 전 서선생님께 말씀드렸어요, 이사나. 제 친구 한 명이 이 근처 대학에 교환교수로 와서 연구를 하기로 했는데, 당분간 성당에서 같이 지낼 수 있을까 해서요."

"시셸의 친구? 슈슬리사요?"

"예. 행성과학자인데, 이 근처의 바다를 연구하고 싶다고 했거든요."

슈슬리사만큼 종교와 상관없는 이들이 종교시설인 성당에서 지내게 된다는 게 묘했지만, 안심이 되었다. 슈슬리사가 있는 한, 그 광신도들이 집 앞에서 진을 치거나, 어디서 튀기가 돌아다닌다고 대놓고 손가락질하는 일은 줄어들겠지. 윤진 언니는 모처럼 시셸의 부탁을 들어주게 된 것이 기쁜 듯했다. 나도 고개를 끄덕였다. 어차피 신부님은 별채에 한 명이 사나 두 명이 사나 신경도 쓰지 않으시고, 종종 묻지도 않은 식객들도 와서 몇 날 며칠씩 머무르다 사라지는 마당에, 외계인 한두 명 정도야. 시셸은 미소 지었다.

"지구인은 아니에요. 여튼 잘 부탁해요."

시셸이 성당에 다시 나타난 것은 이레 뒤, 내 다음번 면담 날이었다. 큼직한 캐리어를 끌고 성당 문을 열고 들어오는 그의 뒤로, 성당 앞에서 나를 두고 구세주니 뭐니 헛소리를 하던 인간들이 손으로 입을 가리거나 더러는 손가락질을 하며 시셸의 등을 가리키고 있었다.

"안녕, 이사나."

"뭐예요? 저 사람들 왜 저래요?"

"지난번에 이야기한 친구를 소개할게요. 인사해요. 사비리키, 이쪽은 이사나."

시셸의 뒤를 따라 성당 앞마당으로 들어선 것은 높이가 1미터는 족히 넘을 법한 거대한 젤리였다. 탱글탱글하고 말갛고 반투명한데 햇살 아래 묘한 오렌지색을 띤 것이, 원뿔의 중간을 뚝 잘라 뒤집어놓은 모양의 떠먹는 과일 젤리를 떠올리게 하는 그 생물체는, 뒤쪽에 튀어나온 괄태충 같은 꼬리로 바닥을 밀며 시셸의 옆쪽으로 움직여 멈추었다. 그 탱탱하고 매끄러운 윗면에서 긴 더듬이 같은 것이 일어났다.

"만나서 반가워요."

악수를 청하는 것은 분명했지만, 만져보면 무슨 느낌이 들지 짐작도 가지 않았다. 시셸도 옆에 있고, 어디로 도망칠 수도 없는 상황이라 어색하게 손을 내미는데, 등 뒤에서 비명이 들려왔다.

"꺄아아악!"

돌아볼 필요도 없이 윤진 언니였다. 젤리, 아니 사비리키라 불린 외계인의 살색이 흐린 보랏빛으로 변했다.

"이런."

"아, 그러니까…… 진화 전 세대예요."

나는 그만 윤진 언니가 가장 싫어하는 표현으로 언니를 소개하고는, 윤진 언니와 외계인 사이에서 어쩔 줄 몰라 하다가 시셸을 바라보았다. 시셸은 이런 문제에 끼어들고 싶지 않은 표정으로 나를 바라보았다. 시험에 든 것 같은 기분이 들었다. 외계인들이란 음흉하기가 무슨 구렁이 백마흔 마리쯤 든 영감님들보다 더하다니까. 윤진 언니는 그렇다고 치고, 신부님이 대체 뭐라고 하실지, 연세도 있으신데 혹시 놀라서 119에 실려 가시진 않을지, 주저앉은 윤진 언니가 해야 할 걱정까지 혼자 다 떠맡은 채로 나는 고개를 흔들다가, 윤진 언니에게 다가갔다.

"저기, 그러니까 저건 사비리키라고 하는데 시셸의 친구인 외계인인 것 같은데."

"같은데……?"

윤진 언니는 시셸의 부탁에 자기가 먼저 뺨을 붉히고 온갖 수줍은 척은 다하면서 좋다고 해놓았으면서, 마치 이 모든 일의 원흉이 나라는 듯한 표정으로 바라보았다.

"사람 안 해쳐?"

"저기, 언니. 침착하시고. 봐봐, 숟가락만 들고 가면 간식시간이게 생겼는데 뭐가 무서워."

"저런 건 줘도 안 먹어!"

나는 사비리키의 빛깔이 묘한 파란색으로 변해가는 것을 보며 얼른 윤진 언니를 방으로 끌고 들어갔다, 윤진 언니가 뭐라고 소리를 질러댄 것 같다. 이럴 때 보면 대체 누가 누구의 보호자인지 모르겠지만.

"들어오세요."

"감사합니다."

어쩔 수 없지. 나는 사비리키를 별채의 손님방으로 안내했다.

손님방은 내 방 바로 옆이었다. 벽 하나 사이에 두고 저 묘한 생물과 함께 지내야 한다는 것도 걱정이었지만, 한편으로는 침대를 빼는 편이 낫지 않을까, 싶기도 했다. 다행히도 사비리키는 그런 것에는 개의치 않는 듯했다. 나는 간식 준비를 하겠다며 일단 마당으로 나왔다. 어쩐지 이 세상 걱정이란 걱정을 나 혼자 다 감당하고 있는 듯한 기분이 들었다. 시셸은 그런 내가 우스운지 소리 죽여 웃었다.

"장난 너무 심했어요, 시셸. 윤진 언니가 놀랐다고요."

"이사나는 전혀 놀라지 않았던가요? 분명히 표정이 변하는 걸 봤는데."

"지성체라고 다 다 눈 두 개 코 하나 귀 둘 입 하나 달린 이족보행 생물이라는 법이야 없긴 없지만…… 그래도 시셸의 친구라고 했으니까 비슷하게 생겼을 줄 알았죠."

"이사나도 내 친구예요."

나는 시셸이 진심으로 그렇게 말하는 건지, 아니면 나를 시험하려고 그렇게 말하는 건지 정확하게 판단이 서지 않았다. 월등한 종인 슈슬리사의 눈에는, 그들만큼의 진보를 이루지 못한 지성체는 여튼 다 평등하게 부족해 보이는 걸까? 그렇다고 해도 이족보행을 하는 종과 저 매끈매끈한 푸딩처럼 보이는 피부를 지닌 거대 괄태충이 똑같이 보인다는 것은 납득이 가지 않았다.

"하긴, 개는 인간의 친구고 고양이도 인간의 친구이긴 하죠."

나는 자조했다. 시셸이 감독관다운 엄격한 표정을 지었다.

"이사나."

"사실이잖아요?"

"당신이 어릴 때 기록을 읽어봤는데, 예전에 마리 씨에게도 같은 말을 하지 않았던가요."

"……."

"슈슬리사는 인간의 친구라는 말이, 개는 인간의 친구라는 말과 다른 거냐고."

고개를 끄덕였다. 시셀은 언젠가 비슷한 상황이 오면 이 이야기를 하겠다고 벼르기라도 한 듯, 가볍게 헛기침을 하고 바로 말을 이었다.

"한 가지는 분명히 말해둘 수 있어요. 진화는 한 방향으로 일어나지 않고, 모든 지성체가 다 이런 모습을 하고 있는 것도 아니에요. 지구에도 우리가 판단하는 지성체의 기준에 맞는 종이 더 있었죠."

"고래요?"

"맞아요. 그쪽도 진화가속의 후보였어요. 정도의 차이는 있을지언정 그들도 지성체였죠. 우리도 나름대로 몇 번이나 토론을 거듭해왔어요. 과연 이 두 종 중 어느 쪽을 빨리 진화하도록 돕는 게 나을지에 대해서."

"무슨 말씀인진 알겠어요. 그러니까 사비리키도 우리와 마찬가지로 지성체니까 존중하라는 말씀이죠. 생긴 건 많이 다르지만."

"조금 이해하기 편하게 말해줄까요?"

"이해하고 있어요."

"아니, 이 이야기를 들으면 생각이 좀 달라질 거예요. 이사나는 지구인이고 사비리키는 로크바예요. 로크바는 진화가속을 받지 않은 종이에요."

"에……?"

"왜요, 설마 슈슬리사가 이 우주에서 가장 뛰어난 종일 거라고 생각했어요?"

시셸은 느긋하게 웃었다.

"로크바는 야심도 없고 전쟁 같은 데는 더욱이 소질이 없지만 우주에서 가장 인내심 강한 학자들이에요. 오히려 슈슬리사가 로크바와 접촉하면서 호전적인 면을 버리고 다른 지성체들과 함께 살아갈 방법들을 생각하게 되었죠. 자, 이제 슈슬리사를 대할 때처럼 정중하게 그를 대해줄 수 있겠어요?"

"그런 말 하지 않았어도 정중하게 대할 생각이었어요. 난 조금 놀란 것뿐이에요."

"다행이네요."

"하지만 이곳 사람들이 어떻게 할지는…… 아시잖아요. 같은 사람인 저한테도, 사람들이 어떻게 대하는지."

"물론 알고 있지요, 이사나."

시셸이 조금은 쩔쩔매는 표정으로 대답했다. 나는 늘 느긋하기만 할 것 같은 그가 아주 가끔씩 그런 모습을 보일 때마다, 완전하지 않은 이 세상에서 신이 아닌 그들이 전능한 신처럼 떠받들리며 지내는 것도 은근히 스트레스를 받을 만한 일이라고 생각하며 속으로만 웃었다.

"그러니까 사비리키를 좀 잘 부탁해요. 난 처음부터 말리긴 했지만, 학자가 고집을 부리기 시작하면 감당할 수가 없어요. 겪어 보면 알겠지만."

"언니한테 실망했어요, 시셸? 그런 반응 보여서?"

"아뇨."

시셸은 어깨를 으쓱해 보였다.

"예상했던 반응인걸요."

시셸이 실망하지 않았다는 말을, 나는 윤진 언니에게 전하지 않았다. 윤진 언니가 시셸의 그 말이 무엇을 의미하는지 알아듣는다면 상심할 게 분명하니까. 그리고 혹시라도 윤진 언니가 그 말을 듣고 안심한다면, 그때는 내가 언니에게 실망해버릴 것 같아서. 나는 시셸과 사비리키와 함께 차를 마시고, 사비리키가 머리에서 나온 촉수를 그대로 잔에 담가 빨대처럼 사용하여 차를 마시는 것을 보며 조금은 역겹고 신기하다고 생각했다.

의외였던 것은 신부님의 반응이었다. 외출했다가 돌아와 집 현관문을 열자마자 괄태충을 닮은 사비리키의 꼬리를 보고 신부님은 태연히 한 말씀만 하셨다.

"그, 지난번 말한 손님인 모양이구먼."

사비리키는 발도 없이, 마치 꼬리를 저어 움직이는 것 같은 동작으로 현관으로 나왔다. 윤진 언니는 되도록 사비리키에게서 멀리 떨어지려는 듯, 벽에 찰싹 달라붙어 있었다.

"제준이냐시오 신부님이시지요. 사비리키라고 합니다."

"손님 방이 좁아서 어쩐다."

"아닙니다."

신부님은 사비리키가 내미는 촉수를 잡고 짧게 악수를 하고 들어가셨다. 어째서인지 악수를 한 이후로 신부님은 조금 더 사비리키에게 호의가 담긴 미소를 지어 보이셨다. 나는 사비리키의 촉수는 어떤 감촉인지, 저 젤라틴으로 코팅한 것 같은 피부는 눌러보면 어떤 느낌일지 궁금해서, 사비리키에게 한번 만져봐도 되냐고 물어볼까 생각했다. 그때 사비리키가, 조금 전 신부님과 악수했던 촉수를 배배 꼬며 말했다.

"이해할 수 없지만 신부님께서 제가 무슨 맛인지 궁금해 하시는 것 같군요."

"아?"

"새콤달콤한 맛을 떠올리신 것 같습니다. 생각보다는 맛이 없을 텐데."

"저기, 상대방의 생각을 읽거나 그런 거예요? 텔레파시나?"

"로크바의 촉수 중 가운데 촉수는 자기 감정이나 생각을 전달하는 데 쓰여요. 그만큼 상대방의 감정도 밀려 들어오고요."

설마 한입거리도 안 된다고, 먹이를 앞에 둔 육식동물 같은 생각을 하신 것은 아닐 테고. 다만 사비리키의 이 생김새와 탱글탱글한 젤리 같은 표면을 보면서, 신부님은 아마 점잖은 표정 뒤로 이건 뭐 거대한 과일젤리가 굴러다니는 게 아닌가 싶은 생각을 하시긴 하셨을 거다. 나는 웃다가, 사비리키에게 과일젤리들이나 푸딩들의 이미지를 보여주었다.

"먹는 거군요."

"사실은 저도 처음에는 이게 갑자기 커져서 우리 집에 들어왔나 생각했어요."

사비리키의 촉수와 윗부분이 묘한 초록빛을 띠다가 원래대로 돌아왔다. 나는 아마도 사비리키가 그 순간 조금은 웃었을 것이라고 생각했다.

"젤리 같은 것 먹을 수 있어요? 괜찮다면 내일 사다 줄게요. 혹시 지구인들의 마트에 가보고 싶다면 같이 가도 괜찮고요."

사비리키는 바깥에서 만나는 모든 것에 대해 과학자다운 지대한 호기심을 갖고 있었으며, 무엇보다도 바다에 대해 깊은 관심을 보였다. 차이나타운에서 한참 비탈길을 걸어 올라간 곳에 자리한 공자상에서, 좀 더 올라가면 나오는 공원의 광장 구석, 유람선의 이물처럼 꾸며놓은 전망대에서, 그는 바다를 바라보며 햇살 아래 기분 좋게 꿈틀거렸다. 나는 그가 다리도 없이 이 비탈을 올라올 수 있다는 것이 신기하기만 했다. 돌아오는 길에 사비리키는 지친 기색조차 없이, 나는 들어보지도 못한 먼 세계의 이야기를 들려주었다. 언제나 오로라가 빛나는 초록빛 하늘과 해초처럼 끈적이는 바다가 있는 행성들을. 혹은 사비리키가 젊었을 때 한참 머물렀던, 쌍둥이 태양이 번갈아 뜨고 지는, 끝없는 사막이 펼쳐진 행성들을.

"그렇게 더운 곳이면, 힘드셨겠어요."

"그래도 그곳 사람들은 내 피부를 부러워했어요. 표면층이 체액의 증발을 막아서 그래도 버틸 만했거든요. 사실 그곳은 우리루크바들의 모성과 비슷한 곳이어서 곧 익숙해질 수 있긴 했어요. 대기의 조성이 다른 것을 빼면."

"아, 맞다. 대기의 조성이 다른데 어떻게 숨을 쉬는 거예요?"

"나 말인가요?"

"아니, 사비리키도 사비리키지만, 슈슬리사들도요. 모든 행성이 지구 같진 않을 거잖아요."

사비리키는 촉수를 까딱거렸다.

"어느 정도는 적응훈련을 해야 해요. 약도 먹고."

"약을 먹어요?"

"적응을 도와주는 약이죠. 지구인들도 시차가 있는 곳에 갈 때에는 약을 먹어서 수면조절을 하지 않나요? 그게 조금 발전된 형태일 거예요. 일단 슈슬리사는 기본적으로 질소 호흡을 하고, 내 경우는 질소와 산소의 혼합기체로 호흡을 하지만, 산소가 충분하지 못한 곳에서는 산화물 크림을 피부에 바르기만 해도 충분해요. 사실 지구는 내가 그동안 다녔던 행성들 중에서는 정말 내 체질에 잘 맞는 곳이에요. 기압은 다소 낮지만. 사실 대기 조성만 문제가 되는 게 아니거든요. 우리의 경우는 높은 압력에는 잘 견디지만, 기압이 낮은 환경에서는 위험할 수 있어요."

"괜찮아요?"

"질소 분압이 높아서 숨 쉬는 데는 무리가 없어요. 참, 메리크샤나는 황화수소로 호흡을 해요. 그들은 산소를 마시면 순식간에 호흡기 세포들이 산화해버려요. 불타버리는 것 같다고 해야 하겠죠. 그런 종들은 지구에는 아마 오기 어려울 거예요."

시셸의 친구라고 했지만, 수많은 별들을 누벼온 이야기를 듣다

보면 사비리키가 사실은 시셸보다 몇 배는 더 긴 시간을 살아왔다는 것을 알 수 있었다. 적어도 지구인을 직접 상대하며 데이터를 수집하는 말단 연구원이 아니라는 것만은 분명했다. 그는 내가 최대한 편안하게 느낄 수 있도록 배려하며 이야기했고 경력이나 나이를 떠벌이지도 않았지만, 그에게서는 깊은 지혜와 묘한 침착함이, 인간으로서는 감당할 수 없는 세월의 무게가 느껴졌다. 모두가 경악하고 이성을 잃을 만한 상황에서도 그는 잠시 촉수를 흔들다가 제일 먼저 마음을 가라앉히고 모두를 진정시킬 수 있을 것 같았다.

그랬기 때문일까. 그가 등 뒤로 촉수를 휘둘렀을 때까지, 나는 무슨 일이 일어났는지 인지하지도 못했다. 두 번째로 날아든 돌이 우리가 앉아 있던 벤치의 등받이를 때리기 전까지는.

"아, 씨. 뭐야!"

사비리키가 돌을 맞은 모양이었다. 나는 곧바로 일어나 소리질렀다. 자갈을 골라 들던 사내아이가 나를 보고 머뭇거렸다. 울음을 터뜨릴 것 같은 아이를 보고 다가온 아이의 엄마는 사비리키를 보고 비명을 지르며 아이를 끌어안았다.

"애 간수 좀 똑바로 하세요, 아줌마."

부아가 돋았다. 잘못해놓고는 그새, 어미새 날개 밑에 쏙 숨어버리듯 제 엄마 뒤에 숨은 진화 2세대 아이와, 혐오스럽다는 듯이 이쪽을 보는 그 엄마에게.

"왜 돌을 던져요, 사람 앉아 있는데."

"사람 아냐, 괴물한테 던졌어."

"아니거든?"

"저기, 학생한테 돌을 던진 건 미안한데."

애엄마는, 불쾌한 듯 어깨를 움찔거리며 변명 비슷한 것을 늘어놓았다.

"그 옆에 있는 덩어리, 그건 대체 뭐죠? 우리 애가 저걸 보고 놀란 것 같은데."

"외계인이에요. 당신들이 두려워하는 슈슬리사 같은."

"외계인이라고요?"

천천히 꿈틀거리는 사비리키의 뒷모습을 보며, 애엄마는 황당하다는 듯 한숨을 쉬었다.

"새로 나온 외계 생물 같은 건가본데, 그런 걸 학생이 멋대로 키워도 되는지는 모르겠지만."

"무슨 애완동물인 줄 알아요? 키우게. 모르면 가만히 있든가 애한테 사과라도 시켜요."

아줌마는 황당해 하며 자기 아이의 손을 붙잡고는 돌아서서 저편으로 걷기 시작했다. 한참 걷다가, 아줌마는 이쪽을 돌아보며 소리쳤다.

"위험해 보이는 괴물이나 끌고 다녀서 우리 애를 놀래켜놓고는!"

"무식하면 가만히 좀 있거나 부끄러운 줄 아세요!"

나는 조롱하듯 가운뎃손가락을 흔들어 보였다. 그때 사비리키가 이게 입인지 손인지 감정전달용인지 나로서는 아직 구분이 가지 않는 촉수를 뻗어 내 손목을 잡았다.

"그만해요, 이사나."

"그치만!"

"그만해요."

사비리키는 침착하게, 촉수로 내 양 손목을 감아 붙잡고는 나를 진정시켰다. 또 다른 촉수 하나가 내 손 위에 겹쳐졌다. 괜찮아. 난 괜찮아요. 그런 감정이 내게 밀려들어 왔다. 사비리키의 마음이 나보다 훨씬 굳건하기 때문인지, 놀랍게도 감정이 금세 가라앉았다. 마음이 가라앉자마자, 나는 내게 마음을 전달한 사비리키의 촉수를 향해 손을 뻗었다.

"왜 그래요?"

"아니, 생각한 것처럼 물컹거리지 않아서요."

"여긴 기압이 낮아서 더 그럴 거예요."

사비리키는 조용히 웃었다. 나는 어쩐지, 아주 조금 부끄러웠다. 냉장고에서 갓 꺼낸 젤리와 다른, 인간보다는 낮지만 분명한 온기가 느껴졌다. 헤아릴 수도 없이 많은 시간을 살아왔고 또 살아갈 존재인 것 같은 그의 침착함에 나는 감탄했다. 소년 같은 무한한 호기심과, 이 침착함이 공존할 수 있다니! 처음으로 동경할 수 있는, 존경하고 등을 바라볼 수 있는 어른을 만난 것 같은 기분이 들었다. 그건 신부님에게서 느끼는 애정이나 배려와는 또다른 것이었고, 그래서 눈물이 날 것만 같았다. 언젠가는 이 시간도 끝이 나고 말 테니까. 영유아 시절부터 학령아동이 될 때까지의 시기를 고정된 양육자 없이 지냈던 사람에게 영원불멸이라는 말의 의미를 가르치는 것은 아마도 불가능할 거라고 나는 생각했다. 이 침착하고 고요하며 현명한 존재에게 내가 잠시 지구의 바다를 멀리서 바라볼 수 있도록 안내했던 것이 고작인 작은 인연일 수밖에 없다는 사실이 불현듯 서러워졌다. 나는 눈을 깜빡이며 입을 꾹 다물었다. 어째서 나는 지구인으로 태어나버렸을까. 울고 싶었다.

연구소는 멀지 않았다. 계단을 오르내리기 불편하지 않을까 생각했지만, 사비리키는 곧 대중교통을 이용하여 연구소까지 다니는 데 익숙해졌다. 이 일에 결코 익숙해지지 못한 쪽은 다른 사람들이었다. 사비리키가 폐를 끼치거나 문제를 일으키는 것도 아니고, 붐비는 시간대를 피해서 굳이 새벽같이 일어나 출근을 하는데도 불구하고.

"오늘 구청에서 무슨 소리를 들었는지 알아?"

윤진 언니는 구두를 벗고 들어와 방까지 다 들어가기도 전에 스타킹을 반 넘게 내리며 중얼거렸다.

"버스에 전염병을 옮기는 외계 생물이 있었단 거야."

"무슨 전염병?"

"눈병. 젤리 같은 외계인한테 스치고 나서 눈병 걸렸다던데?"

"자기가 안 씻어서 걸려놓고 무슨 헛소리야."

그러게. 윤진 언니는 건성으로 대답하며 방에 들어갔다가, 시원한 옷으로 갈아입고 다시 나왔다. 언니는 머리카락을 슈슈로 대충 묶고, 목이 늘어난 티셔츠에 면파자마 차림으로 나와 내가 엎드려 뒹굴며 책을 읽고 있는 옆에 와서 앉았다.

"덥다. 움직이기도 싫어."

"가서 씻어. 그러다가 시셸이 오면 또 막 당황하려고."

"학생은 좋겠다. 방학이라고 집에서 뒹굴 수도 있고."

"나만 빼고 다른 애들은 다들 바쁘거든요."

"출근하기도 싫어, 이런 날은."

"내 이야기 듣긴 듣는 거야?"

"이사나."

"왜."

"나도 힘들어."

윤진 언니는 아예 마룻바닥에 벌렁 드러누웠다.

"나도 힘들다고."

나는 대답하지 않았다. 물론 윤진 언니도 힘들 수 있다. 내가 힘들고 속상해서 엉엉 울 때마다 날 붙잡고는 세상에 힘들지 않은 사람이 어디 있느냐고 야단치던 언니니까. 그러지 않았더라도, 윤진 언니도 힘든 것을 꾹 참고 살아가고 있다는 것 정도는 안다. 딱 윤진 언니와 동갑내기들인, 마지막 자연출산 세대들의 상대적 박탈감에 대해서도 들어보지 못한 것은 아니다.

하지만 심통이 났다. 힘들고 속상해서 어리광을 부리고 싶은 건 알겠지만, 나라고 힘들지 않은 것은 아니다. 무엇보다도, 내게 손가락질하는 영감들과 나보고 구세주라고 노래를 불러대는 광신자들이 귀찮아서 방학인데도 집에만 얌전히 처박혀 있는 신세가 나라고 좋을 리 없었다. 어리광을 부려도 내가 부리는 게 맞다고 생각했다. 이차피 똑같이 힘는 거라면, 내가 언니를 이해하기보다는 윤진 언니가 나를 이해하는 게 더 쉬울 테니까.

"적어도 언니는 혼자는 아니잖아."

"뭐?"

"이도저도 아닌 어중간한 입장은 아니잖아."

"어린애란 팔자 좋구나."

"난 어린애니까 나한테 어리광 부리지 마."

"우리 엄마는 나한테 정말 어리광 많이 부렸어. 짜증 날 만큼. 어른이라고 어리광 부리지 않는다고 생각하는 건 오산이야, 오산."

"뭐가 문젠데."

"……"

"뭐가 문젠데 다 큰 어른이 어린애한테 찔통을 부려."

"이사나."

윤진 언니는 드러누운 채로 낮게 중얼거렸다.

"난 그냥 평범하게 살고 싶었어. 그냥 아주 평범하게."

"언니 정도면 평범하지, 뭐."

"그런 거 말고, 좀 평범하게 말이야."

"뭘 말하는 거야. 한 반에서 서른 명 중에 십오등 하는 거?"

"야."

"그럼 뭔데, 사람이 좀 알아듣게 말을 하란 말이야."

"그냥."

듣고 싶지 않았다. 아니까, 무슨 말이 나올지 짐작이 가니까.

"그냥, 남들같이."

"나처럼 짐 되는 애 같은 것도 없고?"

"말 좀 오해 없게 하자. 그냥 식객이라고 하든가! 짐 되는 애라고 하니까 내가 어디 가서 낳아 온 것 같잖아!"

"하긴, 우리 엄마는 언니보다도 어리니까. 맞지?"

"아마도."

내가 엄마 이야기를 꺼내자, 윤진 언니는 더 이상 뭐 한탄 같은 것을 해봤자 소용없겠다 싶었는지 입을 다물었다. 나 역시 마찬가지였다. 윤진 언니는 아마도 삼촌인 신부님 수발을 들며 사제관에서 살고 싶지도, 거기다 나 같은 식객은 물론이고 사비리키까지 떠맡아 살고 싶지도 않았을 거다. 드라마에 나오는 멋진 여자들처럼 근사한 원룸 오피스텔 같은 데를 얻어서 예쁘게 해놓고 살고 싶은 마음도 있었을 테지. 조카뻘 되는 나이의, 같은 민족도 아니라 눈에 띄는 데다 한창 예민하기까지 한 사춘기 여자애를 신경 쓰고, 얌전히 책을 읽고 데이터만 수집한다고는 하지만 보이는 것만으로도 신경 쓰이는 '촉수괴물'과 같은 공간에서 지내는 것을 참아내야 하고, 연세 많은 숙부님의 수발을 들어야 하고. 언니도 분명히 힘들다는 것은 안다. 그 말을 나는 굳이 꺼내지 않았다. 그 말을 해버리면, 공연히 미안하다는 말을 하게 되니까. 내가 여기 있는 것 자체가 미안해지니까. 대신 나는, 퉁명스럽게 중얼거렸다.

"양육자는 수도 없이 바뀌었지만 난 잘 컸어."

"야."

"못 하겠으면 시셸한테 못 한다고 그러면 되잖아."

"너, 애가 왜 그렇게 못됐니."

"그냥 사실을 이야기하는 거야. 나 벌써 고등학생이고, 슈슬리사들이 어떻게든 보호자를 얻어주려고 과보호하는 것도 이해가 안 가는 건 아닌데, 이 나이에 벌써 기숙사 고등학교 들어가서 부모와 떨어져 사는 애들 많아. 여차하면 나, 정부에서 부모 없는 애들 성년 되면 주는 독립자금이라도 받아서 나가서 살아도 되니까, 신경 쓰지 마."

"못됐어, 너. 정말로."

윤진 언니는 내 얼굴에 쿠션을 집어 던졌다. 정말로 화가 난 것은 아니었다. 그냥 잠깐 푸념하고 싶었던 것뿐일 거다. 나는 몸을 일으켜 윤진 언니를 보고 웃었다. 윤진 언니는 내가 내미는 쿠션을 다시 받아 제자리에 밀어놓았다.

"전염병 옮기는 외계인이라고, 난리도 아냐. 알고 있어?"

"사실이 아닌걸."

"사실이 아니라도. 슈슬리사들이 신원과 안전을 보장한다고 해도, 괴물이라고. 사람들이 거부감 느끼는 것도 당연하단 말이야."

"그는 괴물이 아냐."

"네 눈에나 그렇지. 그러지 말고, 다음에 시셸에게 슬쩍 이야기해보면 안 될까?"

"뭐라고 이야기하라는 거야. 사비리키랑 못 살겠으니 방을 빼라고?"

윤진 언니가 정색을 하고 내게 가까이 다가와 앉았다.

"정말이야. 네가 좀 말해봐. 시셸이 가장 중요하게 생각하는 건 너니까. 나는 뭐, 상관없긴 한데, 사람들이 수군거리잖아. 그런 게 싫어. 평소에도 너 따돌리고 못살게 구는 애들 있는데, 저 외계인 때문에 더 그러면 보호자로서 곤란하기도 하고. 그렇지 않아도 동사무소에 민원인들 와서 그러더라. 저 징그러운 외계생물 때문에 집값 떨어진다고."

"어휴, 집값. 또 집값. 예수님이 살아와서 맨발로 돌아다니고 부처님이 살아와서 굶고 있어도 노숙자가 있어서 집값 떨어진다고 난리칠 거야."

"여튼 민원인들이 그러다보니, 공무원 된 입장에서 난처해. 어떻게든 좀 해보자."

"그럼 시셸에게 직접 말하면 되잖아."

"야."

"좋아하는 거 맞지?"

"머리에 피도 안 마른 게 무슨 소리야."

"이럴 때만 애 취급이야."

아마도 나는, 절대로 긍정적인 반응은 보이지 않을 거다. 시셸에게 그런 곤란하고 한심하며 종 차별적인 이야기를 대신 꺼내는 어리석은 짓도 하지 않을 거다. 무엇보다도 사비리키와 좀 더 함께 있고 싶었다. 그러니까 이런 이야기에 흔들리지 않기로 했다. 할 일 없는 인간들. 하늘에 우주선이 떠 있고 바다에는 인간들과 슈슬리사들이 함께 탐사에 나선 거대한 함정들이 가득한데도 좁디좁은 땅에 발이 묶인 채 집값 내려가니까 그 외계생물 좀 치우라는 소리나 하고 있는 어리석은 어른들. 그러면서도 사비리키에게 덤벼들 생각은 하지 못하는 게 용하기는 했다. 그들이 생각하는 어떤 생물과도 닮지 않았으니까 어떻게 공격이라도 해 올까 싶어서 슬슬 피하면서 공무원들에게 그 일을 떠넘기기 까지 하고, 어쩌면 저렇게 비겁하기 이루 말할 수 없는 사람들이 나이 먹었다고 어른 행세를 하고 사는 것일까? 사비리키의 침착함이나 좀 배우라지. 나는 그런 쓸모없는 생각들이 빚어낸 촌극에 끼어들고 싶지 않았다. 그러니까 이런 이야기일랑 모르는 체하리라고 속으로 다짐했다.

그보다는 과연 시셸이 윤진 언니를 어떻게 생각하느냐가 더 중요한 문제일 것 같긴 했다. 하지만 어떨까. 지구의 인간들이 슈슬리사의 친구라는 그들의 말이, 과연 개는 인간의 친구라는 말보다 더 진정성이 깃든 이야기이기는 한 걸까. 나는 믿을 수 없었다. 선명하게 붉어진 언니의 뺨을 보며 나는 인간과 슈슬리사 사이에 사랑이 성립할 수 있을까 같은 삼류 소설 띠지에나 붙어 있어야 어울릴 것 같은 명제를 두고 고민해야 했다. 뭐, 그런 소설의 히로인들이야 결국 무뚝뚝하고 인간에 대해 잘 알지 못하는 데다 종종 뭔가 밝힐 수 없는 상처와 한을 품고 있는 슈슬리사의 마음을 열고 함께 우주로 날아가곤 하지만, 그게 정말 가능한 일일 리가 없잖아. 나는 평범하게 살고 싶다는 저 말과 전혀 어울리지 않는 언니의 욕망에 대해 생각하다가 한숨을 쉬었다. 이건 그냥 안 되는 거다. 가당치도 않은 마음이었다. 정말로. 그건 내가 사비리키와 언제까지나 같이 있을 수는 없다는 것과 마찬가지로 분명한 사실일 거다. 기분이 더러워졌다.

사비리키는 그날 밤, 해가 저물고 9시 뉴스가 시작되도록 돌아오지 않았다. 그는 초과근무 같은 것은 하지 않았다. 밤늦게까지 연구를 하는 것은 열정의 상징일지는 몰라도 능률과는 거리가 먼 일이라고 말한 적도 있었다. 그렇다고 연구소에서 회식 같은 것에 끌려갔을 것 같지도 않았다. 그런 일이라면 늦는다고 말을 했을 테니까. 걱정이 되었다. 나는 윤진 언니나 신부님께 사비리키를 마중 간다고 말하기가 괜히 부끄러워서, 요 앞 편의점에 간다고 하고 밖으로 나왔다.

버스 정류장에 가서 기다려볼까. 사비리키가 휴대폰을 들고 다니면 좋을 텐데, 그는 정신 산란해진다는 이유로 그런 것도 들고 다니지 않았다. 그런 것 없이도 시셸과는 연락할 방법이 있다고 들었는데, 지구에 아직 알려져서는 안 되는 수준의 기술이라며 제대로 설명해주지도 않았다. 차라리 시셸에게 연락을 해볼까. 고민을 하면서 골목을 지나는데, 뭔가 골목 안쪽에 물컹한 쓰레기봉지 같은 것이 꿈틀거리고 있었다.

설마.

설마, 설마, 설마. 나는 나를 향해 흔들리는 촉수를 바라보고 바로 달려가 사비리키를 부축했다. 그러나 사비리키는, 그저 평온한 빛깔을 띤 채 나를 향해 촉수를 흔들어 보일 뿐이었다.

"사비리키?"

"이걸 좀 봐요."

사비리키는 고양이를 들여다보고 있었다. 새끼고양이. 내 두 손 안에 들어올 법한, 약하고 어린 생물을 촉수들로 감싸 안은 채로 계속 가만히 있었던 모양이었다.

"고양이예요. 귀엽죠?"

"예. 마치 라타시스의 조상종을 본 것 같네요."

"라타시스?"

"이 친구들처럼, 뾰족한 귀에 이 비슷한 얼굴을 한 종이 있어요. 좀 호전적이라서 우주군에 많이 들어가는데, 그들도 지구인들처럼 산소호흡을 하죠."

"고양이를 닮은 지성체가 있다고요?"

"슈슬리사가 인간과 비슷한 면이 많은 것에는 놀라지 않으면서, 고양이를 닮은 지성체가 있다는 말에는 왜 놀라는 거죠?"

"아."

"꾸짖는 게 아니에요, 이사나. 그냥 이야기를 하는 거예요."

사비리키는 앉으라는 듯 촉수로 내 등을 톡톡 치며 말했다.

"지구에서도, 배의 발생 단계를 보면 초기에는 비슷하다가 후기에는 서로 제 종의 모양을 따라가죠. 그렇죠?"

"예. 마치 진화의 단계처럼……."

"우주는 넓고, 서로 다른 지역과 환경에서 나고 자랐어도 비슷한 요소를 지닌 종들은 많이 있어요. 지구인들은 지금, 지구인들이 이해하기 쉬운 비유로 말하자면 갈라파고스에서 처음 밖으로 나온 핀치새처럼 어리둥절하겠지만, 시간이 지나면 이해하게 될 거예요. 이건 당연한 것이고, 지구 안에서만 살아왔던 당신들은 아직 경험이 더 필요할 뿐이니까."

"난…… 나는 좀 더 잘 이해할 거라고 생각했어요."

가슴이 먹먹했다. 나는 갈라진 목소리로 속삭였다.

"나는, 그 다르다는 것에 대해 조금은 더 잘 알 줄 알았어요."

"경험의 문제예요, 이사나."

"자기랑 다르다고 깜짝 놀라고, 빤히 쳐다보고, 그러지 않을 줄 알았어요. 나, 솔직히 말하면요…… 당신을 보고도 아무렇지 않은 척했지만 처음에는 조금, 아주 조금이지만 놀랐어요."

"놀라지 않는 게 이상한 거예요. 당신의 세계에 나와 같은 종은 없었으니까. 당신이 알던 지구 생물 중에 질소호흡을 하는 종이 있으면 말해봐요. 뿌리혹박테리아 말고."

"없진 않겠죠."

"없진 않겠지만 바로 떠올릴 만큼 친근하지 않아요. 산소호흡을 하는 종과 질소호흡을 하는 종은 그다지 가깝질 않잖아요?"

"모든 생물의, 진화 최초의 모습은 다 비슷하다는 거야 알고 있어요."

나는 내 어깨를 감싼 촉수 끝을 손으로 붙잡으며 중얼거렸다.

"처음에는 그냥 세포 덩어리, 배아 형태였다가, 새도 되고 돌고래도 되고 인간도 된다는 것을 배웠어요. 하지만 뭐라고 할까, 이게 우주에서 딱히 유리한 생김새가 아닐 수 있다는 것을 알면서도 지성체라면 으레 이족보행을 하고 있을 거라고 생각했어요. 인간이 그렇고 슈슬리사도 그렇잖아요. 그래서…… 모든 지성체의 진화 결과가 그렇게 한 방향으로 갈 리 없다는 것을 알면서도요."

"이사나, 난 지구에 오기 전에 지구에서 만들어진 SF영화들을 보고 왔어요. 지구인들이 다른 지성체에 대해 갖는 생각이 궁금했거든요."

"어땠는데요?"

"당신을 귀찮게 하는 그 종교의 신도 사람의 모습을 닮지 않았던가요?"

사비리키는 촉수 끝으로 고양이를 쓰다듬었다. 나는 몸을 숙여, 사비리키가 쓰다듬던 고양이를 안아 들었다. 사비리키의 몸에 얼룩덜룩한 보랏빛 자국이 남아 있었다. 사비리키는 어쩌다가 이 골목에서 이 새끼고양이를 만나게 된 걸까. 아무리 외계인이라고 해도, 멍 자국이라고밖에 부를 수 없는 그 자국들을 못 본 체하며 나는 짐짓 딴청을 부렸다.

"어미는 어디로 갔을까요?"

"며칠째 여기 혼자 있었어요."

"이 녀석들을 진화자궁으로 가속시키면, 어떤 모습이 되는 걸까요."

고양이는 작고 따뜻했다. 제대로 먹지 못했는지, 얇은 가죽 아래 뼈가 잡히듯 느껴졌다.

"아까 말한 그, 우주군에 많이 들어간다는 종족처럼 될까요? 아니면 슈슬리사처럼 파란 얼굴에 두 발로 걸어 다니게 될까요."

"글쎄요, 그건 이 아이들의 의지에 달리지 않았을까요."

"의지?"

"의지라는 말이 너무 추상적이라면, 선택이라는 표현도 있겠죠."

"선택……."

"수동적으로 진화 프로그램을 있는 그대로 따라가는 종들은 그저 슈슬리사가 될 뿐이에요. 그 이상도, 그 이하도 아닌. 종으로서의 지구인은 사라지고, 슈슬리사 중 하나가 되는 거죠. 무슨 뜻인지 이해가 가나요?"

"그러니까, 진화자궁으로 진화를 거듭하면 결국 지구인이 슈슬리사가 된다는 뜻인 거예요?"

"될 수도 있다는 뜻이에요, 이사나. 지구인이, 자기들의 정체성과 문화를 유지하면서 진화 프로그램을 능동적으로 따라간다면 그 결과는 달라지겠지만."

나는 고양이를 안은 채로, 사비리키의 움직임에 맞추어 천천히 걷기 시작했다. 사비리키는 엷은 피부 아래로 꿈틀거리는 복족을 움직이며 비탈길을 걸어 올랐다. 낮보다는 서늘해진 바람은 여전히 바다의 습기를 머금어 눅눅했고, 혀를 내밀면 짭짤한 맛이 느껴질 것만 같았다. 공연히 눈이 따끔거렸다. 숨이 막히도록 끔찍한 것들. 나는 결코 이 중력을 벗어날 수 없다. 나는 결코 지구인이 아닌 다른 종이 될 수가 없다. 내가 선택하지 않은 나의 출생도, 나의 종도, 나의 그 모든 정체성도, 나는 그저 숙명으로 지고 갈 수밖에 없다. 나는 묵직해 보이는 몸을 하고 이 비탈을 가볍게 움직여 올라가는 사비리키를 바라보며 울고 싶었다.

"누가 때린 거예요."

"다치지 않았어요."

"멍들었잖아요. 그 얘기 알아요? 예전에, 옆 나라에서 이 나라를 침략했을 때요. 옆 나라에 지진이 났어요. 그때 옆 나라 사람들은 이 나라 사람들을 삼아서 강제 노역을 시키려고 끌고 갔는데,

막상 지진이 나고 전염병이 돌자 그랬다는 거예요. 이 나라 사람들이 우물에 독약을 풀고 다닌다고. 우리를 다 죽일 거라고. 그 사람들, 아무 해도 끼치지 않았을 텐데."

"음."

"당신은 지구를 연구하러 온 거잖아요? 어떤 해도 끼치지 않잖아요?"

"어떤 해도 끼치는 일 없도록 늘 노력하고 있죠."

"여기 사람들은, 당신이 전염병을 옮긴다고 동사무소에 민원을 넣었대요. 눈병 걸린 게 당신 탓이라고 그러더래요. 씻지도 않거니 그랬을 거면서."

"윤진 씨가 곤란했겠군요."

"대체 왜들 그러는 걸까요, 정말. 자기들하고 다른 것을 보고 뭐 낯설어서 놀랄 수도 있고, 그건 아는데……. 알려고 노력도 하지 않잖아요. 당신들은 우리를 알려고 여기까지 오는데."

"내가 여기 처음 오던 날 기억해요?"

"예."

"그날 시셸이 공항으로 마중 나왔어요. 시셸은 차를 가져오려 했는데, 내가 대중교통을 이용하자고 고집을 부렸지요. 이곳의 지성체들이 궁금했으니까요. 어땠는지 상상할 수 있나요?"

"제가 상상하는 것보다 더 안 좋은 상황이었을 거라는 생각은 드는데요."

"아마 그랬을 거예요. 사실은 시셸이 많이 곤란했죠."

사비리키의 촉수가, 고양이를 안아 쥔 내 손을 톡톡 건드렸다.

"애완동물 취급 정도는 양호한 편이었으니까요. 시셸이 슈슬리사니까 그 정도로 끝났지, 보통 지구인이었다면 아마 곤욕을 치렀을 거예요."

"여기 사람들에게 슈슬리사란 뭐, 신 비슷한 거니까요. 사실은 그런 것도 아닌데."

나는 의기소침해져 고양이를 한 손으로 받쳐 안고는 다른 손으로 사비리키의 촉수를 붙잡았다. 비참한 기분이 들었다. 이렇게 서로 닿고 있다고 해도, 지금뿐이다. 마음은 결코 닿지 않을 거다. 설령 마음이 닿더라도 반드시 끝이 나고 말 만남이다. 머지않아서, 몇 년 뒤면 나는 어른이 되고 독립을 하게 될 것이고, 설령 그때까지 그가 나와 함께 산다고 해도, 그에게 지구인의 몇 년이란 고작 찰나에 불과할 테니까.

"인간보다 훨씬 감정도 풍부하고 변덕스럽고, 자기 멋대로 동정심과 연민에 지구인 아이 하나를 맡았다가 자기 멋대로 버리기도 해요. 그래도 변명이라도 들어보려고 하는 것은 지구인보다 조금 나을까. 슈슬리사는 신이 아니에요. 그 사람들이 여기 내려오고 삼십 년이 지나도록 그들이 신에 가까운 존재라고 믿는 멍청한 사람들이 아직도 드글드글하지만, 역시 아니잖아요. 그렇죠? 난 이런 건 슈슬리사에게는 물어볼 수도 없고, 여기 사람들은 슈슬리사가 신인 줄 아니까 결국 평생 알 수 없을 거라고 생각했어요. 슈슬리사는 우리보다 문화가 발달하고 좀 더 앞날을 예측도 하고, 좋아하는 것이나 싫어하는 것에 대해서도 좀 더 예의를 차리고 체념을 차릴 수 있을 뿐이지, 결국은 우리보다 더 감정적인 거죠? 신이 아닌 거죠?"

"물론 아니죠. 하지만 이사나, 피해의식을 느낄 필요는 없어요. 당신의 예전 담당자는 아직 어렸던 것뿐이지, 당신을 위해 노력했던 것은 사실이니까."

"예?"

"당신의 손에 닿으면 느껴지거든요. 당신의 추억들이."

사비리키는 내게 촉수들을 내밀었다. 마치 안아주고 싶어도 팔이 없어서 안아줄 수 없다는 듯이. 고작 발밑만을 비추는 가로등 불빛이 그의 반투명한 피부에 닿았을 때, 그의 피부는 익어가는 사과처럼 불그레한 빛을 띠었다. 나는 말하고 싶었다. 말하지 않아도, 닿는 것만으로도 나를 느껴버리는 그의 예민한 감각에 어쩌면 이 마음은 이미 읽혀버린 것일지도 모르지만. 나는 울고 싶었다. 이런 것을 말한들 무슨 소용일까. 나는 아무것도 알지 못한 채 너무 빨리 어른이 되고 또 순식간에 늙어버릴 테니, 혹시나 그가 이곳을 떠났다가 언젠가 다시 돌아온다고 하더라도 나는 죽었거나 살아 있다손 쳐도 이미 늙어 꼬부라진 할머니일 거다. 그런 찰나의, 한없이 무상하고 덧없을 마음 같은 것은, 나는 전할 생각도 없었지만 전할 방법도 몰랐다. 다른 시간대를 살아가게 될 텐데도 어째서 나는 그를 사랑하게 되어버렸을까. 그때, 내 손에 잡힌 사비리키의 촉수가 꿈틀거렸다. 나는 깜짝 놀라 촉수를 놓으며 사비리키를 바라보았다.

"지구인들은 이 감정을 어떻게 해석하는지 모르겠지만……. 이사나, 내가 느낀 그대로 이 감정을 해석해도 좋을까요."

"아뇨오오오!"

나는 고개를 가로저었다. 하마터면 안고 있는 고양이를 사비리키에게 던져버리고 그대로 집까지 도망칠 뻔했다. 심장이, 두근거리다 못해 입 밖으로 튀어나올 것 같았다. 슬금슬금 뒤로 물러서려는데 사비리키가 촉수를 뻗어왔다. 그의 촉수가 밧줄처럼 내 손목을 휘어 감았다. 나는 소리도 지르지 못하고 주저앉았다. 그 와중에도 안도했다. 이 골목길에 다른 사람이 없다는 데. 누군가 의협심 강한 사람이라도 지나가다가, 웬 촉수괴물이 여고생을 공격한다고 오해하고 사비리키에게 폭력을 쓰는 것보다는 나을 테니까. 하지만.

"이사나, 그런 고민을 하는 당신이 참 사랑스러워요. 난 정말로 당신이 좋아요."

도망치고 싶었다. 분명히 끝이 보이는 관계를, 굳이 말하고 설정하고 만들어갈 생각은 없었다. 난 그저 그를 동경했다. 그의 침착함이 부러웠다. 언젠가 내가 가고 싶은 먼 바다를 꿈꾸는 마음으로 그를 바라보았다. 그뿐이었다. 나는 지구인이고, 지구의 시간으로 고작 백 년이나 살면 오래사는 거다. 그와는 다른 별에서, 다른 시간을 살아갈 뿐이다. 그러니까.

"저기, 아마도 제가 생각하는 것과는 다른 뜻으로 말씀하시는 것 같지만."

그러니까 기대하지 않을 거다. 바라지 않을 거다. 꿈꾸지 않을 거다. 나는 내가 어깨를 떨고 있다는 것을 그제야 깨달았다. 고개를 들었다. 내 코앞까지 다가온 사비리키가 다른 촉수로 내 어깨를 감쌌다.

"내 생각에는 내가 아마도 당신과 같은 뜻으로 이야기하는 게 맞는 것 같은데요."

숨이 멎을 것 같았다. 도저히 태연한 척할 수가 없었다. 아무것도 아니라고, 웃으면서 대답하는 그런 모습을 마음속으로 상상해보려 애썼지만, 그 모습을 마음속에 떠올려보기도 전에 먼저 터져나온 것은 울음이었다. 결코 갖지 못할 것에 대한 안타까움과 절망이 뻘밭을 채우며 밀려드는 바닷물처럼 나를 떠밀었다. 사비리키는 나를 좀 더 단단히 감싸안은 채, 촉수로 내 등을 토닥거렸다.

"울지 마요, 이사나."

"개가 인간을 사랑하는 건요."

"음?"

"개의 일 년은 인간의 칠 년이래요. 강아지는 순식간에 성견이되었다가 순식간에 늙어버리는데, 우습잖아요. 그런 개가 인간을 사랑한다면, 설령 그들이 평생을 나란히 함께 살아갈 수 있다고 해도, 개가 인간을 정말로 사랑할 수 있다고 그래도, 그건 보통 생각하는 사랑과는 다른 거잖아요."

"스스로를 비하씩이나 할 필요는 없어요. 개는 여튼, 독자적인 문명을 가진 지성체로 발전하진 못했으니까. 인간이 개에게 네가나를 사랑하느냐고 물었을 때 이런 변명을 할 수 있던가요."

"그건 아니에요. 하지만……."

"나는 이 사랑이 첫 번째 사랑도 아니고, 언제까지나 당신을 사랑한다고 말하지도 않아요. 다만, 나는 내가 존재하는 한 당신을 계속 기억할 겁니다. 이사나, 울지 마요. 내가 차마 당신에게 말하지 못했던 마음이 당신에게서 느껴져서, 말하지 않을 수 없었어요. 미안해요."

이런 꼴을 누가 본다면 뭐라고 생각할까. 인적 없는 골목에 감사하며, 나는 CCTV도 차마 들여다보지 못할 이 어두운 골목의 한구석에서 사비리키에게 속삭였다. 이래도 괜찮은 건진 모르겠는데, 나도 당신을 좋아해요.

고백을 했다고 해서, 사비리키와 나 사이에 뭔가 눈에 띌 만한 변화가 생긴 것은 아니었다. 남들처럼 당당히 입 맞추고, 더러는 고백한 그 달이 지나기도 전에 섹스를 하는, 그런 연애는 성립할 수도 없었다. 지구인과 제법 비슷하게 생긴 슈슬리사와의 관계에 대해서도 황당하리만큼 일방적으로 지구인의 감각에 맞춘 로맨스 소설 말고는 마땅한 데이터가 없는 판에, 하물며 떠 먹는 과일 젤리처럼 생긴 이 로크바와 지구인이 서로 "번식을 위한 교미행위" 비슷한 일을 할 수 있다고는 생각조차 들지 않았다. 나는 그와의 관계에 차마 섹스라는 단어를 대입해보지도 못한 채 최대한 백과사전에나 나올 것 같은 단어를 동원해서 그 일을 떠올려보았지만, 어느 쪽이라도 난감하긴 마찬가지였다. 고민 끝에 촉수괴물이 나오는 야동을 어떻게 구해서 보려고 했지만, 때맞추어 퇴근한 윤진 언니에게 제대로 걸려 혼쭐만 나고 말았다.

"로크바의 번식 말인가요?"

결국 돌파구는 시셀밖에 없었다. 나는 최대한 태연하고도 조심스럽게 그에게 물어보았고, 시셸은 사실 내가 정말로 구세주이고 지금까지 진저리 치며 도망 다닌 것은 그저 자신을 보호하기 위한 행동이었을 뿐이라고 말하더라도 이렇게 놀라지는 않을 듯한 표정으로 나를 바라보았다.

"그 말은, 사비리키와의 관계에 뭔가가 생겨났다는 뜻으로 봐도 되나요?"

"애가 생긴 건 아니고요."

"물론 그렇겠죠. 있잖아요, 이사나."

"미리 말하겠는데 먼저 고백한 건 사비리키거든요? 제가 번거롭게 한 게 아니거든요?"

"아니, 알겠어요. 알아요. 이사나가 그렇게 섣부른 행동을 할 것 같지도 않고."

시셸은 안타깝다는 듯 나를 바라보았다.

"이 일은 보고할 수밖에 없겠네요. 인정하죠?"

"언제는 보고서 안 쓴 슈슬리사처럼 그러시네요. 쓸 줄 알고 있었으니까 걱정 마세요."

"이봐요, 이사나. 지구인의 심리에 대해서는 계속 연구가 이루어지고 있긴 하지만 당신처럼 한창 성숙기에 접어든 십대 중반의 소녀에 대해서는 특히 섬세한 지도가 필요하다는 데는 어떤 보고서에도 별다른 이견이 없어요. 나라고 해서 사춘기 여고생의 비밀을 있는 그대로 쓸 만큼 뻔뻔하진 않다고요. 당신은 충분히 사비리키에게 기준치 이상의 관심을 보이고 있었지만, 이제껏 난 그걸 내가 못 본 것으로 해두었단 말이죠. 둘이 사귀기까지 하니 이건 보고를 하지 않을 수 없고요."

"보고하게 되면, 사비리키는 다른 곳으로 가게 되나요?"

"사비리키는 우리의 손님이에요. 그가 원하는 한 여기 머무를 수 있어요."

"그러면, 어리석은 사랑에 빠진 탓에 내가 다른 곳으로 가게 되는 모양이네요."

"그렇지도 않아요. 모처럼 양육자와 적당한 사이를 유지하며 잘 지내고 있는데, 성년까지 이대로 머무르게 하는 편이 합리적이죠."

"그럼, 뭐가 변하는 거예요?"

"변하는 것 없어요. 겁먹었어요?"

"아뇨."

"그럼 뭐가 변했어요?"

"아뇨, 아니…… 좀 더 침착해졌어요. 학교도 꼬박꼬박 가고. 해양연구를 하려면 무슨 공부를 해야 하는지 사비리키가 이야기 해줬는데, 지금보다 공부 시간을 더 늘려야 할 것 같아요. 그리고……."

"좋군요."

"아무리 짜증 나는 일이 있어도, 학교에는 꼬박꼬박 가기로 했어요."

나는 작은 목소리로 덧붙였다.

"내가 여러 번 학교를 빼먹었던 것도, 알고 있죠?"

"그건 보고서에 적었어요. 어차피 학교 출석 기록이 있으니까."

"학교에도 가기로 했어요. 뭐, 애들이 괴롭히긴 하지만…… 견뎌봐야죠. 사비리키는 전염병을 옮긴다고 말도 안 되는 민원신고까지 들어갔어요. 심하잖아요."

"긍정적이네요. 어지간해선 이쪽의 일은 관찰만 하고 별다른 조치는 하지 않는 편이지만, 당신 말대로라면 상부에서도 당신과 사비리키의 교제에 어떤 조치를 취하진 않을 거예요. 당신에게는 이 관계가 충분히 긍정적으로 작용할 것 같으니까요. 걱정하지 마요."

"하지만 말이에요, 시셀."

"음?"

"난 계속, 사랑이란 결여에서 오는 것이라고 생각해왔어요. 지금은…… 이건 그냥 내 결여된 부분을 채우기 위한 욕망은 아닐까, 그런 생각을 해요."

"이사나는 생각이 너무 많아요."

"이건 제대로 된 일일까요? 그는 제대로 된 어른이고, 나는 불안정한 어린애일 뿐인데."

"어차피 지구인은 나이 들어도 불안정하지 않습니까."

"그치만요."

"당신이 그의 결여를 채워줄 수 없어서 불안한 건가요? 반대로 생각해보지그래요. 그는 정말로 뛰어나지만, 여기서는 젤리 닮은 애완동물, 전염병을 옮기는 외계생물, 그런 취급을 당해요. 그런 그의 외모는, 적어도 여기서는 어떤 결여가 아닐까요?"

"그건 중요한 일은 아니잖아요."

"물론 그렇죠. 그리고 그, '그럼에도 불구하고' 곁에 있고 싶다는 게 사랑이라면, 당신의 사랑도 딱히 불안해 할 것은 아닐 텐데요. 곁에 있고 싶은 거죠?"

"그와 내가 살아갈 시간이 너무 다르다고요."

"그럴 거예요. 다른 종과 사랑에 빠진 이들이 흔하게 겪는 문제죠. 뭐, 인생에 사랑이 한 번만 찾아오는 건 아니니까, 천천히 생각해도 될 문제예요. 보통은 자신과 같은 종을 짝으로 맞는 것이 가장 무난하겠지만, 다른 경우에도 방법은 많으니까. 일단은 헤어지는 게 두렵다면 사비리키의 세포를 배양해보는 건 어때요? 작년에 헬라 세포 들여다볼 때 우리 사무실에서 쓰던 실험도구들, 그대로 꺼내줄 수 있는데."

"사비리키가 동의할까요?"

"싫어하지 않을 거예요. 그도 지금 지구에 연구하러 왔으니까. 아, 재미있는 것을 알려줄게요. 로크바들의 촉수 상피세포는 조금만 약품 처리를 하면 이것저것 배양할 수 있어요. 그 부분의 세포만 떼어서 다른 종과 키메라를 만들기도 쉽고. 그래서 자기 몸에다가 이것저것 샘플들을 배양해서 다니는 로크바 학자도 본 적이 있죠."

"그런 게 가능해요?"

"가능해요. 오늘 돌아가면 전에 쓰던 것 다 꺼내놓을 테니, 내일부터 다시 사무실 나와요. 전에도 좋아했잖아요?"

나는 고개를 끄덕였다. 사비리키의 세포라니. 키메라라는 말을 할 때, 시셸은 분명히 웃었다. 해봐도 된다는 뜻일 거다. 나와 사비리키의 속성을 조금씩 가진 배양체를 만들어볼 수도 있을 거다. 두근거렸다. 그 세포들 자체가 오래오래 살아남을 수는 없겠지만, 여기다 지난번 얻어두었던 헬라세포를 활용하면 뭔가 방법이 생길지도 모른다. 언젠가 사비리키와 헤어지게 된 뒤에도 그를 추억할 수 있는, 계속 살아서 분열하는 세포덩어리들을 만들어낼 방법이. 사비리키가 이런 내 생각을 징그럽다고, 너무 집착하고 있다고 생각하지 않았으면 좋겠다는 생각도 했다. 조금은 부끄러워서.

문득, 윤진 언니의 마음은 시셸에게 닿았을까 궁금해졌다. 시셸은 이런 문제에 어떻게 대답할까. 만약에 시셸이 윤진 언니의 마음을 알게 된다면, 그들의 관계는 어떻게 변할까. 나는 지구인에게는 신처럼 보이기까지 하는 저 슈슬리사가 인간의 결여를 어떻게 사랑할 수 있을지 궁금했다. 아주 조금은 심술궂은 생각일지도 모른다고 생각하며, 시셸의 얼굴을 왼쪽 오른쪽으로 고개를 돌리며 올려다보았다.

"이사나?"

"그거 알아요? 당신을 엄청나게 좋아하는 지구인이 있어요."

"……."

"차마 말은 못하고 있는 것 같지만. 알아요?"

윤진 언니는 서른한 살이었다. 나를 낳은 내 친엄마보다도 나이가 많을 터였다. 명작이라고 불리는 고전 소설들을 읽어도, 노래 가사를 보아도, 사랑에 목매고 죽고 사는 것은 내 나이, 십대 중반부터 이십대 중반까지의 이야기였다. 서른 살 넘은 사람들도 사랑하고 이별하며 살겠지만, 자기 길을 택해서 자신의 삶을 쌓아 올려가는 나이에 사랑이 인생의 전부가 될 것 같지는 않았다. 그 이후의 사랑은, 그저 소소한 사건일 거라고만 생각했다. 그러니까, 시셀이 윤진 언니의 감정을 묻건 말건, 혹은 그 감정에 분명한 거절을 표하더라도 그런 것이 윤진 언니의 인생을 어떤 식으로든 뒤흔들거나 망가뜨릴 것이라고는 생각해본 적 없었다.

그래서 사비리키의 세포들도 시셀의 사무실 구석에서 무난히 잘 배양되던 어느 날, 뜻밖에도 화장실 천장 쪽 배관에 목을 맨 윤진 언니를 보았을 때, 나는 출근했어야 할 사람이 왜 여기 있는가 싶어 몇 번이나 눈을 깜빡였다. 너무 비현실적이라 비명은 나오지도 않았다. 눈앞에 죽은 사람이 매달려 있는데 느껴지는 이 요의도 비현실적이었다. 나는 매달려 있는 언니에게서 눈을 떼지 못한 채로, 소변을 보고 물을 내리고 손을 씻었다. 살인이었다면 뭔가 증거가 남아 있을지도 몰랐지만, 이건 그런 문제는 아니었을 거다.

나는 조심스레, 언니의 맨 발등을 손으로 건드려보았다. 단단하지도 물렁하지도 않은, 뭔가 상태가 좋지 않은 고깃덩어리를 만지는 것 같은 느낌이었다. 기분 나쁜 냉기가 돌았다. 그때 언니의 잠옷 바지에 남은 얼룩이 눈에 들어왔다. 아, 죽은 거구나. 그 생각이 그제야 머릿속을 치듯이 다가왔다.

목매고 죽은 사람은 혀를 이만큼 빼문다는 말을 들었다. 언니의 얼굴은, 풀어 내린 머리카락에 가려 제대로 보이지 않았다. 욕

조 안쪽으로 들어가 굳이 언니의 얼굴을 확인할 용기는 없었다. 나는 다시 한 번 손을 씻고, 화장실 밖으로 나왔다. 멍했다. 나쁜 꿈을 꾸고 있는 것만 같았다. 나는 잠시 주저앉았다가, 사비리키 에게 전화를 걸었다. 사비리키는 곧 오겠다고, 어서 경찰에 연락 하라고만 말했다. 시셸에게 전화를 걸고, 다음으로 경찰에 전화 를 걸었다. 경찰과 통화하고 나서야, 뭔가 잘못되었다는 생각이 들었다. 여긴 사제관이라고. 성당 뒷마당이야. 이런 데서 자살을 하다니. 신부님이 아시면 뭐라고 하시겠어. 한숨을 쉬다가, 울지 않는 내 자신이 혐오스러워졌다. 윤진 언니가 죽었는데, 이 와중 에 이렇게 차분하게 생각이라는 것을 하고 있다니. 나란 년은 대 체 어떻게 생겨먹은 거야. 괴물 소리를 들어도 싸다 생각했다. 너 무 현실감이 없어서 눈물도 나지 않는 거라고 애써 변명해봐도, 아무리 그래도 다른 사람도 아니고 윤진 언니였다. 이 와중에, 죽 은 윤진 언니를 가엾게 생각하지 못하고 괴물 같은 나만 또다시 연민하고 있는 것이 더 한심했다. 나는 억지로라도 울기 위해 애 써 슬픈 생각들을 떠올려보았지만, 눈물 대신 오히려 눈알이 뻑 뻑한 느낌만 들 뿐이었다.

살릴 수 있지 않을까. 이번 주말이면 사비리키의 세포들과 합 성해보려 했던 헬라 세포 생각이 났다. 본체인 사람이 죽은 뒤에 도 살아남아 죽지 않고 계속 분열하는 인간세포, 헬라 세포의 주 인이었던 헨리에타 랙스는 윤진 언니와 같은 31세에 죽었다. 나 는 마루에 앉아 경찰이 오기를, 경찰이 아니라도 누구든 빨리 와 주기를 기다리다가, 문득 이 마룻바닥에 드러누워 있던 윤진 언니와 마지막으로 나누었던 이야기들이 생각났다. 윤진 언니는 그 때도 저 파자마를 입고 있었다.

눈물이 쏟아졌다.

"그동안 계속 스트레스를 받았습니다. 직장에서의 일로."

"자연출산 마지막 세대들의 스트레스에 대해서는 알려진 바와 같이."

"상대적 박탈감."

"그럴 만한 징후는 없었습니다. 어제도 여기 왔다 갔지만, 평소 와 다르지 않았어요."

시셸은 나를 대신하여 할 말은 다 했다. 어차피 나는 미성년자 였고, 내 말이 딱히 중요하게 여겨지기 어려웠고, 뭔가 할 수 있 는 말도 없었다. 시셸의 말들은 일단은 다 사실이기는 했다. 윤진 언니는 자연출산 마지막 세대였고, 그 세대들의 상대적 박탈감과 높은 자살률이 사회 문제가 되기도 했다. 언니는 때로는 그 점을 들어 자신이 "생존자"라고 말하기도 했지만, 이제는 통계상으로 그 "희생자" 쪽에 설 수밖에 없을 거다. 나는 구석에 앉은 채, 그저 바라보기만 했다. 윤진 언니의 시신이 내려지고, 바닥에서 1차적 인 검안이 이루어졌다. 언니의 얼굴을 보고 싶었지만, 경찰이 나 를 안쓰럽게 바라보며 내 앞을 가로막았다.

"이 댁의 위탁아동입니다. 신부님께서 저희를 대신하여 이 아 이를 맡아주셨지요."

시셸은 그렇게만 설명했다. 성당에 얹혀살고 있는, 뭔가 출신 이 복잡하다는 아이 이야기를 들은 적이 있었는지, 경찰은 아, 그 아이요, 하고 나를 잠시 돌아보고는, 바로 다음 이야기로 넘어갔다. 나는 안심해야 하는 건지, 아니면 절망해야 하는 건지 알 수 없는 기분으로 그들을 바라보았다. 몸이 그대로 늘어져 바닥에 들러붙을 것만 같았다. 날이 덥기 때문일까. 살아 있던 사람이 죽은 그 아찔한 감각, 새파란 가방에 담겨 실려 가는 윤진 언니의 몸에서 풍기는, 무언가가 썩기 직전의 단내와 지린내. 그 모든 것들이 나를 미치기 직전까지 몰아갔다. 신부님께 전화를 드려야 하는데. 오늘 교구 회의가 있다고 하셨는데. 뭐라고 말씀을 드려야 할까. 놀라실까. 우실까. 아니면 자살하는 죄를 지었다고 화를 내실까. 신부님께 전화하는 일만은 어떻게든 피하고 싶었다.

그때, 문가에 서 있던 경찰들 사이에 실랑이가 벌어졌다.

"잠시만요."

나는 슬리퍼를 끌고 마당으로 나가, 문 앞에 선 경찰들을 밀며 골목으로 나갔다. 집 앞을 둘러싼 사람들 사이로 사비리키가 괴물 취급을 당하며 밀려나고 있었다.

"지금 뭐하는 거예요?"

"그렇지 않아도 민원 넣었는데, 아직도 이런 걸 키우고 있어?"

"아줌마가 민원 넣었어요? 윤진 언니가, 그런 민원 들어온다고 계속 힘들어 했는데!"

나는 동네 아줌마에게 손가락질을 하며 악을 썼다. 뒤따라 나온 시셸이 경찰에게 사비리키에 대해 설명하는 사이 나는 동네 사람들에게 패악질을 부리듯 소리를 질렀다.

"내가 처음 여기 성당에서 살게 되었을 때도, 동남아 튀기년 소리가 입에서 떨어지질 않더니. 외계에서 온 연구원을 보고는 전염병을 옮긴다는 둥, 괴물이라는 둥. 나요, 나 삼 년만 있으면 여기 떠나도 되는데, 여기서 떠나면 이 동네 쪽으로는 침도 안 뱉을 거예요. 아까워. 윤진 언니가 왜 죽었는지 알기나 해요? 내가 여기 살아서? 아니면 댁들이, 자기들이랑 눈곱만큼만 달라도 아주 입에 거품을 물고 달려들며 쳐 지랄을 해서?"

"이사나, 그만해요."

"시셸, 똑바로 봐요. 이 사람들, 당신이 슈슬리사가 아니었다면 당신을 존경하지도 않을 사람들이야. 난 정말 여기, 이젠 진저리가 나서 못 살겠어요. 난!"

사비리키가 촉수로 내 손목을 감았다. 순간 손끝에 감전이라도 된 듯한 느낌이 왔다. 나는 반사적으로 손을 털며 뒷걸음질을 치다가, 그대로 사람들을 향해 고꾸라졌다.

이건 내 잘못이 아니다. 이 죽음은 내 탓이 아니다. 사랑했기 때문에 절망해서 자살하는 것은, 나이가 서른이 넘은 사람이 할 짓이 아니야. 이건, 사랑 때문이 아니다. 그녀에게 죽을 이유는 과하게도 많았다. 마지막 자연출산 세대. 그들은 학창 시절 내내 고작 한 살 아래인 진화 1세대들과 끊임없이 비교당했고, 연애를 하거나 결혼 상대를 찾을 때에도 늘 밀려나곤 했다. 언니는 결코 혼자는 아니었지만, 나와 마찬가지로 언제나 이방인이었다. 결코 섞이지 못하는, 계속 거부당하는. 이 죽음은 언니 혼자의 죽음이 아니다. 이 죽음은 그 수많은 통계의 한 부분으로 끝날 일이 아니다.

나는 윤진 언니가 죽음으로써 나의 어느 한구석이 함께 죽어버리고 말았다는 것을 인정하지 않을 수 없었다.

고정된 양육자가 없었던 인생에, 잠깐 쉬어가는 페이지가 있었다는 것. 나는 그 차이나타운에서의 시간들을 아마 그렇게 기억해야 할 것 같다. 이곳에서 머무르기를 원치 않는다고 사람들 앞에서 한 바로 그 말 때문에 나는 또다시 서식지를 옮길 처지가 된 모양이었다. 어차피 실질적인 양육자였던 윤진 언니가 세상을 떠난 마당에 여기 더 눌러앉아 있기도 어려울 것이라는 의견도 나왔다고 한다. 나는 그들이 내 앞길을 결정하기 전까지의 며칠 동안, 내 방 구석에서 움츠리고 있었다. 두어 번, 신부님의 강권으로 밥을 먹으러 나온 것이 고작이었다. 신부님은 며칠새 부쩍 늙어버리셨다. 자살은 죄가 된다고 말씀하시던 그 신부님의 조카가 사제관에서 목을 매고 자살했다. 유서조차 없었다. 죽은 후에야 윤진 언니가 살아 있을 때 정신과에 꾸준히 다니고 있었다는 사실이 발견되었을 뿐이었다.

"이사나, 이리 좀 나와보거라."

며칠이나 이렇게 쓰러져 있었을까. 눈을 뜨면, 머리맡에 놓인 자리끼를 들이켜고 다시 고꾸라졌다. 시간감각이 둔해진 가운데, 매미 소리만이 내 고막을 계속 두드렸다. 나는 꿈을 꾸는 듯, 허우적거리며 몸을 일으키려 애썼다.

"이사나."

"지금 가요……."

"사비리키 씨가 작별인사를 한다고 왔구나."

사비리키. 나는 눈을 깜빡였다. 필사적으로 손으로 바닥을 짚으며, 기듯이 문으로 다가갔다. 문득 거울에 비친 내 모습은 너무 깡마르고 흉하다는 생각이 들었다. 주저하는데, 가만히 문이 밀리고 촉수 하나가 방 안으로 들어왔다.

"사비리키……."

"전근 명령을 받았어요, 이사나."

"어째서요."

"이번에 윤진 씨의 자살 원인 중에, 민원으로 인한 스트레스가 있었어요."

"……."

"이사나."

"당신 때문이 아니잖아요!"

"그래요, 이사나. 그리고 당신 때문도 아니에요."

사비리키의 촉수가 내 머리를 쓰다듬듯이 톡톡 쳤다.

"시셸에게 주의 깊지 못한 말을 한 것에 대해서는 들었어요. 당신이, 아마도 그 일 때문에 더 자책하고 있을 거라고."

"……."

"시셸도 나도, 그 죄책감은 이해할 수 있어요. 당신 잘못이라고 생각했겠죠."

"……."

"시셸은 그녀에게 아무 말도 하지 않았어요."

"정말이에요?"

"그래요. 시셸은 나처럼 자기 자신에게 그저 솔직하기에는 아직 어린 청년이라서."

나는 문을 열었다. 문밖에, 사비리키가 파르스름한 빛을 내며 웅크리고 있었다. 거대한 젤리 같은 몸. 길고 탄력 있는 촉수. 다들 괴물이라고 부르는 그를, 나는 사랑하고 싶었다. 정말로 사랑했다. 할 수만 있다면 그의 것이 되고 싶었다. 소녀들이 말하는 로맨스에서도 가장 숨죽여 속삭이는 그 절정을, 그와 나누고 싶었다. 나는 그를 처음 만났던 순간을, 그에게 바다를 보여주러 나갔다가 그를 사랑하게 되어버린 그 모든 순간들을 떠올렸다. 처음부터 끝까지 죽 이어진, 성당 창고 구석에서 발견했던 디지털화되지 않은 오래된 영화 필름처럼 머릿속에서 영상들이 이어져 지나갔다.

"슈슬리사에게도 충동이 있고 감정이 있지만, 시셀은 불확실한 것에 대해서는 일단 시간을 두고 인내하는 친구예요. 서로 다른 시간대를 살아가는, 다른 종을 사랑한다는 것에 대한 부담도 컸을 거예요. 계속 생각하고 있었죠. 그 일이 있기 전까지."

사비리키는 움찔거리며 덧붙였다.

"내게 상의했어요."

"날 사랑해요?"

"그래요."

사비리키는 촉수로 내 뺨을 가만히 더듬어 내려왔다. 나는 그제야 내가 울고 있다는 것을 깨달았다. 사비리키는 내 어깨를 그 촉수로 가만히 감아 안았다. 탄력 있는 그의 반투명한 몸속에서 희미한 진동이 느껴졌다. 나는 눈을 감았다.

"당신이 성년이 되는 것을 보고 싶었어요. 당신이 바다로 가는 것도."

"사비리키."

"당신이 배양한 내 세포를 봤어요."

고개를 끄덕였다. 사비리키는 자신의 등에 묶인 짐에서 능숙하게, 내 새끼손가락만 한 시험관을 꺼냈다. 그 시험관 속의 조직은 마치 사비리키의 일부인 것처럼 그가 빛깔을 달리할 때마다 같은 빛을 띠며 반짝였다.

"우리 식으로 손을 좀 봤어요."

"사비리키."

"괜찮다면, 당신의 상피세포를 얻어가고 싶어요."

"제 세포를요?"

"설명을 들었을지 모르지만, 로크바의 촉수조직 상피세포는 조금 처리를 하면 다른 세포를 이식해 키울 수 있는 배지로 쓸 수 있어요. 난…… 괜찮다면 그렇게 당신을 기억하고 싶어서."

한 번도 입 맞추어볼 수도 없었던 그를 위해, 나는 면봉으로 입 안을 긁어냈다. 물만 마셨을 뿐 계속 굶었기 때문일까, 그렇지 않으면 너무 울었기 때문일까. 입안은 바싹 말라, 아팠다. 상피세포 약간과 피 몇 방울. 사비리키는 가져온 시험관 안에 그 조직을 담았다. 그게 전부였다. 그게 끝이었다. 나는 그다음 날 사제관을 떠나야 한다는 명령을 받았다. 다행히도 해양연구원이 되겠다는 내 장래 희망과 적성이 받아들여져, 나는 해군사관학교가 있는 진해로 보내지게 되었다. 성년이 될 때까지의 보호자 겸 관찰자로서 시셸이 동행하게 되었지만, 그와 함께 사는 것은 물론 아니었다. 나는 아마도, 예상했던 것보다 조금 일찍, 독립생활을 하게 될 모양이었다. 이곳에 올 때 가져왔던 낡고 작은 가방 하나에 넘치도록 옷과 짐을 눌러 담았다. 사비리키가 살아 있는 한 계속 분열하며 그와 연결되어 있을 사비리키의 세포 조직과, 신부님께서 챙겨주신 윤진 언니의 묵주를 맨 위에 담고, 나는 가방을 단단히 잠갔다.

떠나기 전, 마지막으로 나는 시셸이 짐을 챙겨 오기를 기다리며, 붉은 등이 켜진 거리를, 붉어져가는 하늘 아래 잿빛과 황토빛 뒤엉킨 바다를 내려다보았다. 내게는 어머니와 같았던 윤진 언니의 죽음에 대해, 나는 언제까지나 부채감을 지울 수 없을 거다. 그것이 나 때문이 아니었다고 해도. 내가 시셸에게 했던 그 말 때문이 아니라고 해도. 나는 이 황토빛 바다를 기억할 때마다, 언니를 떠올리며 먹먹해지겠지.

그 마음속 황토빛 바다에 햇살이 내려앉을 때마다, 나는 내가 처음으로 온전히 사랑했던 존재를 떠올릴 것이다. 존재하는 한 나를 기억하겠다고 했던, 인간도 슈슬리사도 아닌, 낯선 모습을 하고 내게 다가온 그를.

나는 바다를 내려다보며 웃었다. 처음으로, 어딜 잘라야 할지 알지 못한 채 평생을 끌고 다녀온 탯줄을 잘라버린 듯한 기분이 들었다.

I love you

I love you

한 명의 배우를 좋아하는 사람들 중, 어떤 이들은 팬이라 불리고, 어떤 이들은 빠순이라 불리며, 어떤 이들은 광신도라고 불린다. 뒤로 갈수록 비난과 조롱의 뜻이 짙어진다는 것을 알고 있었지만, 나는 그 광신도라는 말이 처음부터 아주 마음에 들었다. 미친다는 것은, 자기 자신을 잃어버린다는 뜻이다. 자기 자신을 잃어버릴 만큼 누군가에게 몰두한다는 것보다 더 깊은 사랑이 있기는 한 걸까. 나는 물아일체니 천인합일이니, 자연이나 사물에 대해서는 자기 자신의 경계선마저 잃어버릴 것 같은 말들을 태연히 하는 사람들이, 누군가에게 그렇게 미친 듯이 빠지는 것에 대해서는 비웃는지 이해할 수 없었다. 나는 기꺼이 내 머리카락으로 그녀의 발을 닦고, 그녀의 가장 더러운 일을 도맡는 종복이 되고 싶었다. 그녀의 사도가 되어 복음을 전하고 싶었다. 한 번인가 내 이런 생각을 가장 친하다고 생각했던 아이에게 털어놓았다가 경멸에 가까운 반응을 되돌려받은 일이 있었다. 넌 미쳤어. 아니면 아직 철이 안 들었거나. 또래보다 조숙한 척하던 그 아이는 불쾌하다는 듯이 중얼거렸다. 그런 건 사랑이 아니라 범죄에 가깝잖아. 그 아이는 나를 경멸했겠지만, 나는 그 아이를 경멸했다. 어차피 우리들 따위, 대량생산품일 뿐이잖아. 나는 그 아이를 경멸하는 나 자신마저 조롱하며 중얼거렸다. 공장에서 툭툭 찍어내는 플라스틱 필통처럼, 매끈하고 날렵하게 생겼어도 가볍고 속은 텅 비어 있는걸.

나는 내가 싫었다. 내가 살아가는 이 세상이 아무래도 마음에 들지 않았다. 다들 침착하고 태연한 척해봤자, 알아? 너희들 모두 다 그냥 대량생산품이야. 하하호호 웃고 있는 아이들에게 다가가 귀를 잡아당기며 말해주고 싶었다. 너희들 모두, 공장에서 똑같이 생긴 싸구려 장난감들을 찍어내듯이, 꼭 그렇게 생긴 아기공장에서 태어난 애들이야. 어른들은 그걸 진화자궁이라고 부르겠지만. 해가 갈수록 인간은 더 발전할 것이고, 세대를 거쳐 갈수록 더 현명해질 것이라는 뻔한 소리들을 하겠지만. 우리와는 조금 다르게 생긴 우리 엄마 아빠와, 그보다 더 이상하게 생긴 할아버지 할머니는, 우리를 조롱하고 질투했다. 세상은 이미 바뀌었는데도, 그들의 세상에 맞추어 살아주지 않는다고 모욕했다. 부모가 자식을 질투하고 먼저 태어난 사람이 늦게 태어난 사람을 증오하는 이건 아무리 봐도 정상이 아니야. 나는 그렇게 얼음틀에 물을 부어 냉장고에 얼리듯이 만들어진 아이들과, 진화자궁의 첫

세대라며 그렇게 태어난 것에 한없는 자부심을 품는 동시에 다음 세대에 대한 질투를 숨기지조차 못하는 지금의 중년들과, 길어진 여생을 저주하며 젊은 세대를 증오하는 늙은이들이 싫었다. 너무 많은 시대와 세월과 세대가 한순간에 아코디언처럼 겹겹이 접혀 조금만 움직여도 비명 소리가 터져 나오는 것 같았다. 나는 작은 눈에 어깨가 잔뜩 구부러진 초라한 노인이 증손자를 목 졸라 살해했다는 신문기사를 보면서 처음부터 이건 예견되었어야 마땅한 일이라고 생각했다. 진화 2세대였던 그 노인의 손자 부부는 대학에 다니던 중 결혼을 했고, 졸업하자마자 진화자궁 사용 허가를 받았다. 작게는 정신 나간 노인이 갓 태어난 증손자를 목 졸라 죽인 친족살인이고, 좀 더 크게 보면 3세대의 프로토타입인 아이가 태어나자마자 살해당한 일이었다. 언론사마다 이에 대해 논평을 내놓았지만, 어찌 생각하면 당연한 일이다. 르네상스 시대 사람이나 심지어는 중세 시대 사람이 20세기 후반에 태어난 아기와 한 집에서 살 것을 요구당하는 것이나 마찬가지인 일이었을 테니까. 축적된 지식이나 문화뿐만 아니라, 골격 자체도 달라지고 있는 마당에. 슈슬리사는 인간의 진보에 힘을 쏟을 게 아니라 어디로 보아도 공존이 불가능할 것 같은 세대들이 어떻게 잘못 꼬인 시간축 탓에 서로 만난 듯한 이 상황부터 어떻게든 해결해야 했다.

당장 내겐 내 가족부터가 문제였다. 세 세대가 벌이는 갈등은 전쟁 수준이었다. 나는 순종하거나 대놓고 반발하는 대신 도망치기로 했다. 빙구식에서 웅크린 채 끝도 없이 옛날 영화들을 보았다. 지난 세기의 영화들을, 백 년도 더 된 영상물들을 들여다보며 나는 시간을 그저 흘려보냈다. 잠들기 전에는 내가 숭배하는 이에 대해 찾아보았다. 그녀는 직접 자신의 말을 하는 사람은 아닌 듯했다. 드물게 실린, 그 흔한 사진조차 찾아볼 수 없는 인터뷰에서 그녀는 아주 침착하고 조용한 사람으로 비춰졌다. 하지만 거름종이로 걸러내기 전의, 날것의 그녀는 어떤 사람일까. 나는 나 말고도 그녀를 숭배하는 이들이 있다는 것을, 그리고 그들 모두가 정신 나간 광신도로 불린다는 것을 알고 있었다. 정말로 잘 알았지만, 그럼에도 불구하고 그녀를 만나고 싶었다. 어머니의 태에서 태어난 여자. 어쩌면 구세주일지도 모르는 여자.

한 번이라도 좋으니, 닿고 싶었다.

그런 숭배와 갈망과 부질없는 소망이 뒤엉킨 채로, 나는 스무 살이 되었다.

20세기 후반에 다작으로 유명한 케빈 베이컨이라는 배우를 중심으로 헐리우드의 영화배우들이 그와 몇 단계를 거치면 아는 사이인지, 즉 한 영화에 출연했는지 파악하는 게임이 유행했다고 한다. 비슷한 것으로 역시 20세기 후반에 공동연구를 많이 하기로 전 세계적으로 유명했던 어느 수학자를 중심으로 수학자들도 같은 놀이를 해보았는데, 미국 수학회에 등재된 논문 중 99퍼센트가 여덟 단계만 거치면 그와 관련된다는 통계가 있었다. 애초에 이 이야기는 1969년, 미국의 심리학자인 트래버스와 밀그램이 "모든 사람은 6단계만 거치면 서로 아는 사이"라는 이론을 발표한 데서 시작되긴 했는데, 함께 영화에 출연하거나 함께 논문을 쓰는 정도의 사이도 아니고, 그저 아는 사이라면 확실히 그럴 수도 있을 법했다. 이 이론은 21세기 초반에 당시 전 세계를 연결하던 마이크로소프트 사의 메신저 이용자들을 연구한 결과 사실로 입증되었다. 임의의 두 사용자를 선택했을 때, 평균 6.6단계만 거치면 두 사람 사이의 접점을 찾을 수 있었다는 것이다.

전 세계가 대상인데도 그런데, 하물며 한 도시라면. 그것도 조직생활을 하는 사람이라면 어떨까. 그것도 그녀가 타는 배가 운 좋게 이 나라에 모항을 두고 있다면.

"어머, 너 운 좋네. 그 사람이라면 이쪽 맞을걸? 전에도 여자와 사귀는 걸 봤으니까."

알바를 하던 카페에서, 나는 단골손님인 군 장교에게 이야기를 들었다.

"그거 아웃팅 아니에요?"

"아웃팅이라고 하기도 그런 게…… 딱히 그런 것을 감추지도 않거든. 아마 그런 것도 있을 거야. 예전부터 그 여자를 쫓아다니면서 구세주랍시고 난리치는 광신자들이 있었는데, 그 여자가 대놓고 난 이반이오, 하고 다니니까 좀 떨어져 나갔거든. 처음에는 그걸 보고 코스이반인가 했는데, 그것도 아니고."

그녀도 그 장교나 나와 비슷한 취향이라고. 내가 그녀의 애인이 될 수 있으리라고 확신한 것은 아니었지만, 어쩐지 그녀에게 한 걸음 더 가까이 다가간 것 같은 기분이 들었다.

"그런데 연애하긴 힘든 상대지. 음. 사람 잘 안 사귀어."

"연애를 싫어해요?"

"연애를 싫어하는 게 아니라 사람하고 잘 어울리질 않아서. 예전에 이 사람 저 사람 만나 연애라도 할 때는 그나마 사람들이랑 어울리려고 노력이라도 했는데, 요즘은 그도 아니고."

갑자기 진입장벽이 높아진 기분이 들었지만, 그렇다고 해서 포기한다면 아무것도 시작되지 않을 것이다. 나는 학교를 그만두고 짐을 챙겼다. 남들은 대학에 갈 나이가 되면 다들 독립을 준비한다는 마당에, 보수적이기 짝이 없는 이 고장에서 몇 대를 살아왔다는 내 가족은 내가 집을 나가겠다고 하자 다들 기겁을 했다. 여자애는 밖으로 내돌리면 사고가 난다는 게 이유였다. 세상에, 하늘에 슈슬리사의 우주선들이 나타나고도 50년이 다 되어가는 이 시점에 이게 무슨 헛소리야.

"어디 밖에 숨겨둔 사내놈팽이가 있어서, 그래서 나가는 게 아니냐! 당장 그놈을 데리고 와!"

"그런 것 아니에요."

"그런 게 아니면, 계집아이가 갑자기 집을 나가겠다는데 그것 말고 무슨 이유가 있어!"

그렇다니까. 슈슬리사가 나타나건 뭐가 어떻게 되건, 인간이란 변하질 않는다. 지금이 20세기 후반이기만 했어도 할아버지가 이러시는 것을 이해라도 해드렸지. 지금은 이해받지도 못할 그런 논리로 사람에게 호통부터 치시는, 한없이 시대착오적인 그 모습을 그저 지켜보다가 나는 반쯤 자포자기한 심사로 대답했다.

"밖에 숨겨둔 사내놈팽이 따위 없어요. 난 여자 좋아하거든요."

이렇게 자포자기한 채 커밍아웃 하는 것은 아무래도 좋지 못한데. 그렇게 생각할 찰나, 재떨이가 얼굴을 향해 날아들었다.

"고얀 것, 어디서 몹쓸 물이 들어서!"

피하긴 했지만, 제대로 맞았으면 아마도 경찰을 부를 만한 일이 일어났을 거다. 세상에, UN과 슈슬리사의 권고로 동성결혼이 법제화가 된 게 대체 언제인데. 그래도 아직도 이런 반응이라니 이쯤 되면 병이다, 병.

"계집아이가 공부한다고 괜히 바람이나 들어서는, 어디서 이런 헛소리를 지껄이는 게야! 당장 학교 그만두고, 선 자리 알아봐 올 테니 결혼부터 해!"

"아까는 밖에 놈팽이가 있느냐고 난리를 치더니, 이번에는 할아버지가 남자를 소개시켜준다고요? 아, 정말. 웃기지도 않아서. 하나만 좀 하세요, 하나만."

"이것이!"

가방을 집어 들었다. 할아버지와 맞서다보니, 엄마 아빠의 표정은 제대로 살피지도 못했다. 충격을 받으신 것은 분명했지만 내가 집을 나가는 것과 내가 여자를 좋아한다는 것 중 어느 쪽에 더 충격을 받으신 것인지는 알 수 없었다. 어느 쪽이라도, 한없이 촌스러운 감정이라고 생각했다. 한없이.

집을 나왔다고 해도, 알바비가 나오려면 며칠은 더 있어야 했다. 나는 그렇게 사이가 좋은 것도 아니었던 과 동기의 자취방에 짐을 잠시 맡겨놓은 채 꼬박꼬박 알바만 하러 갔다. 수업에 나가지 않은 지는 오래되었다. 그 애는 왜 집을 나왔느냐고, 수업에는 안 들어가냐고 묻지 않았다. 그 애가 할 수 있었던 것은 그저, 나를 공기 취급하는 것이 전부였을 거다. 우리는 모두 서툴렀으니까.

"인도나 발리에라도 간 줄 알았네."

그렇게 월급을 챙겨 가기 이틀 전의 일이었다. 언니는 내가 알바하는 가게에 찾아와서는, 우습지도 않은 농담을 하며 낄낄거렸다. 전에 집에다가 어디서 아르바이트 한다고 이야기했건만, 귀담아 들은 사람이 없었다는 뜻이겠지. 그나마 언니가 여길 기억하고 찾아온 것도, 자기가 친구들과 가면 공짜 커피를 마시게 해 달라고 헛소리를 해댄 덕분일 거라고 생각하니 속이 뒤집혔다.

"엄마가 뭐라는 줄 알아?"

"뭐라시는데?"

"슈슬리사가 분명히 애들을 진화시킨다고 했는데 어쩌다가 저런 게 나왔을까."

"재료가 글렀나보지."

"그 이야기 들으셨다간 정말로 너 잡으러 온다."

"못 잡을걸."

"나한테도 이렇게 잡히면서 뭘."

나는 여기 있는 것도 모레까지라는 이야기를 할까 말까 하다가 입을 다물었다. 그래, 여기 오면 잡을 수 있다고 생각하는 편이 낫겠다 싶었다. 그러면 한참은 더 헛걸음을 칠 테니까.

"커피나 줘."

"나한테 커피 맡겨놨어?"

"왜, 전에 나 오면 공짜로 준다고 했잖아. 안 그래?"

"너 혼자 우긴 거겠지."

"그래서 줄 거야, 안 줄 거야? 안 주면 엄마한테 여기 있다고 그냥 꼰질러버린다?"

죽여버리고 싶었다.

어차피 알바는 4시까지였고, 나는 주인 언니에게 양해를 구하고 십 분 먼저 카운터에서 내려왔다. 제일 많이 나가는 커피 두 잔을 들고, 언니가 기다리는 테이블에 다가가 한없이 불친절하게 내려놓았다. 적어도 그중 한 잔에는 적개심을 반쯤 담아서.

"먹고 꺼져."

"원시 종교 마니아에다가, 게다가 레즈비언이라."

"무슨 말을 하고 싶은 거야?"

"잘도 마이너하게 섞어놓았다 싶어서."

"마이너하지 않아서 좋겠네, 누구 씨는."

건너편에 앉았다. 언니는 뭐가 기분 좋은지 아주 얄미울 정도로 방글방글 웃고 있었다.

"뭐야."

"좋아서,"

"뭐가."

"성적소수자. 난 전부터 성적소수자에 관심이 많았거든? 성인 인구의 10퍼센트라는데 내 주변은 물론이고 내 친구들 주변에도 별로 없었단 말이야."

이건 대체 무슨 헛소리야.

"전에 레즈비언인 동기가 자기한테 반할까봐 걱정이라고 도망

다니지 않았어?"

"그건 그거고, 이건 이거지."

"뭐가 다른데?"

"넌 나한테 반하지 않잖아?"

어이쿠.

"가족 중에 그런 마이너한 사람이 하나 있는 건, 나중에 애들 교육하는 데도 좋지. 봐라, 세상에는 너희 이모처럼 저렇게 남들과 다른 사람도 있단다, 하고서……."

"그러니까."

이쯤 되면 지랄도 가지가지라는 말밖에 나오지 않는다. 대체 저 작고 어여쁜 머리통 속에 뭐가 들어 있길래 저런 말이 한 번 주저도 없이 줄줄이 나오는 걸까.

"내가 지금 네 액세서리란 뜻이냐?"

"어머, 말이 심하잖아."

커피를 그대로 언니의 머리 위에 들이부었다. 언니는 비명을 질렀다. 나는 빈정거렸다.

"대량생산품 주제에, 지랄하네."

해고는 당했지만, 여기에는 좋은 점도 있었다. 중간에 그만두는 것이었다면 몰라도, 해고한 이상 그때까지의 시급을 제대로 챙겨주지 않으면 위법이었다. 주인 언니는 제대로 시급을 계산해주었다. 마지막 그 두 잔의 커피는 서비스라고 했다. 돈을 받자마자, 나는 바로 과 동기의 방에서 짐을 빼고 진해로 떠났다.

남의 인생을 부끄러움으로 치부하는 것도 싫었지만 액세서리 하나 생긴 것처럼 자랑스러워하는 위선은 더 꼴사나웠다. 제정신이 아니라니까. 대체 무슨 짓이야. 무슨 생각이야. 그렇게, "예, 나는 소수자를 이해합니다. 소수자는 우리의 친구죠." 하는 사람들을 보면, 피부색이 다른 사람들에 대한 법적인 차별은 없어졌지만 현실적인 차별은 절절하게 남아 있던 시절에 유색인종 친구를 두는 것이 쿨하다고 생각하던 백인 중산층 이야기를 현실에서 보는 것 같아서 한없이 기분이 더러워졌다.

진해에서 나는 적당한 독신자 숙소를 얻어놓고, 군인들이 주로 찾는 카페에서 일을 하기 시작했다. 애초에 그곳 인구의 반은 군 관계자였다. 나는 여름이 가고 짧은 겨울이 지나고 벚꽃이 휘날리도록 그곳에 머물렀다. 수많은 배들이 항구에 들어왔다가 다시 떠나가고, 주말이면 젊은 사관생도들이 거리를 채웠다가 사라졌다. 나는 그곳에서 아무도 아니었다. 조용히 커피를 내리거나 샌드위치를 만들었고 서빙하는 알바생이 늦게 오는 날에는 서빙도 했다. 그뿐이었다.

그 무렵, 나는 손님들에게서 자산함에 타고 있는 그 연구장교에 대해 조금 더 많은 이야기를 듣게 되었다. 그녀가 해군에 입대하면서, 이곳 진해에 웬 희한한 종파의 교회들이 잔뜩 들어섰다는 이야기부터, 그녀가 심심풀이로 만들어냈다는 온갖 발명품에 대한 이야기까지.

"뭐, 이것저것 있었어. 예를 들면 신형 작전용 부츠. 이건 물 위를 걸어 다니면서 작업을 할 수 있게 만든 건데, 정말 한 이삼 년 만에 전 군에 보급이 된 거야. 사실 최근에 승진한 것도 이것 덕분이었을 거야."

"우와."

"그것 말고도, 재미있는 것들이 좀 있었어. 음, 예를 들면 이거."

술이 오른 대위 하나가 품에서 약 상자 같은 것을 꺼냈다. 서로 색이 다른 열 개의 알약이 개별포장된 블리스터 팩을 흔들어 보이며, 그녀는 빙긋 웃었다.

"이거 하나면 회식 끝!"

"숙취해소용인가요?"

"그 반대야. 이거 한 팩이면 일개중대 백 명이 마시고도 열두 병은 남을 만큼 술을 만들어낼 수 있거든? 이거 봐, 보라색은 와인, 갈색은 맥주, 흰색은 보드카."

"세상에, 술집들 다 망하게 하자는 거예요?"

"아니. 하지만 배 위에서도 가끔은 축하할 일이 생기거든. 그때마다 술을 들고 다니면 아까우니까. 배에 싣는 건 여튼 무게가 돈이고, 무게가 기동력에 반비례하는 건데."

"이거 꼭, 그거 같네요."

"그거?"

"어…… '바이블'에 나오는 것요, 예수의 기적."

"아아."

"물 위를 걷기도 하고, 물을 포도주로 바꾸기도 하고."

"아아, 그런 이야기 많이 하지. 그런데 사실은 말이야."

대위는 재미있다는 듯 나를 바라보았다. 그녀의, 엷은 금빛을 띤 올리브 빛 피부가 아무래도 낯익었다. 안경을 벗자, 어디선가 본 듯한 얼굴이 드러났다. 나는 입을 꾹 다물었다. 입을 뗄 수가 없었다.

"사실은 이것저것 정말 많이 발명하고 아이디어도 많이 내는데, 사람들이 기억하는 건 아무래도 바이블하고 겹치는 것들이더라고. 크리스마스에 태어난 이사나, 광신도들이 어쩌면 재림예수일지도 모른다고 쫓아다니는 그 이미지에서 벗어나질 못하는 거지."

"당신."

"이사나 빈트 마리얌."

평생 내가 숭배하던 사람의 이름이, 내 귓바퀴에 감겼다. 나는 눈을 깜빡였다. 마술처럼, 그녀가 내 앞에 있었다. 반쯤 술에 취한 표정은 사라지고, 매서운 눈매가 드러났다.

"학생이 내 이야기를 캐묻고 다닌다는 말을 들었거든."

부끄러웠다. 청맹과니라는 말이 문득 머릿속에 떠올랐다. 눈을 떴어도 보지 못하는 사람. 십대 중반부터 늘 숭배했던 사람을 눈앞에 두고도 알아보지 못했다. 안경을 쓰고, 머리를 풀어헤친 채 술에 취해 있다는 이유만으로. 얼굴이 벌겋게 달아올랐다. 이사나는 손으로 턱을 괸 채 나를 바라보았다.

"광신자야?"

"……."

"전공이 그쪽이 아니라면야, 굳이 그 두꺼운 바이블을 챙겨 읽진 않았을 텐데."

"할아버지가 신자셨어요. 슈슬리사가 오기 전에."

"집에 책이 있었다."

"신화 같은 것에 관심이 많아요. 원시 종교 마니아라는 소리도 들었어요. 학교는…… 그쪽으로 진학하진 못했지만."

"광신자가 아니라면, 왜 나를 찾은 거지?"

나는 침을 삼키고 싶었지만, 입안은 어느새 바싹 말라붙어 있었다. 나는 나직하게 속삭였다.

"당신이라면 답을 알고 있을 것 같았어요."

그녀를 만나고, 싸구려 모텔에서 그녀와 함께 뒹구는 데까지 걸린 시간은 불과 네 시간. 내게 대체 무슨 일이 벌어진 것인지 이해할 수 없었다. 다만 돌아앉은 그녀의 등을 보며 겨우, 무슨 염치로 그랬는지는 모르지만 입을 뗀 것이 고작이었다.

"나랑 사귈래요?"

"이봐, 나 이래 봬도 군바리야."

안경을 집어 들며, 그녀는 대꾸했다. 이 평화로운 시기에 대체 군대라는 조직이 어디에 쓸모가 있는지는 알 수가 없지만, 주말 마다 군인과 사관생도들은 거리를 가득 메웠다. 그중 그 누구와 비교해 보아도 한없이 빈약한 것이, 어디로 보아도 사람 때려잡게 생긴 구석이라고는 없는 여자가 웃음기 없는 얼굴로 나를 돌아보며 머리를 묶었다. 흘러내린 머리카락 아래, 초저녁의 햇살을 받은 올리브빛 같은 몸은 보기 좋게 탄력이 있었지만, 딱히 단련한 것처럼 보이지는 않았다.

"한 번 바다에 나가면 몇 달은 기본으로 나다닌다. 누구와 연애를 하기에는 조건이 나빠."

"대체 이 시대에, 군대가 왜 필요한 거죠? 전쟁을 할 것도 아니잖아요. 슈슬리사가 다 통제하고 있는데."

"설명하기 복잡한 사정이란 언제나 있는 거지. 슈슬리사에 대해 반기를 드는 반군들도 있고. 물론 해군 연구함이라는 건, 해군 조직에 그냥 연구집단을 끼워 넣은 거긴 하지만."

그녀는 자조하듯 중얼거렸다.

"슈슬리사가 전능한 존재인 건 아니니 여기저기 문제도 계속 생기긴 하지만, 꼭 그런 문제까지 걱정하지 않더라도 군대라는 조직 자체는 아직 꽤 유용하거든. 탐사라든가."

"탐사라니, 고색창연하네요."

나는 리빙스턴이 아프리카를 훑고 다니던 시대를 떠올리며 대답했다. 그녀는 웃었다.

"땅 위를 다 돌아봤다고 해도 지구의 삼분의 일뿐이잖아. 좋아, 그건 그렇고."

"예?"

"아까 답을 알고 있을 것 같아서 찾고 있다고 했지. 그렇다면 네 질문은 뭔데?"

나는 그녀를 숭배하고 있었다.

자기 자신을 잃어버릴 만큼 무언가를 사랑하는 이를 두고 사람들은 광신도라 부르며 조롱했지만, 나는 상관없었다. 그녀에 대한 아주 짧은 기사와 인터뷰를 스크랩하고, 그녀의 흔적을 찾아 온 인터넷을 뒤지고, 이사나 빈트 마리암이라는 여자의 삶에 대한 파편들을 주워 모아, 그녀의 삶을 내 멋대로 재구성하고 사랑에 빠졌다. 선지자이며 예언자이자 구세주였던 남자가 태어났다는 바로 그날에, 세 종교의 성지인 곳에서, 모든 아이들이 진화자궁에서 태어나는 것이 당연한 시대에 여자의 몸에서 태어난 아이. 그것만으로도, 누군가를 숭배할 이유로는 충분했다. 충분하다고 여겼다. 나는 그녀를 사랑했고, 그녀를 위해 순교하고 싶었다. 붕어빵조차 속에 팥을 가득 채우고 만들어지는 마당에 정작 인간은 속 빈 플라스틱 필통처럼 영혼 없이 태어나는 이 시대에, 그녀라면 내가 알지 못하고 느끼지 못하는 모든 것을 알고 있을 것 같아서. 그녀라면, 영혼에 대해 내게 말해줄 수 있을 것 같아서.

"대답해줄 수 있어요?"

"제대로 된 질문이라면."

신은 어디에 있는지, 구원은 어디에 있는지, 슈슐리사가 만들어낸 아이들에게도 과연 영혼이 자리 잡을 곳은 남아 있는 것인지. 진화자궁을 빙자한 아기공장에서 태어나는 우리가, 알을 잘 낳도록 품종개량되어 부화기에서 대량으로 깨어나는 양계장 닭들과 다른 것은 대체 무엇인지. 나는 알고 싶었다. 묻고 싶었다. 그 누구도 대답해주지 않는 질문과 답들을. 슈슐리사보다 열등한 인간이 슈슐리사가 이끌어주는 대로 진화를 거듭하여 우주시대로 나아가야 한다는 헛소리와, 우리는 사육당하는 가축이 아니니 그저 자연으로 돌아가야 한다는 극단적인 주장들이 아닌, 조금 더 진실에 가까운 무언가를 알고 싶었다. 양계장의 닭처럼 태어난 우리와 달리, 인간의 아이로 태어나 슈슬리사의 손에서 자란 그녀라면 알 수 있을 거라고 생각했다. 우리가 무엇을 해야 하는지. 우리가 대체 누구인지를. 나는 고개를 들었다. 그녀가 냉담한 눈으로 나를 바라보고 있었다.

"너도 내가 구세주이기를 바라는 거니?"

"……."

"너도 내가 이사 알 마시나 예수 그리스도처럼 되기를 바라는 거니?"

"저는……."

"죄값은 셀프야."

그녀는 단호하게 말하며 고개를 돌렸다.

"사람의 죄를 양에게 뒤집어씌우는 건, 고대 종교의 제의라는 점을 감안하더라도 너무 뻔뻔하지 않아? 죄 지은 사람은 떳떳이 살고 있는데, 엉뚱한 양이 속죄양이랍시고 벌을 받는 것은. 그렇다고 지은 죄가 사라지는 것도 아닌데, 한없이 비논리적인 짓이지. 그런데 그도 부족해서, 이천 년 전에는 하느님의 아들이라는 남자를 십자가에 매달아 죽여버리고는, 그도 부족해서 또 멀쩡한 사람보고 구세주니 뭐니 하는 건 무슨 심리들이야. 고개를 들면 우주선이 떠 있는 시대에 사람에게, 다른 사람의 죄를 뒤집어쓰고 죽으라고 말하는 거야? 정작 내가 태어났을 때는, 슈슬리사의 인공 자궁에서 사람이 태어나기 시작한지 고작 십오 년밖에 안 되었을 때인데도 뭔가 비정상적이고 불결한 아이 취급을 받았는데. 그 불결한 아이에게 죄를 대속시키면 편안하게 발들 뻗고 잘 수 있는 모양이지."

그녀는 화를 내지 않았다. 담담하게, 그냥 그리만 말하고 입을 다물었다. 마치 내 대답 또는 질문을 기다리는 것처럼 나를 바라보다가, 그녀는 옷을 꿰어 입고 밖으로 나갔다. 퍼뜩 정신이 들었다. 그녀를 뒤따라 달려 나갔지만, 그녀는 이미 보이지 않았다.

꿈이었을까. 이사나 빈트 마리얌, 또는 이사나 알 마시라 불리는, 내가 숭배하던 그 사람이 잠시나마 내 곁에 있었던 것은. 나는 모텔 입구에 붙어 있는 거울을 향해 다가갔다. 때가 탄 셔츠의 제대로 여미지 못한 옷깃 사이로 붉은 자국이 드러났다. 나를 온통 뒤흔들었던 그 선명한 감각들이 떠올랐다.

나는 모텔 문을 열고 휘청거리며 밖으로 나갔다. 하늘은 어둡고 별은 드물었다. 슈슬리사의 우주선들이 희미한 빛을 내며 하늘을 가렸고, 그 사이 손톱 같은 달 한 조각이 걸려 있었다. 새삼, 슈슬리사의 우주선이 보이지 않는 하늘을 한 번도 본 적이 없다는 사실을 깨달으며 몸을 떨었다. 기실, 저 위에 올라가본 사람조차도 거의 없을 테다. 슈슬리사가 오기 전까지 인류는 인공위성을 쏘아 올리고 달에도 가보았지만, 그들이 온 이후로 우리는 우주를 빼앗겨버렸다. 인간에게 아직 허락되지 않은 슈슬리사의 우주선, 그 너머로 끝없이 펼쳐져 있었을 하늘과 우주는 이제 닿지 않았다.

"그래서, 그때 질문이란 게 대체 뭔데?"

두 달 만에 다시 나타난 그녀는 커피를 주문하다 말고 내게 물었다.

"예?"

"뭐야, 잊어버린 거면 그냥 가고."

"아뇨!"

나는 손을 뻗어 그녀를 붙잡았다가, 카운터 안쪽의 주인 언니부터 손님들까지 모두 나와 그녀를 바라보고 있다는 것을 깨닫고 얼굴이 벌게진 채 놓아버렸다. 뒤쪽의 누군가가 레즈비언이냐고 중얼거렸다. 나는 어쩔 줄 몰라서 쩔쩔매고 있었다. 그녀는 태연히 안쪽을 향해 한 마디 했다.

"잠깐 이 아가씨랑 이야기 좀 해도 괜찮을까요?"

밖으로 나왔을 때, 하늘은 흐렸다. 곧 비가 올 것 같았다. 여름은 길었고, 걸핏하면 소나기가 쏟아졌다.

"슈슬리사가 왔으면 이 날씨부터 어떻게 좀 하지 말이에요. 일 년 내내 봄이라든가."

"바꾸고 싶어도 쉽게 바꿀 수 없어. 전 세계가 유기적으로 연결된 부분이라서. 그래도 더 이상 온난화가 진행되진 않잖아."

"예전에는 이렇게 심심하면 소나기가 쏟아지지 않았다고 그랬는데요."

"왜, 예전에 나온 소설에도 소나기 맞고 병들어 죽은 여자애가 나왔는데. 꽤 유명한 소설이라서, 한때 입시 문제에도 단골로 나왔다고 했어."

"무슨 방사능 물질이 함유된 비를 맞기라도 한 거예요? 산성비 정도로 죽진 않을 데고."

"원래 몸이 약한 애였다는 설정이지."

"뭐예요, 그게."

"나도 몰라."

시답잖은 이야기를 하다 말고, 그녀는 나를 돌아보았다.

"밥이나 같이 먹자."

"내 이름은 알아요? 같이 잤으면 이름 정도는 물어보라고요."

"알면 뭐해. 사귈 것도 아닌데."

"나랑 사귈래요?"

그녀가 웃었다.

"됐어, 난 그냥 네 질문이 궁금해서 온 거니까."

"두 달 내내 궁금했던 거네요."

"그런 것에 의미를 두고 싶어?"

"그런 거라도, 붙잡을 수 있다면요."

"이해가 안 간다. 대체 뭘 믿고 사귀자는 거야."

도시락집 문을 여는 뒷모습이, 묘하게 쓸쓸했다.

도시락 두 개에 음료수를 포장해 들고, 우리는 지난번 그 모텔의 좁은 화장대 앞에 나란히 앉아 식사부터 했다. 급식이 없던 시절에는 다들 이런 도시락을 들고 다니면서 점심시간 전에 몰래 "도시락을 까먹는" 것을 즐겼다는 말을 들은 적이 있었다. 그녀는 내게 그런 이야기를 하다가, 언젠가 소풍을 갔을 때, 자신을 맡아 길러주던 신부님 댁 언니가 싸주었던 도시락 이야기를 했다. 감나무와 벚나무, 인천 앞바다. 어두운 진초록과 하늘거리는 얇은 분홍빛, 갓 씻어놓은 조생귤처럼 선명한 주홍빛이 어우러진, 그녀의 소녀시절을 채우던 색채를. 가장 넓은 면적을 칠하는 것은 회색이었다. 어두운 회색, 황토빛이 얼룩진 잿빛 바닷물.

"지금도 인도양 쪽을 지나다 보면, 이 새파란 바닷물이 내가 아는 바다가 맞나 싶을 때가 있어. 그 인천 앞바다 똥물과 자꾸 비교가 되어서."

그 잿빛 바다처럼 얼굴을 찡그리며, 그녀는 인천 앞바다가 얼마나 구질구질했는지 강조했다. 마치 무언가를 떨쳐내고 싶은 사람처럼. 나는 그녀 몫의 음료수 캔을, 휴지로 입구를 닦아서 건네주며 웃었다.

"그런 말도 하네요, 똥물⋯⋯."

"군바리라니까. 너, 군인들이 얼마나 욕을 잘 하는지 모르는구나? 참고로 하는 말인데, 난 아홉 가지 말로 능수능란하게 욕을 할 수 있어."

"욕 말고, 그냥 잘하는 건 몇 나라 말인데요?"

"어디 보자, 네 가지."

"우와."

"놀랄 건 아냐. 영어는 다들 배우는 거고, 어릴 때 예루살렘 쪽에서 살았고, 그다음에는 한국에 왔고. 거긴 이스라엘과 팔레스타인이 맞닿아 있으니까, 아랍어를 하거든. 어릴 때 몇 년 살았던 거라서 영영 잊어버린 줄 알았는데, 다시 공부하니까 그래도 남들보다는 빨리 돌아오더라. 감이라는 게 있어서."

"그래도요, 대단하네요. 근데 정말, 말을 막 하실 줄은 몰랐어요."

"왜, 구세주로 오인받는 사람치고는?"

"그런 셈이죠. 그게 싫은 건 아니에요. 좀 뜻밖이라서 그렇지."

"구세주로 오인받는 사람치고는 섹스도 잘하지 않았어?"

"괜찮긴 했죠."

"이렇게 또 따라올 만큼."

"그렇다고 쳐두고요."

"먼저 씻어. 도시락은 내가 치울 테니."

4세기의 교부 에피파니우스는 「막달라 마리아의 위대한 의문」이라는 글을 인용하며, 옆구리에서 여자를 만들어낸 예수가 막달라 마리아가 보는 앞에서 섹스를 하고, 막달라 마리아가 충격을 받자 요한복음에 나오는 말 그대로, "내가 땅의 일을 말하여도 너희가 믿지 아니하거늘 하물며 하늘의 일을 말하면 어떻게 믿겠느냐?"고 말했다고 했다. 나는 탈진한 채 고개만 돌려, 내 옆에 똑바로 누워 있는 사람의 옆모습을 바라보며 그 이야기를 떠올렸다.

말끝마다 "구세주로 오인받는"다고 말하는 당신은 누구일까.

그녀라면 대답해줄 수 있을 것 같았던 수많은 의문들이 겨우 혀끝에 돌기 시작했다. 갈피를 잡지 못하는, 방향이 없는, 그래서 이제 겨우 말할 수 있을 것 같으면서도 바로 꺼내놓지 못할 의문들이.

"너 말고도, 많이들 궁금해하더라."

"당신이 구세주인지 아닌지를?"

"아니, 슈슐리사가 인류를 진화시킨다고 했는데, 이 공차들은 뭔지."

"동성애자?"

"응."

"우리 엄마도 그랬다던데요. 언니 말로는."

"그래서?"

"뭐라고 해요. 원재료가 나빴던 모양이라고 했죠."

"확률 문제지. 배합하다보면."

"여튼요."

"글쎄."

그녀는 소리없이 웃었다.

"플라스틱 필통 같아요. 우리들은."

"무슨 뜻이지?"

"영혼이 없이 껍데기만 매끈하게 뽑아져 나오니까."

"누가 영혼이 없다고 그래?"

"우린 슈슬리사가 붕어빵 찍듯이 만들어낸 애들이잖아요."

"그 촌스러운 소리는 뭐야. 1978년에 시험관 아기가 처음 태어났을 때, 사람들이 뭐라고 했는지 알아?"

"뭐라고 했는데요."

"영혼이 없는 시험관 아기는 인류의 종말을 불러올 거라고 했어. 우습지 않아? 넌 지금 그것과 똑같은 말을 하고 있는 거야. 슈슬리사가 지구에 내려오기 전에 이미 백만 명이 넘는 시험관 아기들이 세상에 태어났는데, 그랬으면 진작 종말이 일어나고도 남았겠지."

웃음이 났다. 그동안 인생이 뒤틀릴 정도로 고민하던 것을 순식간에 정리해버리는 그 말에.

"그래서 날 찾았던 거야? 엄마가 아홉 달 배 아파서 낳은 아이는 뭐가 달라도 다를 것 같아서?"

"아니라고 못해서 죄송해요."

"진작 알았다면 도망칠 걸 그랬군."

"하지만, 영혼이 있을 거라고 생각했어요."

"네게는 영혼이 없고?"

"제대로 된 영혼이 있다고 생각할 수가 없었어요."

속삭였다. 가슴이 욱신거렸다. 한 번도 느껴본 적 없는 감각. 한 번도 무언가가 나를 단단히 잡아주고 있다고 생각해본 적이 없다. 언제나 자기 자리가 없이, 먼지처럼 부유하고 있다고 생각했다. 나는.

"나는, 내가 뭔가 잘못된 거라고 생각했어요. 하지만…… 다들 잘못될 리 없다고 그러는 거죠, 슈슬리사가 만들어낸 아이들인데 설마 불량품이 있겠느냐는 식으로. 그러면서도 자연출산으로 태어난 사람들은 무슨 장인정신 이야기만 나오면 늘 습관처럼 그러시는 거예요. 열 달 배 아파서 태어나지 못한 애들은, 장인정신 없이 대충 찍어낸 공장 물건 같은 거라고."

"그건 그런 말을 한 사람이 나쁜 거네."

나는 그래서 그녀를 만나면 뭔가 답을 찾을 수 있을 거라고 믿었다. 아무리 애를 써도 발밑을 단단하게 지탱해줄 무언가를 만날 수 없으리라는 두려움, 슈슬리사가 만들어냈는데도 마치, 공장에서 물건을 만들다가 불량품이 생긴 것처럼 동성을 좋아하게 되어버린 나 자신에 대한 혐오. 그 모든 것을 영혼이 부재한 탓으로 돌리고 슈슐리사 탓으로 돌린 채로 나는 내가 생각한 그 답이 맞다는 것을 증명받기 위해 그녀를 찾았다. 아마도, 어쩌면 나는 정말로 그녀를 구세주라고 생각했을지도 모른다. 내 눈물과 내 머리카락으로 그녀의 발을 씻고 그녀의 사도, 가장 비천한 종이 되어 결국은 가장 낮은 곳에 있는 아무것도 아닌 사람이 세상을 바꾸어내리라는 어떤 희망처럼, 마음속에 멋대로 만들어낸 그녀를 숭배했는지도 모른다. 이렇게 간결한, 어쩌면 내가 조금만 더 주위를 살펴보았다면 진작에 들을 수 있었을지도 모르는 단순한 답을 앞에 두고, 나는 조금 기뻤고 많이 아팠다.

"군에 몸담고 있는 것은, 내가 하고 싶은 연구와 맞아들어가는 부분이 많기 때문이야."

"뭘 연구하는데요? 무기?"

"심해어류."

"바닷물고기요? 생선?"

"뜻밖에도, 인간은 우주보다도 깊은 바다에 대해 더 무지했거든."

이야기를 나누다가 잠깐 잠들었나보다. 내가 눈을 뜨자, 나를 들여다보던 그녀는 얼른 고개를 돌리며 일어났다. 나는, 웃었다. 눈물자국이 남아 있었다는 것은 그다음에, 눈가가 유난히 당기는 것을 느끼고서야 알았다. 뺨을 손바닥으로 비비는데, 그녀는 먼저 일어나 옷을 입기 시작했다.

"난 먼저 씻었어. 씻고 나오든가."

"바다 이야기, 더 듣고 싶어요."

"뭐, 별건 아냐. 지구와 비슷한 행성들도 없지 않았겠지만, 적어도 지구의 바닷속에 무엇이 있는지는 슈슬리사들도 아직 정확히 알지 못하잖아? 다른 분야는, 그러니까 수학이나 물리나 화학 같은 것은 슈슬리사가 이미 거둔 성과가 있는데도 지구인들이 따라와주길 기다리는 게 있는데, 적어도 지구의 해양생물학은 슈슬리사든 그 어떤 외계의 지성체든 여기 와서야 시작한 거니까, 그들과 나란히 연구할 수 있는 분야인 거지."

"그래서예요? 이기고 싶어서?"

나는 가슴을 가린 채로 일어나 앉아 물었다. 그녀의 가리지 않은 가슴 위로 얇은 사슬에 새끼손가락만 한 시험관 같은 것을 단 목걸이가 걸려 있었다. 그녀는 셔츠의 단추를 마저 채우며 쓸쓸히 대답했다.

"멀리서나마 나란히 걷고 싶어서."

씻고 나와, 함께 걸었다. 모텔 거울 앞에서 나란히 선 우리 둘의 모습은 낯설면서도 어쩐지 따뜻했다. 나는 그녀에게 다시 만날 수 있느냐고 묻지 않았고, 그녀는 내게 정말로 사귀고 싶으냐고 다시 묻지 않았다. 그저 나직한 목소리로 그 심해의 어족들에 대해, 아직 사람들과 슈슬리사들의 손이 닿지 않은 세계에 대해 이야기할 뿐이었다.

"감나무 밑에서 입을 벌리고 기다리듯이, 진화자궁으로 뇌내 시냅스만 착실하게 늘리면서, 어차피 슈슬리사가 다 발견했을 지식들을 그냥 그대로 전수받을 궁리만 하고 있으면, 종으로서 인류의 정체성이라는 것은 아주 사라진다고 생각해. 결국은 그 지식과 문명을 전달받겠지만, 우리 스스로 생각할 수 있는 힘을 잃어버린다면 학교 졸업할 때까지 암기만 착실하게 하다 나온 꽉 막힌 모범생처럼 되어버릴 테니까."

"그래서 자산함에 타는 거예요?"

"아마도."

"언제부터 그런 생각을 했어요?"

"원래 생물을 좋아했어. 이것저것, 성게나 작은 새들의 유전자를 조작하기도 했고."

"난 하고 싶은 게 없었어요."

"찾아보면 되지 않을까."

"그런 게 처음부터 없는 사람도…… 있을 거예요. 아마. 하고 싶은 것도, 잘하는 것도. 재능이라는 게, 누구에게나 다 있으면 재능이라고 부르지 않을걸요. 아닌가요?"

"그래, 가로세로 높이 1미터 되는 시멘트 덩어리 어딘가에 다이아몬드가 박혀 있는데 그게 깨알만 한지, 콩알만 한지는 누구도 모르는 상태로 사포질을 해서 그걸 찾아내는 게, 재능을 찾는 일이긴 하지. 하지만 그걸 사포로 밀어보기 전에 재능이 없다는 말부터 하는 것은 이상하지 않아?"

"모르겠어요, 난."

"지금 몇 살이지?"

"스물한 살."

"뭐, 범죄를 저지른 것은 아니니 다행이네. 어려 보여서 걱정했는데."

그녀는 모텔 간판을 돌아보며 웃었다. 비가 내릴 듯한 하늘을 올려다보다, 나는 조심스레 손을 내밀어 그녀의 손가락을 건드렸다. 그녀는 피하지 않았다. 나는 천천히, 검지로 그녀의 검지를 걸었다. 그녀의 시선이 잠시 뺨에 닿았지만, 그뿐이었다. 거부는 없었다. 나는 그대로 좋았다. 내가 생각하던, 진리 같은 걸 내 앞에 꺼내주지 않았다 해도 처음으로, 천천히 조심스레 내 두 발이 땅을 향해 내려오는 느낌이 들었다. 나는 처음으로 균형을 잡고, 중력에 의지하듯 땅을 디딜 수 있을 것 같았다.

멀리서 웬 중년 여자들이 다가왔다. 그녀는 갑자기 손에 힘을 주어 내 손을 잡더니, 나를 등 뒤로 돌려 세웠다. 광신자. 그 단어를 떠올리기도 전에 다가온 그녀들은 내 머리카락을 쥐어뜯으며 이사나에게 소리를 지르고, 성경구절을 읊어대었다.

"구세주인 당신을 타락시키는 음녀가 나타났으니, 마땅히 돌로 쳐서 죽여야지요!"

"시끄러워, 이 할망구들아. 닥치지 못해!"

그녀는 내 머리를 쥐어뜯던 광신자의 손을 잡아 비틀며, 나를 벽 쪽으로 돌려 세웠다. 그러고는 경찰을 불렀다. 광신자들이 십자가를 꺼내 들고 음산한 목소리로 이상한 노래들을 부르기 시작했다. 구경하며 몰려든 사람들 중 한두 명이 그들 틈에 끼어들었다. 그중에는 내 또래인 젊은 사람들도 있었다. 이사나는 기막히다는 듯이, 가장 젊은 사람을 쳐다보았다.

"당신, 정말로 믿는 거야? 슈슬리사가 가득한 지금에 와서도? 누군가 신이 빛이 있으라고 한 마디 한 것만으로 세상이 생겨나고 누군가 진흙을 집어 던진 것만으로 생명이 생겨났다고 생각해? 그런 이야기를 이천 년도 더 지난 지금까지 끌고 오는 건 대체 뭐하자는 거야?"

"사명을 깨달으십시오."

"부디 사명을 깨달아, 우리 모두를 저 슈슬리사에게서 구원해 주세요."

"주님의 어린 양인 당신께서……."

이사나는 눈을 감았다. 그녀가 만약에 정말로 구세주였다고 해도 이런 사람들을 위해 희생하고 싶을 리 없겠지. 내 손을 잡은 그녀의 손에 힘이 들어갔다. 나는 가만히, 자유로운 다른 한 손을 그녀의 등에 얹었다. 심장 소리가 들렸다. 치밀어 오르는 화를 애써 억누르는, 그러나 임계점에 다가간 격렬한 고동이 손바닥에 닿았다.

"이봐, 당신들."

경찰차는 아직 멀었을까 생각하는데, 그녀가 품에서 테이저를 꺼냈다. 쏘려는 것일까. 정당방위일 거야. 괜찮아. 그런 생각을 하며 바라보는데, 그녀가 테이저를 손에 쥔 채 그 광신자들에게 다가갔다.

"주님의 어린 양이 무슨 뜻인지 알기는 알아? 그게 무슨 뜻인지 안다면, 그걸 이리 쏴봐."

뒤로 물러서려는 광신자 손에 억지로 테이저를 쥐어주었다. 그녀는 그 테이저의 끝을 제 가슴에 꾹 눌러 댄 채로, 광신자를 노려 보았다.

"자기가 하는 말이 무슨 뜻인지는 생각을 하고 살지그래. 주님의 어린 양이라는 것은, 그런 구세주라는 것은, 당신들의 죄를 모두 대신 지고 죽어달라는 뜻이잖아. 그래, 내가 죽어서 당신들의 죄가 씻은 듯이 없어진다고 정말로 믿는다면, 쏘지 못할 게 없잖아, 안 그래?"

한 걸음, 광신자가 뒤로 도망치듯 물러섰다. 이사나는 비웃었다.

"어디, 할 수 있으면, 해봐."

"……."

"못 할 것 같아? 못 하겠으면, 내 앞에서 꺼져. 그리고 다시는 나타나지 마. 남의 귀한 목숨을 멋대로 자기들 죄값을 치우는 데 쓸 테니 내놓으라고 갖은 지랄은 다해놓고, 주겠다니까 이제 와서 못 하겠어? 자기 손에 피 묻히기는 싫은 모양이지? 우리는 죄없는 사람들이에요, 그렇게 남에게 피해 준 일 없는 척, 그렇게 살고 싶은 모양이지? 말해봐. 내가 죽는 것으로 당신들의 죄가 씻기는 거, 그런 것을 원해? 그런 것이 정말로 공정하다고 생각해?"

"나는…… 하늘로부터 내려온 산 떡이니……."

테이저를 든 광신자가 울먹이듯 중얼거렸다.

"사람이 이 떡을 먹으면 영생하리라. 나의 줄 떡은 세상의 생명을 위한 내 살이로라……."

"떡 줄 놈은 생각도 않는데 아주 지랄하고 자빠졌네."

"당신은 무염시태, 성령에 의해 동정녀가 낳은 분이시니……."

"그게 정말로 하느님의 뜻이라면, 당장 저 위에 있는 슈슬리사들부터 치워보지그래. 아니면 다른 종류의 멍청이들처럼, 슈슬리사가 하느님의 명을 받아 내려온 천사들이라고 착각하고 행복하게 살든가. 왜, 스스로도 믿지 못할 것들을 믿으라고 하면서 애먼 남의 운명을 좌지우지하려는 거야. 헛짓거리 하지 말고, 꺼져. 당장 꺼지라고. 당장……."

이사나가 그대로 그 자리에 주저앉았다. 이사나의 셔츠 깃에 꽂힌 핀과 테이저 사이로 새파란 빛을 띤 방전이 일었다. 무너지는 이사나의 뒤쪽으로, 달려오는 경찰차가 보였다. 경찰이 이사나의 테이저를 쥔 여자를 체포하는 사이, 다른 이들은 뿔뿔이 흩어져 도망쳤다. 나는 그녀를, 주저앉아 내 품에 안기듯 기댄 그녀를 들여다보며 소리쳤다. 아아. 나는 정말로, 그녀를 위해 무엇이라도 하고 싶었다. 그녀가 나의 죄를 사하지 않고, 그녀가 나의 죄를 대신 감당하지 않는다 해도, 나는 그녀를 위해 대신 죽어도 좋다고 생각했다. 진심이었다. 그녀의 어깨를 가슴으로 받아 안는 그 짧은 순간, 이 세상 전부가 사라진 듯한 가없는 고요가 내 모든 감각을 사로잡은 그 순간에 나는 그런 것을, 그런 마음을, 누군가 엿듣는다면 광신적이라고 비웃을 그런 감정을 사실은 사랑이라고 이름 붙여야 한다는 것을 깨달았다.

"내가 미쳤냐, 미친년에게 무기를 건네주는데 출력도 안 줄이고 줄 리가 없잖아."

이사나는 아이스티를 마시며 웃었다. 그날 테이저의 충격으로 잠깐 주저앉았던 그녀는, 자신을 쏘았던 광신자가 경찰을 밀치고 도망치는 것을 보고는 그대로 경찰의 허리춤에 꽂혀 있던 테이저를 '빌려'서 정조준, 단발로 잡아버렸다. 덤으로 자신의 군인으로서의 능력도 증명하시고. 세상에. 죽은 줄 알았는데. 한순간이지만 그녀와 함께 죽지 못한 것이 원망스러웠는데, 사흘은 고사하고 삼십 초 만에 정신을 차린 이, 구세주로 종종 오인받는 섹스머신 욕쟁이 군인께서는 반쯤 빈정대는 미소를 가득 머금고 사흘 만에 카페에 나타났다.

"아, 질렸어. 이천 년도 전에 세상이 어떻게 만들어졌는지 이해해보려고 짜맞춘 이론에 아직까지 기대고 있는 게으름뱅이들은 상대하고 싶지도 않아. 대체, 뭐하자는 거야. 이천 년 전에 그 남자는 잡다한 계명 필요 없이 사람들끼리 사랑하고 살라고 했더니만, 그걸 핑계로 시도 때도 없이 전쟁질이지 않나, 이제는 멀쩡한 사람보고 또 남의 죄를 대신 지고 죽으라고 길바닥에서 난리를 치지 않나. 뭐하자는 거야, 대체."

"그러다 정말 죽었으면 어쩌려고 그래요."

"그랬으면 쏜 놈이 살인자가 되었겠지? 손쉽게 자기 죄를 남에게 뒤집어씌우려고 한 삼류 악당의 말로치고는 나쁘지 않잖아."

"아니, 당신 말이에요, 당신. 이사나 빈트 마리얌."

"글쎄? 그 사람들 말마따나 내가 정말 구세주라면 사흘쯤 두면 어떻게 일어나지 않을까? 아, 요즘같이 고온다습할 때는 좀 곤란하겠네. 사흘이면 벌써……."

"이사나!"

348

"푹 썩어서 파리가 드글드글하지 않을까 싶은데."

"말을 해도 참 어떻게 그렇게 못된 말만 골라서 해요."

"내가 뭘?"

이사나는 웃었다. 그녀의 올리브 빛 피부를, 검은 머리카락을 만져보고 싶었다. 무사하다는 것을 확인하려 다시 한 번 등에 손을 대고 가슴의 고동을 느껴보고 싶었다. 끌어안고 싶었다. 갑자기 얼굴이 확 달아올랐다. 이사나는 소리 내어 웃었다.

"웃지 마요."

"왜. 뭐 찔리는 생각이라도 한 거야?"

"그런 것 아니거든요."

"있잖아. 난 사실 내 자신이 별로 소중하지 않아. 어떤 의미에서는, 잉여 생산물에 가깝다고 생각해."

"무슨 말을 그렇게 해요."

"진짜야. 이 처녀수태라는 것, 기적도 무엇도 아냐. 슈슬리사들의 연구에 의하면 진화자궁 초기 단계에, 새로 만난 종의 유전자를 분석해서 1차 진화를 시키는 중에 아주 드물게, 아주 가끔 그런 일이 생겨난대. 뭐, 생긴다고 다 낳는 것은 아니니, 만삭이 되도록 잘 숨기고 다니다가 끝내 낳아버린 내 어머니의 깡이 기적적이라면 기적적일까."

"그럼 정말로 구세주 같은 것은 아니었네요."

"그랬으면 좋겠어?"

"아뇨."

이사나는 아이스티를 몇 모금 마셨다. 꼴깍. 나도 모르게 침을 삼켰다. 다가가고 싶은, 닿고 싶은 무언가가 벽에 가로막힌 채 그녀를 안타깝게 바라보고만 있었다. 동경했던 사람. 닿고 싶은 사람. 알아가고 싶은 그 사람은, 내가 아닌 창문 너머 먼 어딘가를 바라보며 중얼거렸다.

"처음에는 내가 너무 하찮아서 차라리 구세주라도 나쁘지 않겠다 생각한 적도 있었어. 너무 하찮아서 난 감당도 안 되는 이 생을, 어디든 매달아서 사람들을 구원할 수 있다면야. 하지만 말이야, 난 그런 게 아니라고 스스로 납득한 다음에야 비로소 살아갈 수 있었다고 생각해. 내가 태어난 것이 신의 장난이나 기적이 아니라, 열다섯 살밖에 안 되었던 내 어머니의 의지였다는 것을 알았을 때, 나는 어쨌든 살아가기로 했어. 내 자신이 별로 소중하지 않건, 잉여 생산물이건 상관없이. 이왕 이렇게 태어난 거라면 슈슬리사의 세계에서 인간으로서 지식의 진보를 이루고 싶으니까. 낡은 육분의를 별을 향해 고정하고, 그 별을 향해 계속 나아가듯이. 지금까지 내가 만나왔던, 나보다 훨씬 더 긴 세월을 살아갈 먼 별의 이들이, 가끔은 수십 광년의 시간을 넘어 이 지구의 역사 속에서 희미하게나마 내 흔적을 더듬어 기억할 수 있도록. 내가 찾을 진리는 그런 데 있을 거야. 그러니까 난 계속 배를 탈 거고. 이렇게 뭍에서 지내는 기간은 다 합쳐도 일 년에 석 달도 안 될 텐데. 그래도 괜찮겠어?"

이사나는 빈 아이스티 잔을 내려놓고, 셔츠 밖으로 비어져 나온 시험관을 손끝으로 어루만지며 나를 돌아보았다. 날은 덥고 습했고, 빈 잔에는 방울방울 물기가 맺혔다. 나는 영문 모르고 복

받쳐 오르는 묘한 울음을 애써 참으며 그녀를 바라보았다. 그녀는 아이스티 잔 위에 손가락으로 격자무늬를 두어 개 그리다가 대답을 촉구하듯 내 뺨을 건드렸다.

"괜찮겠느냐고."

"뭐가요."

"지금 묻고 있잖아. 너, 네 이름."

딱히 신자도 아닌 사람이 성경을 완독하는 계기 중에는, "대학 캠퍼스에서 밥 먹듯이 마주치며 사람을 귀찮게 하는 선교모임과 맞장을 뜨기 위해서"라는 매우 실용적인 케이스도 있는 법이다. 그렇게 예전에 성경을 한 번 완독했는데, 심심해서 들춰보던 중 "나는 하늘로부터 내려온 산 떡이니……" 하는 구절이 눈에 들어왔다. 당연히 신자라면 하느님이 세상을 이토록 사랑하사 독생자를 주셨다고 감사할 만한 일이겠지만, 내 눈에는 그 말 뒤에 "떡 줄 놈은 생각도 않는데 김칫국부터 마신다"는 말이 붙어야 마땅하게 보였다.

이 이야기는 그렇게, 외계인과 크리스마스와 무염시태로 태어나는 바람에 구세주로 오인받는 아이의 시끄러운 성장기, "그럼에도 불구하고 살아가라"는 이야기가 되어버렸다. 전에 누가 사이언톨로지와 관련 있는 소설이냐고 물어봤는데, 사이언톨로지와는 아무 상관도 없는 이야기. 차라리 날아다니는 스파게티 괴물과 상관 있다면 모를까.

레 퍼 런 스

레 퍼 런 스

"당신이 평생 연구한 것은 거짓입니다."

은퇴를 앞두고, 연구실을 정리하던 힐베르트는 안경을 고쳐 쓰고 남자를 응시했다. 그의 앞에 나타난 것은, 마치 파우스트에 나오는 메피스토펠레스 같은 외모의 남자였다. 인간 같지 않은 모습, 큰 키에 마른 몸, 발이라기보다는 발굽인 것처럼 작고 발등이 튀어나온 발. 그는 외계인이었다. 먼 우주에서, 인간보다 더 많은 앎을 품고 하늘을 날아다니다, 잠시 이 별에 내려앉은 방문객이었다.

"이 세상에는 밝혀낼 수 없는, 증명할 수 없는 사실들이 엄연히 존재합니다. 차라리, 모든 것을 밝혀낼 수는 없다는 사실이 단 십 년이라도 더 지나서 증명된다면 상관없겠지만. 당신은 당신이 죽기 전 어느 천재가 당신의 주장을 가볍게 뒤엎는 것을 보게 될 겁니다. 비참하게도."

노수학자는 미소 지었다. 그를 유혹하러 온 악마라도, 혹은 외계인이나 시간여행자라도 상관없었다.

"설령 그 말이 사실이라고 해도, 사람에게는 희망이 필요하다네. 젊은이, 수학이라는 학문은 외로운 것이라서 그 희망 없이는 견뎌낼 수 없는 법이거든."

"가짜 희망이라도 말입니까."

"늙은이의 지혜라고 해두지. 오늘도, 또 내일도, 이 일을 계속하기 위해서. 그래서 내 입으로 말하면서도, 믿고 싶어지는 말이라네."

노인은, 어쩌면 그와는 비교도 되지 않을 만큼 별처럼 많은 시간과 세상 속을 살아왔을 젊고 지혜로운 여행자 앞에서 침착하게 덧붙였다.

"우리는 알아야만 한다. 우리는 알게 될 것이다."

"이 새끼들, 술 처먹으려고 대학원 왔냐."

교수는 칠판 위에 수식을 갈겨 적다 말고 단상 옆구리를 걷어찼다. 3월 말이란 참 통제가 안 되는 시기였다. 이제 갓 대학원에 들어온 석사 1년차들은, 갓 들어온 학부 1학년들 앞에서 신처럼 으스대기 일쑤였다. 더러는 아직도 동기가 거지반은 남은 4학년들 앞에서도 뭐라도 된 듯 굴다가 놀림감이 되기도 했다. 1학년들이란, 중학교 1학년이든 대학교 1학년이든 어느 쪽이라도 한심하기 그지없었다.

수학과 대학원에 진학하는 녀석들 중 대부분은 언젠가 유학도 다녀오고 어디 지방대학 교수 자리라도 차지하고 앉을 꿈들을 꾸는 모양이었지만, 이 바닥도 이미 레드오션이었다. 이들의 선배들 대부분은 포닥이 되어도 학교를 떠나지 못했다. 꿈꾸던 유학 같은 것은 그들의 현실에서 멀어진 지 오래였다. 박사과정에 들어가면 학교에서 시간강사가 되어 공대에서 공업수학을 가르치기 시작했다. 다행히도 공대생은 학부생의 절반이 넘을 만큼 많았고, 그들 모두 공업수학 두 학기는 들어야 졸업이 되다보니, 박사과정에 들어가도록 여기 남아 있던 학생들은 원하면 누구라도 그 일을 할 수 있었다. 그러나 그뿐이었다. 학부생 4년, 석박사 과정까지 마치고 마침내 박사모를 머리에 쓴들, 이들 대부분은 그대로 학교에 남아 공업수학을 가르치고, 더러는 학교에 책상 하나를 둔 채 근처의 다른 대학에 출강하며 학부생들에게 수학을 가르치는 것이 고작이었다. 아마도 몇 년 더 지나면, 박사과정에 들어온 학생들도 자기가 원한다고 해서 수업을 맡을 수는 없게 될 테지. 교수는 그런 생각을 하면 마음이 답답했다.

"노벨상은 늙어 꼬부랑 할아버지가 되어도 주는데, 왜 필즈 상은 마흔 살까지만 주는지 아냐."

"앞으로의 연구를 격려하려고요?"

"그것도 있지만, 그 전에."

교수는 손바닥으로 단상을 쳤다.

"수학이라는 건 노력만으로 되는 게 아니기 때문이야."

사실 그랬다. 가장 위대한 수학자들이라 해도, 그들이 평생 내놓은 수학적 아이디어와 써낸 논문들 중 가장 빛나고 참신한 것들은 대부분 젊은 시절에 떠올린 것들이었다. 교수는 자신에게 그들과 같은 젊음이 있었다면 연구를 더했을 것이라는 말로 잔소리를 마무리 지었다. 어차피 지금 무언가 말해도 알아들을 리 없는 말이긴 했다. 초등학교에 입학해서 12년 동안 공부를 하고, 자기가 정말 원하는지 아닌지도 생각하지 못한 채 수능 성적 맞춰 수학과에 온 녀석들이다. 취직이 안 되어서 대학원에 온 녀석들도 이중 반은 넘을 테니, 어차피 크게 기대할 필요도 없었다. 교수는 돌아서며 중얼거렸다.

"권진웅만큼만 해봐라. 권진웅만큼만, 좀."

그 말을 들은 누군가가, 조롱하듯 맞장구쳤다.

"그러게요, 그 형만큼만 하면 필즈상도 받긴 받겠는데요."

쉿 하고 다른 학생이 그 말을 뱉은 학생의 입을 틀어막았다. 낄낄거리는 소리가 났다. 학부든 대학원이든, 1학년이란 묘할 정도로 어리고 또한 어리석다. 앞날이 어떻게 될지 모르면서 방자하고 치기 넘친 소리들을 쏟아낸다. 교수는 한숨을 쉬며 강의실 문을 닫았다. 박사과정 3년차인 권진웅은 아직 논문을 제대로 시작하지도 못하고 있었고, 수고만 많고 얻는 것은 없이 갈피를 잡지 못하는 학생처럼 보이다보니 후배들에게도 비웃음을 사고 있었지만, 수학에 대한 열의만은 교수가 아는 어떤 학생보다도 뜨거웠다.

학문의 길이라는 것이 비정한 것은, 그것이 노력만으로 어떻게되는 세계가 아니라는 데 있었다. 권진웅은 한없이 수학을 사랑했고, 밤낮없이 그 세계에 매달렸지만, 아마도 이 길은 그의 것이 아니었을 거다. 아마도 처음부터.

"아직도 그 연구를 붙들고 있었나."

"예."

들여다보자, 권진웅은 교수가 화면을 잘 볼 수 있도록 어깨를 움츠리며 대꾸했다.

"언젠가는 풀리겠죠?"

"그렇겠지."

녀석의 마음을 사로잡은 것은 p-np문제. 오랫동안 풀리지 않은 중요한 수학적인 문제로서, 클레이 수학연구소가 21세기를 맞아 백만 달러의 상금을 내걸었던 문제다.

"자네가 해낼 수 있다면 나도 정말 자랑스럽겠군."

교수는 말을 흐렸다. 십수 년 전, 페르마의 마지막 정리에 평생을 헌신하겠다며 큰소리치던 학생들을 바라보던 노교수님들의 마음이 이런 것일까. 누군가는 답을 찾을 수 있겠지만 자네에겐 불가능한 일이라고, 딱 잘라 말하지 못하는 것은 역시 선생답지 못한 일이라고 생각하면서도, 교수는 말을 아꼈다.

"하지만 박사 논문 주제로는 하지 말라고 내가."

"예, 그건 여기 있어요. 교수님이 정해주신 걸로."

영 지지부진한, 몇 번인가 교수실로 가져오라고 했지만 영 성과가 나지 않는 논문의 한 부분을 보여주며 진웅은 겸연쩍은 듯 웃었다.

"이것 하나만 해도 통과할까 말까 한데, 지금 뭘 하는 건가."

"예, 죄송해요."

안타까웠다. 진웅은 결코 어리석은 학생은 아니었지만, 수학으로 대학원까지 와서 공부를 계속해야만 할 만큼 총기가 있는 학생 또한 아니었다. 누구보다 많이 공부했고 중간 이상의 성과도 거두고 있었지만, 그가 갈망하는 무언가는 결코 그의 손에 닿지 않으리라. 그저 간판을 얻기 위해 이 대학원 공부를 계속하는 것이었다면 차라리 나았을텐데. 그는 진심으로 수학이라는 이 학문의 세계에 깊이 헌신하고 싶어 했다. 평생을 다 바쳐서라도.

"우선 박사 논문부터."

"예, 교수님."

왜, 어떤 사람에게는 재능만을 주고 그를 감당할 성실함을 주지 않아 빛나는 총기조차 허비해버리게 하더니, 어떤 사람에게는 성실함과 열정을 주었으면서 그에 합당한 재능만은 주지 않았는가. 교수는 믿지도 않는 하늘을 탓했다. 그럴 수 밖에 없었다. 그뿐이었다.

슈슬리사의 우주선들이 하늘을 뒤덮은 것은 바로 그 무렵의 일이었다.

"이런 날인데 책이 눈에 들어오나, 자네는?"

"그럼 뭘 하겠어요."

창문을 열자, 하늘에 떠 있는 거대한 쟁반 같은 것이 먼저 눈에 들어왔다. 스스로 "슈슬리사"라고 말한 그 외계인들은 딱히 지구를 공격하거나 할 야심 같은 것도 보이지 않은 채, 그저 한 달이 넘도록 그 자리에 머물러 있었다.

"북한이 공격한다면 쌀이라도 사지, 외계인이 공격하면 도망칠 곳도 없잖아요."

진웅은 풀던 문제를 덮어놓으며 기지개를 켰다.

"자네 어째, 다 산 사람 같은 말을 하는군."

연구실이라고 간판만 달아놓은, 사실상 석박사 과정과 포닥들에게 독서실 책상 하나씩 놓아준 것이 전부인 이 좁은 공간에, 모처럼 햇살이 쏟아졌다. 사람 하나 없이 텅 빈, 책상과 캐비닛의 미로 같은 연구실에서 진웅은 오랜만에 허물을 벗고 몸을 쭉 펴는 누에처럼 자리에서 일어났다. 교수는 창문 앞에서 담배를 물었다.

"연구실에서 금연이라고 붙이신 것, 교수님이셨잖아요."

"자네밖엔 없잖나."

"그런가요."

교수는 담배를 건넸다. 제자와 맞담배질을 하는 것은 체면이 깎이는 일이라고 늘 생각했지만, 지금 와서 그까짓 맞담배 좀 피

왔다고 뭐가 달라지랴 싶었다. 하늘에는 외계인의 우주선이 떠 있고, 처음에는 외계인을 물리치고 평화를 되찾겠다고 외치던 정부에서는 어느새 외계인들을 어떻게 맞아들여야 할지, 어떻게 같이 살아야 할지를 의논하고 있었다. 듣기로는 몇몇 나라에서 이미 우주선을 향해 미사일을 발사해보았지만, 소용이 없었다고 했다. 오히려 그들은 호전적으로 대응하려는 나라들을 향해 텔레파시를 이용하여 심층심리에 접근함으로써 불필요한 공격을 막고 평화를 유지할 수 있었노라고, 지구인들에게 알리기까지 했다.

"저 정도 우주선을 만들려면 얼마나 기술이 좋아야 하는 걸까."

"글쎄요, 일단 지구상의 물리법칙이나 공학기술 같은 것은 애들 장난 같지 않을까요."

"그렇겠지?"

"아마도요."

"그럼 왜 쳐들어오질 않는 걸까?"

"싸울 필요도 없을 만큼 자기들이 강하니까요?"

"그렇겠지?"

"아마 그렇겠죠."

"대학이라는 게, 앞으로도 필요하긴 한 걸까?"

교수는 한숨을 쉬었다. 창문으로 불어드는 바람결에, 내뱉은 담배 연기가 다시 얼굴을 향해 밀려들었다. 우스꽝스러운 표정으로 기침을 하다가 말고, 그는 창틀에 담배를 눌러서 껐다.

"난 슬슬 은퇴할까 하네."

"교수님?"

"어차피 정년도 이 년밖에 안 남았고. 명예퇴직하기 딱 좋은 시기지. 자네가 박사 받고 나가는 걸 보고 싶었는데, 어려울지도 모르겠군."

"저 외계인들은요, 슈슬리사라고 했던가요."

"그랬던 것 같은데."

"그들은 밀레니엄 문제 같은 것은 이미 다 풀어버린 지 오래일까요."

"그렇지 않겠나."

"교수님."

"음?"

"누군가가 이미 다 풀어버렸다면, 그리고 이제 새로운 질서가 우리 앞에 놓일 거라면, 어쩌면 그들이 우리를 지배하고 모두 죽여버릴지도 모른다면, 수학은 가치 없는 건가요?"

교수는 대답하지 않았다. 어쩌면 긍정이었을지도 모르겠다. 진웅은 담배가 꺼지고 그 재가 모두 바람에 날려 사라진 뒤에도, 해가 저물어가는 운동장을 바라보며 그 자리에 있었다. 누군가에게는 평생을 뒤쫓은 일이었을 거다. 자신은, 그저 십 년을 뒤따라온 것일 뿐이다. 손해라고도 볼 수 없다. 석사학위가 있고, 논문은 통과하지 못했지만 어떻게 수료는 한 상태다. 어디 번듯한 회사는 아니라고 해도 입시학원 같은 데 취직해서 고등학생 재수생들 가르치는 학원선생 노릇 마음잡고 몇 년 하면, 장가갈 밑천 정도는 자기 힘으로 만들 수 있을 거라고, 석사 받을 무렵 선배들이 해주었던 말들이 떠올랐다. 그는 노을이 스며든 연구실을 돌아보았다. 책상들은 이미 짐이 거지반 빠진 채로 텅 비어 있었다. 함께 공부하던 이들 중 대부분은, 이 방학이 끝난 뒤에도 돌아오지 않을 것이다. 세상은 그렇게 변하고, 새로운 시대는 갑자기 누군가 문을 두드리듯 그렇게 왔다.

하지만 해가 동쪽에서 뜨고 서쪽으로 지듯이, 변하지 않는 것은 어디에나 있었다. 권진웅이라는 남자 또한 그러했다. 그는 이제는 동기도 선배도 남지 않은 연구실에 혼자 나와서, 하루 종일 수학문제를 풀었다. 가끔 마음이 산란해지면 이면지를 깔아놓고, 연필을 깎으면 연필밥이 줄줄 새어 나오는 낡고 오래된 하이샤파 연필깎이를 그 위에 얹어놓고 연필을 꽂아 손잡이를 드륵드륵 돌렸다. 연필깎이가 앉았던 자리마다 시커먼 흑연 얼룩이 손자국처럼 남았다. 여전히 복도에는 학부생들이 떼를 지어 몰려다녔고, 더러는 조교를 찾아 연구실을 기웃거리기도 했다. 여름이 가고, 바람이 서늘해질 무렵, 학교에는 하늘빛처럼 푸른 피부의, 인간을 닮았지만 인간이 아닌 이들이 모습을 드러냈다. 학부생만큼 젊디젊은 얼굴로 이곳의 대학조직을 견학하고 개선책을 연구하기 위해.

진웅은 때로 창문을 열고, 더는 금연 안내판이 필요없는 이곳의 창가에서 담배를 피웠다.

차라리 공과대학이라면 나았을 것이다. 어떤 시대에라도 사람들은 살아가야 했으니까. 누군가는 나무를 다듬고 쇠를 깎고, 집을 짓고 옷을 만들고 농사를 지어야 할 테니까. 차라리 법과대학이라면 나았을지도 모르겠다. 어떤 세상이라도 사람과 사람이 살아가는 데는 분쟁이 있을 테니까. 하다못해 문과대학이라도, 외국어라는 게 앞으로는 점차 없어질지도 모르지만, 그래도 적어도 십수 년은 쓸모가 있을 테니까. 적어도 사람이 말은 하고 글은 읽을 테니까. 예술을 한다면, 운이 좋다면 외계인들이 "지구인 특유의 문화유산"이라고 보호하려 들지도 모르는 일이고, 디자인 같은 것도 모든 지구인에게 〈스타트렉〉에 나오는 빨간 셔츠를 입히지 않는 이상에야 쓸모가 있겠지만.

진웅은 한숨을 쉬었다. 수학, 이건 대체 어디다 써야 하는 걸까. 허생은 10년 할 공부 7년 만에 손절매하고 일어나 "조그마한 시험"이라며 장사라도 하러 나갔지. 대학에 들어와서 수학과라는 팻말이 매달린 이 좁은 복도를 오가며 보낸 세월만 벌써 10년이다.

복도의 끝, 매트랩과 매스매티카가 설치된 컴퓨터들이 줄지어 앉은 전산실의 벽에 기대서면, 닫힌 문이 가득한 복도의 반대편 끝에 커피 자판기와, 그리고 드물게 새어 들어오는 햇살이 보이곤 했다. 진웅은 연구실 문을 잠가놓고, 느릿느릿 자판기로 걸어가 200원짜리 커피 한 잔을 뽑아 마셨다. 햇살이 너무 눈부셔 속이 쓰렸다. 그는 "수학과 전산실"이라고 쓴 명판이 붙어 있는 철문을 향해, 그늘을 향해, 끝도 없을 듯 닫힌 문이 늘어선 복도를 슬리퍼를 끌며 걸었다.

슬리퍼 바닥에 납이 붙은 듯, 완전군장을 하고 천리행군의 마지막 능선을 넘는 듯 발이 무거웠다. 더웠다. 이미 여름이 다 지나가고 가을이 왔는데도, 병든 듯 고요한 복도가 마치 꿈 같았다.

— 대체 수학이란 어디에 써먹어야 하는 학문인 거야?

십 년도 전에, 학부 1학년이던 시절에 지금은 이름도 가물가물한 동기들이 술잔을 기울이다 낄낄거리며 나누던 이야기들이 생각났다. 그때 그런 이야기에 조금 더 진지하게 귀를 기울였어야 하는 것일까. 먼 먼 옛날, 지금은 마치 전생 같은 그 어느 때에.

아마 그때가 맞았을 거다. 학부생들 사이에서 함께 술을 마시던, 생각해보면 조금 먼 윗기수 선배 뻘이던 젊은 교수님이 농담처럼 웃으며 하셨던 말씀이. 자기 손으로 페르마의 마지막 정리를 풀겠다고 호언장담을 했건만, 군대 간 사이에 앤드루 와일즈라는 작자가 풀어버리고 말았다고, 한탄 같은 농담을 던지는 그 교수님은, 몇 년 전 대학을 그만두고 암호론 연구를 할 수 있는 미국의 연구소로 떠나셨다. 그분은 지금 슈슬리사들을 보며 무슨 생각을 하고 계실까. 닫힌 교수실을, 사람 없는 강의실들을 바라보며 진웅은 커피를 마시면서도 갈증을 느꼈다. 슈슬리사들이 왔다. 인류와는 비교할 수도 없는 문명을 산타클로스처럼 손에 쥔 채로. 인간의 두뇌로는 아직 감당조차 할 수 없을 지식들이 담긴 우주선을 우리의 머리 위에 띄워놓고서.

문득 뒤를 돌아보았다. 복도는 길고 어두웠고, 빛은 멀었다. 언제나 이대로일 줄 알았다. 가끔 뛰어난 이들이 있지만 언제나 고만고만한 세상. 도토리들이 키를 재고, 개중 병아리 눈물만큼이라도 더 큰 도토리가 어떻게든 그 빛을 향해 손을 내밀며, 그 수도 없이 많은 도토리들이 까치발을 서며 서로를 밀어 올려 쌓인 큰 무더기의 끝에서 스쳐 지나가는 진리의 옷자락이나마 겨우 붙잡을 수 있는 것이 학문이 아닐까 상상하기는 했다. 수많은 학부생과 대학원생과 포닥과 교수들의 탑 위에, 무어라 설명할 수 없는 진리는 존재했다. 언제나 믿었다. 그랬기에, 그 모든 것이 이렇게 단숨에 무너질 줄은 몰랐다.

모든 진리의 문이 열려버린 것 같은 시대에, 대체 수학이라는 건 어디에 써먹어야 하는 학문인 걸까.

"실례합니다."

그야말로 9시 뉴스에서나 들을 수 있을 것 같은 흠잡을 데 없이 완벽한 억양에 깜짝 놀라 돌아보았다. 푸른 피부를 한, 키가 크고 후리후리한 이가 서너 걸음 뒤에 서 있었다. 진웅은 눈을 깜빡였다. 발소리도 없이 언제 이렇게 가까이 온 거야. 키가 큰 슈슬리사는 진웅을 가만히 내려다보다가, 점잖게 물었다.

"수학과 학생이신가요?"

"예……. 뭐, 그렇죠."

진웅은 잠시 생각하다가, 얼른 부연했다.

"학부는 아니지만."

"아."

슈슬리사가 고개를 끄덕였다.

"석사? 박사?"

"박사 논문 쓰는 중인데요."

"혹시 요즘 바쁘십니까?"

박사 논문 쓰는 중이라고 하면 정신없이 바쁜 게 당연하지 않느냐고 되물으려다, 진웅은 입을 다물었다. 생각해보니 바쁘고 말고 할 것도 없었다. 논문을 들여다봐줄 교수도, 은근히 경쟁이 되던 동기나 후배들도 이젠 보이지 않았다. 방학의 여운이 아직도 남아서 안 돌아오는 것이라고 말하기에는 과하게 긴 방학이었다.

"뭐, 사실 그렇게까지 바쁘진 않을지도 모르겠어요."

"음?"

"무슨 일인데요?"

"수학은 어느 우주에서도 서로 맥락이 연결되어 있는 것을 아십니까?"

"수학이 진리로 가는 문이라면 어디서든 맥락이야 비슷하겠죠."

"이야기가 통할 것 같군요. 나도 논문을 준비하고 있는 학생입니다. 수학 교육에 관한 논문이죠. 이곳 지구의 수학 수준을 나름대로 연구하려고 하는데, 아무래도 도와줄 지구인이 필요합니다."

"그러니까 알바생을 찾고 있는 거군요. 맞아요?"

"예. 용어나 개념 정리를 도와주실 만한 분을 찾는 중입니다."

"그러니까, 여기의 수학을 거기의 수학으로 어떻게 번역해야 하느냐, 그런 문제?"

"비슷할 겁니다."

슈슬리사는 되도록 정확한 개념을 전달하려 애쓰는 듯한 말투로 대답했다. 진웅은 고개를 끄덕였다.

"할 수 있을 것 같은데, 언제부터요?"

"편하신 시간으로 한 주에 두세 번 정도, 한 번에 두 시간 정도 내주실 수 있을까요."

"내 시간만 맞출 순 없죠. 그런데……."

이젠 별 의미도 없는 수업 시간표를 확인하다 말고 진웅이 고

개를 들었다. 박사 말년차, 논문만 끝나면 졸업할 판에 교수는 도
망치듯 은퇴해버리고, 어떻게 논문이 통과하여 박사학위를 받는
다 한들 그걸 어떻게 써야 할지도 모르겠고, 갑자기 시간이, 한도
끝도 없을 만큼 남아돌아 주체할 수 없는 기분이었다. 진웅은 한
숨을 쉬었다. 왜 그런 질문을 했는지는 기억도 나지 않는다. 대체
어떤 마음이었는지도.

"그쪽 세상에서는 저기, p-np 문제…… 풀렸어요?"

물론 답은 듣지 못했다. 애초에 이쪽과 슈슬리사의 수학을 비
교하여, 용어와 개념을 서로 번역하듯 짜맞추어 재구성하러 온
사람, 아니 슈슬리사다. 적어도 그 개념을 완벽하게 설명할 수 있
을 때까지는, 무의미한 질문이었을지도 모른다. 진웅은 물론, 자
신을 신이라고 불러달라 말한 그 슈슬리사도, 바로 그 질문의 난
처함을 깨닫고 그저 웃고 말았다. 그렇게 계약은 성립되었고, 진
웅은 슈슬리사에게 매주 두 번, 과외공부라고 하기에는 어쩐지
애매한 "지구 수학 개론" 강의를 시작하게 되었다.

시간이 좀 더 흐른 뒤라면 모르겠지만, 슈슬리사가 지구에 내
려오고 몇 달 지나지도 않은 시기였다. 슈슬리사들이 전쟁을 원
하지 않았고, 먼저 공격하는 이들의 정신 속에 평화에 대한 열망
을 세뇌, 아니 불어넣었으며, 평화로운 지배자로서 우리의 평화
와 문명 발전과 심지어는 인격의 도야를 위해 노력하고 있다는
사실에 열광하는 이들도 많았지만, 아직은 그동안 인류의 문명이
낳은 수많은 "외계인 침공 블록버스터"를 기억하며 조금 지나면

저놈들이 우리를 모두 세뇌한 뒤 곰탕처럼 끓여 먹고 말 거라고 믿는 이들 또한 분명 적지 않았다.

"처음에는 직각삼각형에서 대각선을 구하는 공식으로 배워요. '피타고라스의 정리'라는 이름으로 배우죠. 이 일반형이, 페르마의 마지막 정리예요."

"일반형을 증명하는 것은 꽤 어렵죠. n이 2나 4나 특정한 소수일 때라면 몰라도."

"이봐요, 여기선 보통 사람은 n이 2일 때, 그러니까 피타고라스 정리밖에는 모르고도 잘 살아요. 수학하는 애들도, 전공이 아니면 굳이 파고 들어가진 않아요. 여기서 이 정리는 일반인들도 이름 정도는 들어본 것이긴 하지만……. 이름을 왜 들어봤느냐 하면요, 1995년에 증명이 되었거든요. 비교적 최근에 된 것이기도 하고, 책도 많이 나왔어요. 뭐, 아주아주 유명한 가설인데 358년 만에 증명된 거니까, 이슈가 될 만도 했지요."

"페르마의 마지막 정리."

이런 애매모호한 시기에, 학교 카페테리아에서 푸른 피부의 슈슬리사와 머리를 맞대고 중고등학교 수학교과서에 나오는 용어들을 일단 그들의 개념으로 번역하는 과정을 돕는 것은 쉽지 않은 일이었다. 진웅은 그의 언어를 몰랐고, 그는 우리의 일상어만 알고 있었기에, 일단은 중고등학교 수학교과서를 죽 설명하는 방법밖에는 없었다. 자신의 설명에서, 그가 우리의 수학과의 접점들을 순조롭게 찾아내기를 바라면서.

"그런데요, 신."

뭔가 사람, 아니 외계인의 이름으로도 껄끄러운 그 이름을 부르면서, 진웅은 어깨를 움찔했다. 아무리 자의식이 강한 외계인이어도 그렇지, 신이 뭔가, 신이. 그러지 않아도 외계에서 온 슈슬리사들을 신처럼 추앙하는 이들도 벌써부터 여기저기에서 보이는 마당에, 이름을 부를 때마다 신의 이름을 망령되어 일컫는 것 같은 느낌이 드는 이 괴이한 이름은 뭐란 말인가.

"어째서 신이에요?"

"예?"

"당신 이름요. 원래는 더 길죠?"

"발음해도 당신이 따라하기 어렵습니다."

"알아요. 그 총독 이름만 해도 피랄리라투시나…… 였나?"

"피랄리라투시나프라파릴리오스. 이름 아니고 성입니다."

"아, 예. 그렇죠. 그런데."

"필라투사."

"예?"

"총독을 필라투사라고 불러도 이상하지 않다는 뜻입니다. 예의에 어긋나지 않습니다. 다른 지성체를 만날 때, 우리는 그 지성체가 발음하기 쉬운 짧은 이름을 정해서 쓰곤 하니까요. 이곳에서도 그렇지 않습니까?"

"이곳에서요?"

"아웃백이라는 가게에 갔더니 직원들이 다들 톰이니 메리니 제인이니 하는 이름을 달고 있던데요."

"그건…… 좀 다르긴 하지만."

아웃백 알바생의 이름표가 문제가 아니었다. 진웅은 다시 한 번 물어보았다.

"그래서 왜 신이냐고요."

"입안에 느껴지는 통각이 매력적이니까요."

"음?!"

"신라면 모르십니까? 매울 신 자 써서 신. 사나이 울리는 신라면."

"설마 지금 신라면이 맛있어서 자기 이름을 신으로 정했다는 거예요?"

"지구에도 그런 이름들 있지 않습니까? 페퍼나 솔트나. 아, 신 씨도 있군요. 무려 패밀리 네임인데도."

"한자가 다를 거예요."

"그렇습니까? 같게 보았는데요."

신은 천진하게 웃었다.

"다른 행성에서 이름을 정하는 건, 그곳에서 뭔가 사랑할 만한 것을 찾았다는 것과 같은 뜻입니다."

뭔가 사랑할 만한 것을 찾아서 붙인 이름이 신이라고. 납득하면서도 어쩐지 입맛이 썼다. 그는 신이라는 이름에 담긴 다른 뜻을 알고 있을까. 슈슬리사를 신처럼 여기는 이들이 있다는 것도, 알고 있을까. 진웅은 볼펜을 손가락 끝에서 돌리다가 공연히 딸깍거렸다.

이질적이다. 알고 있었다. 외계에서 온 신도, 그리고 졸업도 하지 않은 채 이제는 의미가 없어진 수많은 것들에 여전히 미련을 두고 텅 빈 연구실에 혼자 남아버린 진웅도. 잔잔한 수면 위에 떨어진 작은 모래알 하나가 파문을 그리듯이, 그렇게 이질적이다. 그리고 두 파문이 겹쳐 맥놀이가 지면 더욱 복잡미묘한 파문을 그리는 것처럼 장마와 우기가 뒤섞인 듯한 그 해의 여름은 무척 더웠고, 한편으로는 물속에 잠겨 있는 듯 습기 차 있었다. 때로 진웅은 갑자기 김이 서려버린 안경을 벗어 티셔츠에 문질러 닦으며 맨 눈으로 신의 모습을 바라보았다. 조금 더 어렸다면, 슈슬리사와 계속된 만남에서 인생을 바꾸어줄 극적인 무언가를 기대했을지도 모르지만.

어느 순간부터, 더 이상 꿈을 꾸지 않게 되었다. 숨 쉬듯 자연스럽고 꿈처럼 사랑스럽던 세계가 더 이상 내 것이 아니라는 것을 깨달은 어느 순간부터.

"학교는 이만 졸업하지."

모래알처럼 이질적인 자신이, 누군가에게는 입안에 씹히는 모래알처럼 불편할 수도 있다는 것은 알고 있었다. 알고 있었지만 이렇게 제안 같기도 하고 강요 같기도 한 말이 형체를 갖추어 발등 위로 툭 하고 떨어질 줄은 몰랐다. 그 해 가을이 다 지날 무렵, 진웅은 학과장의 부름을 받았다. 늦깎이 박사과정 학생이, 아무래도 대학의 입장에서는 영역을 침범하려 드는 불청객처럼 느껴지는 슈슬리사와 어울리는 것이 문제가 된 모양이었다.

"그냥 자네, 이만 수료하라고. 어차피 자네 논문 봐줄 교수도 없고, 그동안 뭔가 해온 것도 없고. 이제 와서 새로 뭔가 하기에는 너무 나이가 들었고. 자네가 정 원한다면, 한두 학기 정도 더 시간을 줄 수는 있네. 박사 학위가 필요하다면, 논문 써 가져오면 적당히 통과시켜줄 테니."

"아무리 그래도…… 그럴 수는 없지 않습니까."

이건 아니다 싶었다. 말을 더듬거리며 고개를 가로저었다. 그렇게밖에 말하지 못하는 자신이 한없이 바보같이 느껴졌지만, 그래도 아닌 것은 아니었다. 목적이 학위였다면 선뜻 받아들였을지도 모른다. 이제는, 어쩌면 앞으로도 계속 큰 의미가 없을지도 모르는 그런 종이조각 하나가 목적이었다면. 아마도 틀림없이. 하지만 아니었다.

"어차피 다 큰 어른이니 빙빙 돌려 말하지 않겠네. 자넨 이것보다 더 잘 할 수 있는 일이 많이 있고."

"전 그냥 공부를 하고 싶은 것뿐인데요."

"뭘? 수학을? 앉아서 하루 종일 문제를 풀고 싶을 뿐이라고?"

학과장은, 지친 표정으로 중얼거렸다.

"아니면, 밤낮없이 하루 종일, 남들이 풀지 못한 방법을 찾아서 아주 사소한 문제의 아주 특이한 부분이라도 어떻게 비틀고 되돌리고 그렇게 새로운 지평을 향해 나아갈 수 있지 않을까 기대하고 목을 매면서 살아가고 싶단 말인가?"

"교수님."

"답지가 다 나와 있는 수학의 정석을 방법만 바꿔가며 푸는 것만큼 어리석은 일이지."

"슈슬리사 때문인가요?"

"어차피 자넨 슈슬리사 같은 것 없었어도 그런 경지에 닿을 만한 사람은 아니었어. 그건 재능 문제일세. 졸업을 시켜줄 테니 졸업장을 들고 나가. 대체 앞으로 이 수학이라는 게 어디 쓸모가 있을지 모르지만."

학과장은 고개를 절레절레 가로저었다.

"학부생 놈들도 다들 공학 쪽으로 도망가버리는 판에, 능력도 안 되는 게 박사 과정에 매달려 있다니. 지금은 자네가 날 원망해도, 나중에는 감사하다고 절을 할 걸세. 가봐."

얇은 옷 사이로 소나기의 굵은 빗줄기가 내리꽂히듯, 적나라한 빈정거림이 어깨 위로 쏟아져 내렸다. 진웅은 대답하지 못했다. 반박하지 못했다. 그저 천천히 자리에서 일어나려는데, 등 뒤에서 학과장이 종이를 넘기는 소리가 들렸다.

"대체 김교수는, 졸업논문으로 밀레니엄 문제를 풀겠다는 놈을 무슨 생각으로."

"제 논문 주제는 그게 아닙니다."

"그래?"

"그걸 쓰고 싶었지만, 여튼 그건 아닙니다."

"그럼 자네 논문 주제에 대해 내 앞에서 설명해볼 수 있나?"

"……."

"자네, 몇 년째 논문 쓰면서도 아직도 착각하는 모양인데, 학위 연구는 자네 혼자 하는 게 아냐. 지도교수의 지도를 받으면서 연구하는 거지. 지금 여긴 자네를 맡아 지도해주겠다는 교수도 없고, 자네도 몇 번이나 기회가 있었는데도, 계속 엉뚱한 데 한눈을 파느라 제대로 논문을 쓰지도 않았잖나."

"엉뚱한 게 아닙니다."

"p-np 문제라. 자네가 앤드루 와일즈나 페렐쯤만 된다면 엉뚱한 게 아닐지도 모르지."

페르마의 마지막 정리나 푸앵카레 추측을 증명한 석학들의 이름을 거론하며, 학과장은 혀를 찼다.

"자네가 밀레니엄 문제들을 풀 능력이 된다면, 부디 그전에 학위 논문부터 써주시지. 자네를 맡아 지도해주겠다는 교수가 있을 때의 이야기지만. 자네, 자네에겐 미안하지만 밀레니엄 문제는 고사하고, 자네의 학위 논문 주제를 제 날짜 안에 풀어낼 능력도 부족해 보이는데, 그래도 내가 맡아주겠다는 거야. 하겠나."

싫다고 말해야 한다고 생각했다. 진웅은 "싫습니다"라고 말하는 자신을 머릿속으로 그려보며 애원하듯 지도교수를 바라보았다. 그러나 결국 현실의 진웅은, 마음속에 만들어낸 자신의 상을 꺼내는 대신 그저 머리를 숙일 뿐이었다.

"예."

"졸업을 하게 될지도 모른다고요? 축하합니다."

"축하할 일이 아니에요."

볼펜을 딸각거리며 진웅은 테이블 위에 납작하게 엎드렸다.

"어떻게 설명해야 좋을지 모르겠네요. 이런 건."

"왜 설명할 수 없다고 생각합니까."

"난 졸업하기 싫은데 학교에서 강제로 졸업을 시키려는 거니까요."

어떻게 설명해도 불완전하다고 생각했는지, 진웅은 자조하듯 낄낄거렸다.

"봐요, 나 지금 제대로 설명도 못하고 있어요. 같은 인간도 못 알아들을 말인데, 하물며 당신이 알아들을 리가 없는데 내가 지금 무슨 소리를 하는 거야……."

"생각했던 대로 일이 진행되지 않아서 화를 내고 있는 것처럼 보이는군요."

"그래 보여요?"

신은 고개를 끄덕였다. 그의 표정에 걱정 비슷한 것이 보이는 것을 신기하다고 생각하며, 진웅은 몸을 일으켰다.

"이해하기 어렵죠?"

"왜 이해하기 어렵다고 생각하는지 모르겠지만."

"당신은 슈슬리사잖아요."

"내가 슈슬리사인 것과 당신이 인간인 것과 당신의 감정을 이해하지 못하는 것 사이에 무슨 관계라도 있습니까?"

"인간이 아니잖아요."

진웅은 대답하다가, 이번에야말로 신의 표정에 분명한 갑갑함과 우울함이 떠오르는 것을 보고 입을 다물었다. 신은 손으로 턱을 괸 채 진웅의 얼굴을 관찰하듯 들여다보았다.

"문명이 덜 발달된 지성체들은 종종 어린아이와 비슷한 반응을 보이죠. 예를 들면, 세상에 자기밖에 없다고 생각하는 것 말입니다. 인간의 아기들도 그런 시기가 있지 않습니까?"

"예?"

"인간만큼의 복잡한 감정이 인간보다 열등한 존재에게는 없다고 확신하지요. 강아지나 고양이에게 그런 복잡한 감정이 있을리 없다고 생각합니다. 그렇다면 인간보다 열등하지 않은 슈슬리사에게 복잡한 감정이 있을 리 없다는 생각은 어떤 자신감에서 나오는 겁니까?"

진웅은 신의 느리고 기묘한 화법이, 그들 종족 특유의 논리성에서 비롯된 것이 아니라, 자신을 논리적으로 납득시키기 위한 단계임을 그제야 이해했다. 고개를 끄덕였다. 그러나 신은 말을 멈추지 않았다.

"슈슬리사가 인간보다 복잡하고 발전된 문명을 갖고 있다고 해서, 우주에서 생활을 하고 서로 다른 태양계들을 넘나들며 살아가는 방향으로 발전했다고 해서, 감정이 배제될 이유가 어디 있습니까."

"난…… 그 정도의 문명을 가졌으면 다들 해탈을 하거나 했을 거라고……. 미안해요."

"인간보다 오래 사니까 해탈하는 슈슬리사도 많긴 많지요."

신은 눈을 깜빡이다가, 웃었다.

"나는 지구인으로 치면 대학을 졸업할 정도의 나이입니다. 짝을 갖거나 번식을 할 수도 있지만 아직은 조금 이른 시기로 치지요. 그 나이에 해탈을 한들 뭘 얼마나 해탈하겠습니까. 그러니까 진웅, 오늘은 당신은 불합리 때문에 화가 났고, 나는 지구인들의 오만과 편견 때문에 마음이 상했으니, 지구식으로 풀어야겠습니다. 어때요.”

“지구식이라뇨……. 뭘 어떻게 하라고.”

“지구의 술은 아직 폭탄주밖에 안 마셔봤거든요.”

뭔가 A도 B도 떼지 않고 영어회화부터 시작한 것 같은 내용의 고백에, 풍선에 바늘 끝을 꾹 찌른 직후처럼 마음속에서 웃음이 터져 나왔다. 진웅은 낄낄거리며 신을 끌고 나갔다.

“지구의 술은 정말로 맛이 없습니다.”

카스와 하이트를 번갈아 마셔본 신이 진지하게 대답했다. 신은 술이 센 편이었고, 마셔도 얼굴에는 티도 나지 않았다. 외계인은 알코올을 얼마나 마셔야 뻗을지를 두고, 역시 낮부터 술을 푸던 생물학과 놈들 두엇이 뒤에서 수군거렸다.

“이보다는 차라리 증류주 계열이 맛있을것 같습니다만.”

“아서요. 증류주면 뭐? 비싸.”

“역시 비싸고 맛없는 건 있어도 싸고 맛있는 것은 없다더니.”

“이 아저씨가 별 말을 다 아네.”

“아저씨……. 성인 남성……. 내 성별에 대해 내가 말했습니까?”

“말을 했건 안 했건 외관상 아저씨면 아저씨지. 자, 쭉 들이켜 요. 쭉.”

맥주에다가 무제한 리필되는 팝콘안주를 입에 물고, 늙다리 대학원생과 외계인은 온갖 쓸모없는 이야기들을 떠들어대기 시작했다. 여기나 거기나 교수들의 잔소리란 쓸모는 없지만 신경 쓰지 않으면 뒤통수를 맞게 된다거나, 관료주의란 학문의 적이라든가, 지구인에 대한 편견과 슈슬리사에 대한 편견 같은 것들. 그 편견에 대한 이야기를 하던 끝에, 신은 한 마디 덧붙였다.

"그리고 당신의 성별에 대한 편견도 포함해서요. 나는 성인 남성이 아니에요. 여성인 것도 아니지만."

"예에?"

"음, 나는 임신을 하지도 않고, 누군가를 임신하게 만들지도 못해요. 그렇다고 자손을 남기지 못하는 건 아닙니다. 지구인의 개념으로는 출아법을 생각하는게 가장 가깝겠군요."

"출아법? 아니, 저기, 그······."

"당신이 출아법에 대해 기억하고 있어 기쁘군요."

신은 솔직하게 대답했다.

"적당한 나이가 되면, 내 몸의 일부가 부풀어 오르고 변색됩니다. 딱히 불편한 건 아니고, 우리의 시간으로 이삼 년에 한 번씩, 평생 예닐곱 번 정도 그럴 기회가 오는데, 이때 이 조직을 잘라내어 영양액에 담그면 그대로 분열을 계속하죠. 우리의 시간으로 일곱 달 정도가 지나면, 이 조직이 작은 슈슬리사의 모습을 띠게 됩니다."

"그게 뭐예요, 그럼 자연적으로는 임신 못해요?"

"그게 가능한 슈슬리사도 있지만, 우리의 선조는 출아법으로 번식을 했어요. 진화가속의 산물이라 하더라도, 최초의 조상에 따라 조금씩 결과가 달라지는 법입니다."

진웅은 이해할 수가 없었다. 진화가속이 무슨 뜻인지, 출아법이라는 건 원래 단세포생물 같은 것의 번식 방법인 줄만 알았는데, 문명이 발달했다는 슈슬리사가 출아법으로 번식한다는 건 또 무슨 말인지. 신은 맛이 없다면서도 맥주를 홀짝홀짝 들이키다 한숨을 쉬었다.

"슈슬리사란 하나의 종이 그대로 진화한 결과물이 아닙니다. 우주의 여러 지성체 중 기준에 맞게 진화한 종은 슈슬리사로 불리지만, 그렇지 않은 종은 독립된 종으로 남고, 일정한 진화 단계를 거친 경우 슈슬리사와 동등한 대우를 받게 되지요. 아마 받아들이기 힘들지도 모르지만……."

신은 빈 잔에 다시 맥주를 따르며 말했다.

"지구의 정부들이 진화가속 실험에 동의했습니다. 곧 지구인들도 진화가속 과정에 들어갈 거예요. 진화가속의 대상이 된 지성체는 세대를 거듭함에 따라, 그 이전 세대가 이루지 못한 지적 성과들을 이루게 될 겁니다. 진웅, 처음 날 만났을 때 내게 물었지요. p-np 문제라고 했던가요."

진웅은 고개를 끄덕였다. 신은 어떻게 설명해야 좋을지 모르겠다는 듯 테이블의 모서리를 따라 시선을 옮기다가, 다시 맥주를 몇 모금 마신 뒤에야 말을 이었다.

"슈슬리사는 진화자궁을 이용하여 변인을 통제하고 지구인들의 진화를 가속화할 것이고, 이곳을 조사하기 위해 우리의 기술을 사용할 거예요. 지구인들도 아마, 우리의 문명의 결과물은 함께 누릴 수 있게 될 겁니다. 하지만 그 과정은, 그 해법은 스스로 찾아야만 해요. 당신이 어떤 식으로 받아들일지 솔직히 잘 모르겠지만, 그게 슈슬리사가 지성체를 지성체로 대우하는 방식입니다. 나는 그렇게 배웠습니다."

어떤 식으로 받아들일지 모르기는 무엇을.

언제부터였을까, 어디까지 들었을 때였나. 그만 술이 확 깨버렸다. 지구인들이 진화해버린다. 나보다 어린 아이들이, 저 초연한 외계인 친구처럼 남다른 지능을 가지고, 그가 손도 대지 못하던 문제들을 마치 덧셈 뺄셈을 해내듯이 해치운다. 전지전능한 외계인들이 왔으니, 더 이상 수학 같은 것은 필요없으리라는 이야기를 들었을 때 느꼈던 끝없는 무력감과는 다른 감정이었다. 화가 치밀었다. 혼자만 뒤떨어지리라는, 그 간극을 결코 극복할 수 없으리라는 박탈감이 시커먼 뻘처럼 그의 발목을 붙잡아 심연으로 끌어내리는 듯했다. 아아, 지구 따위, 인간 따위 몽땅 다 망해버렸으면.

신이 한 말이 무슨 소리인지, 차라리 몰랐으면 화도 나지 않으리라. 듣고 바로 알았다. 술 따위는 진작에 깨버렸으니. 그렇게 잘난 아이들을 인위적으로 만들어내서, 그 아이들이 자기들 힘으로 밀레니엄 문제 같은 것은 다 풀어버리기를 바란다는 뜻이겠지. 우리가 아니라. 그는 아직 태어나지 않은 아이들을 격렬하게 질투했다. 이미 죽어 이런 꼴을 볼 일 없는 이들을 부러워했다. 살아 있어도, 이 한 가지 문제를 풀겠다는 열망을 품지 않은 모든 이들은, 그들은 복 있는 이들이라. 차라리 필론의 돼지처럼 진리에 대한 열망조차 없이 그냥 살아갈 수 있다면 좋았을 것을.

물에 젖은 솜처럼 묵직한 몸으로, 억지로 손을 들어 보았다. 손가락 사이로, 때 묻고 낡은 천장 벽지가 눈에 들어왔다.

제기랄.

눈을 감으면, 빛이 보일 것만 같았다. 이 낡고 초라한 반지하 원룸에도.

찬란한 빛. 진리에 대한 희망. 언젠가는 그 희망이, 빛이, 이 손에 닿을 수 있을 줄 알았다. 대학교 1학년, 아직 가슴에 패기가 끓어오르던 시절에는.

— 내가 대학원 들어갔을 때, 난 내 손으로 페르마의 마지막 정리를 해결할 거라고 자신을 했어. 그런데 어느 날, 술 먹은 다음 날 아침에 학교에 출근했더니 교수님께서 신문을 보고 계시는 거야. 어지간해선 신문 같은 것 안 보시는 분이었는데.

학부에 입학했을 때 들었던 젊은 교수님의 이야기가, 그대로 머릿속에 복기되듯 떠올랐다. 젊었던 교수님에게는 절망이었던, 그러나 진웅에게는 희망의 상징처럼 머릿속에 새겨진 그 이야기가.

— 영국에서, 그게 풀렸다고. 앤드루 와일즈가 그걸 증명했다고. 난 전날 밤에 술이나 처먹고 있었는데, 내 꿈이었던 그걸 언 놈이 풀어버렸다고.

앤드루 와일즈가 페르마의 마지막 정리를 증명하고, 그레고리 페렐만이 푸앵카레 추측을 증명했던, 수학사에서 유난히 두꺼운 18세기와 19세기, 뉴턴과 달랑베르, 가우스와 오일러, 베르누이 일가와 라플라스, 맥스웰, 코시, 칸토어, 민코프스키, 불운한 천재였던 아벨과 피어보지도 못한 채 결투로 생을 마감했던 갈루아, 데데킨트, 드모르간, 코시, 디리클레…… 그 시대처럼 마치 자고 일어나면 수학적인 발견이 쏟아져 나오는 듯 하루가 다르게 수학적 업적이 쌓이고 있는 것은 아니지만, 20세기가 지나고 21세기가 되어도 인간의 지식은 진보하고 있었다. 인간은 그동안 쌓아온 그 모든 수학적인 업적을 발판으로, 천천히, 아주 조금씩 앞으로 나아가고 있었다. 진웅은 그렇게 믿었다. 믿었는데. 믿었을 뿐이었는데.

"교수님……."

그때는 웃었지만, 지금은 아니다. 그때는, 언젠가는 닿을 수 있을 줄 알았다. 언젠가는. 생전 듣도 보도 못한 연푸른빛 피부의 외계인들이 지구의 하늘 위에 우주선단을 띄우고, 마치 존 레논의 노래에서나 들을 법한 평화로운 세상이 마침내 외계인들의 힘을 빌려 이루어지는 몽상 같은 현실과 맞닥뜨리면서도, 같이 공부하던 선후배들이, 교수님들이, 이제 순수학문은 끝났다며 다른 살길을 찾아 떠나는 것을 보면서도 언젠가는, 누군가는 닿을 수 있을 줄 알았다. 그 진리의 문을 열고.

그게 내가 아니라도 좋았다. 앤드루 와일즈건, 페렐만이건, 어딘가의 대단하게 태어난 누군가가, 그 많은 수학자들이 쌓아 올린 지식의 산이 한 번씩 끓어넘치는 그 순간 그 진리의 문을 열고 우리 모두를 한 단계 높은 곳으로 이끌어 갈 수만 있다면.

이런 식으로, 이미 답은 정해진 상태에서 옛날 본고사 수학문제 풀듯, 수학 경시대회 문제 풀이하듯, "이미 증명은 끝났고요, 우리는 여러분의 새로운 아이디어를 원합니다." 같은 현실은 원하지 않았다. 아마도 그러리라고, 이들의 과학기술로는 이미 풀이가 끝난 일일 것이라고 생각은 했지만,

—그 해법은 스스로 찾아야만 해요.

이렇게 듣고 보니 처량해진다. 막연하다. 여기서는 한 걸음도 더 나아갈 수 없다고. 진보란 없다고. 이미 정해진 답안지를 두고 그저 참 잘했어요, 그 도장 하나 받으려고 몸부림을 치는, 부질없이 서로를 밟고 올라가 애벌레의 탑을 만드는 일을 반복하는 것뿐이라고. 화려하고 찬란한 나비의 꿈은 결코 다시 오지 않으리라고. 그런 것은, 모두가 아무것도 알지 못했던 시절의 환상에 불과하다고.

─슈슬리사가 지성체를 지성체로 대우하는 방식입니다.

지성체를 지성체로 대우하는 게 아니라, 지성체를 사육하는 방법이겠지. 그냥 너희들의 입맛에 맞게 내신 따고 수능 보고 본고사도 보라고 그래라. 난 모르겠다. 나는 더 이상, 그런 것은 이야기하고 싶지 않다. 나는 정말로.

진웅의 손바닥이 차고 끈적이는 방바닥을 쳤다. 청소를 한 지 며칠 지났지. 개수대에서 퀴퀴한 냄새가 올라왔다. 화장실에서도 아마 지린내가 올라올 때가 되었을 것이다. 방에 습기가 찼다. 빨래통은 비어 있었지만, 며칠째 갈아입지 않은 옷에서 역한 냄새가 풍겼다. 속옷까지 한 번에 벗어 세탁기에 처넣고, 진웅은 보일러를 켰다. 보일러 연통에서 몇 번인가 거친 소리가 울리다가, 마침내 불이 붙은 듯 가스냄새가 났다. 진웅은 빨리 따뜻해지지 않는 물을 바닥과 변기에 끼얹었고, 물에서 냉기가 가신 것을 확인하자마자 머리 위부터 물을 쏟아부었다. 때수건을 찾을 것도 없이 그냥 비누로 온몸을 구석구석 문지르고, 다시 물을 끼얹었다. 씻자, 면도도 하고 머리도 깎고, 옷도 보송보송한 새 옷으로 갈아입고. 그리고 밖에 나가야지. 스마트폰도 충전을 하고, 넥타이도 매고, 머리도 빗고. 그리고 나가서, 입시학원 강사 구하는 데를 알아봐야지. 교수님 말씀대로, 졸업시켜주신다니 그저 감사합니다, 하고 졸업을 하고, 거기 내놓을 논문 한 편도 어떻게든 써내고, 그리고 그저 살아야지. 취직하고, 돈 모으고, 반지하에서 지상으로, 월세에서 전세로, 그렇게 옮겨 다니고 기반 닦고, 그러고 나면 늦은 나이겠지만 어떻게 맞선이라도 보고, 여자 만나서 결혼도 하고, 남들처럼 애 낳고 살고. 몇 년 전 같으면야 꿈도 못 꿀 일이었지만, 슈슬리사가 정권 잡으면서 많이 바뀌기 시작했잖아. 어쨌든 집값이 내려가기 시작했잖아. 아, 정말. 어떻게든 그렇게, 남들처럼 똑같이, 그렇게 남들처럼. 멀리 보일 것만 같던, 어쩌면 있었을지도 모르는 진리 같은 것은 그냥 나쁜 꿈이었던 것으로 치고, 그냥 그렇게 살아야지. 살아가야지. 그러면 되는 거겠지. 그렇게 생각하며 방구석에 처박아둔, 슬슬 파리가 꾀기 시작한 쓰레기봉투를 묶어서 들고 나가려는데.

"진웅."

현관문의 잠금장치를 풀자마자, 문 손잡이를 밖에서 잡아당긴 듯 문이 갑자기 열렸다. 진웅은 눈을 끔뻑였다. 신이, 먹을 것이 잔뜩 든 슈퍼마켓 비닐봉투를 들고 문 앞에 서 있었다.

"……."

"안 죽었군요."

"사람 보자마자!"

"아니, 정말로 죽은 게 아닌가 싶어서."

이 진지한 외계인이 그런 농담을 습득했을 리 없으니, 정말로 죽었을까봐 걱정이 되어서 와봤다는 뜻인 것 같다. 신은 진웅의 집 현관에 비닐봉투를 내려놓았다.

"술을 마신 뒤, 그렇게 취한 것 같지는 않았는데도 다음 날부터 닷새 동안 출근하지 않았지요. 혹시 사고가 난 게 아닐까 싶어 학교 앞에서부터 이 집 앞까지 CCTV 열람을 요청해서 봤는데, 멀쩡히 집에 들어갔더군요. 그런데 전화는 받지 않고. 술을 마시고 화장실에 들어갔다가 타일을 밟고 미끄러져 뇌진탕에 빠졌을 가능성을 생각했죠. 그다음으로는 방에서, 잠든 채 구토를 하다가 토사물에 기도가 막혀……."

"으아아아아아, 그만, 스톱. 나 여기 살아 있거든요?"

자신의 죽음을 가지고 저 외계인이 사고실험 따위를 하고 있었을 것을 생각하니 기막힌 일이기는 했지만, 그래도 누군가 걱정이라는 것을 해주었다는 것이 반갑기도, 고맙기도 했다. 진웅은 얼른 쓰레기봉투를 내다 버리고, 돌아와 손을 씻고 물부터 끓였다.

"라면 먹을래요?"

신라면을 좋아한다는 이 외계인을 위해 신라면을 끓이고, 사놓은 지 좀 된 것 같긴 하지만 여튼 냉장고에 남아 있던 계란도 까 넣었다. 라면국물에 흰자가 홀홀 풀어지는 것을 바라보다, 진웅은 다시 한 알을 더 까 넣었다.

"신라면은 역시 국물맛이 좋아요."

외계인도 좋아하는 신라면이라고 광고 찍으면 대박 나겠군 생각하며, 며칠 만에 배 속에 제대로 음식을 집어넣는 듯한 기분으로 순식간에 라면을 비워버렸다. 닷새라고 했나? 설마 정말 닷새 동안 늘어져만 있었나. 기억이 나지 않았지만, 정말 닷새나 굶은 듯 식욕이 밀려왔다.

"나가서 더 먹죠. 마침 외출준비 다 한 것 같은데."

"당신은."

"나도 성장기라서요."

신은 진웅을 잡아끌고 밖으로 나갔다. 그러고는 가까운 고기부페에 들어가 자리를 차지하고 앉았다. 불판이 익기도 전에, 진웅은 정말로 닷새 굶은 사람답게 익지도 않은 고기에 탐을 냈고, 신은 김밥이며 샐러드를 가져다가 진웅 앞에 먼저 밀어놓았다. 한참을, 배 속이 그득해지고 식도까지 음식이 차 올라서 누가 옆구리만 건드려도 튀어나오지 않을까 걱정될 만큼, 그는 밥과 고기를 씹어 넘겼다. 며칠을 굶었으니, 일단은 죽이나 미음 같은 것으로 속을 풀어주어야 하는 게 아니었을까 하는 생각은 그다음에 들었다.

"우웨에에엑!"

술도 마시지 않았는데 멀쩡한 정신으로 먹은 것을 다 토하는 기분은 참 엿 같았다. 어떻게 설명할 수도 없을 만큼 기분이 더러워졌다. 신이 그의 등을 쓸어주고, "솔직히 말해서 이런 것이 그렇게 효과가 있으리라는 생각은 안 듭니다."라고 말하면서도 가스활명수를 사다 주는 동안, 그는 골목길에 쭈그려 앉아 울었다. 남이 사주는 밥도 못 받아 처먹는 새끼가, 남이 학위 준다고 할 때

진작 받고 튀어 나갔어야지. 무슨 영광에 무슨 영화를 누리겠다고 아직까지 남아서는. 차라리 아무것도 듣지 못한 채, 나이는 들고 부모님은 늙어가시니 하루라도 빨리 자리를 잡아야 해서 졸업을 서둘러야 했던 것이라면. 그랬다면 그는 나이가 들어서, 어느 날 제 엄마를 닮아 수학에 영 둔한 자식의 뒤통수를 콩콩 쥐어박으며, 아빠는 수학자였어, 한때 우주의 신비를 밝히는 그런 연구를 했었단다, 할머니 할아버지 모시고 너희 엄마랑 결혼해서 너 낳고 사느라 연구를 그만두고 회사에 다닐 수 밖에 없었지만, 하며 그렇게 가장의 고뇌랄까 비애랄까, 그런 우수 어린 허세를 부려볼 수도 있었겠지.

"실연이라도 당했습니까?"

"그동안 내게 여자친구가 있을 거라고 믿었던 게 더 놀랍네요."

"지금 보이는 반응은 전형적이다 못해 매체에서나 볼 수 있는 실연 반응이지 않습니까. 연락을 끊고, 씻지도 않고, 밥도 먹지 않고. 정신 차리자마자 폭식을 했어요."

"걱정하는 거예요?"

"걱정하는 겁니다."

"실연당한 게 맞을지도 모르겠네요."

가스활명수를 마시고, 생수와 가그린으로 입을 씻어내고, 학교 구석 벤치에 웅크려 앉았다. 진웅은 쉰소리로 웅얼거렸다.

"그런 기분 알아요?"

신은 진웅의 얼굴을 빤히 들여다보았다. 진웅은 신의 얼굴이 아닌 흐린 하늘을 올려다보며 중얼거렸다. 정말로 패배자가 되어버린 기분이다. 어떻게 돌이켜 생각할 구석조차 없을 만큼.

"그곳에 무언가 있다는 걸 알고 있는데, 목숨을 바쳐서라도 손에 넣고 싶은 게 있는데, 그게 닿지 않아요."

"원래 목숨을 바쳐야 손에 넣을 수 있을 만큼 귀한 것은 쉽게 손에 닿지 않는 것 아닌가요."

"비유라고요!"

"내가 지구 말에 익숙하지 않은 것은 감안해주십시오. 그건 수학 이야기인가요."

"그래요."

"p-np 문제?"

진웅은 속삭이며 고개를 끄덕였다. 내가 평생 생각하던 건데. 그 속삭임에, 신은 손가락을 꼽아보다가 다시 그를 바라보았다.

"이해가 가지 않습니다, 진웅. 당신이 p-np 문제를 알게 된 게 대체 언제죠? 초등학교? 중학교 때? 그때는 당신은 그 개념을 아마 이해도 못했을 겁니다. 이름 들어본 것이라고 해도 기껏해야 고등학교 때나 학부 때, 어쩌면 개념을 제대로 알게 된 것은 대학을 졸업한 뒤일 수도 있어요. 아닌가요?"

"무슨 뜻으로 하는 말이에요."

"알게 된 지 이곳 시간으로 십 년도 안 된 것을 두고, 당신은 평생을 걸었다고 말합니까?"

신은 조금 화가 난 듯했다.

"당신이 어린아이입니까. 이십 년을 산 사람이 십 년 정도 뭔가에 몰두했다면 평생 소리가 나올 법도 하지만, 서른다섯 살이 되어가는 사람이 고작 십 년을 두고 그런 말을 합니까."

"그럼 어쩌라고요!"

진웅은 자리에서 벌떡 일어났다.

"서른다섯이랬죠? 이 나이면 다들 자기 앞가림 다해요. 나만 빼놓고! 다들 돈 벌고, 여자 만나서 결혼하고 애 낳고. 그런데 난 아무것도 이룬 게 없어요. 아무것도. 여기서 더 지나면, 이젠 정말로 뭔가 돌이키고 어쩌고 할 시간조차 없다고요. 당신들처럼, 슈슬리사처럼, 오래오래 살면서 먼 별을 누비고 돌아와 천천히 공부하고 연애하고 인생도 깨달은 것처럼 그렇게 초연하게 살 수가 없어."

"그렇게 하면 되는 게 아닙니까. 그게 정말로, 원하는 거라면."

"정말로 그따위 인생을 원할 리가 없잖아!"

길 가는 사람들이 쳐다보는데도, 진웅은 남의 시선따위 눈에 들어오지도 않는 듯, 그저 신을 노려보며 절규했다.

"그것도 나쁘지만은 않을 거라고 생각하기도 했어. 지금이라도 수학 따위 털어버리고 입시학원 선생이라도 하자고. 남들처럼 그렇게 살아보자는 생각도 했어. 하지만…… 그따위로 시시하게 사는 걸 누가 바라겠어!"

"그럼, 바라지도 않는 일을 하겠다고, 평생을 건 일이 손에 닿고 닿지 않고, 그런 말을 합니까?"

"해도 안 되는 게 있는 거잖아요……."

눈물이 쏟아졌다. 손등으로 몇 번을 눈을 부벼도 금세 눈앞이 부옇게 번졌다. 다 큰 어른이, 서른다섯이나 된 아저씨가, 길바닥에서 엉엉 우는 꼴이라니. 꼴사나울 테다. 아니, 사실은 이렇게 다 놓아버리고 주저앉은 이 순간에도 꼴사나워 보일 거라는 생각이나 하는 것이 가장 우습겠지. 한심하다. 그래도 가끔은, 인생에서 가장 중요하다고 생각하던 것을 놓아버리는 이 순간에만은 울어도 좋은 게 아닐까 생각했다. 그 정도는, 해도 되는 거라고.

"하고 싶다고 다 이룰 수 있는 게 아니니까. 내가 야구나 축구를 했다고 해서 프로 선수가 될 수 있었던 것도 아니고, 피겨를 한다고 김연아가 될 수 있는 것도 아니고. 그저 내게는 수학밖에 없었는데. 그 끝에 무언가가 있다는 것을, 나는 분명히 알고 있는데. 아는데……. 그건 결코 내게만은 문을 열어주지 않을 텐데……. 어차피 그런 건, 당신들이 만들어낼 그 머리 좋게 진화시킨 아이들이 하겠지, 나나 다른 평범한 인간이 할 수 있는 일이 아닐 거잖아요. 내게 뭐가 남는다고. 아무것도 갖지 못한 사람이 선택하는 게, 뻔하지. 그럼 뭘 하라고요. 남들하고 똑같이, 그냥 취직하고 결혼하고 애 낳고."

"그 길 그만두면 바로 평범하게 살 수 있다면, 당신은 이미 이곳에서는 성공한 사람이군요."

신은 담담하게 대꾸했다.

"난 여기서, 아무리 애를 써도 취직도 연애도 제대로 풀리지 않은 사람을 수도 없이 봤습니다. 삼십대 초반에 결혼할 수 있다면 행운이라고, 아이를 둘 정도 낳을 수 있다면 능력자라고 농담하는 것도요. 이곳의 복지사정으로 볼 때, 지금까지 소소한 아르바이트만 하면서 공부에만 몰두할 수 있었던 당신 정도면, 아무것도 갖지 못한 사람이라고 말하는 것도 무리겠고요."

"당신이 뭘 안다고 그래. 외계인이면서, 고작 몇 달 둘러보고서 이곳 사정을 알면 얼마나 안다고."

신은 야수처럼 으르렁거리는 진웅을 가만히 바라보았다. 푸른 얼굴을 한, 먼 별에서 온 이는 진웅의 살기 어린 시선을 그대로 맞받아치며 천천히 자리에서 일어났다.

"당신이 어떤 선택을 하든 내가 할 수 있는 것은, 짧은 감상평을 덧붙이는 정도죠. 그게 당신의 결정에 영향을 끼쳐야 할 어떤 이유도 필요성도 없고요. 하지만 솔직히 난 이곳에 대해, 실망스러워요. 평생 연구한 사람들조차도, 훨씬 발달한 과학문명을 지닌 슈슬리사가 왔으니 순수학문은 가망이 없다면서 직업을 바꾸려고만 하고, 그래서 우리가 이곳을 이해하는 데 필요한 정보를 얻기에도 연구자들이 부족할 정도예요. 난 그래서 당신이 귀중한 샘플, 아니 자원이 될 거라고 생각했습니다. 학식은 교수라는 사람들보다 부족하더라도, 우직하게 자기 자리를 지키고 있는 사람은 그 자체로도 소중한 것이어서."

"이봐요."

"해법은 스스로 찾으라는 그 말, 그건 당신에게 희망을 주려고 한 말이었어요."

신은, 이제는 스스로도 확신이 서지 않는다는 듯 답지 않게 기운 빠진 목소리로 중얼거렸다.

"하지만 시기상조였던 것 같습니다. 당신에게 너무 이른 이야기였어요. 정말로, 당신 인생의 반이라도 그 연구에 온전히 쏟아부어본 다음에, 그다음에 목숨을 바쳐서라도 손에 넣고 싶었다고 말했다면 납득했을 겁니다. 당신이 힘들었을 거라고 말해줬을 겁니다. 하지만."

"부질없는 희망이라는 것 알잖아요. 그런 게 사람을 더 괴롭힌다는 것도."

"진웅, 나는 당신이 그 문제를 풀 거라고 확신하지 않아요. 하지만 풀지 못할 것이라는 속단도 한 적 없어요."

"박사 논문 하나 통과 못해서 이 지랄을 하고 있는 내게 대체 뭘 기대한 거예요."

"당신이 말했죠. 여기서 페르마의 마지막 정리라 불리는 것이 증명되는 데 358년이 걸렸다고. 그 사이, 그걸 풀어보려고 했던 수학자들은 모두 실패자들이었습니까?"

"무슨……."

"난 당신이 그 문제를 온전히 풀어낸 사람으로 기록되지 않을 수도 있다는 것은 알겠습니다. 하지만 그게 전부가 아니지 않나요. 수학은 하나의 해답을 만들어내기 위한 그 모든 과정, 그 답과 증명을 얻어내기 위한 중간단계의 레퍼런스 중 어느 하나 소중하지 않은 게 없는 거니까. 난 당신이 그 문제의 온전한 증명을 얻을 수 없다고 해도, 그 증명을 만들기 위한 과정 속에서 아주 작은 계단을 하나 만들 수는 있을지도 모른다고 생각합니다. 그건 그 자체로 소중한 거니까."

"나보고, 놓지 말라고요?"

"예."

"겨우 그만둘 결심을 했는데, 그만두지 말라고요?"

"예."

"수학으로 인생 망친 사람들의 집합에 제 발로 걸어 들어가 포함되라고요? 그런 건, 재능이 있는 사람의 몫이라고요. 내가, 내 모든 것을 다 바쳐서 그 답 하나를 원한다고 한들, 그게 내 손에 닿을 것 같아요? 그렇지 않다는 건 내가 더 잘 알아요! 필즈메달은 고사하고 세계의 변방, 그중에서도 일류대학도 아닌 적당한 대학교를 나와서, 논문 하나 못 쓰고 몇 년을 비비적거리고 있는 게 바로 나란 말입니다. 내 주제에, 나 따위가, 처음부터 할 수 있는 일이 아니었어요, 그걸 이제 깨달았다고요. 그런데도, 그런데도 버리지 말라고요? 나보고?"

"그렇게 말해도 되는 거라면 그렇게 말하고 싶군요."

"세상에."

"그게 없으면 당신은 행복할 수 없을 테니까요. 아니, 좀 더 솔직하게 말한다면, 그게 당신의 종을 더 발전시킬 테니까요. 지성체를 지성체로 대한다는 것은, 진리라고 불러도 좋고 해답이라 불러도 좋은 그 증명을 만들어내는 과정 자체가, 이 종과 이 종의 문명을 발전시킬 것이라는 뜻입니다. 어차피 누군가가 풀어버렸으니까 손댈 필요 없다면, 중학교 다니는 아이들이 피타고라스의 정리 같은 것을 배울 이유도 없겠지요. 처음부터 답이 다 나와 있는 것을, 과정 없이 답만 달달 외우는 게 수학이 아니라는 것은 당신도 잘 알 겁니다. 슈슬리사는 지구에 힌트를 줄지언정, 결코 입에 떠 넣어주듯 진리를 가져다주진 않을 겁니다. 그러니까 당신 손으로, 길을 닦고 계단을 놓으시죠. 언젠가는, 당신에게 닿지 않을 먼 시간이 지난 뒤에, 당신이 쌓아 올린 그 계단을 밟아 지나간 누군가가 그 답을 손에 넣을 테니. 그 과정이 정말로 무의미하다고 생각한다면, 당신 말대로 다 포기해도 좋아요. 하지만 의미가 있다는 것을 당신이라면 알 테죠. 당신이라면 분명히. 아닙니까."

　수학과 관련있는 이야기를 쓰게 된다면, 힐베르트의 이야기를 한 번 정도 다루고 싶다고 생각했다. 다비트 힐베르트. 20세기 초반의 가장 위대한 수학자. 기하학과 함수해석학은 물론, 일반 상대성 이론을 수학적으로 정리한 수학계의 거성. 그러나 사실 다비트 힐베르트 하면 가장 먼저 떠오르는 말은 아마도, 그가 은퇴할 때 고별 연설에서 남겼던 그 유명한 경구일 것이다.

　"우리는 알아야만 한다. 우리는 알게 될 것이다."

　이 얼마나 가슴에 와 닿는 말인가. 인간의 지성이 나아가야 할 방향을 한 문장으로 정리한다면, 아마도 그의 그 경구로 대신할 수 있지 않을까. 어딘가에 진리가 있으리라는 희망. 그가 생각했던, 모든 참인 명제를 증명할 수 있는 공리계가 존재할 것이라는 믿음은 그가 은퇴한 다음 해, 쿠르트 괴델의 불완전성 정리와 함께 깨지고 말았지만, 그럼에도 불구하고, 이 희망만은 계속하여 이어지지 않을까. 우리는 알게 될 것이다. '나'는 진리에 닿을 수 없을지라도, '우리'는 언젠가 진리에 닿을 수 있을지도 모른다. 그런 희망은.

　결과적으로는 "그럼에도 불구하고 나는 나아간다"는, 그런 희망찬 이야기를 쓰고 싶었는데, 결론은 외계인 이야기.

우리는 알게 될 것이다

– 전혜진 작품집 『홍등의 골목』

이서영

　전혜진의 글을 처음으로 만났던 것은 이슈 노벨즈에서 출간된 『월하의 동사무소』였다. 동사무소라는 지극히 일상적인 공간과 온갖 이매망량을 매끄럽게 조합해낸 신묘함에, 질투를 느낄 새도 없이 신나게 책을 읽어 내려갔던 기억이 지금도 생생하다. 라이트노벨이라는 형식에 걸맞게 『월하의 동사무소』는 가볍고 유쾌한 소설이었다. 더욱이 한 문장 한 문장이 유쾌하게 배배 꼬여 있어서, 나는 통찰력 있는 냉소에 그야말로 감탄하고 말았다. 후에 그녀의 글을 다시 만나게 된 곳은 환상문학 웹진 『거울』이었다. 그녀는 가볍고 유쾌한 글을 물론 잘 쓰는 작가지만, 비단 유쾌한 글만 잘 쓰는 작가는 결코 아니었다. 나는 그녀의 단편을 앞에 두고 모니터 앞에서 몇 번씩 먹먹해진 가슴을 쓸어내리곤 하였다.

　중단편이라 함은, 어떠한 사건을 중심으로 빠져나갈 곳 없이 잘 갈무리된 이야기들을 칭하는 말이다. 장편은 서사가 복잡해지고 다양해질 여지가 있지만, 단편은 그렇지 못하다. 단편은 하나의 서사를 중심으로 잘 짜인 에피소드들이 유기적으로 달라붙으

면서 카타르시스를 유도하는 문학 형식이다. 그렇기 때문에 장편
보다 한 문장의 무게는 훨씬 무겁고, 서사의 결은 촘촘하다. 그리
고 전혜진의 이 촘촘한 서사들은 독자의 시선을 결코 빠져나가지
못하게 꼭 붙들어놓는 그물과도 같다.

현실의 판타지

이야기라는 것의 속성은 "근데 말이야, 내가 아는 옆 동네 누가
글쎄……"에서 출발한다. 소설은 있을 법한 이야기여야만 하고,
흥미로운 이야기를 있을 법하다고 독자가 느낌으로써 이야기의
유희성은 극대화된다. 전혜진이 만들어낸 현실적 판타지는 이야
기라는 것의 본래적 속성에 가까운 유희를 보여준다.

환상문학 작가들에게도 다양한 유형이 있다. 완전히 새로운 세
계를 만들어 그 세계 안에 인물들을 세워놓기도 하고, 작품 전체
에 환상적 분위기를 흩뿌려서 독자의 마음을 울리기도 한다. 그
중에서도 전혜진의 작품은 매우 독보적인 한 유형을 보여준다.
전혜진의 작품에는 외계인을 비롯한 이존재異存在들이 아무렇지
않게 불쑥불쑥 튀어나오지만, 압도적인 현실감을 견고하게 지켜
나가는 놀라운 특징이 있다.

이 소설들이 현실감을 지킬 수 있는 이유는 여러 가지가 있겠
으나, 일단 작가의 섬세한 설정을 빼고는 이야기할 수 없다. 물론
'이사나 연작' 같은 작품들에 슈슬리사 같은 외계종족들이 등장
하는 맥락을 하드SF적으로 설명할 수는 없다. 그러나 이 소설 속

에서 슈슬리사를 마주한 지구인들이 보이는 행동과 사건의 전개 과정은 매우 역사적이다.

인류를 더 나은 존재로 만들기 위해 고군분투하는 슈슬리사들의 정책은 마치 인류의 유년기가 종식되었음을 선언했던 아서 클라크의 오버로드들을 연상시킨다. 작가는 그들이 진화자궁이라는 것을 들고 나와 인류를 진화시키겠다고 주장하는 과정을 억지스럽지 않게 그려내고, 그들이 인류를 처벌하는 서사 역시 많은 민족의 전통과 설화를 활용하여 자연스럽게 이끌어갔다. 매우 많은 수의 지구인들이 그들을 신으로 생각하고 저항하다 순응하고 두려워하게 되는 과정은 지금껏 인류라는 종이 어떤 방식으로 자신의 환경들에 적응해왔는지를 명확하게 드러낸다.

연작의 주인공 이사나는 우리가 전혀 모르는 별에서 태어난 이상한 외계인이 아니다. 연작이 우리가 익숙하게 알고 있는 일상적인 세계 속에서 아주 일상적인 판타지를 구현해낼 수 있는 이유는, 이사나라는 존재가 우리가 알 수 없는 불투명성을 띄고 있지 않기 때문이며, 다시 말하자면 매우 구체적인 인간이기 때문이다. 「세콤, 지구를 지켜라」에 등장하는 장주사와 김과장의 외계인 접선기 역시 마찬가지다. 장주사와 김과장은 너무나 구체적인 생활인이며, 환상이 눈앞에 도달했을 때 그들이 보이는 행동은 바로 그들의 구체성에 기반해 있다. 전혜진의 환상들은 우리의 현실에 느닷없이 등장하여 균열을 내지만, 그런다고 해서 현실을 결코 완전히 뒤바꾸지는 않는다.

캐릭터의 성격 외에도 전혜진의 작품은 지극히 현실적인 공간을 배경으로 한다. 「세콤, 지구를 지켜라」에서, "등 뒤에는 응봉산이 펼쳐져 있고, 산책로를 따라 조금만 올라가면 우리나라 최초의 서구식 공원인 자유공원이 자리를 잡고 있으며, 창문을 열면 인천 앞바다의 낙조가 그대로 눈에 들어오"는 교육청 주위 묘사는, 그야말로 현실 속에 환상을 내리꽂는다.

「작전동 김여사의 우울」은 환상문학은 아니지만, 현실과 허구의 경계 사이에서 새롭게 흥미로운 지점을 만들어내는 작품이다. 이 소설은 가부장적이며 후진적인 가치관을 가진 김여사라는 소극笑劇적 캐릭터를 중심으로, 고환암에 걸린 아들의 전 애인과 그 아이 사이에서 벌어지는 재미난 촌극이다. 이 소설을 굳이 언급하는 이유는, 바로 이 소설의 제목 때문이다. 소설 말미에서 수영은 김여사에게 "저는 이마트랑 작전역 홈플러스로 장을 보러 다녀요. 죄송하지만 앞으로는 임학동에 있는 마트로 다니세요."라고 내뱉는다. 동시대 독자들이 소설의 정의 그대로, 작고 흥미로운 주변의 이야기에 귀를 열게 하는 문장이다.

냉소 이상의 냉소

작가의 매끄럽고 아름다운 문장에는, 아무렇지 않고 자연스럽게 지독한 냉소들이 녹아들어 있다. 이 소설들을 읽는 사람이라면 누구나 아름다운 문장들에 시선이 걸리면서 동시에 그 문장이 품고 있는 서늘한 기운에 다시 한 번 시선이 걸리고야 만다. 작가라는 존재가 반항심을 가지고 있는 존재이며, 실제로 사는 삶에 만족하지 않는 것이 그들의 본질이라는 마리오 바르가스 요사의 말을 돌이켜보자면, 전혜진의 문장이야말로 그가 작가라는 것을 온몸으로 증명하고 있다고도 할 수 있을 것이다.

「다시 한 번 크리스마스」에서 슈슬리사의 존재에 저항하는 한국의 가스통 할아버지들은 "장유유서라는 아름다운 전통을 신조로 삼아 너는 에미애비도 없느냐, 너 얼마나 살았느냐는 말을 입에 달고 사시던 그 영감님들이, 평균 수명만 지구 나이로 300살 이상인 놈들을 당해낼 재간이 없"기에 면구스럽게 돌아서고, 「홍등의 골목」에서 이사나는 자신을 구세주라고 쫓아다니는 사람들에게 "굵은소금을 탈탈 털어 그들의 낯짝에 집어 던"진다. 「세콤, 지구를 지켜라」에서는 관공서의 전광판에 대해 "별 시답잖은 공지사항들을, 그러니까 일반 민원인들은 눈여겨볼 필요도 없는 내용들이고, 그 내용을 신경 써서 볼 만한 사람들은 이미 사내 전자 문서로 세부 내용까지 다 확인하고도 남았을 만한 그런 빤한 사항들을 비싼 전기 먹어가며 밤새 보여주는 희한한 용도"라고 일갈한다.

이 냉소가 가장 극단적으로 표현된 것은 역시 「나는 매문가가 되고 싶었다」일 것이다. 주인공 현월야는 속물적이고 천박한 데에 더해 비열하기까지 한 인물이다. 자신이 그리는 자아상과 자기 자신을 일치시키지 못하는, 격이 떨어지는 인물이다. 더욱이 그런 자신을 객관적으로 돌아볼 능력도 없고 확신도 없다. 더욱이 자신의 꿈을 향해 스스로를 기투할 만큼의 용기나 열정조차도 없는 인물이다. 그런 주제에 매문가가 되어 "우아한 원피스를 입고 먼 창밖을 바라보며, 퇴폐적일 정도로 선명한 레드 립스틱 자국을 담배 필터에 남기"는 삶을 살고 싶다는 망상 속에서만 살아가고 있다. 결국 온갖 망상 속에서 현월야는 실력을 키우는 대신 기이한 편법을 선택하고, 세상이 그렇듯 그녀의 편법은 성공하지 못할뿐더러 자기 자신의 초라한 꼴만 자기 눈앞에 불꽃처럼 환하게 드러나게 만들었다. 계속해서 스스로를 외면하고, 자신이 없는 자기복제만 반복하던 그녀는 그 끝에, 결국 진짜 자기의 이야기를 쓰기 시작한다. "매문가라는 말을 들어본 적 있는가."라고 그녀가 자신의 이야기를 쓰기 시작할 때, 이 글은 끝이 처음을 맞물면서 커다랗고 아름다운 냉소의 원을 그린다.

현월야는 공감을 건넬 여지가 없는 인간이지만, 그 냉소가 처음과 맞물리는 순간 바로 '이야기'가 탄생한다. 독자는 지금껏 현월야를 백안시하고 있던 자신이 바로 현월야와 동일시되는 충격적 경험을 하게 된다. 현실과 판타지를 연결하는 바로 그 방식으로, 작가는 현월야라는 허구적 인물을 바로 우리 자신에게 내리꽂는다. 바로 그 형식에서, 전혜진의 냉소가 단순한 경멸에 기반해 있지 않다는 것을 깨달을 수 있다.

만일 냉소가 단순한 경멸에 기반해 있는 것이라면, 우리는 그 냉소에서 메스꺼움과 선정성 이상을 발견할 수 없을 것이다. 그런 작품 앞에서 독자는 타자와 자신을 구분 지으며, 일종의 선민의식을 느끼고 자신은 메스꺼움에서 안전하다는 것을 재확인하게 된다. 하지만 전혜진은 결코 독자를 이러한 안정적이고 기만적인 상태에 내버려두시 않는다. 독자와 작가까지도 거대한 냉소의 일부로 만듦으로써 전혜진은 '위대한 관조'만이 불러올 수 있는 역동적 깨달음을 제공한다.

일상과 아름다움

모든 이야기는 결국 즐겁기 위해 만들어진다. 이야기를 듣는 순간의 쾌감이 사실 이야기의 가장 중요한 목적이며, 이야기의 가장 큰 아름다움일 것이다. 전혜진은 우리가 외면할 수 없는 그 자리까지 이야기를 끌어다 놓는, 현실적이며 일상적인 작가다.

「레퍼런스」는 이 냉소적인 작가가 일상적인 우리들과, 그 일상의 아름다움에 대해 따뜻한 시선으로 풀어낸 이야기다. 전혜진에게 결코 세계는 아름다운 것이 아니며, 세계의 일부인 나와 너 역시도 마찬가지인 사람들이다. 그렇다면 지금부터 이 세계를 살아나가는 것에 어떤 의미를 우리가 부여할 수 있을 것인가. 「레퍼런스」는 바로 그 지점에 대해 실마리를 보여준다.

인간과 인간이 그 비슷한 용모를 하고 같은 사회에 살면서도 서로를 이해하는 것이 불가능한 이 세계에서, 슈슬리사인 신은 인간을 이해하기 위해 진웅에게 다가온다. 작가는 신이 신라면의 신辛이라는 능청을 떨지만, 계속해서 진웅이 신에게 신神이라는 의혹을 가지는 장면을 보면, 이번에도 작가는 신성을 우리의 일상 옆에다가 끌어놓는 사랑스러운 냉소를 보여준 셈이다. '이사나 연작'에서 보이듯, 이사나의 이름 역시 예수에서 따온 이름이었다. 인간이 만들어낸 신이, 바로 인간의 무력함을 통해 인간을 구원한 것이다.

신은 전지전능하지도 않고, 진웅의 소원을 들어주지도 않는다. 다만 압도적으로 다른 존재로서 진웅에게 "구도자처럼 묵묵히 걸어가는 학자의 이야기"를 제시한다. 그것은 바로 우리가 이 냉소할 수밖에 없는 세계에 떨어진 외로운 생물들로서 할 수 있는 가장 온전한 이야기다. 우리는 모두 "우리는 알게 될 것이다"라는 대책 없는 희망으로 자신의 삶을 구축해왔으며, 앞으로도 그렇게 살아 나갈 것이기 때문이다.

맺으며

소설들을 읽어본 사람이라면 누구나 짐작하듯이 전혜진은 매우 지적인 작가다. 그렇기에 그는 "우리는 알게 될 것이다"라는 저 문장이, 진실이 되지 못할 수도 있다는 가능성을 무시할 수가 없다. 그것은 그의 지적 능력에 대한 배신이 될 것이다. 그렇기에 그는 그 가능성만 놓아둘 수가 없다. 대신 그는 수학자 힐베르트의 말을 빌려, 이 냉소적인 세계에 대해 "우리는 알아야만 한다"는 정언 명령을 함께 내려놓았다.

레퍼런스는 논문의 뒤에 다는 각주다. 논문을 한 번이라도 써본 적이 있는 사람이라면 뼈저리게 알고 있는 것이겠지만, 논문을 집필하는 것보다도 더 힘든 것은 바로 각주를 찾아내는 것이다. 그 각주를 찾으면서 논문을 쓰는 사람은 인류가 축적해놓은 마대한 지식의 양에 겸손해지고 만다. 내가 아는 것은 결코 내가 알아낸 것이 아니며, 지금껏 이 세계에 대해 해석하고 생각했던 거인들의 어깨 위에서 탐구해가는 것이라는 거대한 진실 앞에 서게 되므로 그럴 수밖에 없다.

물론 이 세계는 냉소할 수밖에 없는 허점투성이다. 세계는 거대하며, 인간의 상식은 너무도 협소하다. 이사나를 구원자 취급하는 사람들이나 이사나의 연인에게 돌을 던지는 사람들을 보라. 장주사 같은 사람이 난방이 안 되는 집에서 살아야만 한다는 사실은 너무도 비합리적이다.

그 세계의 유일한 희망으로 전혜진은 다른 무엇이 아니라, 인류의 지적 능력에 대한 신뢰를 제시한다. 그것은 단순한 심정적 연대나 공감을 넘어서는 지극히 이성적이고 합리적인 것이다. 인간이 사고하고 세계를 해석할 수 있다는 사실. 그것 때문에 인류는 협동할 수 있고, 연대할 수 있으며, 한 걸음 더 나아갈 수 있는 것이다. 그래서 나는 이 소설집을 읽는 당신 역시도 나와 함께 인류의 미래에 대해서 조금은 안도해도 될 것이라고 생각한다. 전혜진 작가처럼 세계를 파악하는 단 한 명의 인간이 존재한다는 사실만으로도,

우리는 알게 될 것이므로.

이서영

소설 쓰는 사회주의자.

1987년에 태어났고, 국문학과 문예창작학을 전공했다.

2011년부터 환상문학 웹진 거울에서 필진 및 편집진으로 활동 중이다.

다수의 공동단편선에 작품을 실었으며, 개인 작품집에 『악어의 맛』이 있다.

전혜진 작가는 이름보다는 『월하의 동사무소』라는 책으로 먼저 알게 된 작가였다. 일상과 판타지를 접목시키는 유의 작품을 좋아하는데, 그게 딱 맞는 작품이라 출간되자마자 바로 관심망에 있었지만, 정작 읽지는 못했었다. 이후에 SNS로, SNS로 알게 된 개인 홈페이지로 이 작가의 글보다는 이 작가의 생활에 대해 먼저 접하게 되었었다.

전혜진 작가는 시간이 없는 중에도 굉장히 성실하게 글을 쓰는 작가고, 마감에 늦는 법이 없었고, 틈틈이 책장이 무너질 정도의 책을 사서 읽고 감상을 쓰고, 손을 푼다고 개인적인 글도 한가득 쓰고, 그런 주제에 자신을 게으르다고 말하는 사람이었다. 자신을 게으르다고 하는 거나, 자기 글의 장르를 이야기할 때나, 어딘가 감각이 남다르달지, 핀트가 어긋난달지, 그런 면이 있어서 보다보면 나는 혼내거나 독촉하는 유의 편집자가 아닌데 이야기하다보면 구박하고 혼내게 되는, 귀여운 면도 있는 사람이었다. 이 귀엽다는 표현은 편집자로서 아주 정확한 표현이니 항의는 받지 않을 것이다.

사실 온우주 단편선의 라인업은 거의 내가 구성한 것이지만, 내가 입사하기 전에 이미 물망에 올라 있던 몇 명 중 한 사람이 전혜진 작가였다. 그래서 전혜진 작가는 내게 조금 더 사무적인

과제였다. 꽤 가당치 않은 야망을 품었더랬다. 전혜진 작가가 라이트노벨도 아니고 만화도 아닌 일반단행본으로는 처음 내는 책이니만큼 첫 편집자로서 잘해야 한다고, 마감은 아주 멀었지만 책을 통째로 갈아엎어서라도 이번 작업이 전혜진 작가의 작가생활에서 신기원을 여는 작업이 되도록 해야겠다고.

현실에 밀려 사실 그렇게까지는 할 수 없었다. 예정대로 책을 내는 작업만 해도 다른 작업들이 많았기에 빠듯했고 전혜진 작가님도 참 바쁜 사람이라서 연초에 글을 모아 여름 내내 고치리란 야망은 이렇게 밝히지 않았다면 그저 꿈보다 더 흔적 없이 지나갔을 것이다.

그래도 여름에 주신 원고를 전체 읽고 한 번 감상 및 수정방향을 말씀드렸고, 본격적으로는 9월 하순부터 10월까지 내내 고치긴 했다. 이전 작가들과 작업을 하면서, 역시 수정이든 뭐든 작가와 직접 만나서 이야기하는 것이 가장 빠르고 편하면서도 효과적이란 걸 알았기에 원고를 앞에 두고 이것저것 고쳤고, 작품들에 대해서, 작품 속 인물에 대해서, 문장에 대해서, 작가 생활에 대해서, 앞으로의 방향에 대해 이야기했다.

전혜진 작가는 작가소개에도, 해설에서도, 작가후기에서도 알수 있듯이 굉장히 지적이고 이성적이며 지식욕과 성취욕이 엄청난 사람이다. 당연히 글에서도 그것이 나타난다. 그리고 작가는 자신이 관심 있고 추구하는 것을 이야기할 때 가장 멋진 글을 쓴다.

내가 감히 생각하고 있던 것은, 전혜진 작가가 그런 글을 쓰고 있는가였다. 이런 걸 넣어야 독자가 좋아한다는 피드백 말고, 당신이 정말로 쓰고 싶은 글은 어떤 글인지 생각해본 적 있는지, 당신이 정말로 좋아하는 소재와 주제는 뭔지, 당신이 생각하는 만큼의 그림을 글로 그릴 수 있는지를 피드백해주고 싶었다. 나무 조각을 보고 그 안에 있는 불상이 보일 때까지 기다려 깎고 있는지, 아니면 남의 말을 들으면서 이 정도 깎으면 될까만 생각하고 있는지, 또는 생각할 겨를 없이 마감에 쫓기며 글을 쓰고 있는지 되돌아볼 기회를 주고 싶었다.

편집자가 무얼 대신하거나 고칠 수 있다고 생각하진 않는다. 그저 작가가 다시 보게 할 수 있을 뿐이다. 나는 전혜진 작가가 자기 글을 글로서 다시 돌아보고 한 단계 성장하는 데에 한 디딤돌을 담당하고 싶었다.

그래서 생각한 것인데, 나는 전혜진 작가가 쓴 고도로 정교한 추리물이 보고 싶다. 플롯과 플롯이 겹치고, 트릭과 트릭이 부딪혀 이쪽으로 보아도 진실 같고, 저쪽으로 보아도 진실 같아 독자를 우롱하다 못해 빠져들게 하는 글을 쓸 수 있는 작가라고 생각한다. 다만 그런 글을 쓸 만한 여력과 여유 시간이 전혜진 작가에게 부족한 거라고 생각한다. 「작전동 김여사의 우울」과 「세콤, 지구를 지켜라」처럼 구어체로 술술 풀어내는 이야기도, 「처형」이나 '이사나 연작'처럼 묵직한 문장이나 묵직한 주제를 풀어내는 이야기도 좋지만, 전혜진 작가의 모든 특징을 하나의 작품 안에서 쌓아 올려 폭발하는 작품을 보고 싶다. 물론 그 작품은 내가 편집하면 더 좋을 것이고. 아니면 추리물을 전문으로 보는 분과 함께. 아. 혼자 너무 꿈을 꾸고 있는가.

많은 것을 생각하고 만났는데, 생각한 대로 다 해주기는커녕 많이 해주지도 못한 것 같아 아쉽다. 개인사가 번잡할 때 책을 내게 되어서 그런 것 같아 더욱 미안하다. 하지만 한 번의 작업으로 끝날 인연이 아니길 바라고 믿고 있으니, 아마 기회는 또다시 있으리라 생각해본다.

몇 년 전 나는 한 신생 출판사에게서 거하게 사기를 당할 뻔했다가 겨우 발을 뺄 수 있었다. 그나마 출판에 대해 조금이라도 아는 게 있는 데다 생활법률정도는 주워들은 가닥이 있었고, 무엇보다도 주변에서 많은 분들이 도와주셨으니 망정이지 하마터면 큰 사고가 날 뻔했다. 그 다음으로 내게 접근한 신생 출판사는 나름대로 포부가 컸지만 이쪽도 이야기만 듣고 거절했는데 나중에 알고 보니 이런저런 문제가 있었다고 들었다. 데뷔 5년차. 라이트노벨 한 질을 냈고 만화 두 편의 스토리를 쓰고 있었으며, 어디에도 꺼낼 지면이 없던 단편소설들을 한 편 두 편 쌓아가며 조금씩자리를 잡아가고 있기는 했지만, 글을 쓴다는 것과는 별개로 "작가"라는 단어는 아직 내 것이 아닌 듯했다. 오죽하면 그런 허술한 회사들이 우습게 보고 마구 다가와 집적거렸을까. 그런 자학도 하고, 누군가가 "뭐하는 사람이냐"고 물어봤을 때 "글을 쓴다"고 말하는 것조차 조심스러워지는 내게 화도 났다. 그런 이야기를 마침내 꺼내놓았을 때, 선생님께서 내게 말씀하셨다.

"너도 이제 일 좀 가려서 받아야 하지 않니."

온우주 사장님이 내 앞에 나타나신 게 하필 딱 그 시기였다. 앞서 말한 그런 사정으로 신생 출판사라는 말만 들어도 머릿속에 경계경보가 먼저 뜨던 시기. 게다가 뭐라고. 장편소설도 아니고 로맨스도 아니고 라이트노벨도 아니고 단편집이라고? 출판계라는 데는 내가 철든 이후로 불황 아니었던 적이 없고, 단편집이라는 것은 소설책 중에서도 어지간해서는 정말 잘 안 팔리는 쪽에 속하는 물건인데, 지금 나보고 단편집을 내자고? 지금 와서 하는 말이지만 처음에는 그 제안이 기쁘면서도 걱정이 되었다. 첫해에 나올 책들의 라인업을 들어보니 거울의, 정말 좋은 글을 쓰시는 작가님들뿐이라는 것을 알고, 안심하는 한편으로 더 긴장했다. 중간에 엎어지지는 않을 것이라는 확신은 들었지만, 대체 그 목록에 어디로 봐서 내가 낄 자리가 있다는 거야. 그렇게 글 작업을 시작해도 되겠다는 결심이 서자마자 예전에 썼던 글들을 찾아보고, 성에 차지 않아 새로 쓰기 시작했다. 이 책의 글 중 「작전동 김여사의 우울」과 「다시 한 번 크리스마스」 「진흙피리새」를 제외한 나머지 글은 모두 온우주를 만난 이후 거울 필진으로 합류하며 새로 쓴 글이다.

이 책은 그렇게 만들어졌다. 일단, 감사하게도 한국 장르문학 최고의 편집자이신 최지혜 편집장님이 맡아주셨다. 내가 정말 좋아하는 작가님인 앤윈 이서영 님이 평을 써 주셨다. 온우주에서는 이 시리즈를 내며 몇 가지 참신한 기획을 했는데, 그중 하나로 이 단편집에 실린 단편 중 한 편을 만화화한다. 언젠가 같이 한번 일해보고 싶었던 일월 작가님이 내 단편 「처형」을 만화로 만들어주셨다. 직접 콘티를 짜지 않고 원작만 썼는데도 만화가 만들어지는 것은, 정말 짜릿한 경험이었다. 책날개에 들어간다고 프로필 사진도 새로 찍었다. 누가 내 머리를 만지는 걸 워낙 싫어하는데다 그날 사진 촬영 전에 미리 편집자님과 만나 원고 교정을 보고 나온 참이라 제대로 웃지도 못하고 어색한 얼굴로 촬영에 임하는 바람에 사진작가님도 정말 고생이 많으셨지만, 나중에 보니 그날 찍은 파일 원본까지 다 정리하여 보내주셨다. 세상에, 처음에 걱정한 게 무색할 정도로 과분하게 잘해주셔서, 밤을 새우고 쑥과 마늘만 뜯어먹으면서라도 수정을 더 해야 할 것 같다는 생각이 치솟을 정도였다. 지금 이 책의 표지도 그렇다. 내가 이런 느낌이면 좋겠다고 예를 들며 보여드린 사진을, 그 사진작가님께 사용허가를 받아 그대로 표지로 넣어주셨다. 다시 이런 경험을 할 수 있을까 싶을 만큼 모든 것은 완벽했다. 부족하다고 느꼈던 것은 내 글뿐이다.

아니, 정말로 책이 나오는 거다. 지금 당장 책이 나오는데, 내 책을 사주실 분들이 계신데 이 책이 부족하면 안 되는 거지. 열심히 고쳤다. 단편 몇 편 모아놓은 것뿐이라고 생각했는데, 모아놓으니 양이 많았다. 길었다. 하마터면 그동안 온우주에서 나온 책 중 제일 두꺼워질 뻔했는데, 다행히도 그렇게는 되지 않은 모양이다. 편집장님과 머리 맞대고 앉아 차가 끊어지도록 그 두꺼운 원고를 들여다보고, 심지어는 SF판타지도서관 관장님 결혼식 간다고 나와서, 예식장 앞의 커피집에서 결혼식 직전까지 원고를 고치고 고쳤다. 그리고 마지막에는 자기최면이라도 걸듯이 거울을 들여다보며 중얼거렸다. 그래, 괜찮다니까. 그 라인업에 들 만하니까 들어간 거야. 다른 분들 책에 밀리지 않는, 좋은 책이 될 거야. 그렇게 실컷 자뻑 트레이닝을 하고 나서, 이 후기를 쓰고 있다.

데뷔하고 6년째, 한번 작은 마디를 지어도 좋을 이 시기에 정말 좋은 기회를 주신 온우주 사장님과, 글을 책으로 엮어주신 편집장님, 과분할 정도로 좋은 평을 써주신 이서영 작가님, 미중년 마니아인 제 가슴이 다 두근거릴 정도로 아름다운 만화를 그려주신 일월 작가님, 실물보다 세 배쯤 멋진 사진을 찍어주신 이지예님, 책을 예쁘게 만들어주신 디자이너님과, 지난 3년간의 원고들을 꺼내보며 머리를 쥐어뜯을 때마다 놀아주고 달래주고 차 끓여주며 격려해준 사랑하는 배우자 세이님에게, 그리고 이 책을 읽어주시는 모든 분께 감사드린다.

무엇보다도 이 책은, 내가 아직 아무것도 아니었을 때 내가 글을 쓰는 사람이 될 거라고 믿어주셨던 선생님께 가장 먼저 보여드리고 싶다. 감사합니다, 선생님.

홍등의 골목

전혜진 작품집

초판 1쇄 펴낸날 2013년 10월 29일

지은이 전혜진
펴낸이 이규승
엮은이 최지혜
디자인 303사무실, 양선희
표지사진 우제욱
마케팅 김정호
출력 상지CTP
인쇄 · 제본 동양인쇄(주)

펴낸곳 온우주
등록번호 제215-93-02179호
주소 138-847 서울시 송파구 석촌동 284-2 501호 (백제고분로40길 4-7 501)
전화 02-3432-5999
팩스 02-6442-3432
홈페이지 www.onuju.com | onuju@onuju.com

ISBN 978-89-98711-08-5 03810